音乐家们的手指

公子优 | 著

中国·广州

图书在版编目（CIP）数据

音乐家们的手指 / 公子优著 . — 广州：广东旅游出版社 , 2024.7
ISBN 978-7-5570-2991-3

Ⅰ . ①音… Ⅱ . ①公… Ⅲ . ①长篇小说—中国—当代 Ⅳ . ① I247.5

中国国家版本馆 CIP 数据核字 (2023) 第 047439 号

音乐家们的手指
YINYUEJIAMEN DE SHOUZHI

著 者	公子优
出 版 人	刘志松
责任编辑	李 丽
责任技编	冼志良
责任校对	李瑞苑

广东旅游出版社出版发行

地 址	广东省广州市荔湾区沙面北街 71 号首、二层
邮 编	510130
电 话	020-87347732（总编室） 020-87348887（销售热线）
投稿邮箱	2026542779@qq.com
印 刷	嘉业印刷（天津）有限公司
	（地址：天津市静海经济开发区北区银海道 48 号）
开 本	710 毫米 ×1000 毫米 1/16
印 张	24.25
字 数	530 千字
版 次	2024 年 7 月第 1 版
印 次	2024 年 7 月第 1 次印刷
定 价	49.80 元

本书若有倒装、缺页影响阅读，请与承印厂联系调换，联系电话 010-57735441

前言

  我决定为本文写一个前言，前言中没有任何剧透，不感兴趣的读者也完全可以直接跳过。既然不是研究性论文，自不必为写前言而弄出一堆背景、主题与意义，显得本文如何有用，可以随心。

  这篇文的绝大部分篇幅都是随心而写，甚至为了随心，缺乏一些故事发生年代的真实感。

  关于某些历史，我查了一些研究资料，了解了一些事实，我硬着头皮看完那些真实的、发生在一个个平凡人身上的事件，感到非常不适。如果作者没有说明那是对于某些历史事件的调查与研究，读者大概会认为作者瞎编了一些不合逻辑与人性的荒诞故事。

  我不敢冷酷地去批判那个时代，仿佛我和我的时代就干干净净一般。

  于是我想，去贴合我内心向往的真实吧：人有缺陷，也有温度。缺陷永远不会消失，温度也永远不会消失。

  哦，最重要的一点是，我是一个水平低下的作者，一个文盲，这是毋庸置疑的。

  这篇文的诞生最初源于一首曲子：*Michael Meets Mozart*（《当贝多芬遇上莫扎特》）。

  因为这首曲子，所以有了陆首席与钟先生的短篇《缺憾》。因为《缺憾》太薄（当然不只是篇幅），我想赋予它多一点东西，让它厚重一点，所以才有了这个长篇。

  这篇文写得艰难，我提过，因为这篇不是像《狗生》那样，凭着激情写文了。激情的正面是热血，反面是愤怒与不平，而在这篇文下笔前，我就告诉自己：克制。别去灌输什么东西，别去说服别人，别去雕琢文字，就平平淡淡地去写一些人、一些事——有些东西，如果心里有，那么即使不写，它们也会流淌出来。我相信这一点。

  这篇文前九万字的艰难，其实是一种幸福的转变。以前我是不允许自己这样做事的，用《狗生》里的话说，我是一个工科生，做事是要讲投入产出比的，现在已经写完的九万字，远比上两篇文写九万字花的时间久。我不是指时间跨度（然而有人竟说我这写了两年，可恶），而是平均到每个字的时间。我常常坐在电脑前一整天，十几个小时才能写两三千字，同时与腰伤和自我怀疑做斗争。就像我在这篇文里说的那样，改变会带来阵痛，哪怕是一个很小的改变。

再回头看，确实是一种幸福。能够尝试一些不同与改变，总是幸福的。不管它在其他意义上是不是成功，在我这里，算是吧。

除了 *Michael Meets Mozart*，这篇文也是伴着许多歌曲写下来的，尤其是钢琴曲与弦乐曲，在每一章的标题后我都附了一首歌或曲，绝大多数是曲。这首附的歌或曲，基本就是我写该章节的背景音乐，文中的一些灵感也来自这些音乐的旋律。

这些音乐非常美，打个比方的话，就像数学那样美。

尽管硬生生地这样直接讲十分矫情，但是音乐与数学，二者确实同样震彻心灵。

音乐终究是不可以被文字替代的，文中的所有描写都不如音乐本身那样美。虽然我的水平低下要对此负不可推卸的责任，但是据我看到的一些古典乐评论家写的文章而言：听，仍然是最重要的。

如果有人因为这篇文去听了一些美好的音乐，我会觉得十分荣幸。

还有，关于古典乐的背景、人物的职业特点，也充满了作者主观的想象与偏爱，有些地方并不符合古典乐背景的现实。同时，关于古典乐知识，作者了解也甚少，如有错误，还望不吝指出。

我对精神的成长、对热忱、对自我、对与他人的不同、对人与人之间的关系、对了解一些未知，对太多东西的兴趣都远超过狭义的感情。我更愿意说，这篇文在讲"热望"。

热望，这个词多么好啊，像是从心里涌出来的，还带着胸腔的温度。

热烈地渴望着什么，去追寻什么。有时候走了弯路，有时候搞错了、弄丢了，最后再去找回来——找的时候肯定是狼狈的，没有内心与外表双双优雅万分、不紧不慢的热烈——有时候能找回来，有时候找不回来。

我非常喜欢这个过程。

写到九万字时，这篇文离完结还尚有距离，但应该不会太远了。

如果你看到最后，我可以告诉你一个秘密：写这篇前言是因为我太想写后记了，但是文没有完结，客观条件不允许我写后记，我只好写一篇前言了。

最后，写在正文前：

愿每个灵魂都有归处，敬所有生生不息的热望。

二〇一八年二月

目录
CONTENTS

第一篇　关山此行望归早 / 001

第1章
《升C小调第十四号钢琴奏鸣曲》——路德维希·凡·贝多芬 / 002

第2章
《降B大调第二钢琴协奏曲（Op.83）》——约翰内斯·勃拉姆斯 / 007

第3章
《"磨坊女"主题变奏曲》——尼科罗·帕格尼尼 / 012

第4章
《小星星（钢琴变奏）》——陈明章 / 017

第5章
《梁祝（文武贝钢琴版）》——文武贝 / 023

第6章
《若能绽放光芒（钢琴改编）》——斧头龟SFTGSoft / 028

第7章
《黄昏的七子》——加古隆 / 032

第8章
《卡门主题幻想曲（Op.25：庄重部分）》——巴勃罗·德·萨拉萨蒂 / 035

第9章
《海之声》——Softly / 039

第10章
《为了不忘记》——西村由纪江 / 042

第11章
《缺席》——亚当·赫斯特 / 047

第12章
《主题SSS（钢琴编曲版）》——Key Sounds Label / 052

第13章
《A大调圆舞曲纪念册页（S.166）》——弗朗茨·李斯特；《月亮河》——埃内斯托·科塔萨尔 / 058

第14章
《最爱的笑容》——川田琉夏 / 065

第15章
《监狱》——Dark Sanctuary / 068

第16章
《梦幻拥抱》——坂本昌一郎 / 072

第17章
《沉思》——吕思清 / 078

第18章
《阿西达卡战记》——久石让 / 083

第19章
《月光》——阿希尔·克洛德·德彪西 / 086

第20章
《G小调小提琴奏鸣曲（魔鬼的颤音）》——朱塞佩·塔蒂尼 / 090

第21章
《默祷》——Secret Messenger / 093

第二篇 明月当年照玉楼 / 097

第22章
《平湖秋月》——陈培勋 / 098

第23章
《新月》——吕思清 / 102

第24章
《乡愁》——贺西格 / 108

第25章
《幽默曲》——安东宁·莱奥波德·德沃夏克 / 113

第26章
《黄河钢琴协奏曲：黄河颂》——孔祥东 / 118

第27章
《金色的炉台》——潘寅林 / 122

第28章
《鹧鸪飞》——赵松庭 / 126

第29章
《割草（钢琴独奏）》——吉俣良 / 130

第30章
《送别（小号）》——中国国家交响乐团 / 133

第31章
《无锡景》——鲍元恺 / 139

第32章
《三年》——刘一多、罗威 / 143

第33章
《知音》——刘宽忍 / 148

第34章
《夜色（钢琴与箫）》——赵海洋 / 153

第35章
《月下美人》——Soul Hug / 157

第36章
《黄河钢琴协奏曲：黄河愤》——孔祥东 / 160

第37章
《咫尺天涯1》——陈其钢 / 161

第38章
《梁祝》——吕思清 / 166

第39章
《兄弟》——大岛满 / 171

第三篇　白雪落尽仍是秋 / 175

第40章
《慈光引导》——史蒂文·夏普·尼尔森 / 176

第41章
《G弦上的咏叹调》——约翰·塞巴斯蒂安·巴赫 / 180

第42章
《思乡曲》——陈蓉晖 / 182

第43章
《如歌（Op.17）》——尼科罗·帕格尼尼 / 187

第44章
《C大调第十六号钢琴奏鸣曲（K.545：第二乐章，行板）》——安德烈·莫扎特 / 191

第45章
《你的世界（弦乐版）》——吉俣良 / 199

第46章
《吉格》——约翰·巴哈贝尔 / 205

第47章
《降E大调钢琴三重奏[Op.100（D.929）：Ⅱ，有活力的行板]》——弗朗茨·舒伯特 / 208

第48章
《悼念公主的帕凡舞曲》——莫里斯·拉威尔 / 213

第49章
《爱只是一场梦》——崔宰凤 / 218

第50章
《三首钢琴曲（D.946：No. 2降E大调，小快板）》——弗朗茨·舒伯特 / 221

第51章
《乔治的华尔兹（Ⅰ）》——梅林茂 / 225

第52章
《空中华尔兹》——乔纳森·埃德尔布鲁特 / 230

第53章
《在银色的月光下》——吕思清 / 234

第54章
《夕阳山顶》——李戈 / 238

第55章
秋（Ⅰ.快板）》——安东尼奥·维瓦尔第 / 242

第56章
《浪漫曲（Op.75：Ⅰ.温和快板）》（小提琴与钢琴）——安东宁·莱奥波德·德沃夏克 / 247

第57章
《天鹅》——夏尔·卡米尔·圣-桑 / 252

第58章
《卢卡奏鸣曲（Op.3）》——尼科罗·帕格尼尼 / 256

第59章
《牧神》——奥拉佛·阿纳尔德斯 / 262

第60章
《危机》——恩尼奥·莫里科内 / 266

第61章
《灵魂冲刺》——佐藤直纪 / 271

第62章
《镜子（M.43：Ⅲ.<海上孤舟>）》——莫里斯·拉威尔 / 277

第63章
《柏树（无作品号，B.152：<我经常漫步在那座房子旁>，稍快的行板）》（两小提琴、中提琴和大提琴）——安东宁·莱奥波德·德沃夏克 / 282

第64章
《柏树（无作品号，B.152：<死亡统治着许多人的胸膛>，不太快的快板）》（两小提琴、中提琴和大提琴）——安东宁·莱奥波德·德沃夏克 / 287

第65章
《F小调羽管键琴协奏曲（BWV 1056：Ⅱ.广板）》——约翰·塞巴斯蒂安·巴赫 / 291

第66章
《艾拉的华尔兹》——奥拉佛·阿纳尔德斯 / 295

第67章
《F小调第四号叙事曲（Op.52）》——弗雷德里克·肖邦 / 299

第68章
《Hanaing D》——乔普·贝文 / 303

第69章
《狍子和田野里的母鹿》——约翰·约翰逊 / 307

第70章
《受伤》——2Cellos / 312

第71章
《恋如雨止》——吉俣良 / 316

第72章
《第一号交响曲"我的祖国"第一乐章：前奏曲"咏雪"》——陈培勋 / 320

第73章
《圣母颂》——弗朗茨·舒伯特 / 324

第74章
《小提琴手之舞》——LINGO MUSIC / 328

第75章
《两首音乐会练习曲（S.145，No.1：森林的细语）》——弗朗茨·李斯特 / 332

第76章
《蓝鸟》——亚历克西斯·弗伦奇、萨凡娜·弗伦奇 / 336

最终章
《手指·双钢琴与小提琴协奏曲》——钟关白、陆早秋 / 340

番外一
露天电影 / 344

番外二
鹅子的观察记——关于他们的那两只鹅 / 350

番外三
钟关白和他背后之人 / 356

番外四
缺憾 / 363

后记
关于《音乐家们的手指》是怎么来的 / 373

第一篇
关山此行望归早

第1章

《升C小调第十四号钢琴奏鸣曲》——路德维希·凡·贝多芬

陆早秋从冰箱里拿出一瓶矿泉水。

"本期《对话大明星》精彩看点——"

"作曲家及钢琴演奏家钟关白对天才钢琴少年贺音徐的钢琴独奏会处女秀评价：纯属搞笑，车祸现场。"

陆早秋听见电视里的声音，扶着冰箱门的手一顿。典型的夸张式标题，夸张到有些愚蠢。

他关上冰箱门，从厨房走出来，坐到沙发上，去看电视里的钟关白。

钟关白的头发快要齐肩，微卷，额发全绑在脑后。他化了妆，眉目的轮廓比不化妆的时候显得深一些。苍白的皮肤，微微下陷的双颊，以及刻意画淡的唇色都显出几分不留情面的味道，甚至有些慑人，好像下一秒就要开口嘲讽什么人。

这是一档上星卫视的访谈节目，十点播，在这个十二点睡觉已经算不上熬夜的时代，算是黄金档。

陆早秋看着屏幕，好像有一点印象，钟关白上个月去录了这个节目。

女主持人说："钟先生，说完配乐和作曲，我们说说演奏吧。您近两年都没有举办过独奏会，也没有跟其他乐团合作演出，那么对于下个月的独奏会，您会不会感到紧张呢？"

钟关白面无表情道："不会。"

"有人说，您近年来专注于作曲，以及影视作品的配乐，还有人说，您参加了太多的综艺节目，不专心做音乐，演奏水平有所下降——"女主持人捂着嘴，笑得恰到好处，但笑容下怎么想的，便不得而知了，"当然，我是不信的。那您自己怎么看这一点？"

钟关白勾起嘴唇，眼睛里却没什么笑意："等下个月的独奏会结束我们再讨论这个问题吧。"

女主持人问："说到独奏会，上个月也有一位钢琴家举办了一场十分成功的钢琴独奏会。钟先生，同为钢琴家，您怎么看待这位后辈贺音徐呢？"

钟关白一脸冷漠："谁？"

女主持人："贺音徐。"

钟关白用毫无起伏的陈述语气吐出三个字："那是谁？"

女主持人："就是最近大火的天才钢琴少年贺音徐，您没有听说过他吗？"

钟关白："没有。"

女主持人笑道："那么我们来看一段短片吧。上个月，贺音徐举行了他的钢琴独奏会首秀，当时可谓一票难求，演出结束后他的表现也受到了许多业内人士的称赞。"

演播厅的大屏幕上出现了贺音徐的演奏画面，钟关白漫不经心地抬眼看屏幕。

这是一段节选，只有一分钟，挑的是贝多芬的《升C小调第十四钢琴奏鸣曲·第三乐章》中的一小段，演奏的时候进行了改编。

少年穿着燕尾服坐在黑色的三角钢琴后，一头长直的黑发被一条带子束在脑后，月白色的光束从头顶上方打在他身上。

少年的手指纤长有力，似乎要将整个音乐厅的人都带进他的世界中。

陆早秋家的屏幕格外大，几乎占了半面墙，四周围绕的音响将少年钢琴里的每一个音符都放大到容不下任何瑕疵。

陆早秋看着屏幕里的少年，微微蹙眉。

这个少年让他想起还在音乐学院读书的钟关白。

一样的风华，一样的乐痴。

论年龄，钟关白成名不如这个少年早，钟关白成长在要靠一场场比赛与音乐会弹出名声的年代，于古典乐而言，一个视频火遍全网，一曲成名的时代尚未到来。

这个少年，跟全盛时期的钟关白还不能比，但他只有十六岁。

而今年，钟关白已经二十七了。

视频的最后一秒，少年抬起头看向镜头，眼神锋利如芒。

短片播放结束后，女主持人对钟关白说："这就是最近网上很火的一段演奏会视频，连我看完都要变成贺音徐的'迷妹'了。"

钟关白一脸冷漠地说："这是在搞笑呢吧？"

女主持人看起来有点尴尬："怎么会是在搞笑呢？"

钟关白："十级车祸现场。"

女主持人："呃，我不是很懂，但是我觉得还是很好听的，而且许多业内人士都给予了高度评价呢。"

钟关白："呵呵。"

女主持人看着钟关白的脸色，打圆场道："当然，钟先生作为前辈想必还是可以给出不少建议……"

陆早秋拿起遥控器，关掉了电视。

快要十一点了。

他拿起手机，屏保上是钟关白坐在一台老旧的立式钢琴后，一边弹琴一边看着镜头笑。

陆早秋看着那个笑容，脸上也露出一个浅笑来。

他拨了个电话过去，对面过了很久才接，背景嘈杂："陆……陆首席？"

陆早秋说："你在哪儿？"

钟关白好像喝了很多酒，他大着舌头，说："陆……陆早秋，唔，你先睡，一会儿我让小喻送我回来，估计得———两点。"

陆早秋重复："你在哪？"

"陆首席，你先睡——"钟关白不知道在对谁说，"我不抽那玩意儿，滚滚滚。"说完他又对着电话这头放柔了声音，"陆首席，你先睡，等你明天早上醒来，我肯定就在家里，我保证——"

陆早秋声音沉下来："钟关白，我问最后一次，你在哪？"

钟关白一个激灵，酒醒了大半："……丽金宫。陆首席，你别过来，我马上回来。小喻，小喻——"

陆早秋："门口等我。"

等陆早秋开车到丽金宫门口的时候，钟关白正在门口大吐特吐，但是没人敢管他，任他把酒店门口的深色平绒地毯吐得惨不忍睹。

好在酒店在郊外，只招待固定的客人，从园区入口开车到酒店大堂也得几分钟，记者想在外围拍音乐人钟关白深夜酗酒，尚有难度。

助理喻柏一只手扶着钟关白，一只手拿着手机不知道在跟谁打电话："不好意思啊，白哥真不能喝了……是，您说的是……"

喻柏正说着话，突然感觉手上一松，一转头，钟关白已经歪在陆早秋身旁了。

"陆首席。"喻柏连忙打招呼。

陆早秋低头看钟关白，钟关白最近好像瘦得厉害，上节目时梳在脑后绑起来的额发散在脸颊边，显得有点狼狈，没有化妆品的遮盖，更显出微微下陷的、泛着不正常的潮红的脸颊和眼下的一片青黑。

喻柏说："今天实在是没办法，白哥在和几个电影制片人、一个大导演还有几个演员喝酒，谈电影的事儿。唉，业内好几个音乐人也都在场。"他小心地看陆早秋的脸色，"其实白哥也特别想早点回家。"

"辛苦了。"陆早秋对喻柏点一下头。

他转身把钟关白扶到副驾驶上，喻柏在他身后不放心地说："陆首席，你别怪白哥，他最近压力特别大。"

陆早秋碰了一下钟关白的额头，很烫，也不知道是因为喝多了还是发烧了。

"你别看白哥整天在电视上那么'毒舌'，其实他特别怕你，这么多年一直都这样……"喻柏一脸担心。

陆早秋微微颔首："谢谢。我带他回去了。"

陆早秋刚踩了脚油门，钟关白就受不了地要继续吐，但他迷迷糊糊地还知道自己在陆早秋车上，丽金宫的地毯他敢吐脏十条，陆早秋的车他是一次也不敢乱吐，于是忍着恶心脱了自己的外套，一股脑儿全吐在外套里。

胃全吐空之后，酒醒了不少。钟关白抱着外套，转头去看陆早秋的脸色。

陆早秋看着前方，放慢了车速，伸出一只手摸摸钟关白的额头："没发烧。车上有温水。"

钟关白摸到一个杯子，打开喝了一口，胃顿时舒服不少："陆首席……"

陆早秋没有转头，应了一声："嗯。"

钟关白看着陆首席握着方向盘的手背，多年前手术的疤只留下极浅的痕迹，几不可见。

"陆首席。"钟关白喊。

"嗯。"陆早秋看着前方，继续开车。

"陆首席，你别生气啊。我都要吓死了，你让我做什么都行，只要你不生气。"钟关白厚着脸皮不停地问着陆早秋。

陆早秋轻叹一口气。

回到家，看着钟关白憔悴的脸，陆早秋道，"洗完早点休息。"

"陆首席。"钟关白跟出去，神色小心，和多年前并无二致，"早秋，你要说什么？你说吧，我等不了。"

陆早秋拿了一条毯子，递给钟关白，又去倒了一杯热水。

"今天太晚了。"陆早秋有点无奈。

钟关白摇头："陆首席，你说吧。明天你就要去柏林巡演了，可能又说不成。今天你不说我肯定睡不着。"

陆早秋："我看了你上个月录的节目。"

钟关白："《对话大明星》？"

陆早秋："嗯。"

钟关白："那都是'人设'，剧本早写好了。那小子弹得还行吧，但跟我那时候不能比。"

陆早秋："你有多久没练琴了？"

钟关白："陆首席，你担心我下个月独奏会是吧，肯定没问题我跟你说——"

陆早秋："我看到你换的曲目了，一场三首奏鸣曲，这样的安排不合适。你的手会很累，观众也会疲劳。返场曲目，也炫技太多，没有必要。"

钟关白："陆首席你还怕我弹不下来啊？那小子都能弹，我难道还不行？"

陆早秋看着钟关白："你不用这样。"过了一会儿，他轻声说，"音乐不是这样的。"

钟关白一慌，立马拉住陆早秋的衣袖："陆首席，你对我失望了，是不是？"

"不是。"陆早秋说。

钟关白抓得更紧："早秋……"

陆早秋站起身，想说什么，终究还是变成一句："我明天一早的飞机，你照顾好自己。"

钟关白手一松，陆早秋转身去了卧室。

第2章

《降B大调第二钢琴协奏曲（Op.83）》——约翰内斯·勃拉姆斯

"小赵，修容太过了。"钟关白指着镜子里看起来凹陷得过分的双颊。

"哎呀呀，白哥，这样又显瘦又立体，舞台上灯光一打，看不出修容的，上镜就更看不出了。我跟您说哦，但凡有一点不够瘦，会有网友说您油腻的哦。"化妆师小赵拿着刷子，继续把钟关白刷得像两边侧脸各被人打了一拳，钟关白怎么看怎么觉得镜子里那张脸有点饥民的味道。

"小赵，"助理喻柏说，"白哥不是怕不好看，只是吧，以前陆首席都是陪着看现场的，现在陆首席去巡演了，估计要看直播，你把白哥化这么瘦，陆首席隔那么老远，看了肯定难受。是吧白哥？"

钟关白斜眼看了一眼喻柏："就你厉害，就你能。"

喻柏脸上勉强维持着谦虚，嘴里已经忍不住嘚瑟："要不怎么就我能留下来呢？"

钟关白哼笑一声，对化妆师说："小赵，尽量画得……嗯，我想个词，"他十指交叉，思考了两秒，"丰润一点。"

化妆师说："您给个案例我借鉴下呗。"

钟关白掏出手机，翻出一张照片："这样。"

化妆师："哎呀呀，这是十几年前？我们白哥以前真是鲜嫩可口啊。"

钟关白把手机一收，板起脸："你以为我现在多少岁？"

化妆师："最多不到四十吧。"

钟关白："小喻子，把这个人给我叉出去。"

喻柏"以下犯上"，用力按住钟关白："小赵，抓紧时间下手。"

在钟关白"反了你们了"的骂声里，造型终于完毕。钟关白跷着脚，一脸不爽地给唐小离发微信："你上回塞过来那个化妆师小赵，从哪儿弄来的？"

唐小离回："哎哟喂，还我塞过来的，那是我借您的。您又哪儿不满意啊？这世界上还有您满意的人吗？"

钟关白："忒不会说话了那人。"

唐小离："论不会说话谁比得上您哪？再说小赵是我家秦昭的御用，免费借您算便宜您了。您的脸能有秦昭金贵？"

钟关白："滚滚滚，他龙脸啊。一个两个都跟要继承皇位似的。"

喻柏站在旁边提醒："白哥，一会儿要准备上场了。"

"嗯。"钟关白应了一声，点开微信置顶聊天，上次和陆首席对话还是好几天前。

钟关白有点无奈地锁了屏，把手机递给喻柏："你拿着。"

递过去的一瞬间，手机亮了，钟关白眼睛也跟着一亮，屏幕上是陆早秋发来的一句话。

"我在等直播。"

钟关白回："等我。"

发完，钟关白等了一会儿，陆早秋没有回，于是他把手机交给喻柏，向音乐厅舞台走去。

其实按照原本的安排，这是一场纯钟关白作曲的主题钢琴音乐会，但是钟关白后来觉得难度不够，曲目重排，自己作的曲只留下了三首：两首最经典的电影配乐，一首放在上半场开头，一首放在下半场开头；还有全场的最后一首，他没公布在节目单上，那是作给陆早秋的，纪念他们相识的第六年。

钟关白前几年就因为给电视、电影配乐一只脚踏进了演艺圈，现在两只脚全陷在里面，这次音乐会弄得跟演唱会似的，还有网络直播，现场座无虚席。

场下有一大群粉丝是冲着钟关白这个人来的，关注作品的反而不多，席间甚至还有人带了荧光棒，进场后发现场合不对，立即塞回包里。

钟关白穿着一件燕尾服，走上舞台的一刹那，场下发出巨大的欢呼声与掌声。

他优雅从容地走去和伴奏乐队的指挥及首席握手，看起来像一个礼貌而冷淡的绅士。

然后他对台下鞠了一躬，一言不发地坐到琴凳上。

场下立马安静下来。

第一首曲子是他最经典的曲目之一，电影《听见星辰》的主题曲《一颗星的声音》。

钟关白微微闭了闭眼，抬起双手。

音符从指尖流泻到琴键。琴弦振动。

第一个音响起。

安宁而干净的琴声不断流淌出来，像是要去往天际，成为银河中的一抹光。

这首曲子太经典，本身电影也很经典，剧情感人，琴声一响就让人泪目，一时所有人都屏住了呼吸。

钢琴声越来越轻，低沉的大提琴加了进来，像是在缠绕着钢琴声，低声诉说。

琴声越来越快，小提琴与中提琴随之而来，钢琴声与弦乐交织，仿佛连心跳都随之共鸣。场下有人擦起了眼泪。

曲子渐渐走向最高潮，钟关白的眼皮突然一跳，一抬眼，果然乐队指挥不着痕迹地看了他一眼。

场下的人还没有发现任何异样，但是指挥和钟关白自己都发现了，大提琴进来之后，他弹错了一个低音和弦。

就算一时场下没人发现，但是直播视频一流出去，一定会有人听出来。

钟关白勉强镇定心神，继续往下弹。

钟关白演奏的长处，一向在于情感，风雨旭日，雷霆霜雪，都在他的琴声里。但是这次的开场曲从那个错音开始，他的琴声无功无过，一点情绪也听不出了。

一曲毕了，场下一片掌声。

唐小离以前嘲讽说，这年头听钟关白演奏会的，十个里有七个"颜粉"，两个"人设粉"，最后一个"音乐粉"也不是什么专业人士。真正的古典乐爱好者才不承认一个几年没开过演奏会，整天在综艺节目上露脸，时不时上一下"热搜榜"的人能算演奏家。

倒也没错。

钟关白弹完，感觉背上已经起了虚汗。

他从来没有过这种感觉，一双手都不像自己的了。他坐在琴凳上，手掌翻转，看着自己的手指，好像在看别人身上的东西。

忽然，谐谑的小提琴声响起，拉起了电影《听见星辰》里的一首幽默的曲子，像是要跟观众互动。

这不在安排之内，盯着自己手指出神的钟关白突然反应过来，这是小提琴在提醒他。

他一抬手，跟上小提琴的曲调，观众也跟着节奏拍手。

弹完那一小段，钟关白心神定了一些，开始准备第二首，勃拉姆斯的《降B大调第二钢琴协奏曲》。

这首曲子是由圆号先开始，再进入缓慢的钢琴，接着加入长笛和弦乐。

钢琴声突然一沉，带起了主旋律。

这首曲子第一乐章很长，难度也大，而第二乐章一进来就是激烈而急切的钢琴。弹到第二乐章中部的时候，钟关白眼前一黑，脑子里好像有什么东西被重重扯了一把，突然一片空白。

乐队还在继续演奏，但是钢琴声却戛然而止。

钟关白的手突然抖起来。

台下只有很少的观众发现了异样，这时候整首曲子正好行进到弦乐组为主导的部分，没有钢琴也听不出太大异样。但是这阵气势辉煌的弦乐结束之后，应该马上接一段钢琴独奏的琶音。

弦乐组演奏完，钢琴却没有发出任何声音。

场上一片压抑的静默。

大颗的汗水从钟关白的额头上滚落下来，砸在琴键上。

场下发出一阵骚动声。

乐队指挥立马示意跳过那段琶音，直接进圆号独奏。

但是圆号之后还是一段钢琴独奏。

钟关白想尝试接上圆号，但是他脑子里什么都没有。

他的手指颤了颤，在键盘上按出不成曲调的几个音符。

整首曲子根本进行不下去。

乐队只好再次直接进弦乐组，直到第二乐章演奏完毕。本来应该由钢琴的沉重和弦将缓慢的圆号声带往激烈的弦乐中，现在少了这段钢琴，连接变得异常突兀，再加上前面诡异沉默里的几个音符，再没有音乐常识的观众都知道发生了演出事故。

指挥询问的眼神已经很露骨了，场下的骚动变成了喧闹，有人在问到底怎么回事，有人已经开始抱怨。

钟关白坐在琴凳上，垂着头，他的额头上布满了汗水，几滴汗水打下来，落在他的睫毛上，就像在哭。

死一般的寂静中突然爆发出一声尖利的大喝："退票！"

钟关白好像看见了一座大厦。

这座表面完好的大厦被丢了一块石头，砸破了一扇窗户，只是一块，就已经预示着大厦的倾覆。设计与建造时遗留的缺陷，使用时的破坏，所有的痕迹都会随着那块石头被翻出来，最后所有人会围着那座大厦，说："这是一栋不值一提的破楼，我们拆了它吧。"

不会有人记着，他们也曾仰望它，赞颂它。

他缓缓转过头，朝观众席看去。聚光灯砸在他脸上，让他看不清台下的任何一张脸。

"垃圾！"

"什么玩意儿！"

"我要退票！"

在一片骂声中，突然一个声音喊道："关白加油！"

场下许多人跟着一起喊起"加油"，还有人鼓起掌来，逐渐盖过了那些喊"退票"的声音。现场毕竟绝大多数都是粉丝，某些时候更严苛，某些时候也更宽容。

钟关白看了一会儿观众席，任舞台上的白光照得他头晕目眩。

过了一会儿，他撑着钢琴站起身，朝着观众席鞠了一个九十度的躬，又朝乐队鞠了一躬。

超清的直播可以看到屏幕里钟关白鞠完躬的一刹那，眼睛里全是血丝，睫毛上不知是汗是泪。

像一个因自知濒死而绝望的人。

陆早秋没有见过这样的钟关白，惊诧之余，几乎有种失职的感觉，他拿起手机，"等你"两个字还停在输入框里，没有发出去。

他捏紧了手机，拨了一个号码："订机票，回B市。"

手机那边说："现在？陆首席，巡演那边……"

陆早秋："换人。"

"可是……"

"换人。"陆早秋说。

"陆首席……"

"有事我担着。"

他挂了电话，看向笔记本的屏幕。

钟关白看着台下，镜头给了钟关白的脸部一个特写。

细密的汗水布满了他的额头，连绑在脑后的额发都被汗水浸透了。

他说："对不起。"

他的嘴唇嚅动了一下，喉结也跟着动了动。

"请让——"

陆早秋以为钟关白会说："请让我重来一次。"

钟关白看着台下，聚光灯把他的脸照得惨白，像只剩下白骨。

他的一张脸上，只有眼睛里还带着颜色。

一片血红。

"请让工作人员为大家退票。"

全场哗然。

陆早秋盯着屏幕，右手紧紧捏住了左手小指的第二根指节。

第3章

《"磨坊女"主题变奏曲》——尼科罗·帕格尼尼

喻柏在陆早秋家门口蹲了十几个小时，蹲到第二天下午，胡茬儿冒了一下巴。他隔一个小时就给钟关白打一个电话，其余时间一边跟工作室的公关联系一边刷微博。

等他手机没电插上充电宝的时候，网上已经开始流出钟关白的演出"车祸"现场视频了。

充电宝用到第二个的时候，工作室的公关发了钟关白生病的通稿，钟关白上了头条。

充电宝用到第三个的时候，他听见了脚步声。

一抬头，一个提着琴盒、穿着西装的高大身影站在他面前，阳光打在来人的半边脸上，硬挺的轮廓里显出几分风尘仆仆的味道。

喻柏站起来，把门让开："陆首席，白哥电话还是打不通，他自己开车走的，我没拦住。"

陆早秋说："应该在家。"

他拿出钥匙开了门，走了一圈。家里是空的，只有琴房的门关着，他轻轻扣了两下门，里面没动静。

他从外面打开门，钟关白像一只可怜的大猫一样蜷在钢琴键盘下面的地板上，乐谱散了一地。

钟关白没有卸妆，也没有换衣服，他以前健身的时候肌肉线条很漂亮，后来应酬太多，在外面吃得乱，睡得少，没时间健身，肌肉掉了不少，现在裹着皱巴巴的燕尾服蜷在地上，看起来瘦得过分，像个被坏人踩躏过的落难王子。

一部被摔出了裂痕的手机落在钟关白手边的地上，里面正循环播放着视频。

视频里传出来演出事故片段的声音，钟关白在访谈节目里那句"十级车祸现场"被和"请让工作人员为大家退票"剪辑在一起1.5倍速播放，极其刺耳。

陆早秋走过去把手机捡起来，关了视频放到一边。

他回头看了一眼喻柏，从琴房退出来，关上门，低声说："你辛苦了。"

喻柏知道自己不方便留在这里，于是说："应该的。陆首席，公关那边肯定会处理，你注意别让白哥看手机，我觉得，其实他在乎的东西，真挺多的，可能这次就是太在乎了……"

陆早秋关上门，走到离琴房远一些的地方，竖起一根食指，放在唇边。

喻柏笑了一下，跟着走远了点，小声说："嗐，我就不废话了。那我先走了。"他转身没走两步，又返回来，有点不知道怎么开口的样子，"陆首席，你对白哥……对白哥好点儿，他走的时候脸色特难看，什么都没说，我就最后听见一句话，'他肯定失望了'。"

陆早秋盯着琴房的门沉默半晌："我打算带他走。"

喻柏一愣："走哪儿去？"

陆早秋没回答："你把他目前为止所有的合同都发给我。"

喻柏吓了一跳："这，那什么，这事儿我得跟白哥说，他现在身上三个代言，一个综艺，还有电影作曲——"

陆早秋："律师会处理的。"

喻柏急道："陆首席，这，你要终止合同？这样一走，白哥就毁了。"

陆早秋沉默了一会儿，说："说实话，我不在意。"

喻柏不敢置信："不在意？"

陆早秋的声音里听不出一点情绪："明天律师会去你们工作室。"

喻柏深吸了一口气，他折腾得一晚没睡，现在更是急出一肚子火，偏又不敢对陆早秋发，只好尽量让声音听起来像陆早秋那样平静："陆首席，其实没那么严重，一次演出事故砸不了白哥的招牌。他生病的通稿已经发出去了，这就是一次意外，大不了以后他不开独奏会了。配乐、作曲、综艺，他的商业价值还在那里。这些都是白哥的理想，打拼这么多年，怎么可以说走就走？"

陆早秋："这不是他的理想。"

喻柏："陆首席你不知道白哥多看重这些——"

"我知道。"陆早秋说。

喻柏看着他，还想说些什么，但是陆早秋没有给他说话的机会。

陆早秋说："我知道。"

"喻柏，"陆早秋的声音很平静，像在描述一个世人皆知的真理，"钟关白只有两个理想，一个是音乐，一个是朋友。"

喻柏瞬间怔住。

他跟随钟关白好几年，从钟关白还不太红的时候就跟着。陆早秋吃个饭，钟关白又给扶椅子又给倒水的，这么一对比，就显得陆首席不冷不热起来。如果说古典乐出身的钟关白是演艺圈里的一股清流，那陆早秋就是蒸馏水，干净是干净，就是没点活人气。

陆早秋不太说话，能说到这个份上已经没有商量的余地，喻柏也不好再说什么。"陆首席，你这样……反正工作室是白哥的，我等他的决定。"喻柏垂下眼帘，没有看陆早秋，转身走了。

陆早秋在琴房门口站了一会儿，打开门，轻声喊："阿白。"

钟关白往后缩了缩，用手臂捂住自己的眼睛。

陆早秋无声地看了一会儿钟关白，弯腰从地上捡起一张张五线谱，是《降B大调第二钢琴协奏曲》。

陆早秋把琴谱放在钢琴上，然后从琴盒里拿出小提琴。

琴弓触上琴弦，是钟关白写的那首《遇见陆早秋》，陆早秋改成了小提琴版，他的琴声像一阵风，又像一条河，激荡而深情。

陆早秋技术精湛，他坐在交响乐团里，就是教科书。他离开交响乐团，对着钟关白再抬琴弓的时候，永远能让钟关白震颤。

过了很久，钟关白的手臂动了动，慢慢从眼睛上移开。他悄悄睁开眼，看着站在不远处的陆早秋。

陆早秋沉静地拉着琴，眼神落在钟关白的双眼上。

钟关白被看得像一只被剥了皮丢在沸水中的虾一样，陆首席越淡定，他越觉得羞愧难当。

"起来弹琴。"陆早秋说。

钟关白用手掌捂住脸，一直没有落下的眼泪从指缝间溢出来。

琴声将他带回那个下午。曾经，琴室里有一架钢琴，他坐在钢琴凳上，弹出他们合奏的画面，弹出一个音乐厅，一架三角钢琴，一个模糊的清瘦背影，一把小提琴，一把琴弓，一双缠着白色细绷带的手。

钟关白把那首曲子命名为《遇见陆早秋》。

他闭眼就是一首曲子，感情与灵感丰沛得像被上帝握住了双手，琴声像被天使亲吻过。

他说："我等了二十多年才遇见你。"

灵魂友人，万中无一。

陆早秋还是那个让他灵魂震颤的陆早秋，而他钟关白再也不是当年的钟关白了。

小提琴声像在割他的五脏六腑，钟关白的手掌握成拳，重重砸在地板上，失声痛哭。

陆早秋放下小提琴，走过去，摁住了他砸得发红的手。

钟关白不敢看陆早秋的眼睛："陆首席……"

"阿白。"陆早秋说，"有些话我走之前就要跟你说。"

钟关白突然惊慌失措起来："陆首席——"

"你的直播我看了。"陆早秋说，"就算没有忘谱，你的水平也下降了不止一两点。"

钟关白更加不敢看陆早秋的脸，头几乎要垂到地上去。

"你弹成这样，我不会安慰你。"陆早秋的声音从钟关白头顶上方传来，低沉而温柔。

陆早秋放开钟关白，站起身，从琴房的架子上拿出一沓专辑，第一张封面上是钟关白坐在三角钢琴前的侧影。

"这张录的是你参加肖邦国际钢琴比赛的视频。

"出这张专辑的时候你才十八岁，我还不认识你。

"这张是我们一起录的。

"这张收录了你所有的电影配乐。

"这张是电视剧的。"

钟关白不敢转头去看那些专辑。对于一些人来说，过去的成功好像是一种诅咒，时刻提醒着所有人他们已经江郎才尽的事实。

隔音良好的琴房内一片死寂，钟关白只能听见自己的心跳声，每跳一下就像被抽了一个耳光。

陆早秋坐回钟关白身边，把《降B大调第二钢琴协奏曲》的琴谱拿下来，问："阿白，勃拉姆斯的《降B大调第二钢琴协奏曲》是什么时候写出来的？"

钟关白想了想，低声说："1881年。"

陆早秋："他的《第一钢琴协奏曲》呢？"

钟关白："好像是1858年。"

陆早秋："时隔二十三年，他中间没有再写过任何钢琴协奏曲，但这不妨碍《降B大调第二钢琴协奏曲》成为古典乐史上最伟大的钢琴协奏曲之一。1881年的时候勃拉姆斯四十八岁，你现在才不过二十七。"

陆早秋顿了一会儿，然后说："从头来过。"

钟关白一怔。

"我去柏林之前就想跟你说，"但是当时的时机实在不好，艺术家总是敏感而脆弱的，所以陆早秋没有在演奏会前说这些话，"你的状态不对，不要说你今天二十七岁，你就是五十七，我也要带你找回以前的状态。"

陆早秋坐在钢琴凳上，拿起钟关白的手放在黑白琴键上，两双同样修长的手并排在一起。

钟关白完美的手指在琴键上微微发抖："我不行的，我弹不了……"

"我十三岁的时候就可以拉帕格尼尼最难的曲子，现在也可以。"

陆早秋拿起琴弓与小提琴，一段帕格尼尼的《我心惆怅》倾泻下来，右手运弓的同时左手拨弦。

陆早秋不喜欢炫技，但是当他炫技的时候，他就像一个从乐谱到乐器的翻译机器。

钟关白看着陆早秋的手指，窗外夕阳残照映进琴房，他的指尖上好像有天使在人间跳舞。

"刚做完手术的时候,我连琴弓都拿不起来。"
陆早秋放下琴弓,握了握带着伤疤的手。
"所以,你怕什么?"

♫

第4章

《小星星（钢琴变奏）》——陈明章

　　陆早秋说要带钟关白走，也不可能真的隐姓埋名住到山里去，像他这样的大首席，在音乐学院还有副教授的教职，请一个月的假已经是极限。

　　院长在电话里把他骂了一通，从作为客座首席巡演突然回国到莫名其妙请假一个月，连在音乐学院读书的时候休学一年去做手术的事都拎出来又念叨了一遍："陆早秋，钟关白弹得好你要去切手指，钟关白弹得差你要去旅游，哪来那么大个后劲？"

　　钟关白在一边听得坐立不安，陆早秋用在学院开会的语气说："情况不同。"

　　院长季文台指挥系出身，得亏陆早秋没站在院长办公室，否则季文台能气得当场用指挥棒抽他。当年季文台看陆早秋就跟相女婿似的，怎么看怎么满意，姿态端得客客气气，后来发现女婿招不成，只好当亲儿子看，没了顾忌。

　　老子骂儿子，天经地义。

　　季文台说："你叫钟关白接电话。"

　　陆早秋看了一眼坐在旁边臊眉耷眼的钟关白，说："您有事跟我说。"

　　季文台在那边又骂了两句，陆早秋一言不发硬挨着，钟关白愧疚得不行，坐不住，跑过去从陆早秋手里拿过电话："季老师。"

　　"呵，不敢当不敢当。"季文台说，"我可没教过你。"

　　钟关白说："老师……老师他也看了直播吗？"

　　季文台看陆早秋再不满意，能力、品性摆在那，还是要继承"家业"的；而钟关白这个"儿子"吧，整个儿就一不肖子，长得跟正统音乐学院的哪一位爹都不像，倒是越长越像隔壁"野鸡"艺术学校的种。

　　"不知道。"季文台口气极其夸张，钟关白几乎可以想象季文台啧啧摇头的样子，"可怜老温啊，二十年就收了这么一个学生，他要是看见了估计得从轮椅上跳起来。"

　　钟关白声音越来越低："我一会儿给老师打个电话，要是他有空就去他家看他。"

　　季文台哼了一声："打什么电话，你老师还能去哪儿？要去赶紧去，我要是你，连夜就背两捆琴谱跪他家门口请罪。"

钟关白应了半天"是",季文台才没好气地挂了电话。

钟关白对陆早秋说:"去看老师吧。"

陆早秋应道:"好。"

温月安的家在B市郊外。

怕被媒体看到,钟关白特地开的陆早秋的车。

快开到郊外的时候,陆早秋接了一个电话,是喻柏。连着几天陆早秋的律师都驻扎在工作室,整个工作室又联系不上钟关白,喻柏几乎要疯了,万不得已才打电话给陆早秋。

"陆首席,麻烦你让白哥接一下电话。"

"他在开车。"陆早秋按了免提。

钟关白一边开车一边故作轻松地说:"小喻啊,我手机让陆首席没收了。"

喻柏:"……"他从钟关白的话里听出了一股骄傲劲儿。

喻柏:"白哥,你能不能一会儿给我回个电话?"

钟关白坦然道:"你直接说。"

陆早秋做人的姿态永远在那里,他把免提关了,拿着手机放到钟关白耳边。

喻柏不知道陆早秋听不到,他寻思这场景怎么都是"陆臣要亡我钟家王朝,我一开朝老臣当着陆臣的面也要死谏"。但这话他不敢说出口,只敢拐着弯小心提醒:"白哥,下周要录节目。"

钟关白看了陆早秋一眼,说:"我知道。"

喻柏:"那你——"

钟关白:"律师在工作室?"

喻柏:"一直就没走。"

钟关白:"照律师的意见办。"

喻柏急了:"这,白哥你是真打算走啊?"

钟关白半天没说话。

喻柏咬着牙又问了一遍:"是,真走啊?"他把那个"真"字咬得很重,哽在喉头一般,好像就在等钟关白反驳他,告诉他那是假的。说到底,喻柏从来就没有相信过,钟关白会真走。

钟关白深吸一口气,闷在胸腔里,呼不出来。

他打着方向盘把车先停到了旁边的停车道上,然后从陆早秋手上接过手机,紧紧捏在自己手里。

半晌,他嘴角动了一下,吐出两个字。

"真走。"

电话那头也跟着静默了很久,半天喻柏才说:"……那我去处理。"

他说完话，却没有挂电话，听筒里只剩下呼吸声。

"财务那边可能要慢一点。"喻柏艰难地说，他其实从钟关白的话里听出了几分迟疑，他得抓住那一点迟疑，那是最后的救命稻草。

钟关白没说话。

喻柏等了一会儿，没有等到回应，又继续说："……是张姐那边，她上个月离婚了。"

张姐是工作室的会计，有段时间总是鼻青脸肿地来工作室，钟关白知道她有个家暴的赌鬼丈夫，还帮她报过警，但现在听了她离婚的消息，钟关白嘴上却说不出一声"恭喜"。

"她丈夫跑了，追债的人堵在她家门口砸门，她说怕给你添麻烦，不敢来工作室。她女儿今年上大学，考得很好……六百多分，但是学费还没有着落。"

钟关白说："从工作室支吧。"

"支不起。"喻柏说，"支付了合同违约金之后还有亏损，工资都发不出去。你定期资助的两个特殊教育学校的资金链也要断了，还有一个关于残疾人的慈善基金项目也要搁置……"

"还有许姐，当初是她一力捧的你，又为了你签到工作室来，跟老东家不欢而散，肯定回不去了，估计以后只能做独立经纪人。除了你，她手上现在一个艺人都没有，她忙着处理上次演出的……嗯，"喻柏顿了一下，好像在思考怎么说，"上次演出的后续事情，今天才看到那几个律师，她问我怎么回事……我，我实在不知道怎么说……白哥，你说，我该怎么跟她说啊？"

这是一种隐隐的指责，将所有细枝末节剥开，一一摊给钟关白看：你看，你走了，就是这么个后果，你真做得出来这样的决定？

钟关白右手握着手机，左手的手指用力地伸展开，像是要抓住空气中某种不可见的东西，因为太过用力，他的手指不受控制地颤抖起来，手背上的青筋跟着暴了出来。

钟关白走到这一步，这个名字代表的已经不是他自己。

他背后站了多少人，早就数不清了。

牺牲自己是一种豪迈的英雄主义，往往没那么艰难，痛苦的是牺牲他人。想要改变的人有千万，而改变永远伴随着这样那样的阵痛，熬不过去的是大多数。

喻柏那边静默了一会儿，然后传来"呲呲"的手掌摩擦声，好像是喻柏捂住了话筒。

电话那边断断续续地传来喻柏模糊不清的声音，不知道在安慰谁："没事没事，怎么会有事呢……别哭了……我说……别哭了！都别哭了！"

过了很久，电话那边才传来喻柏强自镇定的声音。

"白哥……我再问你一次。"

"真走了？"

钟关白闭上眼睛，仰头靠在车椅背上。

陆早秋转过头，钟关白的嘴唇没有血色，下巴紧紧绷着，仰起的脖颈苍白而脆弱，就像一只被囚在笼中的天鹅。

钟关白睁开眼，转头看着陆早秋。

他的眉目和当年一样缱绻温柔。

钟关白眼睛盯着陆早秋，对电话那边说："我不知道。"

喻柏像个被行刑前恍惚听见一句"刀下留人"的死刑犯一样，急忙问："什么叫不知道？"

钟关白一边看着陆早秋，一边从耳边拿下手机，在屏幕的免提上按了一下。

喻柏焦急的声音一下子占满了整个车厢。

"白哥，什么叫不知道？你是不是不走了？"

钟关白盯着陆早秋，陆早秋神色平静，无喜无怒。

"你让我想一下。"钟关白说。

"你这就是不走了？是不走了？"喻柏竟然一下子哽咽了。

"我想一下。"钟关白挂掉了电话。

他把手机递给陆早秋，陆早秋接过手机，看了钟关白一会儿，无声地推门下车。

钟关白立即跟着下车，他的眼睛追逐着陆早秋的身影，眼里一片兵荒马乱。

陆早秋走到驾驶位边，说："我来开。先去看温先生，太晚会打扰到他。"

钟关白点点头，默默走到副驾驶那边。

车不久就开到了温月安家门前。

院门开着，清澈的溪水从院子里的各色石头上流过，几尾锦鲤绕着一朵荷花打转。

溪边的竹木小几上有一个棋盘，棋盘上摆着一副残棋。

钟关白走进去，喊道："老师——"

院中的独栋小楼里传来钢琴声。

钟关白一愣，那是一首极其简单的童曲——《小星星》。

门没锁，钟关白推门进去。

一个看不出年龄的男人坐在轮椅上，他的头发梳得整整齐齐，穿着一件青色的长衫，看起来像是民国旧照里的人。若论皮相，他也不过三十出头，但是那双眉眼间沉淀着故事，那副骨子里写满了沧桑，说年过五十也似有可能。

男人正在看电视。

里面播的不是电视台的节目，而是一段清晰度很低，夹杂着背景噪音，明显不属于这个时代的录像。

录像的右下角印着老旧的红字：温月安慈善钢琴独奏会。

电视里有一个青年，坐在一架三角钢琴后，弹完了一首《小星星》。

画面切到了负责气氛的司仪脸上，她笑着对台下说："现场来了很多学钢琴的小朋友，所以温月安哥哥为大家演奏了一首《小星星》。有没有也会弹这首曲子的小朋友，来跟温月安哥哥合奏一下呀？"

电视画面切到了台下，很多小朋友都举起了手，司仪正在找原本预定的那个托，可还没来得及把人点上台，一个小男孩就直接冲上了舞台。

司仪有点尴尬地回头去看温月安，温月安温和地对小男孩说："你过来。"

小男孩跑过去坐到琴凳上，腿在空中晃悠着，还碰不到地板。

温月安说："你先弹。"

小男孩看着眼前的黑白琴键，像是看见了一样埋藏了全部渴望却从未得到过的珍宝。

他小心翼翼地将右手放上去，单手弹出最简单的主旋律。

"弹错了！要两只手！"有小朋友在台下喊。

坐在温月安身边的小男孩吓了一跳，手立马缩了回来，温月安看了小男孩一眼，眼神中带着安抚，他一抬左手，接着小男孩弹出的旋律弹了起来，只不过没有主旋律。

小男孩抬头看了温月安好久，终于试探着伸出右手，继续和温月安弹完了一曲。

温月安低头对小男孩说："再来。"

小男孩犹豫着伸出了两只手，磕磕绊绊地弹了起来。

他弹着弹着，错了一个音，温月安伸出手接着错了的那个音，继续往下弹。即兴的改编行云流水，就像刻意作的变奏曲。

温月安弹完一曲，低头问小男孩："第一次弹琴？"

小男孩被问个正着，心里不好意思，想往台下跑。但是他太矮，跳下琴凳一个不稳，差点摔一跤。温月安伸手去扶他，他往后一跌，手摸到温月安的大腿上。

小男孩吓了一大跳，吃惊地回过头看温月安。

那根本不是大腿，温月安的裤管是空的。

司仪一看情况不对，赶紧跑过来，要赶小男孩走："这位小朋友，我们这个互动环节结束了，你可以回到你的座位上了。"

温月安用有力的双臂将小男孩扶好，面色温和。

小男孩看着温月安，说："我知道你为什么没有腿了。"

司仪脸色大变，温月安却淡淡地笑着问："为什么？"

小男孩说："因为你有世界上最好的一双手。"

"老师——"

坐在轮椅上的人回过头，看到站在门口的钟关白。

"阿白来了。"轮椅上的男人说。

录像里，温月安问："你叫什么名字？"

小男孩拉长声音说:"钟关白——
"钟情的钟,关山的关,白雪的白。"

第5章

《梁祝（文武贝钢琴版）》——文武贝

温月安侧过头，像在听什么："早秋也来了。"

陆早秋从门外走进来，颔首道："温先生。"

温月安对陆早秋点点头，转头对钟关白说："阿白，来弹琴。"

这几年温月安精神不如从前好，两三年前就跟钟关白说不用去看他，钟关白已经很久没来了，再来却是由于这样的原因，他几乎抬不起头来。

温月安那句"来弹琴"，跟很多年前钟关白还不及钢琴高，提着琴书来上课时的语气一模一样。

一楼客厅的窗边摆着一架半旧的立式钢琴，显出古朴的样子。钟关白走过去，看见琴谱架上摆着《降B大调钢琴协奏曲》的第二乐章。

钟关白翻开琴盖，硬着头皮弹了一遍。

温月安说："再来。"

钟关白不敢回头，又抬手弹了一遍。

温月安说："再来。"

琴声一遍又一遍在房内响起。

弹到第五十遍的时候，陆早秋走过去抓住钟关白的手腕，回头对温月安说："温先生，就到这里吧。"

温月安抬眼看了一眼陆早秋："阿白，你自己怎么说？"

"我——"钟关白低下头，"再来。"

窗外的日头一点一点沉下去，房中渐渐陷入一片黑暗。温月安坐在轮椅上，一言不发。陆早秋站在钟关白身侧，也静默不语。

房中只有钢琴声。

钟关白看不见琴谱，干净而流畅的音符却一点点流淌出来。

一遍一遍地重复，好像没有任何分别，但是在看不见的地方，似乎有一堵石墙正在缓缓裂开，碎石与砂砾从墙上不断脱落，细微的光从裂开的石壁中透进来。

被堵在石壁那边的琴声从裂缝中穿过，变成细流。石壁一点点瓦解，细流汇成了江河，奔涌而来。

终于，那座石壁轰然倒塌。

在黑暗中，钟关白的琴声像海水汹涌。

等他收手的时候，余音一如平静的大海，潮已退去，只余一丝已然逝去的壮阔。

房内寂静无声。

钟关白好像又回到了最开始练琴的时候。

在考进音乐学院之前的十余年，钟关白放学后的时间与周末几乎都在这栋小楼里度过。寒来暑往，风雨无阻。

那些严寒的冬日，他把两只手缩在袖子里不肯拿出来，温月安便跟他说："阿白，手指不动，是要长冻疮的。"

那些燥热的夏天，他汗流浃背地练琴，热得不肯练了，温月安便要他在书桌上拿着毛笔写"静心"二字，什么时候愿意练琴了就停笔。

温月安的时间好像是不会流动的，他院子里的残棋，房内的电视机、书架、钢琴，甚至许多琴谱都和钟关白第一次踏进这座房子里的时候一模一样。

钟关白从琴凳上站起来，凭借熟悉的记忆打开房内的灯。

他垂着头跪在温月安的轮椅前。

温月安说："荒废了两年，不要想着一晚上捡回来。"

钟关白应道："……是。"

温月安对陆早秋说："我管不了阿白几年了，你不要把他惯坏了。"

钟关白呼吸一窒，心痛得跪在地上不能动弹。

陆早秋应了"是"，温月安又说："阿白心软。"

温月安从不说重话，一句"心软"已经是在说他意志不坚，钟关白怎么会听不懂，他艰难地抬起头，哑着嗓子喊了一声"老师"。

温月安说："书房的桌上有一幅字，阿白你走的时候带上。"

钟关白跪着不肯起来，温月安说："早秋，你带他回去。"

陆早秋扶着钟关白从地上起来，钟关白看见墙上的老式挂钟已经指到十点了，他不敢再打扰温月安，只好去书房拿字。

书房在二楼，钟关白开了灯，宽大的一方桃木桌上，青纹白底的瓷镇纸下压着一幅字："关山此行望归早，白雪落尽仍是秋。"

钟关白拿起那幅字，手指在"望归早"三个字的上方描摹。

温月安这是在叫他回头。

一句"白雪落尽仍是秋"是在告诉他现在回头还来得及。

钟关白将那幅字仔细捧在手上，关了书房的灯。他抬步下楼，没走几个台阶，脚步一顿，又返回书房，展开一张没写过的宣纸，用镇纸压好，磨墨提笔。

白雪关山虽行远，万死未敢负师恩。

他太久没有练字，写得不好看，怕温月安更加失望，于是又将那张宣纸揉成一团，丢在垃圾桶里。

等他捧着温月安的字下楼的时候，隐约听见温月安对陆早秋说："阿白喜欢干什么，你一直是不插手的，都随着他……阿白是个好孩子，他有时候看不清，忘了自己到底最喜欢什么，也不知道自己走到了哪里。你啊，不能看着他乱走，要叫他回来。以前他回我这里来，以后他回你那里去。"

钟关白听了，咚咚咚几步跑下楼梯，差点把自己绊了一跤。

"老师？！"钟关白惊疑不定地喊道。

温月安淡淡笑起来："阿白太吵，我是老人家，不要老来闹我。"

钟关白这才微微松了一口气，温月安说："你们回去吧。"

钟关白深深鞠了一躬，才和陆早秋一起出去，走出门的时候，他转身轻轻带上房门，关门的一刹那，他听见温月安轻声说了一句话。

"人活一辈子，只能做一件事，哪怕负尽天下。不疯魔不成活。"

钟关白怔在原地。

良久，门内传出极轻的钢琴声，像卷着落花的湖水。

"老师在弹《梁祝》。"钟关白轻声说。

钟关白抬起头，琴声里的月光带着愁意。

他把那幅字小心展开，借着月光给陆早秋看。

"关山此行望归早，白雪落尽仍是秋。"陆早秋轻声念出那两行字，微微动容。

一关一白为头，一早一秋为尾，正是叫钟关白回陆早秋那去。

钟关白看着陆早秋，眼里是和从前全然不同的东西，他说："早秋，我们去法国吧，就像我们刚认识的时候，去欧洲巡演那次一样。"

那是他们第二次一起跟音乐学院的交响乐团去欧洲巡演，没有演出和排练的时候他们都住在一起，租一台钢琴，一起练琴写曲子。

陆早秋的声音低沉而温柔："好。"

回到家，钟关白从抽屉里拿出两份房产证，然后给喻柏打了个电话。

喻柏接了："白哥？"

"小喻子，赔完违约金，工作室还亏多少？"钟关白问。

喻柏："白哥你还是要走？！"

钟关白："你先说亏多少。"

喻柏迟疑了一会儿，报了个天文数字。钟关白又从抽屉里摸出两份汽车产权证，再算了算手上的股票："嗯，好歹攒了点身家，赔得起，还能给你们每人再发半年工资。"

喻柏想说什么，钟关白打断他："小喻，这么几年过来，我钟关白还是有几个朋友的，我会尽量把你们都安排好。"

"我是担心自己没地方去吗？"喻柏几乎愤怒地说，"弄了半天你觉得我们都在担心自己的出路？所有人都是在为你工作。白哥，你都这么红了，我们能不为你可惜？陆首席那种不识人间疾苦的人觉得我们在演艺圈追名逐利，觉得我们庸俗，你也这么认为？好，就算我们庸俗，但是这个世界就是靠着我们这些庸俗的人运转的，你赚的钱让多少人吃上饭了？你捐了多少钱做慈善？没有名气，没有钱，哪来的这些东西？"

钟关白一言不发地听着。

喻柏一股脑儿说完，却没得到回应，于是他喘着粗气问："白哥，你在听吗？"

钟关白说："我在听。"

喻柏梗着脖子说："我说完了。"

"小喻子啊——"钟关白走到琴房的书架边，伸出手，一册一册地去摸书架上摆好的钢琴谱，他从一头摸到另一头，手指沾上了一层薄薄的灰。

他收回手，低头盯着指尖上的灰尘，说："有爱心的慈善家里不缺一个钟关白。"

慈善界不需要钟关白，是钟关白需要慈善。

舍不得不去当救世主，不见得比舍不得名利高尚几分。

当圣母容易，当恶人才难。

人哪，所有的境遇仿佛都是被生活所逼，受命运所迫，其实不过是舍不得。若锁腕便断腕，缚足便断足，世间哪有什么桎梏牢笼可言。

喻柏急得口不择言："白哥，弹钢琴的人里，也不缺一个钟关白。"

钟关白沉默一会儿，自嘲道："是。不缺。"

喻柏还没来得及放下心来，便听见钟关白一字一句道："但是钟关白这个人，缺了钢琴不行。"

钟关白说完，挂了电话。

他放下手机，站在书架边出神。

过了一会儿，他感觉到肩上微微一沉，回过头，是陆早秋给他披了一件外套。

"陆首席，我们订机票，明天就走。"钟关白说。

陆早秋说："不要急，慢慢来。"

钟关白摇头："我不能让你再失望了。"

陆早秋轻声说道："我没有失望。"

钟关白看着陆早秋的眼睛问："你看我弹得那么差，看我不练琴，看我变成那样，你也没有失望？"

陆早秋眼底幽深，满溢笑意："那不是失望。"

钟关白问："那是什么？"

陆早秋沉吟了一会儿，说："大概是害怕。"

怕你把自己最喜欢最珍视的东西弄丢了，怕你不快乐。

第6章

《若能绽放光芒（钢琴改编）》——斧头龟SFTGSoft

钟关白立即订了第二天的机票，然后开始收拾行李。

他收到书架上的琴谱的时候，突然发现一册旧琴谱后面有个东西，便拿起来看了看。

那是一个透明的立方体，不知道什么材质，沉甸甸的，里面飘浮着一把小提琴与一把琴弓，琴身与琴弦都极为精致，连琴弓上极细的弓毛也根根分明。

钟关白觉得有点眼熟，脑子里好像闪过一些片段，又想不起来到底在哪里见过。他听见陆早秋在洗澡，也就没去问，想来是陆早秋的东西，于是又放回了原处。

他没太多东西要收，只有琴谱单独装了一个箱子，细细封好，要走特殊物品的途径托运过去。

等他收拾好了，陆早秋已经洗完澡，正坐在卧室里看书，姿态说不出的优雅好看。

陆早秋低着头，修长的手指翻了一页，钟关白才发现那不是书，那是一本相册，是他们第一次巡演的时候拍的，学院做成了纪念相册，乐团成员人手一本。

钟关白远远看着，想起他们在音乐学院念书的时候，跟着学院的交响乐团参加过两次大型巡演。第一次巡演的时候，陆早秋对他而言还只是高山仰止的小提琴首席，教科书一般的冷静，不苟言笑，寥寥数语，只有钢琴与乐团的整体配合。

那时候钟关白心里除了敬畏，什么都不敢有。

陆早秋拣着有钟关白的照片看完，将相册放进抽屉里。

钟关白走过去感叹说："那时候我怎么就没认识你呢！"

陆早秋一愣，仔仔细细看了钟关白一会儿，眼睛里的些许复杂逐渐变成了浅浅的温柔笑意与平和包容，他说："早点睡吧。"

钟关白不敢造次，老实躺下睡觉了。

他太久没有这样早睡过，连日的疲惫让他很快就睡着了。

第二天，钟关白把一应文件都交给了律师，下午就坐在机场的贵宾室里拿陆早秋的手机给秦昭打电话，给自己手下的人安排出路。

秦昭一听，二话不说就答应了。

他当年能迅速从一个过气演员变成现在家喻户晓的演员，是承了钟关白和唐小离的恩义。

那时候唐小离写的东西挺火，有投资人要买他的小说改编电影，他坐在投资人面前，指名道姓地要秦昭演男一号，还自以为很有情怀地说："我这本书就是为秦昭写的。"

投资方连秦昭这个名字都没怎么听说过，上网一搜，这人属于典型的"演的角色家喻户晓，但是谁也不知道演员本人到底叫什么名字"的那种演员。总而言之，没有名气，担不起票房，但是演技精湛，片酬还低，是个演配角的好人选。

投资方搞明白了情况，发话了：要秦昭当男一，免费的也不拍，要拍就要请当红小生来扛票房。

唐小离气得把铂金钢笔朝合同旁边一甩，说："爱拍不拍。"

在这个圈子里，唐小离到底还是新人，没有被成功改编的影视作品，他话放在那，非要秦昭，一下子还真没人肯冒险拍。

唐小离一个电话把钟关白叫出来喝酒，一脸愤懑得不到发泄的惆怅："没人拍我怎么和秦昭认识？"

钟关白和唐小离，那是多么深厚的情谊。说通俗点，就是曾经睡在一张床上，盖着棉被帮对方分析问题的战友。

二人"情比金坚"。

钟关白算是跟着温月安长大的，本来应该长成一副清心寡欲的样子，奈何后来交的"狐朋狗友"全不是正经人。在这方面，他和唐小离的脑回路是一样的。

但是他已经改邪归正，当然就不是以前那种心态。他喝了两杯酒，就开始语重心长地跟唐小离吹牛："我跟你说，那是完全不一样的。"

钟关白用一种对牛弹琴的语气说："灵魂的事，你是不会懂。我跟你说，你不要老是想着玩，有意义的人生，就应该弹弹琴，念念诗什么的。"

唐小离说："你变了。"

钟关白说："哪变了？"

唐小离一脸对于美好过往的唏嘘感叹："你以前不是这种虚无缥缈的人，以前我们都是实在人。"

钟关白说："好吧。看来你还是没玩够。"

唐小离："你知不知道秦昭长什么样？"

钟关白："不知道。"

唐小离掏出手机："你看。"

钟关白："这不是那个，演那什么的——"

唐小离："就是他。你有没有发现一件事？"

钟关白："没有。"

唐小离："我高中毕业看了他演的一个剧，从此以后我交的朋友都有他的痕迹。"

钟关白回忆了一下："好像有几个长得是有点像他。"

唐小离一脸庄严肃穆："不是有几个，是每一个。"他说完以后拿起杯子，豪迈地抬头闷了一整杯酒，"所以说什么我也得跟他联系上。"

钟关白说："不就是电影嘛，我给你拍。"

这话是借了点酒劲儿，但也不是空头支票。

那时候钟关白凭借《听见星辰》刚得了一个电影配乐奖，认识几个人，手里有两个钱，正好烧得慌，不是唐小离他说不定也会去投资别人。

钟关白把唐小离的本子一看，配乐在脑子里就有了雏形，他自己出了一部分资金，又说动了一个制片人，很快电影就提上了日程。

秦昭一炮而红。

三个提名，一个"最佳演员"，直接火爆。

后来秦昭对钟关白的恩义无处偿还，只好一手把钟关白的人收到自己的工作室去。

唐小离在那边听了电话，立即叫秦昭开免提："钟关白你真要去欧洲大农村练琴呀？到时候等你回来，年事已高，'货架'上都是'小鲜肉'，你人老珠黄可怎么办呀？"

唐小离整个人就剩一张嘴，近年磨得越发利了，那刻薄劲儿，就是站在他身边的秦昭说起台词来也比不上他。

钟关白的眼睛停在他身边的陆早秋身上。

"我又不是货，上什么架啊？"钟关白一边看着陆早秋的侧脸一边对电话那头说，"再说了，我不怕。我早就跟你说了，那是完全不一样的。"

陆早秋转头看他一眼，嘴角露出一点好笑的意味。

钟关白说："我虽然不是正经人，但是陆首席是正经人，那四舍五入我也算是正经人了。我们正经人，你是理解不了的。"

唐小离"呸"了一声："那我四舍五入就是'最佳演员'了。"

钟关白说："你错了，你一直都是'最佳演员'。"

他挂了电话，把手机塞进陆早秋口袋里，趁机掐了他一下。

陆早秋淡淡道："这是机场。"

钟关白突然觉得有点恍惚，当年他和陆早秋刚刚关系变好，去巡演的时候，他也这么掐了一下陆早秋，当时陆早秋脸立刻就黑了。

钟关白想到那个场景，再看现在的陆早秋，心里又是开心又是心酸。

他说："我逗你玩嘛。"

陆早秋居然没有再驳回，也没搭理他，只安安静静地继续看书。

没过多久要登机了，钟关白坐在沙发上不肯起来。

陆早秋低头看了一眼钟关白，他低声说："陆首席，等一会儿……我需要一点时间……就一会儿。"

陆早秋说了"好"便在一旁等着。

过了一会儿，钟关白说："陆首席，你别这么看着我。"

陆早秋："嗯。"

钟关白："陆首席你暂时别跟我说话。"

过了半天钟关白站起身，一只手提起陆早秋的小提琴盒，一只手提起随身行李，跟陆早秋一起登机。

机窗外的建筑一点点远去，那些繁华美观的高楼、交错纵横的道路、来往奔忙的车辆慢慢变小，最终全都看不见了。

蜜色的暖阳流动着，浸透了飘浮的云海。

那是希望之光。

第7章

《黄昏的七子》——加古隆

法国，阿尔卑斯省。
前往蓝色海岸海滨某镇的火车上。

"这位年轻的先生，您手上的花真美。"一个六七岁的小女孩说。
她穿着一条粉色的裙子，白袜子外面套着一双黑色的小皮鞋，金色的头发梳成一条马尾辫，鼻子上有淡淡的可爱雀斑，一双浅蓝色的大眼睛盯着钟关白手上的花，神色腼腆。

钟关白笑着用法语跟小女孩说："谢谢。我十分想送你一枝，但是——"
钟关白在小女孩极为期待的眼神下，毫无愧疚感地继续说："但是这些花是要送给我旁边这位先生的。"
小女孩看了一眼靠着窗坐着的陆早秋，然后眼巴巴地看着钟关白。
小女孩的妈妈把小女孩抱起来，对钟关白不好意思地笑了一下，然后低头跟小女孩说："好了，Elisa（伊莉莎），我们该下车了。"
小女孩仍然眼巴巴地看着钟关白。
陆早秋从钟关白手里的花束中抽出一枝来，递到小女孩手里。
小女孩高兴地接了："先生，您真大方。"

小女孩的妈妈抱着小女孩下了车，小女孩还一直隔着车窗盯着陆早秋看，钟关白笑了下说："先生，您真大方。"
陆早秋说："她只是想要花，又不是什么别的。"
钟关白故意问："要是她想要别的怎么办？"
陆早秋眼里浮现出一点笑意："那就只能扔白手套了。"

火车停在海滨的城镇，阳光甜蜜，海风黏腻。

陆早秋在这个小镇上租了一栋带三角钢琴的房子，就在海边的山上，在自家院子里就可以看到不远处的海湾。

他们刚从一个花田回来，钟关白坐在钢琴边写曲子。

双麦克风架在三角钢琴的琴弦上方，准确地录下钟关白琴声里的每个细节。

钟关白一直弹到傍晚，每一遍都总觉得哪里缺了一点什么，就像花田绵延数里，他只能弹出一枝一叶。他想改，一时又找不到灵感，于是有点心烦。

陆早秋拿起小提琴，拉了一首舒缓的曲子，像在抚慰钟关白的焦躁。

钟关白站起来走了两圈，又回到钢琴凳上坐下。

天才总是极为敏锐，有些东西在生命里流逝，常人一无所觉，但是天才不会。他们因为知晓自己曾经拥有而痛苦。

陆早秋拉完一首曲子，走到钟关白背后，说："不要心急。"

钟关白弹出几个音，又收回手："陆首席，我觉得我以前肯定是被神握住了手，但是现在他松手了。"

陆早秋倾下身子，伸出手虚放在钟关白手的上空："他没松手。来。"

钟关白弹了一会儿，还是找不到感觉。

陆早秋说："这不是一天两天的事。技法靠练，你这些天练得够多了。情感靠刺激，你找不到感觉，说明你没有被触动。"他拉起钟关白，"先不弹了。我们出去走走。"

两人沿着山上的小路散步，微风带来植物的气味，海面的落日把整座海滨小镇照得格外温柔。

钟关白看着陆早秋的侧脸，突然说："陆首席，我好像很久没给你念诗了。"

陆早秋看着海面，忍笑："真念还是假念？"

钟关白说："我的水平你是知道的。"

陆早秋停下脚步，在钟关白额头上轻轻弹了一下："别念。"

钟关白摸了一下额头："你是海上的一轮明月——"

陆早秋笑着低声说："闭嘴。"

他们走了许久，忽然听到了钢琴声，好像是从小路尽头的一间餐厅里传出来的。

钟关白一听就知道那水平很是一般，他说："走，陆首席，我们进去露一手。"

弹钢琴的是一个年轻的女孩，二十出头，钟关白走过去几句话就把女孩哄了下来，自己坐上去弹了一首德彪西的《暮色中的声音与芳香》。

钢琴声在餐厅中安静流淌，将餐厅外降临的夜幕渲染得更加温柔。

一曲毕了，四周响起掌声与赞叹。

不远处，一个翡翠色眼珠的高壮男人的掌声格外响亮。他站了起来，对钟关白说："Les sons et les parfums tournent dans l'air du soir."

钟关白笑了一下，没说话。

男人走过来，手撑在钢琴旁，两只绿眼睛盯着钟关白，用格外有磁性的声音说："这是德彪西的Les sons et les parfums tournent dans l'air du soir，多美啊，不是吗？你知道这个名字出自哪里吗？"

钟关白说："波德莱尔的诗，《黄昏的和谐》，第三句。"

"我有这个荣幸认识你吗？"男人惊讶又赞叹地伸出手，自我介绍，"Lance（兰斯），小提琴拉得不错。"

钟关白听见那句"小提琴拉得不错"低头笑了一下，摇摇头。

Lance以为钟关白不信："噢，这位先生，"他回到座位上从小提琴盒里取出小提琴，"你有兴趣与我合奏一曲吗？你一定会体会到那种美妙的感觉，那是音乐的力量。"

钟关白朝远处正在看着他的陆早秋抬了一下下巴："我只是那边那位先生的钢琴伴奏而已。他是我见过的最优秀的小提琴手。"

Lance看了陆早秋一眼，声音志在必得："或许我可以和他比比。"

钟关白好笑："比什么？"

Lance："说不定你会发现，你更适合做我的伴奏。"

钟关白摇头："那不可能。"

Lance更加有兴趣了。钟关白到法国以后重新开始健身，肌肉线条恢复不少，南法的阳光将他的皮肤晒成了浅蜜色，十分好看。

Lance挑起眉毛："说不定在朋友方面，我也更适合你。"

钟关白不耐烦，想走了："不，我不这么认为。"

Lance意味深长地说："那是因为你没有认识不同的人。"

他没等钟关白再回答就提着小提琴走向了坐在远处的陆早秋。

陆早秋这种清瘦的亚洲男人在Lance眼中根本不够看，他居高临下地对陆早秋说："要不要跟我比一下？"Lance转头向钟关白眨一下眼睛。

第8章

《卡门主题幻想曲（Op.25：庄重部分）》——巴勃罗·德·萨拉萨蒂

周围吃饭的人都在看好戏。

餐厅老板也饶有兴趣地靠在吧台边，对Lance做了个"祝你好运"的手势。

Lance扫了一眼周围，对被围观的盛况很满意，他拿着琴弓对陆早秋比画了一下："你先来还是我先来？"

看一个人的水平，可以看他琴的使用情况。

陆早秋站起来，看了一眼Lance的小提琴，神色淡漠，用标准的巴黎口音说："我找不到弹琴的理由。"

Lance扬起一边眉毛："好朋友难道不是最好的理由吗？"

"当然是。可是，"陆早秋轻笑一声，好像听到了一个不太高级的笑话，出于礼貌施舍了一个笑容，"他本来就是我朋友。"

"也许比赛结束之后就不是了。"Lance故意挽起短袖的袖管，就像穿了一件无袖的背心，露出强壮的手臂肌肉。

陆早秋扫了Lance一眼，面上平静无波，而放在身侧的左手却背到了身后。

手指一根一根收了起来，指节绷紧，微微发白。

Lance打量着陆早秋："你不敢？"

陆早秋的右手不着痕迹地在左手小指的第二根指节上捏了一下，眼睛里一片冷光："来。"

陆早秋一向克制又冷静，以前从不理会这种不知从哪片田里冒出来的土拨鼠。钟关白也不知道陆早秋今天怎么了，竟然愿意屈尊对土拨鼠扔白手套。

Lance慷慨地做了一个递琴的动作："需要我让你先来吗？"

陆早秋淡淡道："我让你。"

钟关白快步走过去，站在陆早秋身边，用法语开了个玩笑缓解气氛："两位绅士，法国好像已经不流行决斗了，不是吗？"

说完，他凑到陆早秋耳边特别殷勤地说："陆首席，我们回家吧，嗯？我们回家。"

陆早秋看了他一眼："等一下。"

"海伦，这可是特洛伊之战。"Lance冲钟关白灿烂一笑，行了一个夸张的中世纪礼，"海伦，你可以为我伴奏吗？"

海伦，谁是海伦，钟关白皮笑肉不笑地说："我拒绝。"

"你真幸运，现在海伦只愿意为你伴奏。"Lance对陆早秋说。他说完，只好请原本在餐厅弹钢琴的女孩帮他伴奏，"*Carmen Fantasy*，Waxman[①]。"

钟关白无语，好嘛，《卡门》。

Lance半闭上眼睛，陶醉般地侧头，下颚偏向左方，用脖子夹起小提琴，手上夸张地比了一个开场的手势。

钢琴开场就是歌剧中斗牛士场景的音乐，一下子将整间餐厅的气氛引燃了。

Lance闭着眼睛，在钢琴的最后一个重音落下的同时，极为利落地一抬琴弓，一串连贯弓法，左手紧接着一串极为快速的指法变化。

钟关白眼神稍微变了变，这不是个普通的土拨鼠。

陆早秋脸上一片平静，看不出情绪。

小提琴明显比伴奏的钢琴高了几个段位，合奏略有一点不和谐。但是Lance也浑不在意，他技艺不俗，拉琴的时候完全沉浸在自己的琴声中，很是享受。

等他拉到结尾快而急的部分时，已经有人忍不住站起来准备为他鼓掌了。

最后一弓——

极为短促干净，声如裂帛。

Lance一扬琴弓，姿态热情而大方，像是在公然邀掌，翡翠色的眼睛在餐厅不算明亮的灯光下璀璨得像真正的宝石。

他在掌声和叫好声中走向陆早秋，递出小提琴的琴弓。

"墨涅拉奥斯，我要带走海伦了。"Lance得意地说。

陆早秋接过小提琴，Lance看见他手指上的浅淡疤痕，翡翠色的眼珠一动："你受过伤，还是做过手术？"

陆早秋没理他，举起小提琴调音。

"喂，我是不想欺负伤者。"Lance扬起一边眉毛，"你放心吧，我的音准没有问题。"

"我只相信自己的耳朵。"陆早秋侧着头，给了钟关白一个眼神。

钟关白回给陆早秋一个明了的眼神，然后默契地坐到钢琴凳上，给了一个基准音。

陆早秋闭着眼睛，听着钢琴声，左手极细微地拧了一下A弦，再用琴弓拉出双音，根据A弦依次调好其他三根弦。

拉小提琴到陆早秋这个份上，如果不是要用餐厅这架钢琴伴奏，他完全可以靠自己的

[①] 弗朗茨·沃克斯曼（Franz Waxman），作曲家、指挥家，著名作品有 *Carmen Fantasy*（《卡门狂想曲》）。

耳朵和演奏曲目的需要给出一个最合适的基准A。

Lance懊恼地看了一眼钢琴。

他的小提琴再准又怎么样，他忘了，这只是一架街头餐厅里的普通钢琴，肯定跟标准的440赫兹有细微偏差，他用440赫兹校出来的小提琴在这架钢琴的伴奏下当然就是不准的了。

而在陆早秋的耳朵里，音准没有误差大小一说。音准只有两种可能，要么正确，要么错误。

Lance看着已经调好音的陆早秋，明白自己已经犯了一个致命的错误。

陆早秋回头对钟关白说："*Carmen Fantasy*。"

钟关白笑起来。

他忍着笑问："Sarasate[①]？"

陆早秋淡淡应了一声。

钟关白想，陆首席今天这个白手套估计是想扔对方脸上。拉什么不好，也要拉《卡门》，对方拉韦克斯曼的，他就要拉萨拉萨蒂的。

萨拉萨蒂这个人，相对比较浮夸，自己小提琴拉得好，写曲子也喜欢炫技。两首《卡门幻想曲》都取自歌剧《卡门》，十分相似，但萨拉萨蒂的那首明显增加了很多繁复而艰深的小提琴技巧。

陆早秋平时不是这种人，今天也不知道是哪根弦不对了。钟关白脑补出了一只Q版陆早秋不小心脑子长掉了的样子，再看宽肩窄腰、略显瘦削的陆早秋面无表情地拿着小提琴，一副清清冷冷遗世独立的姿态，就觉得分外可爱。

陆早秋微微向钢琴的方向侧过头，钟关白抬手，伴奏序曲响起。

陆早秋听着钢琴声，抬起琴弓，像叙述诗般的小提琴声伴随着如鼓点一般的钢琴声流淌出来。忽而琴声一转，勾出一丝别样的味道。

琴声渐渐走向第一次高潮，钢琴随着小提琴声渐强渐弱。

几声拨弦，几个顿弓，钟关白的钢琴随之停下伴奏，继而又在陆早秋的偏头示意中开始了下一段。

Lance盯着陆早秋的手指，一时被迷住。

他从没发现这个在他看来过分瘦削的东方男人有这样的魅力。这个男人气质清冷，像一座冰山，但当他拉小提琴的时候，琴声却好像被什么东西点燃，里面有灼人的温度与耀眼的光。

[①]帕布罗·德·萨拉萨蒂，西班牙男作曲家、小提琴演奏家。

陆早秋闭着眼睛，手指在琴弦上移动，琴弓跳跃，速度快得让人几乎看不清。

他在全曲的第四部分刻意做了即兴改编，钟关白耳朵一动，猛地抬头看向陆早秋。陆早秋侧过头看了钟关白一眼，眼神锐利而滚烫，钟关白几乎被那个眼神胁迫。

那是一个小提琴手对一个钢琴手的信任。

更是陆早秋对钟关白的期待。

他辜负不起。

钟关白精神大振，伴奏突起，与小提琴交相呼应。

黑白键盘上十根手指，每一根都连着跳动的心脏。而钟关白的心脏里，一半是手下的钢琴，一半是前方的陆早秋，滚烫的血液从心脏里奔涌而出，带着理想流满全身。

小提琴声与钢琴声仿佛是世间仅剩的声音，餐厅似乎变成了音乐厅，他们在演奏两个人的交响曲。

小提琴的最后两弓沉沉划过，餐厅里爆发出热烈的掌声。

钟关白猛然站起身，向陆早秋走去。同时，陆早秋转身，拎着小提琴与琴弓朝钟关白走去。

钟关白站在陆早秋面前，四目相对。

"陆早秋，你是我的神——

"你又握住了我的手。"

Lance略带不满地说："喂，你们真是够了！"

陆早秋脸上没有什么表情，走过去将小提琴还给Lance。

Lance看着陆早秋走过来，面容顿时一肃，身上那股浪荡浮夸的气质褪得一干二净。他一只手接过小提琴，一只手郑重地朝陆早秋伸去，就像一位名门望族的绅士。

"重新认识一下，制琴师Lance Chaumont（兰斯·肖蒙）。"

第9章

《海之声》——Softly

陆早秋伸手："陆早秋。"

Lance嘴里"Lu"了半天，也没能正确发出"陆早秋"三个字的音。他看着陆早秋的眼睛由衷赞美道："墨涅拉奥斯，你的名字太美了，就像小提琴一样。你知道的，发出优美的声音需要练习。"

那可是陆早秋，钟关白从来没见过有人敢明目张胆上来接近陆早秋。他立马挡到陆早秋面前，对Lance说："好了，我们该走了，帕里斯，你是不是也该回你的特洛伊去了？"

Lance自来熟地揽上钟关白的肩，一副哥俩好的样子："噢，海伦，我不会把墨涅拉奥斯带走的。"

钟关白说："以防万一而已。"

Lance掏出一张名片，插在钟关白胸前的衬衣口袋里："嘿，海伦，如果你想送你的小提琴手一个特别的礼物，可以来找我。如果你们想参观世界上最特别的小提琴手工工厂，也可以来找我。"

Lance拎起小提琴，走出餐厅。他没有回头，只潇洒地在夜幕下的最后一点落日余光中挥了挥手。

钟关白掏出名片看了一眼，上面只有一把手绘的黑白小提琴和三行字。

一行小字是名字，一行更小的字是地址，最醒目而妖娆的是一行法语花体字——

每个人心里都有一把造不出的小提琴。

钟关白随手把名片放回口袋里，说："陆首席，我们回家？"

陆早秋应了一声，然后在餐厅点了几个菜和甜品，请餐厅服务员送到家里去。他要付钱的时候，餐厅老板笑着拒绝："请让我们来请。"

陆早秋把钱与小费放在吧台的玻璃碟子上："我们在这里度过了一个愉快的傍晚。"

餐厅老板笑着耸耸肩，没多说什么，送晚餐的时候却叫餐厅服务员额外送了一瓶酒。

他们租下的院子里架着一张木桌，上面摆了三盏烛台，烛台边的玻璃瓶里插着他们从花田里带回来的花。

金枪鱼沙拉新鲜美味，可丽饼上的冰激凌刚刚化开一点。

钟关白帮陆早秋拉开椅子，摆好餐具，然后递了块热毛巾给陆早秋擦手。

"陆首席，你假期都没几天了，我们明天去埃兹吧，那边有个热带植物园。"

温热的湿毛巾擦过手指，陆早秋低声应道："好——"

晚上陆早秋在客厅拉小提琴，钟关白去洗澡，洗了很久都没出来。陆早秋不放心，于是放下琴，走到浴室门口，敲了敲门："阿白？"

里面只有水声。

陆早秋推开门，看到钟关白靠在浴室的墙壁上，他的头发被水浸透了，贴在侧颊上，水流从他的脸上流下，划过胸膛和腹部，以及手背。

陆早秋走过去，轻轻拍了拍钟关白的肩。

低于水温的触感吓了钟关白一跳，他睁开眼，往后退了一步，差点滑倒："陆……陆首席——"

陆早秋一把拉住钟关白："你没事吧？"

钟关白说："没事，就是今天挺累的。"

钟关白仿佛看到陆早秋的眼睛里有一闪而逝的难过，但是在水雾缭绕的浴室中，又像是某种错觉。

陆早秋放开钟关白，调高了水温："你别洗太久，早点出来睡觉，明天我们去植物园。"

钟关白抓住陆早秋的手臂："你全身都湿了，洗洗吧。"

陆早秋笑容像湖水一样，沉静而包容："没事，我去换件衣服。"

钟关白站在浴室里，心里觉得今天的陆早秋不太对劲，他以为他们之间的关系已经恢复了。

钟关白很快冲完澡，穿着浴袍出去。

陆早秋正站在院子里，看着远处的海湾。

钟关白并排站在陆早秋旁边。

陆早秋侧头："嗯？"

钟关白说："我去把你即兴改编的那段抄成谱子吧，再录下来。"

陆早秋说："我已经写好了。"

钟关白说："那我们明天录？"

陆早秋："好。"

钟关白凑到陆早秋耳边喊:"陆首席。"

陆早秋:"嗯。"

钟关白厚着脸皮说:"陆首席,你背我去看海呗。"

他们目之可及的远方就是深色的海水,一点遮挡物都没有,但陆早秋应了一声"好"就背起钟关白朝院子外走去。

小路上十分安静,耳边是海浪声、蝉鸣、风吹着植物的声音,还有陆早秋沉稳有力的脚步声。

陆早秋一直背着钟关白沿着小路从山上走到了海滩边。

钟关白趴在陆早秋背上,闻着陆早秋衣领上干净的味道。

月色下的海湾深沉而温柔,空气中潮湿的气息都带着甜腻的味道。

钟关白马上从陆早秋的背上跳下来,陆早秋扶了一把:"你小心点。"

钟关白看着陆早秋的眼睛,阵阵海风吹来,海浪的声音起伏着,像来自远方的古老歌谣。

钟关白说:"陆早秋——

"……我给你念首诗吧。"

陆早秋的眼神变了变,最终浮上笑意:"洗耳恭听。"

"你是海,是海风,是海风中的浪花。"

陆早秋的笑无奈又纵容。

钟关白继续大喇喇地念道:"在远方,在眼前。"

陆早秋把钟关白拉起来,再次背到自己背上,有力的双臂稳稳地托着钟关白,沿着长长的海岸线向远方走去。

钟关白趴在陆早秋背上,说:"陆首席,我决定等我老了,就出一本诗集,把我给你念过的诗都收录进去,诗集名就叫《献给陆早秋》。"

陆早秋带着低低笑意的声音与海风一起传进钟关白耳朵里。

"我会拄着拐杖,排队请你为我买的诗集签名。"

第10章

《为了不忘记》——西村由纪江

当陆早秋打电话给季文台说要再请一周假的时候，季大院长气得差点没把茶杯摔到地上。

"陆早秋，你是不是不想回来了？请了整整一个月的假，最后一天你跟我说还要再请一个礼拜？钟关白被多肉植物扎了？多肉植物？！"季文台气得口不择言，"那一个礼拜之后你是不是准备告诉我钟关白又哪里不舒服啊？"

季文台的骂声吓得院长办公室外面一堆要进来办事的人挤成一团不敢进去，一群人都在想到底是何方神圣。但是一群人你看我，我看你，就是没一个敢敲门，怕撞枪口上。

季文台拿着手机在办公室踱来踱去："陆早秋，你明天就给我滚回来。"

陆早秋说："不行。"

季文台只恨当初心一软批了陆早秋的假，现在将在外君令有所不受，陆早秋一根筋全拴在别人身上，说什么也不肯回来。

季文台敲了敲桌子，强压火气："再给你一周，还不回来就别回来了。"

陆早秋："嗯。"

那个"嗯"音还没落季文台就挂了电话。

钟关白趴在医院的床上，艰难地把被子拉到头顶。

陆早秋隔着被子拍了一下钟关白的头："好了。"

钟关白闷声喊："陆首席……"

时间回到一天前。

法国，埃兹，热带植物园。

这座植物园位于海岸边的高山上，风景很是特别，园中从几米高的仙人掌到无数说不出名字的各类其他大型多肉植物，一应俱全，许多植物旁还配了别致的短句。

钟关白看到一棵高大的多肉植物旁边的牌子上写道——

Le sol me retient.（大地阻碍了我。）

Et alors?（那又怎样？）

J'ai la tête au ciel.（我的灵魂在天堂。）

钟关白看着那棵大植物，居然莫名觉得有点感动："'根在土壤，头在天堂。'这棵植物很心酸啊。"

陆早秋说："反过来才心酸。"

钟关白一想，可不是，从泥土里出来长到天上，不心酸；如果本来就是天上人，却被拘在泥土里，那才是真心酸。

他看了一圈植物，找到一个好角度，远方是蔚蓝的海湾，近处又有各色不同的多肉植物。"陆首席，我给你拍个照吧，这个角度特别好看。"他走到陆早秋身边，"人也特别好看。"

陆早秋说："哪里？"

陆早秋明明是在问站到哪里拍，钟关白却油嘴滑舌："当然哪里都好看。"他把陆早秋摆在他找好的地方，然后退后几步，举起相机。

"陆首席，好像距离有点太近了，你后面那棵仙人掌我拍不全，不好看，我再找找角度——"钟关白往后退了退。"那棵仙人掌太大了，估计有两三米，那个顶端怎么都拍不出来啊。"

钟关白又向后退了退，"海湾和远方的雕像要是也能一起拍出来就好了。"他一边说着一边向后退。

"小心——"陆早秋一惊，伸手去拉钟关白。

已经来不及了。

"啊啊啊啊——"钟关白脚下一崴，一屁股坐到了一棵带刺的大型多肉植物上，站都站不起来。

陆早秋一只手抓住带刺的植物，一只手拉着钟关白，把人和植物分开，神色焦急："能不能站起来？"

植物刺破了陆早秋的手指，钟关白管不了屁股和背上的剧痛，直接一屁股坐在地上，去看陆早秋的手，焦急万分。

陆早秋拧起眉，神色变得严厉，这是他跟钟关白认识这么多年来第二次显出要发火的样子，上一次还是他在电话里听到有人要让钟关白喝什么东西。他用空出的那只手打了急救电话，再把钟关白翻了个面。

钟关白穿的衣服薄，刺穿过了衣裤扎在他的背和后臀上。

陆早秋一摸，刺下面的皮肤已经肿起来了，有点发烫。

陆早秋问钟关白感觉怎么样，钟关白一边疼得抽气一边跟陆早秋打哈哈。陆早秋拧着眉毛看了钟关白半天，声音沉下来："闭嘴。"

他避开刺把钟关白背起来，快步往植物园外面走。

他走到植物园门口的时候救护车刚好到了。幸好他把钟关白背下来了，植物园里全是小道和陡坡，担架不方便进去。

医生检查了一下说没有大事，虽然受伤面积大，但是这种植物毒性不大，去医院拔完刺解了毒，静养几天就行。

钟关白指着陆早秋被刺破的手指跟医生说："医生，半个上帝，您一定得确定他的手指没有问题。"

医生笑着说："你的情况比他严重多了。"

钟关白说："不不不，我伤的是无关紧要的地方，他可是个小提琴手。"

医生被迫仔细检查了陆早秋的手，再次确认伤口愈合后不会有任何后遗症，钟关白这才老老实实地上了担架，被塞进救护车里。

于是陆大首席又在法国滞留了一周。

陆早秋回国的那天钟关白已经活蹦乱跳了，他开车送陆早秋到尼斯蓝色海岸机场。陆早秋说："你开车小心。"

他走了两步回过头，钟关白还跟在他后面。

"怎么？"陆早秋问。

钟关白说："……陆首席，要不我跟你一起回去吧？"

陆早秋："我下个周末就回来。"

钟关白："我来接你。"

陆早秋："嗯。不要提早到。"

钟关白看着陆早秋的背影，心里觉得有点空。

他掏出Lance的那张名片，决定去他那里找找灵感。

Lance几乎住在山里，钟关白开了几个小时车，又下车问了半天路都没找到目的地。远处是一大片似人高的向日葵，前方似乎已经无路可走。

热辣的阳光照得引擎盖发烫，钟关白卷起袖子正准备开车走人。

"嘿——"好像有人在叫他。

钟关白抬头看去，远处满是向日葵的原野上站着一个赤裸着上身的男人。男人的脸在逆光中看不分明，只看得见布满汗珠的结实的手臂和腹肌。他肩上扛着一把斧头，像一个木工。

"海伦，"男人吹了一声口哨，"你的车真酷。你是自己开车来的吗？墨涅拉奥斯没有和你一起来吗——"

果然是Lance。

钟关白往向日葵那边走去："没有，让你失望了。"

Lance耸肩："真可惜。你要来给他买礼物，还是？"

钟关白说："你这里可以定做首饰吗？"

Lance挑起一边眉毛："噢，我这里可不是珠宝公司，往北两百七十公里倒是有一个。"

钟关白想了想："你有没有见过缩小版的小提琴模型？小到可以镶在首饰上，但是要精致到琴弦、琴桥和F孔都能看清楚。"

"小提琴工艺品？"Lance领着钟关白进屋，"我这里确实有很多，不过放在首饰上，海伦，你打算拿着放大镜一起送给墨涅拉奥斯吗？"

"他值得最好的——"钟关白踏进门的一瞬间，愣在了原地。

这不是一间屋子。准确地说，这个由数间屋子连通在一起的宫殿是一家小提琴工厂，进门就有一个阶梯连接着地窖，其中云杉、枫木、乌木等一排排的木头原料蔚为壮观。远处一间房里有绘制了小提琴形状的木板，另一间房里则摆满了油漆桶与上漆的工具。

"我以为这是你的家。"钟关白说。

"这是我的家，"Lance自豪地环顾四周，"以及办公间。海伦，我告诉过你，如果你想参观世界上最特别的小提琴手工工厂，你该来这儿找我。你看地窖里，那可是自然风干了三十年的德国云杉，前人的窖藏。"

钟关白转头看去："你准备用它做琴身？"

"做面板，不过还早着呢，它还得再等上十年。"Lance说，"每年从我手里出去的琴，"他伸出两根指头，"最多两把。"

钟关白点点头，Lance又摆摆手说："噢，说实话，我更想跟墨涅拉奥斯聊小提琴，他比你更懂小提琴。虽然你也不错，但是他，噢，他是我见过的最赞的东方男人，你明白吗？"

钟关白说："呵，我当然比你更明白。"

Lance拍拍钟关白的肩膀："走，我带你去看工艺品吧，为了我们的墨涅拉奥斯。"

那间里房里全是各式各样的小提琴工艺品，从巨大的小提琴形木柜到极小的小提琴挂坠，从简单的小提琴模型玩具到极度复杂的小提琴主题钟表，应有尽有。

"这里的工艺品有一部分是我做的，另一部分是我的朋友们做的。你看那些小提琴模型与装饰，就是我做的，它们都是用废劈料做的。尽管这样，那也都是风干了几十年的云杉和乌木。"Lance语气很得意，"如果你想送给墨涅拉奥斯的话，我可以送你一个，他一定会喜欢的。"

钟关白摇摇头："这里有我说的那种缩小版小提琴吗？"他的视线突然落在一个透明的立方体上。

那个立方体被小心地放在一个铜制的雕花盘形容器里，周围没有其他摆设，只有顶部有一个透明的防尘罩，可见主人十分呵护。

"那是什么？"钟关白走过去，回头问道，"我可以拿起来看看吗？"

"噢，你可小心点儿，我可不会把它卖给你。"Lance立马走过去，小心地揭开防尘罩，让钟关白看。

透明的立方体里安静地飘浮着一把小提琴与一把琴弓。

"这也是你做的？"钟关白疑道。

"不是我，我做不出来。做它的工艺师是个住在山里的老头子。"Lance说。

"就像你这样？"钟关白说。

"噢，海伦，你这么说就太失礼了。"Lance摇头说，"总之那位老先生的夫人去世以后，他每年只做十二个，只卖给爱音乐的人。他手艺高超，如果他还在，肯定能做出你想要的小提琴首饰，不过他现在已经去世了。"

钟关白看着那个精致的立方体，有点出神："去世了？"

"没错。而且我觉得那个老头可能在怀念他的夫人吧，他不单卖，永远都只一对一对地卖出去。"Lance耸耸肩，说。

"可是你这里只有一个。"钟关白疑惑道。

Lance盯着那块立方体，翡翠色的眼珠渐渐染上了更深的颜色，声音也低下来，像在自言自语："那是因为，有个人走的时候，把另一个也带走了。"

钟关白一怔。

那陆首席的那个立方体……

Lance说："你还记得我给你的名片上的那句话吗？"

钟关白回过神来，想起名片上的花体字："……每个人心里都有一把造不出的小提琴？"

Lance点点头："其实它后面还有一句——

"和一个等不到的人。"

第11章

《缺席》——亚当·赫斯特

尼斯，蓝色海岸国际机场。

钟关白前后看了看，把车停在了机场附近的路边。

路上许多刚从机场出来的游客，穿着清凉而随意，步伐轻松，交谈悠闲。夏末的热风夹杂着植物的味道，把钟关白的白T袖吹得贴在身上，显出漂亮的腹肌轮廓。

一个棕发穿花衬衣的男人从他身边经过，像是西班牙人，边走边对他吹了声口哨。

钟关白挑了挑眉，没理。他一边往机场到达大厅走一边给陆早秋发消息："陆首席，我在往出口走，你飞机降落没？"

他正发着消息，却被几个穿得严严实实，一身黑，背着大包的大胡子外国男人挤了一下。那几个人讲着钟关白听不懂的语言，也在往到达大厅走，一下子就快步走到了他前面。

钟关白甩甩胳膊，低骂了一声，顺手打字跟陆早秋吐槽："居然有几个游客穿棉袄，陆首席你出来别穿太多啊，热。"

"嗯。刚出机舱。"陆早秋的消息。

钟关白迫不及待地按快捷键打电话过去："陆首席，我在往你那边走，你有行李要拿没？我进到达大厅给你拎行李呀？"

"没有。"陆早秋说，"你原地等我。"

钟关白说："不行，我得往你那边走。"

虽然只有一个星期，但陆早秋太忙，每天视频的时间也不多，他几次想问那悬立着小提琴的立方体是怎么回事，但是视频那头，陆早秋的神情总带有一丝疲倦，他也就什么都问不出口了。

那天Lance问他："海伦，你想买一对送给墨涅拉奥斯？我倒是可以帮你问问我的收藏家朋友……"

钟关白说："不，墨涅拉奥斯已经有一个了。"

Lance脸上带上一点惊讶的神色："噢，说不定他正打算给你一个惊喜。"

钟关白想到那个被随意放在旧琴谱后，并没有受到小心呵护的立方体："不，大概不是。"

　　Lance看了钟关白半天，夸张地叹了一口气，翡翠色的眼睛里带着同情："海伦，你和墨涅拉奥斯现在，甚至将来，都可以这样快乐地相处，你还想要什么呢？"

　　钟关白沉默了一会儿，又笑起来："是啊，还想要什么呢？"

　　Lance观察着钟关白的表情："那你还要给墨涅拉奥斯准备礼物吗？"

　　钟关白盯着透明立方体里的小提琴和琴弓，说："为什么不？"

　　不管那个立方体背后有什么故事，那是陆早秋。

　　那是陆早秋。

　　还有什么比这更重要？

　　那之后Lance打电话过来，说帮他找朋友定做了小提琴首饰，只不过工期大概要一个月。钟关白想，一个多月之后立秋，是陆早秋的生日，适合送礼物。

　　他想到这里，脚步轻快起来。

　　他对着电话那边道："陆首席，你到了吗？"

　　陆早秋："嗯。我到出口了。"

　　陆早秋："我看到你了，你站在马路对面不要动。"

　　他看着远处的钟关白，摸了一下自己的口袋，那里面装着一个小盒子。

　　钟关白在电话那头问："想听我念诗吗？"

　　陆早秋低笑。

　　钟关白："那我开始念诗了。你是——"

　　"好了。"陆早秋阻止他念诗，声音里的笑意却藏也藏不住，"你停下来，我过去。"

　　钟关白咧嘴笑起来："陆首席你在哪儿？我怎么没看到你？"

　　陆早秋无奈地说："你走过头了，转过来——"

　　"陆……"钟关白转过身，嘴角还带着残留的笑意。

　　"首……"他喊完剩下的两个字，声音却轻得只有他自己听得见，"席。"

　　时间像被拉长了，一个全身黑衣的人缓缓举起了枪。

　　黑洞洞的枪口对准了机场出口的一个巡逻警察。

　　砰！

　　警察的头骨瞬间破碎，血液和脑浆溅了一地。沉重的躯体砸在地上发出咚的一声，地上仅剩下半边脑袋。

　　"枪！"

　　枪声，尖叫声，暴喝声，急促的脚步声。

"那个人有枪！"

"枪击！"

人群四散奔逃。

可是已经来不及了，有人在四周用机枪扫射，隆隆的枪声像是死神降临的声音。大片的人像被收割的麦子一样倒在地上。

血肉模糊。

没有受伤的，脸上被弹片划伤的，手臂被打烂的，甚至腹部在流血的人都像疯了一样地朝外跑去。

"跑啊！"

钟关白听见暴喝炸裂在耳边。

他逆着人流，被推搡着无法前进。一片混乱中，他根本找不到陆早秋。巨大的枪声在敲击他的耳膜，让他根本听不清电话那头的陆早秋对他说了什么。

"滚开！"他被推了一下。

"你想死吗？"有人把他拨到一边，往外围跑去。

"啊！"一个小男孩摔倒在钟关白脚下，钟关白把他拎起来。

小男孩抬起脑袋看了钟关白一眼。砰！背后传来枪声，他低下头甩开钟关白的手，迅速朝远方跑去。

砰！

带着血的小运动鞋落在钟关白脚边。

"放下枪！你们被包围了！"十几名警察从机场里冲出来，举枪击毙了一名正在瞄准另一位警察的恐怖分子。

外围扫射的枪手也被击毙了两个。

场面似乎已经被控制了。

四周安静下来。

钟关白觉得自己什么都听不到了，好像已经死了一样，无法呼吸。

"陆早秋你在哪？！"钟关白紧紧捂着电话问，面前满目疮痍，地上许多人的尸体，空气中弥漫着血腥气，他几乎绝望地说，"我找不到你……"

电话那头没有回应。

眼前有那么多人，但是没有陆早秋。

"我找不到你啊……"

他突然感觉旁边多了一个温暖的身体。

那个身体带着长途跋涉后风尘仆仆的气息与硝烟的味道。

"走。"低沉的声音从他耳畔传来。

钟关白回过头。

是陆早秋。

似乎从这一刻开始,空气又重新钻进了肺里,他又活了过来。

砰——

钟关白劫后余生的表情凝固在脸上,火光映红了他的脸,将他照得面目全非。

巨大的爆炸声。

耳膜几乎被震破。

一瞬间,画面像是凝固了。

炸弹从残余的恐怖分子的腰间爆开,滚烫的烟雾与尘土从破碎的建筑中喷撒出来,硫黄的气味扑面而来。

那些警察的身体在一瞬间被滚烫的烟尘吞噬。

大地跟着剧烈震动。滚烫的空气,像要将骨头碾碎的压力从身后袭来。

钟关白来不及动作,就已经被陆早秋护在了身下。他的头被陆早秋的手指托着砸在地面上。

一瞬间他似乎听到了骨头碎裂的声音。

滴答——

滚烫而黏稠的鲜血顺着陆早秋的脸滑下来,打在钟关白脸上。

钟关白的指尖哆嗦着,艰难地抬起手臂去触碰陆早秋的脸。

陆早秋冰凉的肌肤擦过他颤抖的指尖。

"关……"

啪嗒——啪嗒——

越来越多的血液像下雨一样砸在钟关白脸上。

钟关白慌乱地用手去捂陆早秋的伤口,却怎么都找不到。

"别……"陆早秋的眼神居然还像平时那样淡定,只是说话只剩下了气声,好像随时会断掉,"别找了。"

"到底在哪啊?!"钟关白急得眼泪都掉下来了。

"那是……别人的血。傻瓜。"陆早秋看着钟关白的脸,缓缓闭上了眼睛。

警笛声。

救护车的鸣笛声。

机场到达大厅的外部被围上了隔离带。

四周停满了救护车,不断有担架将隔离带里的人抬出去。

几名警察在清理现场。

一个瘪掉的破盒子,上面有指痕,好像曾被紧紧捏住过,已经脏到看不出颜色,只是破掉的边角里面似乎隐隐泛出金属的光泽。

一个穿制服的警察余光瞥见了那点光泽,"咦"了一声,走过去,将盒子捡起来。他拍掉盒子上的灰,打开盒子,里面是刻着极为精致的小提琴与钢琴键盘图案的首饰。

两种图案的中间写着花体字。

他拿起其中一个。

"LU?"

又拿起另一个。

"ZHONG?"

第12章

《主题SSS（钢琴编曲版）》——Key Sounds Label

花店的遮阳棚下，一个穿着碎花吊带连衣裙的女人修剪了几根花枝，然后将一束鲜花捆在一起，插在店门口的水桶里。女人麦色的皮肤上渗出了薄汗，手臂抬起来的时候可以看见有力的肌肉线条，带着热爱运动与阳光的女性特有的美，像那些新鲜的还带着水珠的花束一样，昭示着生命的力量。

没有人会想到十几个小时前，距离这间宁静美好的花店不足十公里的地方，几十条生命瞬间消逝，隔离带内几乎成为死地。

机场的出口变成了地狱的入口。

钟关白站在花店门口，他手臂上带着擦伤，白T恤上脏污一片，看起来十分狼狈。

"先生，请问您需要帮助吗？"花店前的女人抬起头，眼神惊讶，"我好像在哪儿见过您！"但是她的惊讶很快转为担忧，"需要我为您叫计程车送您去医院吗？其实医院离这儿不远，如果您还有力气走过去的话……"

钟关白垂着头，眼睛里一点光都没有，更没有力气去分辨女人的言语和身份："谢谢，不用。我刚从医院出来。我想买一束花。"

女人的表情更惊讶了："谁说亚洲人木讷？居然有这样浪漫的人，一位带伤的男士从医院跑出来，只为了买一束花，还有比这更浪漫的事吗？"

"浪漫？不，我只是……"钟关白嘴角牵动一下，却扯不出一个像笑容的表情来，"等待是很痛苦的。所以，干点什么都好。"

十几个小时的等待，像是一把锉刀，一点一点锉平了他的希望，露出他骨子里埋藏的恐惧。

"啊……"女人像是理解了什么，脸上的笑意变成了淡淡的同情。

钟关白扯了扯嘴角，弯下腰去挑花。

"妈妈，天哪，妈妈！"花店里传来小女孩的尖叫声。

花店门口的女人对钟关白歉然一笑，疾步走进店内："发生什么了？"

"他们有枪！啊！"店内的尖叫声还在继续，"妈妈……"

钟关白听见花店内的电视里远远传来枪声，却只是麻木地站在原地，用手在装着花束的水桶里拨来拨去。玫瑰花的刺划过手指，他却感觉不到疼痛。

走进店里的女人轻轻拍着小女孩的背安慰道："一切都会好的，Elisa，宝贝儿，不要看，一切都会好的。"

钟关白从水桶里拿起一束花苞紧闭的橘色玫瑰，走进花店。

"这束花多少钱？"他问。

女人紧张地盯着电视，没有转头，钟关白的眼神也跟着落到电视屏幕上。

电视里的画面是用手机在远处拍摄的，摇晃得厉害，奔逃的人一个接一个地倒在地上。人群中一个穿白色衬衣的东方男人拿着手机，嘴唇紧抿，好像在寻找什么。

弹片飞溅，男人捂住了自己的手臂，手机摔落在地上，血从衬衣的袖子里浸透出来，哪怕在这样远距离的镜头中都清晰可见。

"妈妈，是那位送我花的先生！"Elisa睁大眼睛，害怕地说，"那位先生有危险！他们有枪，他们要伤害那位先生！"

钟关白脸色惨白，感觉自己的胸腔被狠狠捏了一把。

屏幕上的画面断了，变成了新闻主播的脸。

"在枪击得到控制后，残余的恐怖分子引燃了身上的自杀式炸弹，现场发生了爆炸……截至今天下午三点，死亡人数已达32人，重伤29人，其中有21人为外国游客……"

镜头里根本看不清炸弹是怎样爆炸的，只见一团火光将携带炸弹的恐怖分子和周围近距离的人直接炸成了齑粉，建筑和车辆都变成了碎块，巨大的能量冲击让远处的人都扑倒在了地上。

爆炸以后视频里是死一般的寂静。过了很久，在一片浓烟笼罩的废墟与尸体的画面中，背景音出现了抽泣的声音。

钟关白似乎在镜头的一角看到了陆早秋的背影。

那副身躯……陆早秋在他心里一直是瘦削的，但是当时陆早秋却撑着手臂，给了他一个全然安全的空间。

那是死地中唯一的生处。

女人恍然地转过头："我记起来了，那是您的……"

"……挚友。"钟关白盯着电视屏幕说。

女人看到钟关白手上还未开的花。那天在火车上，这个男人手上也拿着一束花。也许这次，等花开的时候，他的友人就会醒来吧？

Elisa偷偷看了一眼钟关白，挣开女人的手，跑到花店的一角。

"先生，给。"Elisa跑过来，扯扯钟关白的脏T袖下摆。

她手里拿着一束花，五瓣，绿叶。

浅蓝色的花瓣和她的眼睛一样明亮，像是纯净的天空。

"先生，请收下这束花。一位淑女应该将这束花送给一位受伤的绅士。因为，我的妈妈对我说，它的原产地是中国，它是一种非常坚强的花。"Elisa说。

她把花塞到钟关白手里："先生，请您记住，它非常坚强，它不会死。无论发生什么。"

L'Archet（琴弓）医院。

钟关白抱着花走到病房门口，护士刚换完夜班。

查完房的护士小姐拦住他："先生，请问您是陆先生的朋友吗？"

"我是陆先生护照上的紧急联系人。"钟关白拿出陆早秋和自己的护照，给护士看自己的名字。

"ZHONG……"护士小姐看见护照上的拼音，点点头，"钟先生，一个小时前，清理恐怖袭击现场的警察打电话来，问我们医院是否有一位名叫LU或ZHONG的伤者，我想，"护士小姐将一个信封递给钟关白，"这应该是您或者陆先生遗失在现场的东西。"

"谢谢您。"钟关白接过信封，打开一看，里面是一个破损的盒子和首饰。

陆早秋打算送他礼物？

他的眼睛被首饰上小提琴与钢琴键盘的图案刺了一下，生疼。

"请您确认一下，如果是您或陆先生的东西，那么，请您在这里签字确认一下。"护士小姐说。

钟关白接过钢笔，签字确认之后又说了一次："谢谢。"

"他醒来了吗？"钟关白问。

护士小姐说："还没有，但是我相信医生已经跟您说过了，他应该会在二十四小时之内醒来。如果他能够醒来，应该就没有问题了。您可以继续进去等他，如果他醒了您可以按铃，就会有护士过来。值班的护士每两个小时也会来查一次房。当然，您自己也要注意休息。"

"如果……"

如果没有醒来呢？

钟关白不敢问，只能缓缓点了点头，转身走进病房去看陆早秋。

陆早秋躺在病床上，手上吊着水，脸像头上的纱布一样苍白。

几个小时前医生已经推着陆早秋做过一系列检查了，没有骨折。钟关白反复问了很多遍手指有没有问题，医生都说只是擦伤和撞伤，并没有伤到骨头，等伤口痊愈之后不会影响手指发力。

陆早秋的伤主要是颅脑受损,在被送进来的十几个诸如内脏破裂等生命体征极度不稳定的伤者中并不算严重。至于钟关白这种擦伤的,连伤患都算不上。

钟关白坐在床边,小心翼翼地用手指轻轻触碰陆早秋:"陆首席,等你醒来,我有好多话想对你说。"

不需要等什么特殊的日子,特殊的物品,所有的特殊不过是为了使这一天不同于别的日子,而这一天,血与火,生与死,从绝地而归,已经足够了。

护士又来查了两次房,陆早秋还是没有醒。

钟关白拿着棉签蘸水,涂在陆早秋微微干裂的嘴唇上。

虽然只需等待,但是等待是一场煎熬。时间仿佛静止了,钟关白不停地看表,寂静的病房内,指针的嘀嗒声好像都变得无比缓慢,好像他的心脏都已经跳动了几百下,才能听到秒针嘀嗒一声。

在病房的灯光下,橘色的花苞微微打开了。

浅蓝色的花束,像是惨白病房里唯一的希望。

陆早秋的手指动了动。

钟关白迫不及待地按了紧急呼叫铃:"醒了……陆首席……"

他已经错按了好几次铃,护士想要责备他,但是又不忍心。每次查看一番后,都只能叹着气告诉钟关白:"他还没有醒。"

护士还没有来,钟关白紧紧地盯着陆早秋的眼睛,不敢放过一丝一毫的变化。

陆早秋的睫毛扇了扇,眼睛微微睁开了一点,又像适应不了灯光一样马上闭上了。钟关白把病房的大灯全关了,只留下一盏小小的床头灯。

钟关白像对待一件易碎品那样触碰了一下陆早秋的手指:"陆首席,你醒了吗?"他感觉到陆早秋的手指又动了动,不是他的错觉,"醒了……醒了……"

陆早秋睁开了眼睛。

钟关白的脸倒映在那双像深海一般的瞳孔里。

陆早秋轻蹙着眉,好像在忍受着某种痛苦。

"陆首席,陆首席,太好了,医生和护士马上就要过来了,你想要什么?"钟关白几乎语无伦次,"我们现在在医院里,你没有事,我也没有事,我们,我们……"

钟关白激动地讲着话,嘴唇开开合合,眼睛里都是真正劫后余生的狂喜,泛着泪光。

陆早秋本就苍白的脸更加没有血色了,原本蹙起的眉展平了,脸上却一点喜悦的意味都没有,反而像是遇到了什么极为恐怖的事情。

"陆早秋,我们安全了。"钟关白弯起嘴角,终于露出了一个近乎夸张的,咧到嘴角并导致发痛的笑容。

"你是不是太累了……"钟关白的嘴唇一开一合。

陆早秋抬起手，推了钟关白一下。

那力道太轻，几乎让人以为是错觉。

"陆首席？"钟关白疑惑地拿起陆早秋的手，"我没有受伤……"

陆早秋又推了钟关白一下，脸上的表情几乎称得上可怕。

"怎么了……"钟关白感觉到了，那是一个虚弱伤者的拒绝，他惊疑不定道，"你痛吗？怎么护士还没有过来？我去叫他们——"

"钟……关……白……"陆早秋的声音虚弱得像是强撑着一口气，但是口吻却不容置疑，"你……出去。"

"为什么……"钟关白愣在一旁，像个迷路的孩子。

"出去。"陆早秋又重复了一次。

"病人情绪不稳定，钟先生，请您先离开病房。"刚刚到达病房的护士将钟关白劝离病房，"现在有医生在病房里，您不用担心，有什么情况等医生出来以后会告诉您的。"

钟关白靠在墙上，不知道过了多久，终于撑不住坐到了地上。

一点光亮透出来，病房的门从里面打开了。

钟关白猛地从地上站起来，眼前一黑，医生马上将他扶住："钟先生。"

钟关白马上从门口去看陆早秋。

陆早秋躺在床上，头侧向窗边，钟关白只能看见他被纱布裹住的后脑。

"病人不希望您进去。"医生感觉到钟关白的动作，立即阻止道。他看了护士一眼，护士马上将病房的门关上了。

钟关白盯着医生："他是不是出什么事了？"

医生说："我知道，您是他的挚友。请您做好心理准备。"

钟关白的身体晃了晃："……您说吧。"

医生说了一串法语医学名词，钟关白一下子没有反应过来："什么？"

"等一下。"一个威严的女声从他们身后传来，是标准的巴黎口音。

医生停了下来，朝声音的来源方向看去。

钟关白也转过头。

那是一个高挑而瘦削的东方女人。她涂着冷色调的口红，上身穿着白衬衣，下身穿着黑色的阔腿裤，穿了细高跟之后几乎跟钟关白一样高。

"陆早秋的护照上有两位紧急联系人。"女人拿出自己的证件，"第一位，是我。所以，尊敬的医生，我有权知道他的伤情。"

"而且，"她瞥了一眼钟关白，"好像这位先生的法语水平，不足以与医生进行病人的伤情交流。"

医生看了钟关白一眼，钟关白没有在意女人的责难，只点点头。

医生看着两人，重复了一遍刚才的话。

钟关白好像听懂了，却不敢相信那几个词叠加在一起的含义。

"你听懂了吗？"女人看了钟关白一眼，眼底的忧心、焦急、心痛一闪而过，最后回归冰冷。

钟关白还呆立在原地，好似一座没有生命的雕像。

女人冷色调的嘴唇轻启，仿佛施舍一般，用中文对钟关白说："突发性耳聋，原因不明。"

第13章

《A大调圆舞曲纪念册页（S.166）》——弗朗茨·李斯特；《月亮河》——埃内斯托·科塔萨尔

医生定下了明早进一步检查的时间就准备离开了。

陆早秋的颅脑损伤不严重，不应该直接导致听觉神经损伤，医生判断突聋的可能诱因是前庭导水管扩大。如果是前庭导水管扩大，那么治愈的可能性就极低，具体还要等做完HRCT（高分辨率CT）后才能判断。

钟关白根本接受不了这个结果："不会的，他是一名小提琴手，如果您听过他拉小提琴的话，您就会知道，他不能……"钟关白盯着医生的眼睛说，"他不能失去听力。"

"我们现在还不知道结果，不是吗？"医生认真道，"您应该保持稳定的情绪，否则会给病人带来更大的压力。"

钟关白低下头："您说得没错。"

医生又朝旁边面容冷淡而矜持的女人点点头，走了。

"真是软弱。"女人看着钟关白说。她的声音很轻，那像是一种在医院走廊上刻意保持安静的良好教养，但是说出来的话却极为刻薄。

"……应如姐，我进去陪早秋。"钟关白低声说。

"我当不起你一声姐。"陆应如的手握上门把手，"他不会想见到你。"

"他需要我。"钟关白说。

"钟关白，你从没有了解过早秋。"陆应如说。

她是陆早秋的姐姐。当她面无表情的时候，便和陆早秋有五分像，光是面容就有几分慑人，自带某种不可侵犯的威严。

钟关白极力维持着对陆应如的尊重："应如姐，请你让开。"

"你对早秋的骄傲和自卑，一无所知。"陆应如审视了钟关白片刻，"我不知道为什么你后来又愿意跟早秋做朋友了，如果是因为小提琴的话——现在他可能要失去拉琴的能力了。"

钟关白眉心动了一下，蹙起来："你在说什么？什么叫……又愿意？"

陆应如沉默了一阵："七年前，我是不同意早秋做手指手术的，风险太大，而且其效甚微。我当时骂他：'你欣赏他，就去和他交朋友，去努力。一个人在他看不见的地方做个毫无用处的手术，算什么？不过是懦弱罢了。'你知道他跟我说什么吗？"

"……说什么。"钟关白不知所措。

"他跟我说——

"他'已经努力过了'。

"他说这话的时候，脸色很难看。你现在告诉我，你什么都不知道？"

"应如姐……你到底在说什么？"钟关白额头上的血管跳了一下。

陆应如看着钟关白的眼睛，像在分辨他话语的真假："你们第一次巡演的时候，早秋就已经认识你了……你不知道？"

钟关白怔在原地，有什么东西从他脑海里猛然划过，他却抓不住。

"早秋是不跟我说这些的，他只告诉了他的医生。我是去和他的医生交流手术问题时，才知道这些……"陆应如是体面人，说话不好太直白，"因为这一点，被你否认，他的自卑可想而知。后来你又因为听到他拉小提琴而跟他交朋友，那就是他全部的底气与骄傲。"

陆应如语气平静，但是说出来的话却字字如刀，像要将钟关白凌迟。

"钟关白，对于这些事，你是不是跟独奏会的琴谱一起，全忘了？"

突然依稀的琴声出现在他的耳边，像从很远的地方传来，似乎是一支圆舞曲。

"你——"钟关白感觉像被钉子钉在了空气中，"这不可能……"

那是……假的吧？

他在第一次巡演时……

他死死地盯着地面，眼前出现了一个模糊的身影，一张银色的面具。

一切都渐渐清晰起来。

七年前。

巴黎，塞纳河。

钟关白坐在艺术桥的长椅上，喝掉了一瓶开胃酒。

他看着对面的卢浮宫，突然想到《纵横四海》里张国荣站在艺术桥上抽烟的那一幕。一个街头画家给张国荣画了一幅肖像，张国荣问："你知道我是谁吗？"

街头画家笑了笑，不知道。

张国荣转身离去，走了两步回过头，说："我是个通天大盗，明天看报纸吧。"

钟关白站起来，举着空酒瓶子靠在桥的栏杆上："巴黎这个地方，到处都是无处发泄的感情啊。"

已经是夜晚了，塞纳河畔有许多年轻人，都在聊天喝酒。

一个帅气的法国青年看了钟关白一眼，朝他走过来，用英语问："一个人？"

钟关白那时候法语还很是一般，他用英语故作漫不经心地说："当然不是。"

法国青年正大感失望，钟关白又接了一句："还有你。"

法国青年笑起来："跟我走？"

钟关白挑眉："你想把我带去哪？"

法国青年说："去有趣的地方跳舞，怎么样？"说完就和钟关白一起离开了。

他们走了两步，钟关白突然看见迎面走来几个人，都是一起巡演的乐团成员，里面还有一个跟他比较熟的钢琴手陶宣。这就有点尴尬了，钟关白对法国青年说："等我一会儿，那是我的同事。"他不想被人知道他是来巡演的学生。

法国青年识趣地松开了手。

"这不是钟……"陶宣本来随口就要开玩笑，但是他顾忌到身边的人，又改口道，"钟关白嘛。"

钟关白一边走过去一边笑骂。

他正要调侃几句，就注意到陶宣旁边站着的是不苟言笑的乐团第一小提琴首席，陆早秋。

陆早秋严肃又冷淡，钟关白跟他不熟，不敢乱说话，于是马上说："我就夜游一下塞纳河，你们玩得开心点，我先走了啊。"

陶宣说："你要不跟我们一起？陆首席法语说得跟母语似的，请他当一次导游机会难得。"

钟关白瞥了一眼旁边正在等他的法国青年，又看了一眼面无表情的陆早秋："不行啊，我还有朋友等我。"

陶宣跟着看了一眼那个法国人，马上笑道："那什么，明天晚上还有演出，你夜游注意安全啊。"

"行了行了，至于吗。"钟关白随口说着就要走。

"你要去哪里？"陆早秋淡淡道。

大概是陆早秋太少过问别人的事，他一开口，其他人都吃了一惊。

"我？"钟关白指着自己，眼睛睁大，搞不清楚陆大首席怎么突然对自己的行踪感兴趣了。

陆早秋："嗯。"

钟关白不知道该怎么回答，他总不能告诉陆大首席他要去跳舞喝酒什么的吧？

"明天有演出，我要确认演出成员的安全。"陆早秋说。

钟关白耸耸肩，看向法国青年，却发现自己连对方名字都没问，于是只好喊："嘿，咱们去哪儿呀？"

法国青年说："今晚有一个蒙面舞会，就在Amour酒吧。"

钟关白对陆早秋说："就是那了。"

陆早秋："嗯。"

不知道为什么，他总觉得陆早秋的脸色有点难看。反正陆大首席也从来不笑，钟关白没想太多，招呼一声就走了。

Amour酒吧。

钟关白买了两个羽毛面具，自己戴上一个，递给法国青年一个。

黑色羽毛贴在他的眼周，在一片灯红酒绿里显出格外迷人的味道。

两个人从舞池下来的时候，法国青年好像喝多了，前言不搭后语，搞得钟关白有点扫兴，于是把法国青年丢到一边，自己去吧台孤独地喝起酒来。

吧台上轻轻一响。

一杯矿泉水出现在了钟关白面前。

钟关白懒懒地偏过头，旁边站着一个戴银色面具的男人，很高。面具覆盖了他的大半张脸，只有嘴唇与下巴的轮廓露在外面，看起来像是亚裔。

钟关白勾起嘴角，用不太流利的法语问："给我的？"

男人点点头。

钟关白把两根手指放在杯口，眼尾却向上挑起，看向男人："要不要跳舞？"

钟关白笑起来，一口喝完男人请的矿泉水，然后反客为主地带着男人走向酒吧的乐队。

男人却没有把手递过去，而是像钟关白一样，也伸出了手，微微弯腰，做出邀请的姿势。

"嘿，兄弟。"钟关白对乐队的键盘手说，"华尔兹，有没有？"

键盘手乐了，第一次有人来他们酒吧点华尔兹："哪首？"

钟关白左手抬起来，在键盘上随意倾泻出一段李斯特的《A大调圆舞曲纪念册的一页》。

钟关白弹着琴，抬起头，发现男人看他的目光，很有那么点意思。他朝男人笑了笑，左手继续在黑白键盘上滑出令人惊艳的弧度。

这首曲子不难，他只用一只手弹了主旋律，键盘手立即就明白了。键盘手把手放在额头上，跟钟关白致意了一下，便开始了完整的圆舞曲。

这就是一间普通的酒吧，戴黑色羽毛面具的男人和戴银色面具的男人站在舞池中央相对而立，很是引人注目，立即有人吹起口哨来。

钟关白微微仰起头，对银色面具的男人说："开始吧。"

男人没有说话，只是在格外动听的圆舞曲中，带着钟关白在舞池里旋转。

钟关白在男人的衣领与侧耳间闻到了一股很淡很干净的味道，那种味道和酒吧的氛围格格不入。

就像男人请他喝的那杯和酒吧格格不入的矿泉水一样，干净而特别。

他许久不曾接触过这样的人了。

"跟我走吧。"钟关白说。

他拉着男人,穿过跳舞的男女,穿过围观的人群。
穿过嘈杂的交谈声。
穿过回荡在耳边的圆舞曲。
所有喧嚣都被抛在了身后。

巴黎的夜空,满天繁星。
月亮映在塞纳河里,波光粼粼。
银色面具在月色下反着光,却遮不住男人如水的目光,他就那么看着钟关白,沉静安宁。
钟关白轻轻哼起了 *Moon River*(《月亮河》)的旋律。

Wherever you're going I'm going your way.(不论你去哪里,我永远伴随你。)

钟关白一边哼唱,一边向天空伸出修长的十指。
十指在天空中划动,就像是在天幕中演奏一首钢琴曲。
几乎像一个疯子。
男人安静地看着钟关白的动作,没有说话。
"你为什么不说话?"钟关白转头,用法语问。
男人看着他,仍一言不发。
钟关白盯着男人的银色面具,突然笑起来:"也好。"他用中文说,"那你现在一定听不懂我在说什么。"
男人果然依旧沉默着。
钟关白继续用中文说:"你知道吗,中国有一部电影,是讲东方不败的。好吧,你应该不知道他是谁……令狐冲当年和东方不败坐在屋顶,东方不败也没有说话,令狐冲以为他是扶桑女子,便说:'也许你永远都不会知道我在说什么,那我们永远都不会有恩怨。如果每个人都是这样,我们也不用退出江湖了。'"
他念着电影里的对白,缓缓抬起手,想去揭男人的银色面具。
男人退后了一步。
钟关白笑着摇摇头,又用中文说:"也好。你不知道我长什么样子,我也不知道你长什么样子,那我们永远都不会有恩怨,大概过了今晚……也不会有不必要的牵连。
"你知道吗,那部电影里,有一首我很喜欢的诗:'天下风云出我辈,一入江湖岁月催。皇图霸业谈笑中,不胜人生一场醉。'"

钟关白去买了两瓶酒，递给男人一瓶，男人接了，钟关白又说："虽然你听不懂，但是——"为我们的不相识，干杯。"

钟关白直接喝了一瓶，男人也想学着他那样豪饮，可才喝第一口就险些呛到。
钟关白的脸上醉意更甚，他拍拍男人的背，用法语说："噢，你不会喝酒吗？"
他拿过男人的瓶子喝了一口酒，仰起头。
"虽然你不会说话，不会喝酒，你也听不懂我念的诗，但是，我好像有点儿欣赏你了。"钟关白带着醉意看着男人，低声用结结巴巴的法语问，"你夜游过塞纳河吗？你知道塞纳河上有多少座桥吗？我们要不要一起去数一数？"
男人看着钟关白，点了点头。

凉风习习，月光如水。
钟关白一只手在空气中弹着不知名的乐章。
每走到一座桥，他就唱一遍 *Moon River*。

Moon river, wider than a mile.（月亮河，宽不过一里。）

他看着男人的眼睛，轻轻唱道——

I'm crossing you in style someday.（总有一天我会与你优雅地相遇。）

唱完这句，他对男人说——

Someday is today.（那天就是今天。）

总有一天，我会优雅地遇见你。
而那一天，就是今天。

在他们走过第十座桥的时候，男人的脚步停了下来。
酒的后劲渐渐涌了上来，钟关白靠在桥上问："你累了吗？"
男人看了钟关白一会儿，从口袋里拿出一个透明的立方体。

月光下，那个立方体里悬浮着一架三角钢琴与琴凳，就像真的一样。
钢琴的八十八个黑白琴键，琴身内的琴弦，下方的踏板，都极为精致分明。

男人把那个立方体放在掌心,递给钟关白。

钟关白接过来,一只手托着,另一只手的手指在透明立方体的上方舞动,好像在弹琴。他一边弹一边歪着头,带着醉意对男人说:"其实,我是一个钢琴手。"

男人的嘴角浮现出一个清浅的笑。

钟关白又说:"不,不是钢琴手。我不是一个钢琴手。我是一个——

"伟大的钢琴手。"

他对男人傻傻地笑着:"我是一个伟大的钢琴手。"

钟关白低着头,假装在透明立方体里的钢琴上弹完了一首自己作的最伟大的钢琴曲,然后将立方体塞到男人手里:"谢谢你愿意让我弹你的钢琴。"

男人再次把立方体递给钟关白。

"送给我?"钟关白指着自己的鼻子,"你要送我一架钢琴?"

男人点点头。

钟关白看了男人半天:"那我该送你什么呢?我住的酒店大堂里有一架真的钢琴。"他像在说秘密那样压低了声音,"我们趁着晚上没有人,偷偷溜进去。就我们两个,怎么样?我弹琴给你听。"他已经醉得忘了自己一路都在说中文了。

男人看着钟关白,再次点头。

第14章

《最爱的笑容》——川田琉夏

已经到了后半夜，河畔格外安静。

河水缓缓流淌，好像要与漫天星河流往同一处。

钟关白和男人走了半天，走到一盏路灯下的时候停了下来，像个耍赖的孩子一样蹲在地上。

男人被他拽得弯下身，低头看着他。

钟关白左右看了看，一脸迷茫地对银色面具的男人说："怎么办，巴黎的房子都是蓝灰顶黄色墙，我找不到回去的路了。"

男人看了钟关白一会儿，背过去，蹲下来。

钟关白跳到男人背上，男人站起身，背着钟关白沿着河畔向东南方走。

他们一路走着，男人瘦削，脚步却很稳。走了很远，一直走到酒店门口，男人的脚步都从未晃过一下。

酒店前台只有两个服务员在值班。

大堂另一侧一片黑暗，稀疏摆放着的沙发上空无一人，一架黑色的三角钢琴摆在中央。

钟关白低声对男人说："我们先假装回房间，然后从那边绕过去，我弹琴给你听。"

男人看他一眼，眼神又好笑又无奈。

但是钟关白全无自觉，偷偷摸摸地往里跑。

男人几步走到前台，看了一眼酒店的时钟，压低声音用法语对前台服务员说："我的，"他顿了一下，语气中带着与冰冷银色面具气质不符的迟疑，"……朋友，还有不到十八小时就要在巴黎歌剧院演出，他很紧张。"

服务员小姐好奇地往钟关白那边看，戴着羽毛面具的大男孩躲在钢琴后面，露出一双被黑色羽毛包围的眼睛。

男人摸了一下自己的银色面具，轻声说："他是一个很有童心的钢琴手。"

钟关白揭开琴盖，左右四顾，眼睛终于聚焦在男人脸上。

"嘿，你被敌人发现了吗？"钟关白压低了声音朝男人喊，就像在玩谍战游戏。

男人嘴角勾起一个无奈的笑，转头对服务员说："我记得这家酒店房间的隔音非常不错。"他拿出自己的房卡，"但是，如果因为我们造成酒店的任何损失，请记在我的账上。"

这样的男人让人无法拒绝。

服务员小姐看了他一会儿，低头笑着记下房号。

前台摆了一个盘子，里面装着用来招待入住的客人的薄荷糖。男人本来转身要走，看到糖又停下来，拿了一颗，才向服务员点了下头，转身离开。

他走到琴凳边，钟关白说："你干什么去了？"

男人伸出手。

掌心上躺着一颗糖。

钟关白怔怔地望着那颗糖，有点恍惚。

他拿起糖，盯着看："你去偷糖？给我的？"

男人忍住笑意，认真地点点头。

钟关白剥开糖纸，找不到地方扔，于是偷偷地把糖纸塞到男人的口袋里，男人转头看旁边，假装没有看到。

那种薄荷糖是两片圆环形的糖拼在一起的，钟关白一边把糖掰成两半，一边说："你知道吗，我小时候去练琴，我的老师也会给我一颗糖。话梅糖。他家里只有一种糖。他说他小时候练琴的时候，也有人给他一颗话梅糖。后来长大了，他就不给我了。"

"他说，人长大了，就不吃糖了。"

一颗糖被分成了两个圆环糖片，钟关白把一片放在自己嘴里，一片塞进男人嘴里。

男人看钟关白的眼里还带着几分复杂，猝不及防嘴里一甜，顿时一愣。

"所以，谢谢你。"钟关白说。

他嘴里含着糖，甜得弯眉笑眼："你有没有听过伟大的钢琴手弹琴？"

他闭了闭眼，再睁开眼睛的时候指尖已经落在琴键上。

零星几声脆响，像那杯矿泉水与男人的到来。

低沉的和弦，像男人跳舞时低头的样子。

流畅的琶音，像塞纳河中的流水，像河畔上方的星空。

最后琴声渐弱，像恋人的低语，像一颗慢慢被体温融化的糖。

等糖全部融化的时候，琴声停了。

刚好半颗糖的时间。

口中还留着淡淡的甜味，空气中还飘着若有若无的余音。

男人低头看着坐在琴凳上的钟关白，只从口袋里拿出了一支钢笔。钟关白似乎知道男人想干什么，紧接着从自己口袋里拿出来一包餐巾纸。

曲子不长，但是餐巾纸太小，记完一首曲子用了一整包餐巾纸。

"送给你，《半颗糖》？"钟关白拿过钢笔，"可是找不到地方写曲名……"他站起来，拿起男人的手，在手掌上写下"半颗糖"三个字，再签下"伟大的钢琴手"作为落款。

男人看了一会儿手中的字，修长的手指慢慢收拢，最终却没有握成拳，像是要抓住那几个字却又怕将字弄脏擦去。

一片光从远处洒来，倾泻在三角钢琴旁。

男人站在光里，面朝黑暗，钟关白站在黑暗里，面朝光亮处。

两人相对而立。

房间里一片黑暗。

可能男人欣赏他弹琴的样子，但是并不打算和他深交。

他脑子里最后那点酒意一瞬间退了个干净。他用手撑住男人的胸膛，将男人推开。

那一下用了很大的力，男人全无防备，猛地一下被推得撞在柜子上。

"唔。"

啪——

男人的闷哼和一声脆响同时响起。

钟关白吓了一跳，连忙要去开灯。

男人却抬手拦住了他。

钟关白低头一看，他本来要落脚的地方，是无数的透明碎片。

窗外的月光透进来，照在男人的银色面具上，冷得吓人。

而地上，无数的透明碎片像从天空中落到地上摔碎的星河。

立方体里的三角钢琴掉了出来，摔断了一根琴腿。

摔坏的钢琴与琴凳躺在那堆碎片里，像是经历了某种浩劫。

钟关白看不到男人脸上的表情，猜不透男人到底在想什么，他只觉得清醒之后头痛欲裂。

"对不起。"他看着地上的碎片说。

男人什么也没有说，默默地向门口走去。

等钟关白追出门的时候，男人已经不见了。

第15章

《监狱》——Dark Sanctuary

第二天晚上演出前,整个乐团包了酒店的自助餐厅提前吃晚餐。

钟关白一个人坐在角落里,手上拿着一个苹果,有一口没一口地啃。

他正出神,结果听见头顶传来更大的啃苹果声。

抬起头,是季文台。

季大院长带着睥睨渺小生物的姿态看着钟关白:"哟,昨晚干吗去啦?精神恍惚的。一会儿化妆把黑眼圈遮遮,眼袋比我的都大。"

"……那是卧蚕。"钟关白反驳。

"搞区分概念,治标不治本。"季文台把苹果核丢在钟关白桌上,拿起桌上的餐巾纸优雅地擦了擦手,"晚上还有《拉赫玛尼诺夫第三钢琴协奏曲》,我知道你能弹下来,我就一句话,别太自我。"

钟关白看着那个苹果核一呆。温月安君子如玉,自己跟着没学半点好,反而把季文台这种随手乱丢东西的毛病学了个十足。

钟关白有点不是滋味,那张被塞进男人口袋的糖纸,现在不知道在哪里。

"我晚上不会出乱子的。"他说。

"光不出乱子就行了?你得学学陆早秋,精益求精……不过他也有毛病,太标准,不像人。算了,你就这样吧,一个团里总得有一个他那样的,一个你这样的。"季文台把沾了苹果汁的餐巾纸丢在钟关白桌子上,走了。

钟关白啃完苹果,拿着杯子去倒咖啡。

"啊?我发现你可能有点水土不服……"

"可能是。"钟关白突然正经起来,"我难道很差劲吗?"

陶宣诚恳地说:"对我来说,是的。"

钟关白:"滚。"

陶宣端正态度,问:"到底怎么回事儿啊?"

钟关白有点说不出口。

一个人如果从小就好看，那么他很难不自知。

在这方面，钟关白到底是个凡人。

难得碰上个他特别欣赏的，偏偏对方毫无反应。他里子没得到，面子过不去，说出来不高兴，想闭口不言又憋屈："就是……唉，后来我在酒吧又遇到一个人。"

陶宣兴致勃勃地看着钟关白。

"我喝多了，有些细节想不起来，应该是个法国籍的亚裔吧。"钟关白的表情变得更正经了，"我觉得他很特别。就像……嗯，比如，你有没有某次弹琴的时候，突然感觉'我练琴这么多年，就是为了弹给面前这个人听'？"

陶宣一个激灵，感同身受道："我有。"

钟关白感觉自己遇到了知己："说，什么时候？"

陶宣严肃道："第一次考级的时候。"

钟关白："……"

陶宣："还有第一次参加比赛的时候。"

钟关白："你知道你为什么是候补吗？"

陶宣："……"

钟关白："这就是原因。"

陶宣："呵呵。"

他"呵呵"完钟关白之后还觉得不够有杀伤力，于是明知故问："哦，那你留人家联系方式没？"

"……没有。"钟关白想着那张银色面具，越想越难受。倒也没有难过得受不了，更多的像是一种遗憾，比如错失了一件价值连城的非必需品。"我觉得，他可能有什么别的原因吧……其实我后来想，也没什么。何必呢。"

陶宣啧啧称奇："这不像你啊。"

钟关白端着咖啡往回走："有些事，真的是，遇上方知有。"

陶宣调侃："那你以后就一心等那么个彩虹出现？"

钟关白摇头失笑："真遇上再说吧。"

他讲完这句话，看到几步外的陆早秋，于是礼貌地点了一下头。

陆早秋眼神漠然，与他擦肩而过。

钟关白再回想起陆早秋那个漠然的眼神，心就像那个透明立方体一样，碎成了无数片。

他突然想起来，那个眼神他还见过一次。

欧洲巡演结束以后，他们在B市演出。

表演结束的时候，罗书北给他送花，陆早秋也是这样看了他一眼，眼睛里空得好像什么都没有。

那之后，就听说乐团的小提琴首席因伤休学。

陆大首席一直是风云人物，这样的新闻，钟关白一向直接当作江湖传说来听，并未关心。

一年后，陆早秋再次归来，十指缠满了白色的细绷带。

当时他看着陆早秋拆下绷带，几近完美无瑕的一双手上，手术缝合的疤痕横贯在十指指缝间，几乎可怖。

他原本以为陆早秋做手术将十指指缝剪开，再缝合，只是为了追求更大的手指跨度，去弹更难的曲子。陆早秋却告诉他："我不是想学钢琴，我只是，想感受一下，你的世界。"

对于这句话，那个时候的钟关白把它当成了进入陆早秋世界的入场券。

于是他认定自己胜券在握。

这一刻，他终于知道，那句话，与其说是接纳，不如说是绝望。

他不敢想象，陆早秋绝望地做完手术返校，是怀着什么样的心情，和他相处的。

钟关白，你简直该死。

陆应如看着钟关白的表情变化："想起来了吗？"

钟关白抬起手，狠狠给了自己一个耳光。

他对陆应如说："抱歉。"

陆应如冷然："你对我道什么歉？"

钟关白："应如姐，我为接下来的事道歉。"他说完，抢先进了病房，把陆应如锁在了门外。

他轻轻朝陆早秋走过去。

走了几步他才突然意识到，其实他是吵不到陆早秋的。

陆早秋什么都听不到。

钟关白在陆早秋背后站着，陆早秋睁着眼睛看着窗外，没有发现身后有人。良久，陆早秋似乎有所感应，突然转过头，钟关白发怔的样子猝不及防地撞进他眼里。

钟关白看起来很落魄，浑身脏兮兮的，手臂上都是擦伤，刚才脸还没事，出去再进来，却肿了一边。

陆早秋吃力地抬起手，碰了碰钟关白肿起来的脸。

钟关白怕他担心："我自己弄的。"说完他又后悔地闭上了嘴，拿手指了指自己，再用手在自己脸上轻拍两下。

陆早秋的声音听起来很虚弱："叫你出去，你就把自己弄成这样？"

070

这种轻声的责备让钟关白心酸得不得了。他去桌上拿了纸笔，写道："那我不出去行不行？陆首席，我不想出去。"写完又画了一个可怜的表情，才把纸举给陆早秋看。

　　陆早秋看了钟关白很久，微微点了下头。

　　钟关白蹲下来，趴在陆早秋病床前。他有太多话想一次说清楚，但是偏偏陆早秋什么都听不到，于是想写给陆早秋看。

　　陆早秋叹了口气："不要动，听我说。"

　　钟关白像听课的小学生一样撑着脑袋，眼巴巴地看着陆早秋。

　　"至少现在，我还没有接受这件事。"陆早秋垂下眼帘，没有去看钟关白的眼睛，"所以，给我一点时间。"

　　钟关白拼命点头，忍不住一直又快又急地重复："会好的，会好的，医生没说不会好啊，肯定会好的，肯定会好的……"

　　但是陆早秋听不见，他依旧垂着眼眸，视线落在地上。他脸上没有显出情绪，睫毛却不受控制地轻轻扇动，隐隐透露着不安，过了很久才艰难地发出一点声音："在那之前……先留在这里。"

　　一片死寂。

　　绝对的、连自己心跳都听不到的寂静足以使任何一个普通人崩溃，足以摧垮任何一个自命坚韧的人的意志。

　　何况，陆早秋曾经拥有那样超出常人的敏锐听力。

　　他曾经说："我只相信自己的耳朵。"

　　那么细微的差别，连Lance这样的制琴师都没有察觉，他却可以灵敏地分辨出来。

　　那是天赋，更是无数个日夜训练后的结果。几乎可以说，是那些日夜构成了现在的陆早秋。

　　丧失了善的善人，不可以称作善人。

　　那么，丧失了听力的陆早秋，好像也不可以称作陆早秋了。

　　陆早秋感觉到床在抖，他微微抬起眼，去看钟关白。

　　钟关白跪倒在地上，满脸泪痕。

　　陆早秋慢慢抬手，擦掉钟关白的眼泪："不许哭了。"

　　钟关白的眼泪一直无声地掉。

　　陆早秋嘴角勉强扯出一个笑，一边给钟关白擦眼泪一边说："叫你出去，你就真的出去了。叫你不许哭，怎么不听？"

　　这几乎是在服软了，陆早秋平时哪里会这样说话。钟关白听了，像是被人狠狠揪了一下心尖上最软的地方，眼泪止不住地全打在陆早秋的手指上。

第16章

《梦幻拥抱》——坂本昌一郎

过了一阵,钟关白从口袋里摸出一个信封来。

他在纸上写:"陆首席,答应我,我们永远永远都是好朋友。"

陆早秋没说话,静静看着钟关白。

钟关白从信封里拿出那对护士转交给他的首饰来,在纸上写:"我定做的饰品还没有做好,刚巧看到你买的了。"

陆早秋看着那两枚首饰,眉心蹙起来。

钟关白又写:"可以吗?"

陆早秋盯着那三个字,神色复杂,最终看钟关白的眼神慢慢变得平静温和。

钟关白一慌,担心再次彼此误会,于是他把他能想起来的,他们第一次巡演的事都写在纸上。他写着,那些画面一一划过脑海。他突然想起他们来法国之前,陆早秋在看他们第一次巡演的相册,他随口对陆早秋说:"那时候我怎么就没去了解你呢?"

他心里一酸,在纸上认真写道:"陆首席,我不会因为任何事改变。"他一鼓作气地闷头写,"我会陪你吃饭,开车送你去想去的地方,给你作曲,听……"

他写到那个"听"字的时候,突然手一哆嗦,笔"啪"的一声掉在了地上。

他本来要写"听你拉琴"。

钟关白怔怔地盯着那个"听"字,一滴眼泪从眼眶里掉下来,把那个字晕开,模糊得看不清了。

对于陆早秋的突发性耳聋,其实他也是没有真正接受的。这些来来往往写在纸上的对白,就像一场临时的演习。理智上他被通知了陆早秋的病情,但是潜意识里,他根本不相信陆早秋真的已经听不见了。

陆早秋轻轻拿起那张纸,仔细看上面的字。

钟关白不敢抢陆早秋手里的纸,但他又担心陆早秋看了会有很大反应。而陆早秋却只是有些恍然地盯着那张纸。

他在看钟关白写的那段过往。

过了很久，陆早秋低唤了一声："阿白。"

钟关白下意识地去应他。

陆早秋像是在想什么："以前，小喻说，要我对你好一点。"

钟关白摇头，陆早秋对他已经不能更好了。

"唐小离也说，要我对你再好一点。"

钟关白不停摇头。

"其实，"陆早秋轻声说，"这件事，我没有那么在意，被其他人嘲笑也无所谓。"

"只是一想到，这么好的你，平白要……"陆早秋的声音更轻了，"我就觉得很难过。"

低低的声音传到钟关白耳里，有如轰鸣。一字一字，如钢铁巨兽驶过，将他全身的每一寸筋骨，连同腹内五脏六腑全碾得粉碎。

"所以，现在这样，我更无法说服自己。"陆早秋抬手擦掉钟关白的眼泪，"好了，不要哭了。"

钟关白感觉自己好像一条被人捏住了七寸的蛇，动弹不得。他僵硬地从地上捡起笔，又拿了一张纸，写道："我没有比别人少任何东西，我比谁都拥有得多。陆首席，你反过来想，如果今天躺在这里的是我，你不会这样吗？"

陆早秋看着那行字，良久没有说话。

钟关白突然想，大概，根本没有那种可能，因为陆早秋是不会让他躺在那里的。陆早秋从来都只会把一切挡下来，护他周全。他正要再写什么，却听见了护士的声音。

钟关白抬头，是护士从外面开了病房的锁。

陆应如跟在护士后面。

护士推了机器过来，给陆早秋测了血压，看了瞳孔，说一切没有问题，她明早再来。

陆应如走过去，钟关白默默地把纸笔递给她，带上病房的门，出去了。

陆应如低头，看到纸上那段："我没有比别人少任何东西，我比谁都拥有得多。陆首席，你反过来想，如果今天躺在这里的是我，你不会这样吗？"

陆早秋看着陆应如，回答了刚才不曾回答钟关白的问题："我会。"

陆应如在纸上飞快地写出几行字，那字自成一体，有杀伐风骨："你不会。如果是你，必不会挑这样的时机。"

她太了解陆早秋，知道陆早秋那句"我会"只不过是在掩饰钟关白的不体贴。

陆早秋沉默半晌："他这样直接，我只觉得真实。"他眼睛里流露出一丝温情。

陆早秋没和陆应如说过这种话，应该说陆家没有人这样说话。陆应如一时不知该接什么，于是直接无视，转而写道："你需要休息。不要说了，我简单跟你写明情况。我跟医生谈过了，明天上午做检查，如果情况不好，就转院。我跟林开也通过电话了，他和这边最好的耳鼻喉科医院有合作。"

陆早秋点一下头。

"我一拿到大使馆的伤亡名单就从巴黎飞了过来,两个小时后必须飞回巴黎。"陆应如快速写完,看陆早秋虚弱地躺在那里,到底心疼,于是又写了一句,"睡吧,我看着你。"

陆早秋精神很差,和钟关白说那么多话已经是在强撑。他疲惫地闭上眼,眉头却蹙着,不像在安心休息。过了一会儿,他又担心地睁开眼,低声喊:"姐。"

陆应如用眼神询问。

"你……不要为难他。"

陆早秋不求人。

在陆应如的记忆里,他只这样说过两次话。

上一次还是在二十多年前,幼小的陆早秋抱着自己的小提琴,光着脚站在墙角,对盛怒的父亲说:"你……不要砸我的琴。"

已经比陆早秋高出一截的陆应如穿着得体的裙装,挡在陆早秋身前:"爸,这样太难看了,楼下还有许多客人在等您呢。况且,有我,还不够吗?"

她表情镇定,声音底气十足,气势已经像一个落落大方的成年人。只有年幼的陆早秋能看见,她背在身后的手在微微发抖。

在父亲转身离去后,陆应如也跟着离开了。

"姐,"年幼的陆早秋在陆应如身后小声说,"……谢谢。"

陆应如脚步一顿,又走回去,拿起掉在地上的拖鞋,小心地给陆早秋穿上,然后低头对陆早秋一字一句道:"早秋,你记住,我们家,总要有一个人,可以做自己喜欢做的事,成为自己想成为的人。"

陆应如收回思绪,轻叹一口气,点点头,往门外走去。

"姐,"陆早秋在她身后说,"……谢谢。"

陆应如回过头,陆早秋正看着她。其实他的轮廓已经完全是个成熟的男人,不知怎的,陆应如还是觉得一眼看过去,和小时候有点像。

她极其罕见地淡淡笑了一下,走出门去。

钟关白站在门外等着,陆应如对他说:"你进去陪早秋。"

钟关白应了一声。

陆应如说:"钟关白,如果我是你,我会先考虑早秋的身体,再考虑他的事业,最后再讨论我们的事。"

钟关白一愣。

陆应如看了他一会儿,语气柔和了一些:"我喜不喜欢你不重要。从小,陆早秋爱好的东西，陆家人都不喜欢。"

她说完就走了。

钟关白看着陆应如离开的背影，那身影像某种兵器，强悍冰冷又孤独。

钟关白进去的时候陆早秋已经睡着了，过分安静的睡姿几乎让他产生了后怕的感觉。

他去问护士小姐要了一套干净的病号服，然后在病房的浴室收拾了一下，静静地躺到另外一张床上。

他看着陆早秋的侧脸想，可能应如姐是对的。他太急了，急于证明无论发生什么，他们之间都不会改变。可是现在躺在他面前的，已经是一个和以前不同的陆早秋。

这么一想，陆早秋比他要强大太多。

在他演出事故后，陆早秋对他说："你弹成这样，我不会安慰你。"

陆早秋不会向钟关白证明什么，也不会安慰他，陆早秋只会说："从头来过。"

然后带钟关白离开，默默陪他练琴。

陆早秋从来都是那样，像苦寒之地唯一存活的一棵树，沉静坚韧，不可撼动。

钟关白悄声从床上下来，给陆早秋掖了掖被角。

陆早秋，如果你走到了不同的地方，我也会像你一样，带你回来。

第二天陆早秋睁眼的时候，钟关白手里正拿着一个速写本和一支铅笔坐在床边等他。

钟关白见他醒来，拿起速写本，翻开第一页。

上面画了简笔画，还配了文字。

一个和钟关白一样发型的小人儿拿着一个水杯和一支牙刷，旁边写着："陆首席，刷牙。"

再旁边，另一个小钟关白拿着一个马克杯，配文："医生说今天早上还不可以进食，但是可以喝水啦。"

陆早秋摸了一下纸上的小钟关白，好像很开心的样子。

钟关白把挤好牙膏的牙刷和水杯递给陆早秋，又把速写本翻了一页。

陆早秋刷完牙，一抬起头，速写本上的小钟关白嘴边有一个对话框："大钟关白不高兴了。"

陆早秋把牙刷和杯子放下，又冲大钟关白笑了笑。

钟关白再翻了一页速写本。

上面有一个表情很可爱的小钟关白，配文："陆首席，你要上厕所吗？医生说你不可以下床，所以大钟关白跟护士学习了怎么帮你。"

陆早秋看钟关白，钟关白一本正经。

真到解决问题的时候，钟关白一脸严肃。

陆早秋说："……好了。"

钟关白收回手，清理好后，又举起速写本，翻一页。

上面是更可爱的小钟关白，配文："陆首席，你对大钟关白的服务满意吗？A.满意；B.满意；C.满意；D.满意。"

陆早秋没说话，眼底却不自觉带上笑意。

钟关白再翻了一页，一个小钟关白戴着一个听诊器，配文："陆首席，如果你准备好了，我们就可以去做检查啦。"

陆早秋点点头，眼底的笑意渐渐散去。

钟关白看着陆早秋的脸色，赶快又翻了一页速写本。

速写本上画着一个可怜兮兮的小钟关白和一个板着脸的小陆早秋。小钟关白对小陆早秋说："你要是表现好，我会奖励你的哦。"小陆早秋板着脸点头。

钟关白眼巴巴地看着陆早秋，陆早秋眼底带上一点无奈："好，去做检查。"

钟关白叫来护士，他和护士推着可移动病床，陪陆早秋去做HRCT。

做检查很快，但是等结果要一点时间。

钟关白举起速写本，上面的小钟关白说："陆首席，我们有一个随堂测验，请务必参加。"

下一页，小钟关白歪着头问："陆首席，你最好的朋友是谁？A.钟关白；B.关白；C.阿白；D.白白。"

陆早秋从钟关白的手里拿过速写本。

厚厚一本几乎都被画满了，差不多把陆早秋一天的生活安排全都画在本子上了。

陆早秋看着钟关白，眼神柔软："昨晚没睡？"

钟关白一呆，这个问题他没预料到，所以没有画，只好向陆早秋摇摇头。

陆早秋翻回"陆首席，你最好的朋友是谁？A.钟关白；B.关白；C.阿白；D.白白。"的那一页，对钟关白说："铅笔。"

钟关白把笔递给陆早秋，陆早秋在本子上写："ABCD。"

明明是自己出的题，钟关白还是撑不住有点不好意思。他厚着脸皮把速写本往后翻一页，后面一页写着："陆首席，ABCD都是正确选项，给你一百分。奖励：念诗。"

钟关白弯下身，眼睛亮晶晶的，对陆早秋念道："陆首席，你是——"

他刚张嘴，突然一慌。

陆早秋是听不见的。

这件事，远没有他想象的那么容易习惯。

陆早秋把钟关白的慌乱全看在眼里，但他什么也没有说，只是像平时阻止钟关白念诗的时候那样，轻轻弹了下钟关白的额头。

负责做检查的医生从房间里出来，手里拿着一个文件袋："两位先生，结果出来了。"
　　钟关白马上走过去，用身体挡住陆早秋的视线，几乎用一种胁迫的眼神看着医生，问："是好的结果，对吗？"

第17章

《沉思》——吕思清

医生点点头:"可以这么说。"

"好结果就是好结果,什么叫'可以这么说'?"钟关白追问,"是什么原因造成的?"

"找不到原因。"医生抬手打断钟关白的疑问,"找不到原因就是好的结果,你明白吗?他的身体没有问题。"

钟关白皱着眉微微点头:"那,他什么时候可以听见?"

医生说:"高压氧配合药物治疗,他的主治医生会决定具体的治疗方案,两周以内都有恢复的可能性。"

"那两周以后呢?"钟关白被"两周以内"这四个字弄得心情复杂,好像希望和绝望就是一线之隔。

"可能性比较低。"医生的话很有保守性。

钟关白收紧了手指,握成拳头。

医生往后退了一步:"先生,虽然你的手臂受伤了,但是如果你想动手,我可是会还手的。"

钟关白松开拳头:"我不是那个意思。"

"毕竟一个小时之前我刚解决了一个暴躁的病人家属。"医生耸肩。

钟关白的注意力还在那句"两周以内"上,他又问:"这种病,治好的可能性大吗?"

"治愈率并不低。但是治疗效果和病人的心理状态也有很大关系,如果病人压力太大,很可能对治疗效果产生负面影响。"医生看着钟关白,"你看起来太紧张了,你会把病人也带进你的情绪里。他对你非常关注,所以你的一点情绪波动都会对他产生很大的影响。"

钟关白微微低下头:"……没错。"

"放轻松一点,尽管这很难,但是,试着这样做。"医生浅灰色的眼睛里带着一种见惯生离死别的平和,"很多时候,我们看到家人生病,都会表现出强烈的负面情绪,好像我们在对他生气,气他为什么要生病。尽管我们都知道,那并不是他的错。你知道吗,那种愧疚感会压垮他的……好吧，我不常和病人家属说这样的话。"医生拍拍钟关白的肩膀，灰色的眼睛眨了眨，"放轻松。"

愧疚感会压垮他的……

钟关白沉思了一会儿，对医生说："谢谢。"

等医生走了，他拿着文件袋，转身走到陆早秋身边。

他给了陆早秋一个充满信心的笑，然后拿起速写本翻到空白的一页，准备写字。

陆早秋说："不用。你把文件袋给我。"

钟关白犹豫着把文件袋递过去。陆早秋法语太好，看了一遍已经了解情况，但是他没说话，只安静地点点头，然后闭上了眼睛。

钟关白看了一会儿陆早秋，他的脸色还很苍白，只有下颚左侧的琴吻是浅红色的。

陆早秋是从不疏于练琴的人，他的左手手指上永远有薄茧，下颚左侧永远有琴吻，左边的锁骨上永远有一块印子。

陆早秋睁开眼，轻轻说道："阿白，帮我……"

钟关白询问地看着他。

陆早秋摇摇头："没事。"

钟关白看着陆早秋左手手指上的薄茧，顿时明白了那句"帮我"后面，陆早秋没说出口的话。

下午陆早秋进高压氧舱做治疗，钟关白立即开车回他们租的房子里。

他知道，陆早秋当时想说的是："帮我拿我的琴。"

钟关白不是一个足够细心的人，但他是一个钢琴手，如果有一天他听不见了，他也还是会渴望触摸琴键。

那么，陆早秋也一样。

陆早秋主要用的琴有两把，一把十八世纪初的斯特拉迪瓦里小提琴，放在B市；一把他母亲留下来的琴，放在南法他们现在住的海滨小城。

钟关白走之前摆在院子里桌上的玫瑰已经被晒失了水分，花瓣枯萎掉下来，和木头桌子一个颜色。

他匆匆把平时要用的物品都收拾好，再带上陆早秋的琴。刚走出院门，他又返回去，把陆早秋租房子时给他买的书全装在一个箱子里，一起带走。

车快开到尼斯的时候，他手机响了。

钟关白出国之后换了号码，几乎没人知道。他一看是唐小离，于是开蓝牙耳机接了。

唐小离听到他的声音，心放下了，开始揶揄："你这是考虑复出啊？这么大阵仗。"

钟关白根本不知道他在说什么，也没心思问："我这开车呢，有事说。"

唐小离说："你人在哪儿呢？"

钟关白："去医院，陆首席还在医院。"

唐小离："陆首席？你们不是还一块拉琴呢吗？"

钟关白："什么？"

唐小离："不是，就机场恐袭那事，有人现场拍了视频，结果有人认出你在里面，还有个神秘男子保护你。就没过多久，又出了一个你和神秘男子在餐厅弹琴的视频，也不知道谁拍的……那什么，你都不知道国内网上现在成什么样了，陆首席'某著名音乐学院管弦系教授'都被爆出来了。"

钟关白骂了句脏话，差点摔了耳机。

他在演艺圈那几年，一直把陆早秋保护得特别好，就是怕影响陆早秋。

钟关白在音乐学院的时候一直很高调，没人不知道他。

唯独一个陆早秋。

唐小离说着，自己也回过味来："你们弹琴在恐袭之前？"

钟关白深吸了一口气："陆首席现在，什么都听不见。"

唐小离那么一张利嘴，半天没说出话来。

他见陆早秋的次数不算多，就特别记得第一次去他们家，比约定的时间到得早。钟关白来开的门，开完门没理他就走了。他进门听到一阵小提琴声，曲子挺耳熟但叫不上名字，就跟着钟关白往里走。

钟关白站在一个房间的门口，他跟着向里一看，里面居然在放《猫和老鼠》的动画片，只是没开声音。一个清瘦的男人正在拉小提琴，视线虽然落在屏幕上，手里的琴和弓却像有生命一样演奏着。唐小离看了一会儿，发现琴声的节奏跟动画片里Tom和Jerry的动作居然正好能配上，他那时候才突然想起来，《猫和老鼠》的配乐确实都是经典的古典乐。

钟关白靠在门框上，一副"迷弟"的样子看着那个男人拉琴。

动画片一集结束，男人放下琴弓，左手也松开，小提琴完全靠下颚夹着。转过身，像个不知人间岁月的世外人一样，朝钟关白歪头浅浅一笑，眼神清澈："阿白，来弹琴。"

唐小离被那个笑晃了眼睛："钟关白你们家来了个神仙啊？"

钟关白的眼神落在男人身上："……是啊。"

唐小离现在想起那一幕都觉得惊为天人，再听到这个事，瞬间不知道该怎么接话。半晌他说："你要是钱不够，一句话。网上那事吧，我让秦昭的公关处理，你别管了，先顾好陆首席。"

钟关白说:"不跟你说谢了,我还有个电话要打。"

他是要打给季文台。

季文台接电话的时候,还不知道发生了什么事:"钟关白,你叫陆早秋那小子早点回来,老请假像什么话,休假哪有这么休的。是吧,老温?"

那边温月安的声音淡淡的:"我没有这样休过假。"

季文台唉声叹气:"老温,你要是这么休假,就不至于现在是我大晚上来给你扫院子了……你这棋盘还摆这?"

温月安说:"还摆这。"

季文台又说:"你说我们院的那谁谁至今对你念念不忘,一生未嫁。我们都这么大年纪了,你干脆就……是吧,至少有人照顾你。"

温月安没回答,只问:"是阿白?"

季文台这才想起来一只手还拿着手机,于是对钟关白说:"你小子什么事啊?"

钟关白说:"我们在尼斯机场遇到恐袭,早秋暂时……听不见了。"

季文台把扫把丢到一边:"什么叫'听不见了'?"

"突发性耳聋,正在治疗。"钟关白发现他无论第几次说出这些话,都没能变得更容易一些,"医生说治愈率还是很高的,前两周是关键。"

季文台沉吟片刻:"有什么需要和进展直接给我电话。"

钟关白:"嗯。还有,季老师,这事……很多人都知道了,我担心他……"

温月安的声音从那边传来:"文台,把电话给我。"

钟关白:"老师?"

温月安说:"阿白,早秋这个孩子,你不要小看了他。"

钟关白应了一声,又说:"我不会。"

温月安说:"在你带他来我这里之前,他自己来过一次。"

钟关白一愣。

"我平时不见人。那天上午,他敲了一次门,没人应,我也没有邻居,他就一个人在院子外拉了一首《沉思》。不久之后下雨了,我以为他拉完就走了。没想到,天黑的时候,他在门外说:'不打扰温先生休息了,学生明天再来。'"

温月安坐在轮椅上,看着院门口的一盏石灯和石灯上的门檐。

那天,温月安开门的时候,陆早秋正好站在门檐下。雨水从门檐滑落下来,打湿了他的衣服。石灯映在他身上,能看到提着琴盒的手指上缠着绷带。

温月安看到那双手,道:"阿白提起过你。"

陆早秋朝温月安深鞠一躬:"温先生,阿白说要带我来看您,又担心您不同意。"

温月安说:"所以你就自己来了?"

陆早秋:"我怕到时他难过,只好提前叨扰。"

温月安问:"若我不同意,你便天天来吗?"

陆早秋低下头,雨水从他的发梢流下来,滑过下巴。他轻声道:"学生不敢打扰。学生站在檐下,温先生就当是躲雨人吧。"

第18章

《阿西达卡战记》——久石让

"阿白,"温月安对电话那边道,"这道坎,他过得去。你要信他。若两周后——"

"那我就站在他身边,做他一世的撑伞人。"钟关白道。

温月安沉默一阵:"你去吧。"

待他挂了电话,将手机递给季文台,道:"阿白……不像我。"

季文台哼了一声:"钟关白要是像你就好了。"

温月安望着那盘残棋出神:"还好不像。"

季文台捡起地上的扫把:"你啊……二十年就收这么一个学生,心里喜欢也不让他来看你,就一个人待着。"

温月安道:"老人家,有什么好看的。"

季文台看着温月安,温月安还穿着二十几年前的衣服,梳着二十几年前的发型,夜晚的月色将他的眉眼照得一如当年。

"好看,还是好看。"季文台回忆起来,"当年他们戏称你为什么来着?那个时候的女学生是真对你好啊……我记得钟关白小时候打坏了你一个杯子,你自己坐着轮椅找遍整个城也非要找个一模一样的回来。也不知道谁把这事儿说出去了,全院的女学生都恨不得帮你找一个出来。"

温月安也想起来,道:"女孩子,总是心善。"

季文台神色揶揄。

温月安抬眸,淡淡看了一眼季文台:"文台,你与学生也这样说话?"

温月安看着院子里的溪水与荷花,脸上显出一点回忆的神色:"现在想来,当时不该找的,把阿白吓坏了。"

季文台看着那盘残棋,摇头道:"你还是要找的。这么多年,这里一直维持原样……老温,虽然我一直劝你,但你心里想什么,我多少还是知道点。"

温月安沉默着掉转了轮椅,半响问:"文台,弹琴吗?"

季文台叹口气:"我不弹。老温,你哪里是要听琴,你这是要听人,我弹不来。"

温月安推着轮椅进了楼内，用手撑着特制的扶手上楼梯。季文台跟进去，看着温月安空空的裤管悬在空中，忍不住向前走了一步，抬起手来。

温月安在楼梯上垂眸看了他一眼。

"我不扶你。"季文台收回手，背在身后，像往常一般，慢慢跟在温月安身后上楼。

温月安坐到二楼备用的轮椅上，进了书房。

书房的桃木桌上有一幅字："白雪关山虽行远，万死未敢负师恩。"

虽然那纸已经被展平了许久，但上面仍有些许的皱褶。

季文台进去，一看见那幅字，就嗤笑道："钟关白写的？他的字也不像你。"

温月安推着轮椅过去，微微抬起手，停在"关山"二字上："文台，请人帮我裱起来吧。"

季文台边看那幅字边笑："老温啊，你看得上眼的东西可不多。就这，也值得裱起来？"

"阿白小时候写的字，我都留着。"温月安从柜子里拿出一叠叠订成册的宣纸，他低头看着上面的字，眼中带上了淡淡笑意，"你看。"

季文台大笑："'静'字还少一横。"

"阿白那时候会的字还不多。"温月安把厚厚的册子翻到末页，"后来就写得很好了。"

"我看也一般。"季文台低头看一眼桌上的字，哼笑，"他就不是个用功的。你还真要裱起来，裱了挂哪？"

温月安道："他长大以后难得写一幅给我，又怕写不好，这还是我从废纸篓里捡回来的。只怕没有下回了，得好生收着。"

季文台拿纸的手一顿，又故作淡定地继续将那幅字卷好："老温你这说的什么话？什么叫没下回了？等两个小崽子回来，叫他坐在这儿给你写一百幅好的。"

他刚说完，看见自己卷起的字下面还有一张宣纸。

纸上只有两句词："月照玉楼春漏促，飒飒风摇庭砌竹"。

这页词的纸下面还有字，密密麻麻，却看不分明到底是什么字。

温月安低头翻着钟关白小时候的毛笔字册子，道："文台，你裱了字，不要告诉他。阿白心软，别人说什么，他都放在心里，舍不得让任何人失望。他的字是我教的，写得不好，我也喜欢。"

季文台没有答话。

温月安抬头一看，淡淡道："只是顾敻的两句词。文台，不早了，回去吧。"

季文台没有抬手去揭那张宣纸，他退后两步，拿着要裱的那幅字，道："老温，等他们回来，你跟他们一起来我家吃饭。"

温月安说："好。"

季文台："中秋也来。"

温月安："中秋不去。"

季文台叹口气："我走了。裱好给你送来。"

待季文台走了，温月安揭开上面那张宣纸。

最下面一张，满纸深深浅浅，只有两个重复的字："玉楼。"

温月安看了一阵那两个字，又下楼去，拿出一盒录像带。

他打开电视，听见一阵钢琴声。

原本温月安是不看电视的，听见琴声便多看了一眼。

是阿白。

温月安将轮椅推后了一些。

电视屏幕上，播放的是陆早秋和钟关白在餐厅合奏的画面。一曲还没有播完，画面就切到了一个演播厅里。里面坐着一个主持人和一个少年。

少年一头黑直长发垂在腰间，眼中收敛着星芒。

主持人道："钟先生算是你的前辈，你觉得他的演奏如何？说起来，他也评价过你的独奏会呢。"

少年有礼道："我很尊敬钟先生，他是我的前辈，我没有资格评价他。"

主持人笑道："果然像网友说的那样，你特别有礼貌啊。今天因为你来，我们节目组还特意准备了一架钢琴，你要不要给大家展示一下？"

少年笑道："谢谢节目组。我的荣幸。"

主持人道："让我们掌声欢迎天才钢琴少年贺音徐——"

贺音徐的头微微后仰，抬手拿出一根带子绑住长发，坐到钢琴凳上。镜头给了他绑头发的动作一个特写，纤长的十指，少年清俊的面容，仰起脖子露出的喉结，都被放大在屏幕上。在他指尖触上钢琴键盘的那一刻，眼中收敛的光芒瞬间大盛。

温月安看着电视屏幕，少年眉眼像极了故人。

意气，更像极了故人。

"师哥，这个孩子，竟也……姓贺。"温月安轻声道，仿佛这几十年未变的小楼中，还有一人。

第19章

《月光》——阿希尔·克洛德·德彪西

钟关白拎着小提琴快步走到病房门口的时候,陆早秋正靠在床上,闭着眼睛。

他慢慢朝陆早秋走去。病房过于安静,皮鞋踏在地板上,发出清晰的响声。

陆早秋没有任何反应。病床上的男人苍白而安静,就像茫茫雪地中,刀斧凿刻的雪人。

钟关白走到病床边看了陆早秋很久,才小心地伸出一根手指,轻轻拨了一下陆早秋的睫毛。

陆早秋睁开眼。

钟关白一个大近视,现在为了照顾陆早秋,一天用眼时间比以前多得多,戴隐形眼镜扛不住,只能框架上场。

钟关白本身极少戴眼镜,嫌不够帅。而用唐小离的话说,戴眼镜的那都是正经人,他们不是正经人,戴了也是斯文败类。

钟关白拿起速写本,写道:"陆首席,是不是不帅了?"

这话求反驳的成分居多,陆早秋取下钟关白的眼镜,看了一会儿双目迷离的钟关白,又把眼镜戴回去。

钟关白眨巴眨巴眼睛。

"戴着。"陆早秋说。

钟关白期待地写:"还是帅的吧?"

陆早秋看了钟关白半天,道:"这样来找我比琴的人应该会少些。"

其实陆早秋从来不评价别人的容貌,无论褒贬。钟关白乍一听,甚至觉得有点稀奇,过了两秒才反应过来什么意思。他就像个特别讲究的老帅哥人到中年突然一不小心发福了,还被嫌弃了似的,在速写本上画了个戴眼镜的小钟关白羞愤大哭,配文:"真不帅了啊?"

"这也信?"陆早秋笑起来,但他眼神落到钟关白带来的琴盒上时,笑意便褪了些,"现在如果有人来找我比琴,我大概不敢,怕比不过。万一,输给别人了怎么办?琴给我。"

钟关白心里狠狠一抽，来不及写字，赶忙把琴盒打开。

陆早秋接过小提琴，侧头夹住，左手手指在琴弦上移动。他没有拿琴弓，一连串繁复的指法变化，没有发出任何声响，就像一个人的默剧。

这幅画面有种荒唐的悲伤感，钟关白不太敢看。

陆早秋闭着眼睛，眉心微蹙，下颚仍夹着琴，两只手空出来，好像在思考着什么。过了一会儿，他的右手在左手小指指节上按了按，嘴角竟然渐渐浮现出一个笑，病房里瞬间冰雪消融。

钟关白看着那个笑容，心中也跟着安宁下来。

陆早秋向护士要了一卷细绷带。他保持着夹琴的姿势，低着头，将每一根指节都缠上绷带。

钟关白突然理解了这些动作的意义。

陆早秋同时也看向了他，轻声解释道："从头来过。"

一周后，陆早秋身上的伤好得差不多，可以出院了，只需要定期去医院做高压氧治疗和服药即可。

钟关白在接陆早秋出院之前，先去了一趟花店。

Elisa正坐在花店门口看书，钟关白说："早上好，小淑女。"

Elisa抬起头，眼睛一亮："先生。"

钟关白问："今天有上次你送我的那种花吗？"

Elisa钻进店里，很快小女孩的声音就从里面传出来："有，而且它们已经全开了。"

钟关白跟进去，看见大片的浅蓝色五瓣花。

他微笑起来："你说得没错，它们非常坚强。"

当钟关白远远看到从医院里走出来的陆早秋时，时光好像回到了六年前。白色细绷带缠绕的手指，拎着小提琴。因为迫不及待要出院，陆早秋身上还穿着条纹的病号服。

他一步一步走过来，钟关白看着他举起了琴弓。

琴声飘散开，传到钟关白耳朵里。

当他走到钟关白跟前的时候，琴弓正拉出一声长长的颤音，钟关白感觉自己暴露在空气中的皮肤也跟着被激起了鸡皮疙瘩。

"我等不及了。"陆早秋看着钟关白的眼睛，问，"你听到了吗？"

钟关白看着陆早秋揉弦的左手手指，极慢地点了一下头。

可是那琴声，非常奇怪，像是嗓音最好的歌手刻意在唱跑调的歌，每一声都那么美，但整首曲子的音准全是错误的。

陆早秋低头看了一会儿自己的左手："我也听到了。"他脸上再次浮现出和那天摸到小提琴时一样的笑容，"跟那天一样。还有钢琴声。"

钟关白的眼睛里满是哀伤，鼻子忽然一酸，根本不敢去看陆早秋的脸。

"我听到了，它们很美……"他在陆早秋身边重复说着无意义的话。

陆早秋感觉到钟关白在颤抖："我听不到。"

钟关白用手机缓缓地打出几个字："很美。这是我听过最美的琴声。"

陆早秋的睫毛动了动，盯着那行字问："真的吗？"

钟关白再次不断点头。

陆早秋再次扬起了琴弓。

这个穿着病号服的男人，就站在医院门口，闭着眼睛，一遍又一遍地拉着没有人能听懂的曲子。阳光将他的病号服照得刺目，风吹起还没来得及剪的头发与病号服的衣摆。

医院里快步走出来一个护士，像是要警告在外面制造噪音的男人。

钟关白眼神请求地看着护士，不断摇头。

"我马上就带他离开，再让他拉一会儿，就一会儿，好吗？"

护士停下脚步，眼神渐渐变成了同情。"其实……"她本来想说，其实病房的病人不应该就这样出院。可是看着那个清瘦的背影，看着不停跳跃移动的手指与琴弓，她突然觉得不应该说那样的话。可能所有疯子都不会被理解，天才也一样，那些古怪的、错乱的声音莫名地像在敲击她的胸口，让她觉得内脏有了一种酸胀的感觉。"也许是我无法理解这种美。但是……它确实是一种美。"

他们的时间彻底慢了下来，就好像开始了一个不知期限的假期。钟关白远离了从前的圈子，不用应酬、录制节目；陆早秋也不用再忙着上课、演奏，奔波于世界各地。

陆早秋出院的第二天早上，钟关白是被一声巨大的东西摔倒的声音惊醒的。他转头一看，视线来不及聚焦就已经可以判断陆早秋不在屋里。身体比脑子先一步反应，他抓起床头的眼镜就往外面跑。

琴房里，小提琴的琴谱架倒在地上，琴谱散了一地。

陆早秋背对着他，低着头。

虽然知道并不会打扰到他，但是钟关白仍然不自觉地放轻了脚步，慢慢走过去。他看到陆早秋左手握着琴颈，右手迟疑地停在弦轴边，甚至不敢去拧它们。那种不自信的感觉，就像一个普通人突然看到自己的双手变成了另一种自己不会使用的结构。

四根琴弦完全松着，那是一种没有办法拉琴的状态。

钟关白突然明白了陆早秋的琴声为什么会有问题。他对小提琴的控制力就像面对自己的身体那样熟悉，就算听不到，手指的位置也不会错。

但是，陆早秋没有办法调音。

每次练过琴之后都要放松琴弦，再拿起小提琴的时候就需要调音。钟关白不知道出院前陆早秋是怎么调音的，也不知道为什么现在陆早秋突然发现了音准的问题。

他走到陆早秋身边，陆早秋抬起头盯了他很久。

眼神里全是不信任，还有……巨大的失望。

那种失望差点击倒了钟关白。

"出去。"陆早秋说。

钟关白摇头。

陆早秋没有重复第二遍，他冷漠地收回目光，拿着小提琴离开了琴房。

钟关白跟着追出去，却被锁在了一间空房间外面。敲门没有任何作用，只有他自己能听到。这是陆早秋租下的房子，他甚至找不到开门的钥匙。

房间里没有任何响动，寂静得让人害怕。

钟关白越来越心慌，所有可怕的猜测一一出现。这个空房间在二楼，窗户正好对着他们的院子。钟关白冲了出去，找邻居借梯子。

被阳光晒得皮肤发红的老人从仓库里搬出一个金属梯架来，笑着说："我有时用这个来粉刷墙壁。"

钟关白点点头，接过梯子，准备走。

老人在他身后说："嘿，你的朋友看起来不太好。"

钟关白急着搬梯子，只随口应道："是。"

老人又说："今天早上我看到他在院子里拉小提琴，但是声音很奇怪。我还问了他：'你的琴坏了吗？'"

"什么？"钟关白脚步一顿，回过头，眼睛瞪得很大，吓了老人一跳。

"他拿了纸笔请我把说的话写给他，我才知道他听不见。所以我写：'你是不是不知道，也许你的琴坏了？'"老人说，"他皱起了眉毛，一直盯着他的琴看，我觉得也许是我太失礼了，毕竟他听不见，所以我又写：'可能是你的曲子太特别了。'可是他说出曲子的名字时，我知道，我听过，那是小提琴版的德彪西的《月光》，我怎么会不知道那首曲子呢？德彪西可是法国人。"

第20章

《G小调小提琴奏鸣曲（魔鬼的颤音）》——朱塞佩·塔蒂尼

钟关白爬上最后一级阶梯的时候，看到了陆早秋。

他抱着小提琴，坐在阳光照不到的那面墙旁边。不知道过了多久，直到一粒碎玻璃碴掉到了陆早秋的脚边，他才有了一点反应，抬起了头。

碎玻璃泻了一地，被阳光照得刺眼万分。钟关白正试图从满是尖锐玻璃碎片的窗户上爬进屋内。

陆早秋还没来得及阻止，钟关白就已经从窗外跳到了地上，睡裤被划破了，有半截挂在玻璃上，他干脆撕了裤子，跑过去。明知道对方什么都听不到，他还是忍不住说："可是我真的觉得那很美……"

陆早秋一只手拿着小提琴一只手拿着琴弓，于是格外笨拙地用琴弓的弓背在钟关白的后脑上划了划，就像在模仿安抚的动作。他边做这样的动作边低声说："我在生气。"

钟关白突然觉得有点想笑，他当然知道陆早秋在生气，但是就这样直接说出来莫名有种……几乎算得上是可爱的感觉。

他点点头，做出"我知道"的口型，突然感到大腿后侧靠近腿根的地方一痛。

他被弓背打了一下。

打得并不重，像是一种警示。

"起来。"陆早秋说。

钟关白捂着大腿跳起来，陆早秋居然会打人？

"你不能这样。"陆早秋站在他面前，严肃地看着他，"你先出去。"

钟关白站在原地不动。

"你先出去。"陆早秋重复道，"我现在在生气。"他看着钟关白一点一点扬起来的嘴角，突然叹了口气，"算了。"

陆早秋是一个极少会产生愤怒情绪的人。如果一个人没有太多在意的东西，那么他就很难愤怒。而不惯于愤怒的人，通常难以找到一个合适的方式，去表达他的愤怒。尤其是，站在他面前的是钟关白的时候。

"我错了。"钟关白比完口型，委委屈屈地低下头，一副准备挨训的样子。

"钟关白，"陆早秋喊完名字以后顿了很久，"我不知道该怎么对你生气。我想找到一种对你生气的方法，让你意识到这件事很严重。你不能骗我，尤其是在这件事上，不能骗我。"

"钟关白，你看着我。"陆早秋用弓背抬起钟关白的下巴，看着他的眼睛一字一顿地说，声音也越来越沉，"音乐……是有真理的。我不能歪曲它，你也不能。以前，我只相信我的耳朵，现在我想要……相信你。"

钟关白看见陆早秋的眼睛里倒映出自己的样子，最初的一瞬间可能是慌张的。

对于陆早秋这样的人来说，这一句"想要相信你"，托付的不只是失去的听力，这几乎已经等于在托付他的生命和他仅剩的世界。

钟关白的胸口不断起伏着。他注视着陆早秋，缓缓抬起手，轻轻抓住了抵在自己下巴上的琴弓。

接过琴弓的一刹那，他终于彻底地意识到，他到底接过了什么。

就像柏拉图认为物质世界的背后一定有一个"理型世界"一样，所有的音乐家的脑海里一定也有一个"理型音乐"。那是属于每一个艺术家自己的完美，而其他人耳朵所接收到的，不过是那种理型的一个投射。钢琴键盘的每一次振动，小提琴琴弦的每一次颤抖，都是在靠近那个理型。

现在，陆早秋的世界里只剩下了那个绝对完美的理型。

"你可以相信我。"钟关白默念出这句话，他是讲给自己听的。他将陆早秋的小提琴放到了左肩上，将琴弓挥到了半空中，再默默地看向对方。

钟关白听陆早秋调过无数次弦，他挥起琴弓的那一刻甚至可以想起陆早秋独奏时偏爱的那个基准A，那比标准的440赫兹低一点，让琴声整体有种格外沉静的感觉。

陆早秋点了一下头。

钟关白要作曲，当然是会小提琴的，但是调音远不如陆早秋快。他在陆早秋的目光下，拧动弦轴，一弓一弓地去试A弦。

等到他调好四根弦，陆早秋接过琴，以极小的幅度转动弦轴，每一根他都凝神转动了很久，才转回原处。

"试一下。"陆早秋说。

钟关白把四根弦试了一遍，音准没有改变，他朝陆早秋点点头。

陆早秋又把四根弦全部松了，然后完全凭着手指对于琴弦松紧程度的感受，将弦轴拧到了某个位置："再试一下。"

钟关白拉出一弓双音的时候怔怔地盯着弦轴。

音几乎是准的。

但是，对于陆早秋来说，几乎也是错误的一种。

陆早秋盯着钟关白的眼睛，后者微微摇头。

"我没有练习过。"陆早秋低头看看自己的手指，"它的感觉并不像听觉那样灵敏。"太过依赖耳朵，导致做过上万次的动作也不可靠。

当钟关白把重新调好音的小提琴交给他时，陆早秋想了很久，然后拉了一首塔蒂尼的《魔鬼的颤音》。据说塔蒂尼梦到自己把灵魂交给了魔鬼，然后从魔鬼的演奏中得到了这首曲子。

陆早秋拉琴的时候一直看着钟关白，似乎每一弓都要向他确认。

钟关白不断地点头，直到最后一弓落下，他才走过去，小心翼翼地夺过陆早秋手里的小提琴和琴弓，道："你不想尝尝魔鬼的滋味吗？"

陆早秋："哦？"

他胸腔微微震动，声音极度低沉，就像在念中世纪的诗歌："魔鬼啊，那……你不想尝尝神仙的滋味吗？"

钟关白用手机打出一行字："神仙一怒，伏尸千里。"

陆早秋看了一会儿，淡淡道："看不懂。"

钟关白不敢解释，怕陆早秋用琴弓抽他，只打字问："陆首席，你现在不生气了吧？"

陆早秋在去医院的一路都没有回答，磨得钟关白心里忐忑，进高压氧舱前他才转过身，说："好像找到了一种对你生气的办法。"

陆早秋躺进高压氧舱，上次遇见的那个灰眼睛医生路过，笑着跟钟关白说："他比上次看起来好多了。"

钟关白透过透明的高压氧舱壁看着陆早秋的脸："是啊。"

医生说："你好像也没那么紧张了。"

"我想要学会适应他的变化，比他自己更快地适应。"钟关白就那么一直注视着陆早秋。

中途他开车去了一趟附近的乐器行。

他走到一架电钢琴边，手指在键盘上随意一扫，然后问老板："可以听到琴声吗？"

老板走过去，打开电源："现在可以了。"

钟关白关掉电源，在老板匪夷所思的目光下弹了一曲，指尖游走在键盘上，仅仅发出单薄的触击声："好听吗？"

老板耸耸肩："先生，请原谅我无法判断。"

"原来是这种感觉。"钟关白不停抚摸着琴键，陆早秋的世界，原来是这种感觉……

"我要买下它，请帮我放到车上吧。"他轻声说。

第21章

《默祷》——Secret Messenger

第二天早上，天还没亮，钟关白就醒了。陆早秋练完琴有松琴弦的习惯，他准备一早去给小提琴调音。房中一片黑暗，他轻手轻脚地推门出去，发现书房的门边漏出一线微弱的灯光。再打开卧室的灯，回头一看，陆早秋果然不在屋内。

书房就放了一些书，还有一台安了作曲和录音软件的电脑，他们用的时候并不多。

钟关白走过去，慢慢推开门。

陆早秋在他后脑勺上捞了一把，然后说："跟我走。"

陆早秋斜背对着门，模仿着屏幕上女人的动作。他显然很不习惯这样的肢体的动作，平时极为灵巧的手指都显出几分笨拙的味道。

钟关白退后一步，默默关上门。

等他调完音再回到书房门口时，陆早秋已经在学别的手势了。天色一点点地亮起来，陆早秋侧头望了一眼窗外，手上的鼠标移向了视频右上角的叉。钟关白飞快地关上门，准备悄悄回卧室，走了几步，却突然转过身，快步走向书房，推门进去。

他感觉到陆早秋的背脊僵硬了一瞬，又慢慢放松下来。

"做什么？"陆早秋偏过头，说。

钟关白把两只手绕到陆早秋面前，举起两只拇指相对，弯了弯，这是刚才屏幕上的女人做的手语，他猜测应该是夸奖的意思。

陆早秋带着他去了海边，走着走着忽然说："要是以后你再对我念诗，我不会阻止。"

太阳从海平面上升起，阳光走过了八分钟，终于落到他们身上。

钟关白无声地念道："阳光照亮了你……"

那几天，钟关白开车在南法遍地找中国文具用品店，要买笔、墨、宣纸抄诗。最后竟真的让他在一个车都开不进去的石板路老街里找到了。准备结账的时候，他看见柜台不像一般开在欧洲的中国商店那样放着财神、招财猫，或是一缸锦鲤，而是放着一张竹制的三行笺，上面压着一枝风干的梅花。

竹笺下方也画着一枝雪中白梅，上面用毛笔抄着三行小楷："衷肠事、托何人。若有知音见采,不辞遍唱阳春。"

钟关白问老板这种三行笺放在哪个架子上。

老板是个法国老人,手里还拿着一卷书,闻言抬起头,摘掉老花镜,看了钟关白一眼,用流利的汉语笑着说:"这是非卖品,用来讨好我的太太。"

钟关白说:"就买一张,我也想讨好一个人。"

"你准备写什么呢?"老板一边擦老花镜一边问。

"写诗,写所有的声音,写这个世界……"钟关白说。

情谊是一个被过度滥用的词,越来越少的人能记住它本身的重量和可贵。一个人只有经历无数人事才不会滥用这个词,就像一个人只有看遍千山万水才不会滥用美。

而老人竟然被说服了,他戴上老花镜,弯下腰从柜台下拿出一张竹笺,递给钟关白。

那上面绘制着一簇浅蓝色的五瓣花,和钟关白买过的很像,不知道是不是同一种。

老人见钟关白盯着那簇花看,便解释道:"倒提壶,产自中国,花语是'沉默的守望'。"

钟关白将那片竹笺收在了衬衣的上口袋。

于是那天陆早秋练完琴推门出来,就看见门檐上垂下一根朱红色的绳子,下方挂着一片三行笺,笺下还坠着一朵新鲜的浅蓝色五瓣花。竹笺在微风中摇晃,陆早秋把那一小片东西托在手心——早秋,阳光照亮了你,你也照亮了阳光。

钟关白买的电钢琴放在了楼中的空房间里,陆早秋走进去的时候钟关白正在弹琴,没有开电源。

眼里黑白琴键的沉落自动转化成了脑海中的音符,那是一种神妙的感觉。陆早秋只看了一串跑句①就知道那是一首即兴的曲子,但是旋律是那样明晰,甚至可以感觉到琴声中的情绪。

他去琴房拿起已经松了琴弦的小提琴,走到钟关白身边,偏头压住小提琴,凭借这几天练习过无数次的方法调好了音。

琴弓没有碰琴弦,完全靠着手指对琴弦松紧的感受。那应该是一件不可能做到的事,但是当陆早秋拧完最后一根琴轴后,扬起琴弓,用小提琴完全重现了一遍钟关白即兴曲的主旋律。

分毫无差。

心疼与骄傲的感觉掺杂在一起,让人心口辣痛。这太过分了,钟关白心想,只要能够让陆早秋康复,他愿意用一辈子虔诚祷告。

这一周最后一次治疗的时候,陆应如给钟关白打电话,说要准备让陆早秋去德国治

---

①是指由连续的、快速的音符组成的乐句。

疗。的确，两周的时间已经到了。

"现在的情况？"陆应如问。

"正在做治疗，目前看来没有明显效果。"钟关白看着高压氧舱里的陆早秋，他好像睡着了似的，闭着眼睛。

陆应如那边沉默了一会儿："如果还有残余部分听力的话，至少可以用助听器。我已经安排好后续的治疗团队了。"

钟关白隐约听到背景音中有一个低沉而不容置疑的男声："叫他不要拉小提琴了，纵容他玩到二十多岁，够久了。"

"应如姐，早秋——"

"我知道。"电话那头传来高跟鞋的声音。陆应如走了几步，离开了原本的房间，她的声音听起来无比可靠："这里有我。"

陆应如站在露台上，看着东半球的夜空，这里已经成了新的不夜城。几十年间拔地而起的建筑有无数座，如星子般璀璨密布的窗户里坐满了不知道自己到底要什么的人。

"陆总，上半年的财报。"领带系得一丝不苟的第一秘书拿着一叠材料走到她身后，低声提醒。

陆应如没有像往常一样直接去工作，而是仍背对着秘书，淡淡道："Abe，你觉得这份工作怎么样？"

第一秘书先生极其难得地迟疑了一秒，因为他从没有被问到过这么容易回答的问题："非常好。"

陆应如："我当然知道这是一份好工作。"

Abe："陆总，我的意思是，我很喜欢。"

陆应如转过身，没有看秘书，径自向办公室走去："那么你很幸福。"

Abe跟在陆应如身后，看着她比例完美的背影。那是常年自律的结果，每一寸骨骼与肌肉都长成营养师与健身教练指定的标准样子。"那您……"开口的一瞬间他就意识到这对于下属来说是一个极其不妥当的问题，无论是问陆总是否喜欢她的工作，还是问她是否幸福。

"而幸福是一种小概率事件。"陆应如翻开了财报，"出去吧。"

Abe在带上门的一瞬间，看见陆应如把背脊挺得更直了。

一个小时后，位于西半球的高压氧舱打开了。

钟关白抱着从Elisa那里买的花去接陆早秋。

治疗室的门开着，陆早秋已经从高压氧舱里出来了，坐在一旁的椅子上。当钟关白走到门边的时候，皮鞋接触到地面，发出一点响动。陆早秋的头先是微微一偏，再睁开眼，向门口看去，那是一种听到了什么声音反射性看过去的眼神。

这样的眼神钟关白已经很久没有见到了。这段时间，往日一向淡定的陆早秋甚至要控制自己不被身边突如其来的人影吓到，因为所有移动的物体对于他而言都出现得太过突然，像是从真空里长出来的。

钟关白无比心疼那样的陆早秋，这样的每一分每一秒都无比漫长，心疼渐渐熬成了一种磨人的痼疾。

而现在，陆早秋的一个眼神，便让他不药而愈。

他就那么怔在原地，张了张嘴，却不敢说话。

陆早秋轻声说："过来。"

钟关白向前走了一步，皮鞋试探着又在地上发出一声轻响。

陆早秋的左手小指不自觉地动了一下，微微点了一下头。

钟关白在原地呆了两秒，然后像个孩子似的跳了起来，皮鞋重重撞击在地面上，发出一阵阵巨大的响声，好像要把整栋医院都踩塌。

两人对视良久，陆早秋的神色变了又变，最后却像想教小孩规矩又舍不得说重话的家长一样，对钟关白无奈道："你动作轻一点。"

坐在陆早秋对面的医生跟着笑起来。

古今文人，赋诗万篇，于钟关白而言大约没有一句比这句"轻一点"更好听。

钟关白冲过去，跑了两步又收住脚，试探着喊："早秋？陆首席？"

陆早秋看着钟关白，像是在回味那声"早秋"与那声"陆首席"，过了好久，他才应道："……我在。"

钟关白带着克制不住的狂喜与极为剧烈的后怕，一步一步，非常缓慢地，好像一个不小心就会隔着空气把陆早秋弄坏了似的走过去。他每走一步，就小心翼翼地喊一声："早秋？"

陆早秋应道："我在。"

一直走到陆早秋面前，钟关白都不敢说一句别的话，像确认一般，再次喊道："早秋？"

"我在。"

再次做完检查之后，医生得出了结论：高频还是有一些听力损失，偶尔可能伴随着耳鸣，其余频段听力基本恢复，在后续药物治疗后应该会痊愈。

那天钟关白像个疯子一样，开车带陆早秋去他上次买电钢琴的乐器行，把里面所有的乐器都演奏了一遍。从键盘到弦乐，再从管乐到打击乐，也不管那种乐器他会不会。所有电乐器都被他插上了电，所有音响都被他接到了可以插线的地方。

他甚至抱着一把从未见过的、不知道哪个民族的拨弦乐器，一边弹一边对陆早秋唱歌。

从低沉轻哼唱到声嘶力竭。

从笑得合不拢嘴一直唱到泪流满面。

第二篇
明月当年照玉楼

第22章

《平湖秋月》——陈培勋

人可以坚强到花几天来接受巨大的痛苦，却可能要花一年来接受痛苦的离去。那不只是事后的庆幸与狂欢，更是后怕，是心有余悸。那个在乐器行大笑与痛哭的下午，不是某种终结的仪式，而是另一种开始。

钟关白开始不厌其烦地做一些无聊的事，比如不停地叫陆早秋的名字。

比如不停地对陆早秋念他并不高明的诗。

比如突然写出几张旋律极其搞笑的乐谱，伴作郑重其事地递给陆早秋，叫他视奏。

比如随便出一个诸如"大腿"之类的奇怪主题，叫陆早秋即兴作曲演奏，目的十分可疑。

再比如蒙上陆早秋的眼睛，然后拿着琴弓在琴弦上划拉两下，问："多少赫兹？"一边问一边拿纸记录，美其名曰"视唱练耳考试"。

陆早秋的绝对音准没有什么可置疑的，只是他穿着白色衬衣站在窗边，眼睛上蒙着白色布，面朝钟关白回答出一个一个数字的样子静谧而纯洁。

考官钟关白一边欣赏着陆早秋认真的样子，一边胆大包天地用手敲了敲桌子，问："那这个呢？"

"嗯？"陆早秋朝声音的方向走过去。

钟关白故意说："陆首席，你还没回答我，这是考试——"

陆早秋揭下眼睛上的布，覆在钟关白的眼睛上："公平一点，轮到你了。"

夏末的暖阳一点一点地照进来，把桌子的影子拉得很长。

木地板上，钢笔从桌子上掉了下来，落在地上，也被拉出长长的影子。

潮湿的海风从窗外吹来，吹散了房中燥热的空气。一页纸被吹离桌面，缓缓飘落，掉进了墙边五斗柜的下方。

第二天早上的时候钟关白只穿着一条紧身泳裤，支着一双长腿大大咧咧地坐在车顶上，叫陆早秋下楼，说是要去朝阳下游泳。

所以当他和陆早秋游完泳回来接到季文台电话的时候,他怀着并不太多的愧疚心情,对季大院长隐瞒了陆早秋已经恢复大部分听力的事实,并在电话里承诺会细心照料脆弱的陆首席。

"你?"

只说了一个字,但是谁都听得出来,季大院长言下之意其实是:"就凭你?"

钟关白假装没听懂,诚恳道:"是我。"

季文台这时候正拿着裱好的字往温月安家走:"你们得早点回来。对于疑难杂症其实国内的医生经验更丰富。"他走到院门口,停住脚步,"你别多想,我可不想见你们……是老温。"

钟关白:"老师?"

季文台:"他不太好。"

钟关白一愣:"老师生病了?"

"精神不好。"季文台又向外走了几步,离院子远远的,以免说的话被温月安听见,"老温这个人,年轻的时候也没朝气蓬勃过,但是现在,就跟自己不想活了似的。上次我去看他,他说:'只怕再也见不到阿白了。'"

季文台学得有声有色,钟关白闻言,突然慌乱起来,告诉季文台他现在就要订机票回去。

季文台咳了一声,怀疑自己把温月安的话演绎得太夸张,于是又像大家长似的训道:"……也没那么急,钟关白你什么时候能稳重点?反正你们早点回来总是好事,老在外面像什么样子?"

钟关白放不下心:"那老师到底怎么样?"

季文台还没说话,电话那边先传来极轻的一声:"文台。"

季文台回过头,看见温月安坐在院门边,正看着他:"老温你先进去,别晒着。我打个电话。"

温月安的轮椅没有动:"我等你。"

"老温你说你平时为人挺正派的,怎么落下一偷听人打电话的坏毛病呢?"季文台训训道,"你先进去。"

温月安淡淡扫了一眼季文台的手机:"文台,阿白稳不稳重,我来操心。"

季文台站在原地半晌,气得对电话那头说了一句:"你老师好得很,还会训人呢。"

说罢挂了电话,还是老老实实跟在了温月安的轮椅后头,不忘带上院门。

"挂哪儿?"季文台把裱好的字放在温月安面前,"我给你挂。"

温月安说:"钢琴对面的墙上。"

季文台一看:"老温,那上面不是正挂着一幅吗,还是我当年去留学之前给你写的,写得多好。"

温月安："把原来那幅取下来。"

季文台气结："老温你这可不对啊，就钟关白这幅字，也值得挂？"

温月安点一下头："挂那里，好看。"

季文台殷切地问："那我的呢？"

温月安想了想："收到柜子里去。"

季文台看了温月安半天，后者神色却毫无变化，静静地等着他动作。他叹了口气，把自己那幅"志合者，不以山海为远"拿下来，再把钟关白那幅啥也不是的字挂上去，然后拿着自己的字问："收到哪个柜子里？"

温月安说："书房。"

那幅字不小，季文台打开书房里最大的一扇柜门，看见里面还放着另一幅字。那幅字看起来被小心处理过，但仍能看到裱框内部的纸面上有裂痕和早已干透的泥水污迹。

纸上两个大字："静心。"

遒劲有力，却又带着少年意气，仅仅两字便能看出功夫极深。

而落款十分简单，不过六个字：玉楼　丙午中秋。

季文台看了许久，听见温月安的声音，才把自己的字放进柜子里，关门下楼。

"老温，"季文台一边下楼梯一边说，"你对我，还是好。"温月安能把他的字跟落款为"玉楼"的放在同一个柜子里，不容易，足见心意。但他说完，也略有疑惑，温月安从前不愿提故人，不该就让他这样轻易看到那幅字。

温月安的手在琴键上拂过，按出一首曲子的前几个音，琴声清丽无匹。他只弹了几个小节就停了下来，背对着季文台，仿佛不经意般问："文台，最近有个姓贺的孩子，开了独奏会？"

季文台一下就想到了贺音徐："有，美籍的小孩，柯蒂斯音乐学院出来的。虽然是华裔吧，不过第一场独奏会就跑到中国来开，不多见。"

温月安沉吟："美籍……可是他说话没有口音。"

季文台："据说他父亲少年时在中国长大，生于音乐世家，比你年龄还大些，老一派。你想想钟关白小时候你怎么教的，估计人家出了国对子女的教育还要严些……老温！"

轮椅砰的一声翻倒在地上，垂落的青衫遮不住空荡荡的裤腿。

季文台大惊，赶忙把温月安扶起来，看有没有摔伤："老温你怎么回事？"

"生于、生于哪个音乐世家？"温月安抓着季文台的手臂，几乎要把手指下的袖管掐进皮肉里。

"我记得在你这里放了常用医药箱……"季文台看到温月安手腕上的伤痕，急着要处理。

"我问你，生于哪个音乐世家？"温月安一字一字问道。他盯着季文台，从来如古井般的眼眸此时却像见过血的刃,把季文台震慑在原地。

"……老温,你……你这么看我,我也不知道啊。"季文台仔细思索了一下年月,"这事儿应该没人记得了。你想想,那个年代,又是个学西洋乐器的。

"是,那个年代……"温月安松开了手,修长的十指垂在裤管上,指尖微微动了动。

季文台看温月安好像平复了一些,于是去找医药箱:"你把那箱子收哪儿去了?"

温月安的声音极轻:"上面那个抽屉。"

季文台一边给温月安包扎,一边数落:"你又不是钟关白,一把年纪了,稳重点……"想到在院门口被训了一顿,又改了口,"什么事值得你这样?你想见哪个小孩,我就叫哪个小孩过来,没有人听到'温月安'三个字还敢不来。有什么事值得你变了脸色?"他说到这里,却猛地想起落款处的"玉楼"二字和温月安抄的那句"月照玉楼"。

季文台一句话含在嘴边,最终没有说出口:他……也姓贺?

温月安看了一会儿自己的双手,脸上恢复了平静无波:"文台,回去吧。"

季文台实在不放心就这么走,但那是温月安,不会留任何人陪在身边的温月安。他把医药箱放回原处,再给温月安倒了一杯热水:"有事给我打电话。"

温月安应了一声。

季文台走到小楼门口,又说:"没事也打。"

温月安没有说话。

季文台叹了口气,向外走去。

夕阳下,院中溪水里的石头被照得发光,荷花已呈败象,几尾锦鲤朝季文台簇拥而来,错以为是有人来喂食。

房内传来琴声,一声一声,像光在流动,真如"月照玉楼"一般。

季文台向四周看了看,这样的石灯、门檐、竹木小几,这一切……都不是真正的北国光景。

这可能只是温月安的一个故梦。

梦里有江南的庭院,有溪水与锦鲤,有竹有荷,有字有棋有琴,还有人。

季文台从窗台上拿了一把鱼食撒在水里,便向院门走去。

当他轻轻带上院门的时候,越来越低的琴声骤然一断。

房中传来一声巨响。

"老温!"季文台跑进去,温月安倒在钢琴边上,一点反应都没有,怎么叫都叫不醒。他一摸温月安的手腕,连脉搏都快没了。"月安——"

第23章

《新月》——吕思清

"我要见那个孩子。"

这是温月安醒来后说的第一句话,他哪里也没有看,声音清冷,像在自语。

季文台端详了半天温月安的脸,然后说:"我知道了。"

过了一会儿他又说:"我给钟关白打个电话。"

温月安说:"别打。"

季文台:"老温你就逞强吧。叫完救护车我没敢打,抢救的时候我没敢打,你没醒我也不敢打。现在还不能打?"

温月安闭上眼睛:"文台,你觉得我要死了吗?"

"你,老温你怎么老说这种话呢?"季文台抬起手,悬在床边一会儿,握成拳头,"这不是找打吗?"最后拳头落下来变成掌,给温月安披了被子。

过了很多天,远在九千公里外的钟关白都不知道温月安病了,那时候他正在没日没夜地写曲子,像所有音乐人那样,把痛苦与快乐全部变成歌。

他和陆早秋重游了当年巡演的地方,维也纳、柏林、阿姆斯特丹……再返回当年的最后一站——巴黎。

钟关白带了一大摞五线谱纸和写谱笔,每到一个地方就写一首曲子,等回到他们本来居住的南法海滨小镇时,已经集成了厚厚一册。钟关白自己写曲子总是没有数,除了已经被影视作品、唱片公司收录的曲子和已经出版的乐谱,他不知道还有多少这种用古老方式随手写就的曲子。这些年都是陆早秋连同作曲软件上的那些一起打印出来,整理成册,编好作品号,收在一起。

钟关白特别喜欢看陆早秋整理乐谱,尤其是这次,中间有三首连着的都是小夜曲。

"陆早秋。"钟关白靠在门边,第八次喊。

陆早秋手里拿着已经订好的一册琴谱,在扉页上写好了作曲的日期和地点,闻声手中的墨水笔一顿,在扉页上留下一个黑点。

"陆早秋。"钟关白第九次喊，眼神仍然在陆早秋的侧影上。

陆早秋低着头，默默在时间地点后面加了一行字：阿白，幼稚。

"手机。"陆早秋提醒。

钟关白这才去找不知道在哪发出声音的手机。

"海伦，代我向墨涅拉奥斯问好。"Lance的声音从电话那头飘过来，随之而来的还有猎猎风声和枝叶沙沙的声音，几乎让人闻到了植物的味道。

他在自己的一块林子里伐木，此时正光着膀子坐在一个树墩子上晒着太阳喝酒。

"闭嘴，帕里斯。"钟关白心情好，嘴上也跟着玩笑。

"海伦，我可不能闭嘴。"Lance举着酒瓶子笑道，"你要的首饰做好了，你准备好送给墨涅拉奥斯了吗？"

"准备好？不，不是这样的。"钟关白露出了一个笑容，把他曾经的犹豫与前段时间的意外都讲了一遍，"你懂吗？准备好送他礼物，就像准备好写一首绝对好的曲子，天堂也许会有，人间，不存在的。"

"海伦……"Lance透过瓶子直视太阳，看见一片金灿灿的光晕，"形式并不重要，我打赌，你就算拿着一个易拉罐环给他，墨涅拉奥斯也会很开心的。"

"我不想再等了，可是……Lance，你能想象吗，有一天，他拉着我写的曲子……"

"当然。"Lance回忆起陆早秋站在钢琴边拉小提琴的样子，那简直是他见过最帅的身姿。

那你能想象当他左手手指按到第七把位的时候，手指仍然精确地在演奏，可是眼睛却茫然无措地看向自己的指尖吗？

钟关白不是在等，而是不敢。

陆早秋当然是坚强的，比从前更坚强，甚至让他担心刚过易折。

"有一部分音域他还是听不到，是吗？"Lance在钟关白的沉默中猜到了原因。

钟关白没有回答，他听见琴房传来低沉悠长的琴声。

"明天我去拿首饰。"钟关白挂了电话。

但是第二天他没能去成。

天没亮的时候他接到了季文台的电话。

"钟关白，你得回来。"季文台一改往日的语气，声音极为严肃，"老温病了，心衰。你别急，暂时没有生命危险。本来老温不想告诉你……"

"我马上回来。"钟关白立即说。

陆早秋马上叫人订了回国的机票。

"陆早秋怎么样？"季文台问。

钟关白照实说了情况，季文台好歹放心了点："行，那你们赶快回来。"他想说明情况，又突然觉得有点无从解释，"你还记得贺音徐吗？"

钟关白:"记得,怎么了?"

季文台:"老温要见贺音徐,他竟然不肯。他经纪人开出的条件是让你和他比琴。"

钟关白怀疑自己听错了:"什么?"

"也没说输了才肯见还是赢了才肯见,不知道那小子怎么想的。"季文台不耐烦,想到温月安的身体和那股固执劲儿更加冒火,"总之你快滚回来,别问那么多。"

季文台挂了电话走进病房,对温月安说:"要我看,那小子记仇,谁叫你学生以前骂过他。"

温月安:"不见就不见吧,何必告诉阿白?"

季文台:"那是钟关白自己惹的祸,叫他回来怎么啦?"

钟关白和季文台想的一样,他在候机的时候把自己评价贺音徐的那一期节目找出来看了一遍,这是他第一次完整地看那期节目。看了一会儿他皱起眉:"这怎么剪的?"

陆早秋再看也发现画面衔接有问题,很多时候钟关白的回答都是一个单独的特写画面。

"从演奏技术和表情上讲,他是不如我,但是也没多差。我记得我当时的评价确实没留情面,但那句'这是在搞笑呢吧'和'十级车祸现场'根本不是评价贺音徐的,是说的他们先前放的一个车祸演奏视频。"钟关白关掉视频,"无聊。那小子不会真信了吧?"

飞机直降首都机场。

钟关白看到大群的记者拥过来才发现自己没戴口罩。他赶忙把陆早秋挡在自己身后。

那一刻他才意识到,一旦回来,就不再自由,好像将自己置身于一块满是蚂蟥的水洼中,等着被吸干最后一点血。

"让一让,让一让——"

钟关白看见一个人影一边喊一边从人群里挤出来,不太高,脸也嫩,一身制服,穿得像学生似的。

那个人影一直挤到钟关白身边,先恭恭敬敬地朝钟关白身后的人喊了一声:"陆首席。"然后才跟钟关白挤眉弄眼地递上一个口罩,"走走走,这边。"

钟关白发现那些记者居然没朝这边跟来:"唐小离,你怎么做到的?"

"钟关白你得感谢我,我把秦昭押在记者堆里了,好来解救你们。你看,跟秦昭一比,你就是一过气小明星,有什么好采访的。"唐小离嘴上喷了会儿毒液,终于心满意足,"说吧,去哪?我当司机。"

钟关白说要去医院,唐小离知道陆早秋的听力还没完全恢复,不敢提,眼睛在钟关白身上来回扫:"怎么,你病啦?"

钟关白看了一眼陆早秋,恨不得塞上唐小离的嘴。

唐小离一边开车一边满嘴跑火车,不小心从后视镜里瞥到面无表情的陆早秋,赶紧转移话题:"现在到处都在传你和贺音徐要公开斗琴的消息,你想干吗啊?"

钟关白："你应该问问他想干什么。"

唐小离："这不对啊，你们两个里面，明显你是妖艳玫瑰，他是白莲花。"

陆早秋闻言道："不是这样。"

唐小离在后视镜里冲钟关白"啧啧"摇头。他把两人送到医院，然后从后备厢里拿出一把轮椅，是钟关白叫他帮忙订的，可以自动上下楼梯。

"走了，去解救秦昭。你们记得请他吃饭。"唐小离朝车窗外喊。

钟关白走到病房门口，刚好撞上办完出院手续的季文台。

"老温要回家休养，我拗不过他。"季文台说，"这段时间你就陪着他。"

钟关白点点头，推门进去，喊："老师。"

陆早秋喊："温先生。"

温月安正靠在病床上听音乐，闻言抬起头，看见钟关白和陆早秋，眼中便带上了温度："阿白和早秋来了。"

他细细地看了一会儿二人，才微微点头道："好，真好。"

钟关白拿起梳子，认认真真地为温月安梳好头发，再把人抱到轮椅上，送回家去。

那段时间钟关白放心不下，每天都待在温月安家。温月安总是在书房里看书写字或者在楼下弹琴，并不多话，倒也没有要他走。陆早秋也经常来，和钟关白合奏一些舒缓的曲子。

因为温月安的身体，立秋那天钟关白没能走开，陆早秋也不愿意过生日。

钟关白扎了两盏小灯笼，一盏写"康健"，一盏写"平安"，他和陆早秋在温月安院里把两盏灯挂上了。

大大的"康健"与"平安"飘在墨黑的夜空中，灯光摇曳着，照在他们身上。

钟关白对陆早秋说："早秋，你会平安康健，老师也会。"

陆早秋说："你也会，我们都会。"

过了几天，贺音徐的经纪人告诉钟关白，比赛定在中秋那天的下午，专门包了一家剧院，不公开售票，但是网络直播比赛过程。

温月安听到这个日子的时候，脸色蓦然一变。

钟关白询问："老师？"

温月安反问道："阿白，你要弹什么？"

钟关白想了想："第一首选肖邦的《冬风》？"

温月安不置可否，他坐到钢琴面前，低声叹息，只有自己能听见："中秋，中秋……是你，我知道是你。"

他久久注视着键盘，手悬在键盘上方，轻轻张合，缓缓落下。

他久久注视着键盘，手悬在键盘上方，轻轻张合，然后慢慢落了下来。

那是一首钟关白从没听过的曲子，旋律壮丽辽阔，意气飞扬，依稀带着一丝侠骨豪情，像是由某首中国古曲改编的，难度甚至超过《冬风》。

钟关白听完，深呼吸了好几次："老师，这应该是双钢琴曲吧？"

"很久以前，是。"温月安弹完以后，像是衰老了很多，眉眼都带着倦色。

钟关白看得心里难受。他虽不知道为什么温月安要见贺音徐，也不敢多问，但到底是因为他和贺音徐之前的过节才让老师在病中仍然忧心。

"老师，我去打个电话。"钟关白说。

温月安看出他的心思，淡淡问："打给谁？"

钟关白没答，只说："这是我跟那小子结下的梁子。"

温月安："你要做什么？"

钟关白的口气像极了季文台："比赛另说，先把那小子押过来。"好像现在就要冲去绑了贺音徐似的。

温月安沉默了一阵，低声道："阿白，你等等。"

他上楼，取出一册琴谱和一个老旧的本子来，下楼交给钟关白："那个贺家的孩子不肯见我，不是因为你。"

钟关白看见琴谱封面上竖写着三个大字："秋风颂。"

"秋风颂"的一侧竖写着："作曲：贺玉楼。"

钟关白翻开琴谱，正是温月安弹的那一首，那是双钢琴的总谱，哪一部分是"安"，哪一部分是"楼"，都标得明明白白。

钟关白问："老师，是要我弹《秋风颂》？老师是觉得弹这首，我就会赢吗？"

温月安看着琴谱上的"贺玉楼"三字，用极轻的声音一字一字道："不，他会赢。"

"那为什么……"才说了几个字钟关白就停下了。

那神色同以往太过不同，钟关白一句话也不敢再多说，连呼吸都放轻了，好像发出一点声音就会打碎笼罩在温月安身上的某种东西。

温月安沉浸在那种情绪里很久，才恍然回过神似的，把手上的本子递给钟关白。那本子里用钢笔写满了字，钟关白刚翻开一页，看了一眼就小心地合上了，他不敢看温月安的日记。

"看吧。"温月安道，"看完也许你就不愿去了。"

"怎么会？"钟关白忙说，又再次翻开了本子。忽然，本子里飘出来一张发皱的薄纸片，他弯腰捡起来，发现是一张褪了色的糖纸。

温月安接过糖纸，细细用手指抚平："阿白，这本是我一个人的事。"这种事，熬了太多年终究变成了一个人的事，再与对方无关。有些事，他虽惦念许多年，可若没有也就罢了。唯独这个学生，看着长大，就算心里有再多惦念，也舍不得他糊里糊涂地搅进陈年恩怨里。

展开的糖纸正中是因为颜色脱落而显得斑驳的"话梅糖"三字。跟着糖纸一起被展开的,仿佛还有几十年前的光阴,那是属于温月安的童年,也是属于钟关白的童年。

曾经练琴时,他们都被给予过一颗话梅糖。

"老师错了。"钟关白说,"这世上,没有什么一个人的事。"

第24章

《乡愁》——贺西格

舞台的左侧摆着两架三角钢琴。

观众席坐满了记者和其他媒体人、音乐人。剧院二层的右方——温月安说那是整间剧院最好的位置，音乐飘到那里时最为平衡，既不黏滞也不干涩——有两间包厢，每间包厢不过四个座位。

季文台和温月安坐在第一间包厢里，第二间包厢空着。

钟关白上舞台前还在后台的单间休息室里看琴谱，他靠在一张沙发上，琴谱遮住了他的脸，只能看见垂在身侧的一只手不太自然地蜷曲着。

陆早秋把琴谱从钟关白脸前拿开："别背了。"

钟关白一只手扯住陆早秋，没有说话。

陆早秋等了一会儿，才把钟关白拉起来，为他整理燕尾服和领结："你记不记得我有次讲课的时候，你去我课上捣乱？"

钟关白想起来，一本正经道："什么捣乱，我是去教那帮小子做人。"

那时候钟关白去音乐学院接人下班，正巧陆早秋在跟教室里十几个学生讲门德尔松《E小调小提琴协奏曲》的揉弦技巧。

钟关白靠在教室后门偷偷摸摸欣赏了一会儿，然后看见一个学生站起来回答问题。

"随着旋律线条的上升，揉弦的力度应该增强。"学生分析道，"主要是增加手指在按弦时的垂直力度，以及水平移动的频率——"

"回答错误。"钟关白说。

学生冷不丁被打断，愣了两秒才发现声音是从后门传来的。他回过头，一瞬间以为钟关白是在校园里巡视的哪位老师，第二眼又觉得气质不太对，好像在电视上见过："没，没错吧……那个，呃，老师……"他不知道该怎么称呼钟关白，但是学院里多的是年轻音乐家，喊老师总是没错，"这首曲子，就是应该在旋律线条上升时增加揉弦力度，下降时减少，以及手指的移动频率确实也是——"

"错了。"钟关白板着脸道。

那学生涨红着脸，不知道自己哪儿错了，一会儿看陆早秋，一会儿回头看钟关白，不知道怎么回答才对。

陆早秋几步走到钟关白面前，低声说："想做什么，嗯？"

钟关白讨好一笑，压低声音说："想引起陆大教授的注意。"

陆早秋："那你说说，答案是什么？"

钟关白："咳。"

他感觉到了来自陆早秋俯视目光的压力："一位温柔而高贵的人。"

回答问题的学生等了半天等到这个不知所谓的答案，傻眼了："……什，什么？"

陆早秋却听懂了，有点想笑。

三十世纪，作曲家戈尔在梅西安那里学习，分析莫扎特作品时说："在这个小节转入下属小调和弦。"梅西安两次都毫不客气地说："错。"最后戈尔去请教正确答案，梅西安说："那个小节，是莫扎特在音乐中洒下了一道阴影。"

陆早秋的表情看得钟关白想笑，他借着被陆早秋身躯挡住的位置，抬起手在后者肩上轻轻拍了两下，然后阔步走上讲台。

"门德尔松写这首协奏曲的时候，想的是在这里增加揉弦的手指力度吗？"钟关白指着琴谱的一行，一脸可惜地摇头，"这一句，他想的当然是一位温柔而高贵的人。"

"你看，"陆早秋整理完领结，"所有的技巧与形式，都是为音乐服务的，它们本身并没有意义。如果担心忘谱，你就带着琴谱上去，你不一定需要它们，但是你会安心演奏。背谱表演，自李斯特时代才开始盛行，可没有人说莫扎特不是一位伟大的钢琴家。"

"你真好。"钟关白镇定了一下，"我上去了。"

陆早秋点了下头："我去温先生那里。"

两人推门而出，刚好不远处另一间休息室的门同时开了。

钟关白下意识朝那边一瞥。

一个同样穿着黑色燕尾服，比钟关白稍矮一些的少年走了出来。少年黑色的长发披在脑后，一直垂到了腰际。他嘴里叼着一根黑色的发带，两只手正要去拢头发，把它们束起来。

少年也注意到了旁边的人，于是保持着扎头发的姿势微微偏过头看了一眼。

那一眼跟视频里他弹琴时抬头看人的眼神一模一样，真正的少年意气，眼里都是纯粹，和钟关白弹琴时的目光像极了。

连陆早秋这样从不对人外表多言的人都低声对钟关白说了一句："阿白，他很像你。"

钟关白："贺音徐哪里像我？"

陆早秋："不是眉眼，是意气。"

贺音徐见是钟关白他们，立即放下了头发，把发带拿下来，走上前去鞠躬："关白老师好，陆老师好。"

钟关白面无表情道："我姓钟。"

贺音徐赶紧又鞠了一躬："我知道，只是非常仰慕钟老师，所以忍不住那样称呼，冒犯了，请您见谅。"

小孩礼貌的样子确实不像记恨人或耍大牌的主，钟关白问："你的事都是你经纪人说了算？"

贺音徐一愣："我没有经纪人……噢，您说的是我父亲吧。我还没有成年，演出这类的事都是我父亲在打理。"

钟关白心里一跳："你父亲今天来了吗？"

贺音徐点点头："他订下了剧院二层右边的第二间包厢，他说那是乐声最好的位置。"

钟关白神色变了几变，眼睛里全是复杂情绪。陆早秋发现他一手的冷汗，于是安抚道："我等你。"

贺音徐站在旁边，像不谙世事似的，睁着一双明净的眼睛。等陆早秋走了，才说："钟老师，我们上去吧。"

钟关白点一下头："走。"

两人走上舞台的瞬间，台下响起一片快门声，在现场直播的主播已经介绍起了情况。

钟关白没有化妆，但是眉眼比往日更夺目，这些出走的日子洗掉了他那一件又一件华美却爬满虱子的衣服，最后只剩下他本身。这种本身像是自然赋予人类的美，与壮丽山河、碧空皓月并无分别。

贺音徐有礼貌地跟各路媒体与前辈打招呼，而钟关白却什么也没说，只缓缓抬眼看向了剧院的二层。

陆早秋、温月安和季文台都坐在第一间包厢里，第二间包厢仍然空着。

陆早秋与钟关白的目光相逢，轻轻点了一下头。季文台正在对温月安说着什么，温月安却出神一般凝视着舞台。

钟关白顺着温月安的目光看去，贺音徐正坐在钢琴凳上束头发。

忽然，温月安转过身，向包厢门口望去。其实包厢门关着，而且剧院地面铺了厚地毯，即便有人经过走廊，包厢里也听不到任何声音。但是温月安一直久久地盯着门，好像知道门外有人走过似的。

没过多久，钟关白看见一个男人出现在第二间包厢里，坐在最靠近包厢围栏的座位上，那男人像出席一场正式的古典音乐会那样穿着黑色西装，系着夜空般黑色的领带，手上戴着一双白手套。

"钟老师，我们可以开始了吗？"贺音徐问。

钟关白比了一个手势，让贺音徐先开始。

贺音徐朝台下鞠了一躬，又朝钟关白鞠了一躬，才利落地抬起手腕。

他没有带琴谱，演奏技巧比第一次独奏会又精湛不少。

观众席上有人窃窃私语："他弹的什么曲子？怎么没听过？"

温月安盯着贺音徐，无声道："《秋风颂》……师哥，你也选《秋风颂》。"

贺音徐弹的是单人版的《秋风颂》，改编过，加了大量的装饰音，以大段华彩结尾。不知是即兴而为还是演奏前写过谱，整曲显得比普通单人版更饱满动人。表情与技巧都绝佳，可莫名有种孤寂之感，在中秋这天听来，便更增一丝萧瑟。

等台下的掌声落尽了，钟关白站起来，仅仅朝剧院第二层的右侧深深鞠了一躬。

如果钟关白这一生只有一杯酒可以敬，他不会敬他的对手、他的观众或听众，更不会敬任何媒体，他只会敬音乐本身。

而他鞠躬的方向，那里坐的人是他音乐的一部分。

他行完礼，不顾其他，便坐到琴凳上，十指如秋风一般扫过键盘。

与贺音徐所奏曲目一样的主旋律，可宛如双钢琴的演奏，几乎让台下的人忍不住站起身去看钟关白的双手。

每一个音都那样干净分明，好像珠玉流淌，可汇在一起却成磅礴之势，好像可以见到一位少年正立于月下，在秋风中泼墨挥毫。

坐在二层第二间包厢的男人缓缓站起来，向前走了一步，白手套紧紧地握住围栏边缘。他的视线像暴雨一样压下来，从上空俯视着钟关白。

钟关白翻了一页琴谱，抬起头，与男人视线恰好撞上的一瞬间，猛地一怔，手中即兴流泻出改编的旋律，曲调大开大合，壮阔而悲凉。

钟关白突然明白为什么陆早秋说贺音徐像他了。其实贺音徐那一眼不是像他，而是像此刻站在包厢里的男人。而他自己，也像包厢里的这个男人。

温月安看着他长大，教他十余年琴，旁人都说奇怪，钟关白竟然不像温月安。处世不像，就连弹琴的模样也不像。钟关白原以为自己像季文台，或者像他的诸多"狐朋狗友"。现在他发现，都不是，那些都是形，是皮，不是骨。

指尖在琴键上流动，改编与原曲严丝合缝，他连贺玉楼的曲都是懂的，懂那个几十年前的少年当初的心境。

原来他是像贺玉楼。

钟关白终于明白，温月安那句"他会赢"说的不是贺音徐会赢。

是贺玉楼会赢。

钟关白想起那个温月安弹《梁祝》的夜晚，他听见温月安说："人活一辈子，只能做一件事，哪怕负尽天下。不疯魔，不成活。"

可是这场持续了几十年的战争，温月安还是不愿让那个与他隔了一道墙，也隔了大半生的男人输。

《秋风颂》还在继续，一声一声将所有人带回当年月下。

钟关白也跟着想起了温月安给他的本子。那是一本回忆录，看起来像是日记，其实是后来温月安成年后补写的，多少真，多少假，是否有遗忘疏漏，无人知晓。

在温月安的笔下，那个南方城市里，有那么一座小楼，楼前有个院子。

中秋那天，月光照在院中的溪水上，溪边有一个竹木小几，几上一张棋盘，一盏小灯。

坐在几边的少年穿一件青衫，刚被他对面年龄大些、穿黑衣的少年屠了大龙，抿着唇，眉眼冷冷淡淡地从棋罐里执了一粒黑子。

黑衣少年将青衫少年的手一挡："不下了。"

青衫少年问："为什么不下？"

第25章

《幽默曲》——安东宁·莱奥波德·德沃夏克

黑衣少年在空中摸了一把,一颗话梅糖便躺在掌心上:"练琴去。"

青衫少年眼睛微微亮了一下,伸手去拿,黑衣少年却将手掌一翻,转眼糖就不见了,就像糖出现的时候一样,谁也不知道他怎么把糖变没的。

"练完再说。"黑衣少年笑着说。

青衫少年收回手,自己转着轮椅往房里走,眼睛看着前方,下巴微微抬着,不理人。他被这个把戏骗过无数次,但每次只要对方把手递过来,他还是会上当。

"玉楼,你又欺负人了?"一个穿着素色长裙、毛线罩衫的女人站在门口,手里拿着一大一小两件款式相同的外套,"快推月安进来,站在那干什么呢?"

女人的语调是特有的温软,与那张鹅蛋脸、小山眉,还有笑起来弯月似的眼睛十分相称。

"妈,我没有,不信你问月安。"贺玉楼走到轮椅后,一边推轮椅一边故意把头凑到温月安旁边,眨巴两下眼睛,假惺惺地问,"我欺负你没有?"

温月安看了一眼贺玉楼。

"没有。"他说。

贺玉楼的嘴角一点一点勾起来。

贺玉楼喜欢笑。

温月安很多年以后都记得,师哥喜欢笑。

贺玉楼把父亲贺慎平与母亲顾嘉珮好看的地儿都挑到一块儿长了,五官轮廓每一处都生得刚刚好,就是画里江南的俊朗少年该长成的样子,唇红齿白,一双桃花眼。只是每每笑起来,要么像是在撩拨小姑娘,要么像是想使坏,既无父亲的稳重,也无母亲的温柔。

"坏笑什么呢?"顾嘉珮瞪一眼贺玉楼,把小外套披到温月安身上,再把大外套递给贺玉楼,"快进来,我做了月饼。"

月饼是金贵东西,前两年过节还能凭月饼票买个一斤半斤,现在已经找不到卖月饼的地方了。

家里五口人，餐桌上刚好五个月饼，每个月饼上都刻了不同的图案或文字，不过吃起来全是一个味道：面粉、鸡蛋、糖和在一起，没有馅儿。

贺家已经算是富户，贺慎平是音乐学院的副院长，顾嘉珮是钢琴系主任，也就中秋节前院里单发了粮票，才能自己做几个月饼。

"要不去院子里吃？"顾嘉珮一边走一边回头说，"一家人可以一起赏月，就是天有点凉了。"

"听顾老师的。"温月安说。

"你们快点。"房里，一个长发微卷束在脑后的漂亮女孩坐在桌边，眉目顾盼间十分明丽，与贺玉楼长得有五分像，但不爱笑。贺玉楼一笑起来，两人的五分像就只剩下半分。

进门处有台阶，温月安自己也可以转轮椅过去，只是有些费劲，不那么方便，贺玉楼在时便总是他来的。他正连带着轮椅一起把温月安抱进房里，女孩便催促道："就等你们了，老是这么慢吞吞的。"

贺玉楼一听，刻意把脚步放得更慢了，不但没理女孩，还故意拉长声音说："哎哟，偏偏今天脚疼，走不动。"

温月安的一只手不自觉悄悄向后抓住贺玉楼的手臂，指尖轻轻在对方手腕上方一寸的地方按了一下。这是他的习惯性动作。

"贺玉楼，要不要给你也买一把轮椅啊？"女孩把手上的杯子往餐桌上嗒地一放，极不客气。当然，她也不是客人，不仅不是客人，就说那放杯子的动静，那是从小受尽宠爱的孩子在自个儿家才敢发出来的声响。

"玉阁。"顾嘉珮轻斥道，"你都是高中生了，怎么还这样说话？"

"我不吃了。"贺玉阁噌地站起来，"你们一家四口吃吧。"

"玉阁，坐下。"同坐在桌边的贺慎平道，"今天是中秋。"

"过什么中秋？"贺玉阁没敢走，却也没坐下来，就那么僵硬地站在桌边，手指一下一下地抠桌子的边沿，好像要抠个洞出来。

"中秋就是团圆的日子，什么一家四口，就爱胡说。"顾嘉珮走过去，搂着贺玉阁的肩，"快坐下，玉楼和月安也快过来，姐弟三个有什么好吵的？"

"一个外人，还年年在我们家团圆。"贺玉阁用眼尾扫了一下温月安，低声哼了一句，然后才不情不愿地坐下了。

温月安什么话也没说，安安静静地坐在轮椅上。

他几年前来的时候就是这样，不说话，也几乎不发出任何声音。

那时候一场大火，温家只剩下一个残疾的孤儿，顾嘉珮从报纸上看到新闻，看到"孤儿的母亲是个钢琴教师，常常免费给交不起学费的学生上课，不仅如此，还总是留吃不饱饭的学生在自己家吃饭"那两行，立即就把温月安抱回家了。

温月安来之后很长一段时间都不说话，饿了、疼了、难受了都不会讲，对其他人的言语行为也一概无动于衷，连生病了都要病得身体出现不自然的反应才会被人发现。

顾嘉珮推他晒太阳他就那么一动不动地坐着，太阳偏了角，直直地照到他眼睛上都没有反应，也不叫人给他换个方向。那时候贺玉楼在上小学，正是招猫逗狗的年纪，温月安越没反应他越要去招惹，觉得比招惹班上女孩子还有意思。又是讲笑话又是翻跟斗，要不就捉些虫子、麻雀之类的吓人家。

温月安还是没有反应。

贺玉楼折腾了几个月，连魔术都学了，一放了学就变魔术。到了晚上，恨不得把天上的一个月亮变成九个给温月安看。

贺慎平与顾嘉珮结婚好几年才有第一个孩子，所以百般纵容，等再生了贺玉楼的时候，贺玉阁已经被娇惯得不像话。于是养贺玉楼的时候便严厉起来，三岁开始学琴练字，寒来暑往，一日不可废。

所以经常当贺玉楼从空气中摸出一颗话梅糖，还没来得及把糖变走的时候就被顾嘉珮捉去练琴了。

一天晚饭后，顾嘉珮和贺慎平要去别人家做客，带着贺玉阁一起去，留贺玉楼在家里练琴。

顾嘉珮又走之前千叮咛万嘱咐："玉楼，月安睡得早，你练完琴就去写作业，别吵他，听到没？"

贺玉楼满口答应，等他们一走，又弹了好几分钟琴，确保父母远远地听着琴声放心离去后，他从琴凳上跳下来就往温月安房间冲。

顾嘉珮走之前就带温月安洗漱完了，温月安坐在被子里，眼睛看着窗户外面。他常常这样坐着，一动不动，幼小的身体极度疲惫，不能保持坐姿了就会倒在床上睡着。

贺玉楼爬上温月安的床："我来了。"

温月安仍看着窗外。

贺玉楼走到窗户边，朝着月亮的方向伸出手，一抓："你看，我从月亮上摘了一颗糖。"

温月安没反应。

"你跟我说句话，这个就给你吃。"贺玉楼把话梅糖递到温月安鼻子底下。

没反应。

"你不说的话，我就把它变回月亮上去。"贺玉楼引诱道。

没反应。

贺玉楼手掌一翻，假装可惜道："你看，没了。"

温月安看着窗外，连眼睛都没有眨一下。

贺玉楼能耍的把式都耍过了，他又是个不认输的，一下子脾气上来，又没顾嘉珮、贺慎平看着，直接就把温月安抱到钢琴旁，然后爬上钢琴凳，踩在上面，把温月安放到了钢琴顶上。

那时候贺玉楼已经能弹难度很大的曲子了，虽然还不知道什么叫炫技，但是急着显摆、引人注意的心态和每个有点特长的小男孩都一样。他一边手指翻飞，一边时不时抬头去看温月安。

温月安居然在低着头看琴键，而且不是木木地盯着某一点，他的视线在随着贺玉楼的手指移动。

贺玉楼极尽夸张之能事，翻出一本《世界钢琴名曲选集》，专挑最难的弹。

温月安坐在钢琴顶上，眼睛一眨不眨，贺玉楼的手指到哪里，他的视线就跟到哪里。

贺玉楼看着温月安，一点一点勾起嘴角。他飞快地弹完一串上行音阶，然后右手突然抬起来。

温月安的视线也迅速跟着贺玉楼的手抬起来。

贺玉楼的手指动了动，温月安的眼神也跟着动了动。

贺玉楼慢慢把手指移动到自己脸前。

温月安的目光也跟着慢慢地移动，然后，第一次落到了贺玉楼脸上。

贺玉楼在笑。

泛黄的琴谱，一尘不染的琴键。

灯影摇曳下，小一点的男孩坐在钢琴顶上，大一点的男孩坐在钢琴凳上。

小的那个低着头，大的那个抬着头，互相看着对方。

在往后的许多年里，那一天看起来都没有什么特别。直到十多年后，温月安在回忆起那一天时，记下了八个字："从此就是两个人了。"

突然，一声钥匙响。

贺玉楼回过头，温月安还低着头看贺玉楼。

门一点一点开了，顾嘉珮和贺慎平正准备进来，贺慎平还抱着已经睡着的贺玉阁。

"我先把玉阁放到床上去。"贺慎平低声说。

顾嘉珮点点头："好，我去看看月安。"

结果她一抬头，表情一连变了好几变，最后已经说不清是目瞪口呆还是出离愤怒，连贺玉阁还睡着都顾不上："贺玉楼你干什么呢？！"

"我弹琴给他听。"贺玉楼眨巴两下眼，扬起一个大大的笑，本来是想表明诚意与无辜，但他一笑，就像是干了坏事还挺得意的浑小子。

顾嘉珮几步走到钢琴边，小心翼翼地把温月安抱下来，仔细检查了一番身上没摔着碰着才送回房里。

等从楼上下来的时候顾嘉珮手里已经拿了一把长尺，贺玉楼察觉不对，立即撒腿就跑。围着院子跑了几圈发现没人追了又悄悄溜回去，刚溜到自己房间门口，就发现顾嘉珮正坐在他房间里等着。

贺玉楼灵机一动，索性溜到温月安房里，躲在床底下。

他敲了两下床板，小声说："别让我妈看见我。"

上面良久没有动静。

贺玉楼刚要抬手再敲两下，突然听到一个他从没听过的童音。

"知道了。"

对于挨打的恐惧立即烟消云散，贺玉楼从床底下爬出来，趴在床边，惊奇道："你会说话？再说两句听听。"

温月安不吭声。

外面传来脚步声，贺玉楼又躲到床底下。

一道光从房门外照进来。

顾嘉珮声音很轻，语气却有点急："玉楼跑到哪里去了？都这么晚了。"

贺慎平低声道："这一片都是学院家属，玉楼又是男孩子，能出什么事？你先去休息，别管他，他精得像鬼一样，等你一走就自己回房睡觉了。"

房门关了，一室又黑又静。

贺玉楼敲两下床板："哎，我琴弹得是不是特别好？"

许久，上面应了一声："嗯。"

过了一会儿，贺玉楼又说："地板好硬，硌死我了。"

床上扔下来一个枕头。

贺玉楼把枕头塞在脑袋下面，在温月安床底下睡了一宿。

那几年贺玉楼惹了祸总躲到温月安床底下，后来长成了一个足够耀眼的少年，不再惹事了，便也不用再躲了。

只是有时候还会跑去床底睡觉，像某种不足为外人道的习惯，除了温月安，谁也不知道。

温月安要是找不到人，多半往自己床底下看一眼就能看见喜欢穿黑衣的少年躺在地上，身边散着一堆没写完的琴谱。

第26章

《黄河钢琴协奏曲：黄河颂》——孔祥东

温月安坐在轮椅上，稍微弯了点腰，去看床下的少年。他轻声喊："师哥。"

贺玉楼没有弟弟妹妹，小时候总想当哥哥，便让温月安喊他哥，好过一过哥哥瘾。

温月安不肯。

贺玉楼比画了一下，两人都坐在钢琴凳上，他比温月安高出不少："我本来就比你大，你叫我一声哥怎么了？"

温月安说："你不是我哥。"

贺玉楼说："我就是你哥。"

温月安："你是顾老师和贺老师的儿子，我不是。"

他一早就分得清清楚楚，没把自己当过贺家人。

贺玉楼想了一会儿，从书柜最高一层的一堆琴谱里翻出一本他藏的小人书——一本古代游侠演义绘本。

"好，你原该叫我一声哥，不叫也不是不行。你我同在这里学琴，你又比我学得晚，叫声师哥总是应该的吧。"贺玉楼指着其中一幅图道，"不过，你看，'儒以文乱法，侠以武犯禁'。我们学琴的嘛……大概算武。要是弹得过我，那你便不用守这个规矩。"

那时候温月安年纪太小，只听懂一半：贺玉楼要跟他比琴。

他已经拣了最难的弹，还是比不过。

贺玉楼比温月安多弹了好几年琴，本可以赢得轻松。温月安有五分难的曲子，他弹六分的就可以赢。但是贺玉楼一贯是不让人的，他在音乐学院附小就常下别人的面子，有十分的本事，定是不肯弹九分的。

贺玉楼弹完整曲，温月安仍一直盯着他的手指，半天不说话。

贺玉楼笑了起来——又是那种像使坏的笑。

笑了半天，他才悠悠然道："叫人。"

温月安不叫。

贺玉楼挑眉，嘴角的弧度更大，这回全然是要使坏了："再来？"

温月安抿着嘴唇:"再来。"

"不行。"贺玉楼笑着摇头,"你先叫人。"

温月安不说话。

贺玉楼站起身,抻了抻手指,伸个懒腰,然后转身朝院子里走。

"叫了人才有下一次。"他语调扬着,一副悠闲自在又志得意满的样子,温月安从他的背影里都能看见笑意。

过了半天,温月安犹豫着朝门外喊了一声:"……师哥。"

贺玉楼其实就靠在小楼的外墙上,一边远远地给锦鲤投食一边等着温月安喊他。可他偏要装作没听见,就想多听两声。

等他听见轮椅的动静时,就干脆躺到院子里的草丛里,假装睡觉。

温月安把轮椅转到门口,朝草丛里远远地喊:"师哥。"

等他喊了好几声,贺玉楼才翻身坐起来,拍拍身上的草屑,若无其事地问:"干什么?"

之后,温月安常与贺玉楼比琴,除了最后一次,从来没赢过。

所以一声师哥,便从孩提喊到了少年。

有一回,温月安在床下寻着了贺玉楼,便喊:"师哥,顾老师叫你跟我一起去临帖。"

贺玉楼没睁眼:"临什么?"

温月安说:"《曹全碑》。"

贺玉楼伸手摸了一张琴谱,把脸盖住:"《曹全碑》太规整,无趣。"

温月安想写行书,从"二王",风姿秀逸,但出口便是:"那,还临魏碑?"

贺玉楼闭着眼睛,不知道在想什么。过了半天从床下出来,径直就去裁纸磨墨,说临魏碑。

顾嘉珮喜欢汉隶,而贺玉楼好魏碑,这一点像贺慎平。

贺玉楼小时候,贺慎平叫他临《张猛龙碑》与《郑文公碑》,贺玉楼一手字有虬健雄俊之骨,是魏碑的底子。

多年之后,温月安写的回忆录,怪得很。

人的一生中,也许只有那么几天的天翻地覆,其余皆是数不到头的平淡无奇。他对那些平淡无奇总着墨过多,讲弹琴,讲练字,讲下棋,一页又一页,仿佛不知疲倦般地去写那些极细小,甚至重复的事,好像没有一天不值得写。

对于那些天翻地覆,他却常常几笔带过,甚至一页纸上只有一句话。

比如,一些孩提往事中的一页就只有两行字:"壬寅隆冬,大雪。贺老师经人事调动,到瓷器厂劳动,顾老师带我们去火车站送他。"

南方的雪总是裹在冰雨里,落到身上就化了,寒意却一直能浸到骨子里去。而雨雪被风刮得斜飘起来,再大的伞也挡不住。

贺慎平提着行李,背着背包,顾嘉珮抱着温月安,贺玉楼和贺玉阁一人打一把伞走在一边。

一行人踏着冰雪走去火车站。

那并不是多美的茫茫雪景，雪在地上化得很快，早被踩得一片污浊。泥水淌在冰粒子上，蜿蜒开来，一不小心便从鞋尖渗进袜子里。

南方不常下雪，贺玉阁东张西望了一会儿，问："书上说'山舞银蛇，原驰蜡象'，又说'银装素裹，分外妖娆'，我怎么看不到？"

贺玉楼说："你忘了第一句，'北国风光'。"

贺玉阁说："哪有那么多不公平？难道北方的雪就是干净的，南方的雪就是脏的吗？"

贺慎平把行李挂到拿伞那只手的肩膀上，腾出一只手摸了一下贺玉阁的头，温声道："雪当然是干净的。只是有时候，有人把它弄脏了而已。"

一路上顾嘉珮都没说话，这个时候却低声说了句："脏的是人。"

贺慎平轻叹一声："嘉珮。"

两个字一下就飘散在风中了。一个名字，在这样的漫天雨雪中轻如鸿毛。

"冻死了，冻死了。"贺玉阁踩进一个水洼里，连忙把脚一缩，"我们什么时候才能到火车站啊？"

贺慎平单手把贺玉阁抱起来："快了。"

火车站顶上的大钟已经在雨雪雾气中显出一个轮廓。

顾嘉珮紧了紧手臂，把温月安抱得更牢了点："在雪天里走还希望路能长些，倒是第一次。"

地面传来踏雪声。

一声又一声。

前方传来钟声。

一声又一声。

到了火车站，火车还没来，贺慎平从背包里取出一包糖："你们吃。"

贺玉楼拆开包装袋，给了顾嘉珮、贺玉阁、温月安一人一颗，然后把袋子塞回了贺慎平的背包里。

在温月安的记忆里，就是在那一天，他捏着一颗糖，还没来得及放进嘴里，就看见贺玉楼站在猎猎寒风呼啸而过的月台上，接过贺慎平肩上的行李，用一辆绿皮火车开来的时间，从一个男孩变成了一个少年。

长长的鸣笛声响起，火车来了。

这趟车在这一站停十分钟。

贺玉楼把贺慎平的行李放上行李架，看了一眼月台上的挂钟，对还站在火车门外的贺慎平说："爸，只剩九分钟了，上车吧。"

"九分钟啊。"贺慎平沉吟道，"玉楼，你过来。"

贺玉楼从火车上跳下来。

"玉楼，你记住……"贺慎平翻开袖子，从自己左腕上解下手表，戴在贺玉楼手上，"九分钟，可以弹两遍肖邦的《幻想即兴曲》。"

棕色的皮表带，银色的金属表盘，是贺玉楼没见过的外国牌子。

贺慎平比此时的贺玉楼高大许多，皮表带距离最近的那个孔是后来另打的，但戴上去仍比贺玉楼的手腕粗了一小圈。

"我打的。"贺慎平说，"知道有一天会给你，只是没想到……这么早。"

他说完，走到顾嘉珮身边，轻轻握了一下她的手，再对三个孩子说："月安还小，玉阁和玉楼都不小了。"

贺慎平凝眸看着铁路的尽头，直到火车就要发车了也没有说话。

他踏上金属梯的一刹那，回过头。

"呜——"

"月安还小，玉阁和玉楼都不小了，有一些事情，我必须亲自去完成。"

贺玉阁问："爸，你要去哪里？"

他踏上金属梯的一刹，回过头说："我也不知道。但是——"

长长的鸣笛声伴随着火车开始行驶的轰隆声淹没了贺慎平的话语。

"音乐是干净的，琴，当然也是干净的。"

在庞大的机器面前，一个人的声音总是太轻。说些什么，也不过是为了让自己心中，尚有回响。

贺玉楼追着火车，喊："爸，你说什么？"

贺慎平从背包里拿出刚才那包糖，远远地抛给贺玉楼："我在一天，你就还是孩子，可以吃糖。"

袋子在半空中散了，糖撒了一地。这些糖只有一个大外包装袋，没有单独的糖纸，表面一下子全沾满了灰尘。

包装袋被风吹到了另一条铁轨上，迅速被一列轰鸣而过的黑漆漆的载货列车碾了个粉碎。

绿皮火车越来越小，最后，跟铁路的尽头一起消失在大雪中。

贺玉楼跪在地上，把糖一颗一颗捡起来，再一颗一颗塞进嘴里，不知道塞了多少颗，直到什么也塞不下。

他鼓着腮帮子往回走，手里还捧着一把从地上捡起来的糖。

顾嘉珮说："玉楼，别吃了。"

贺玉楼一嘴的硬糖，有些艰难地勾起唇，笑着说："还能吃一天。"

温月安从贺玉楼手里抓了一把糖，也塞进嘴里。

那是贺玉楼最后一次吃糖，但温月安继续吃了好多年，都是贺玉楼给的。

那一年，没人再要求他们临魏碑了，贺玉楼却比往日写得更多，等贺慎平回来的那一天，临了魏碑的纸已有一人高了。

第27章

《金色的炉台》——潘寅林

贺慎平进了瓷器厂后,便是练泥。天天要去矿区担瓷石,两百斤的瓷石担子压在肩膀上,从矿区走到瓷器厂,导致后来他的脊椎都有些变形。

白天担石头,担回来用铁锤敲碎,压成粉,再用水和泥。一双弹琴的手泡在泥水里,反复挤压泥团,去掉里面的杂质。晚上和其他工人一起睡在通铺上,有时候拿手电照着看书,或者给家里写信。

"哎,老贺。"贺慎平正写到炼泥的经过,旁边的年轻工人用手肘顶了他一下,递了根烟过来,"抽烟。"

这些工人并不知道贺慎平是什么人,只知道是调来的,厂里领导叫他老贺,其他人便也跟着叫老贺。

贺慎平道:"不用,我不抽烟。"

"抽一根儿,抽一根儿。"工人一边伸着脖子看贺慎平的信纸,一边把一根烟放到贺慎平的枕头上,"老贺,你在写什么呢?"

"给家里写信。不用,我真不抽烟。"贺慎平把烟还回去,问,"有事?"

"嘿……到底是文化人。"那根烟,工人自己也舍不得抽,放到耳朵上面夹着,又舔了舔嘴唇,不知道怎么开口似的,"老贺,我这有封信,你能不能帮我念念?"

贺慎平说:"好,你拿来。"

结果工人从柜子里拿来个生锈的铁皮盒子。他一揭开盖子,层层叠叠的信纸向外涌,都快要从盒子里满出来了。他小心翼翼地把信按住,像抱着一只总想向外伸脑袋的猫似的抱着那盒子。

"念哪封?"贺慎平问,"还是都念?"

"都……都念,都念。"工人挠了挠头,不好意思道,"麻烦……"他不知不觉就改了口,一连声道,"麻烦贺先生,麻烦贺先生。"

"兄王彬……"贺慎平看一眼落款,"是你妹妹王珍的信。"

"我认得,名字我还是认得的,都是她的信。"王彬赧颜道,"我也不是一个字不认，就是这……不认识的字有点儿多……"

贺慎平点点头，便开始念起来。念王珍考了大学，学校外的绿豆冰棍儿比盐水冰棍儿贵一倍，豆子不多，挺甜；学校锅炉房的热水比自己家里烧方便，洗澡不冷……絮絮叨叨许多事，从头年夏天讲到第二年冬天。

王彬听得喜滋滋的，眼角眉梢又有那么点儿欣羡的意思："嗐，我不是读书的料，她行，还能上大学，我们那儿头一个，争气。我五年前就出来了，供她，挺好，挺好，值。等她毕业分配工作了，要是给我介绍个活儿，准比在这儿舒服。"语气倒是骄傲。

念到最后一封信，王珍说要过年了，问王彬回不回去。

王彬踌躇半天，说："还是不回了，车票钱攒给她做学费。课业苦，夏天多吃两根绿豆冰棍儿也是好的。"

贺慎平把信收好，放进盒子里，问："要回信？"

王彬把铁盒子小心塞到柜子里，用钥匙上了锁："是是是……实在不好意思。"

贺慎平替王彬回了信，王彬讲，他写，也不打断，任王彬讲。钢笔小楷密密麻麻，最后足足写了三十页纸，正反两面。

王彬讲完一看，傻眼了："这……这么多？"

贺慎平把纸晾好："不多。"

王彬伸手点数："一、二……三十张纸，这还不多？"

贺慎平："三十页纸载五年之话，哪里多？"

等墨迹干了，贺慎平用裁纸刀把纸边多余的部分裁了："虽然不好看，但或可省些邮费。"

王彬一连说了好几个谢，第二天从矿上回来便硬抢着替贺慎平多担了五十斤瓷石，隔了几天，午饭时又塞给他一个鸡蛋，不知从哪处攒来的。

一日下了工，贺慎平去吃饭，刚吃了几口就被围住了，一个个工人把他堵在凳子上，多半都是年轻力壮的。

贺慎平把筷子一放，问："什么事？"

"哎，哎，我说你们退后点儿，都挤在这儿，贺先生怎么吃饭？就不能等贺先生吃完饭再说？"王彬从人墙外挤进来，"这帮孙子……嘿，贺先生……"王彬不好意思地搓搓手，"他们也想请您帮忙写封信，您看？"

贺慎平说："好，一个一个来。"

王彬说："对，先吃饭，先吃饭，吃完饭再排队。"

吃完饭，有人抢了贺慎平的饭盒去刷，连脸都没让人看清就一溜烟跑了。过了一阵回来，殷勤地把还滴着水的饭盒扬了扬。可惜这时候一伙人早已拿凳子的拿凳子，蹲地上的蹲地上，把贺慎平围了个严实。饭盒经了三只手才递到贺慎平面前，贺慎平抬头一看，一水儿黝黑结实的小伙子，根本不知道是谁洗的。

"我，我！"一只干燥的手在空中摇了摇。

王彬骂道："吵什么，吵什么？"

那只手的主人说："我刚刷的饭盒，贺先生下一封信帮我写吧？"

众人便骂："便宜都让二猴占了，不过刷个碗筷，竟插起队来。"

"你们就嫉妒老子呗。"二猴不管，笑着挤到贺慎平左手边的位置说，信是要写给他老子娘的，让二老给他说门亲。

有人嘲笑道："你不识字，你老子娘更不识字，写了信谁看得懂啊？"

"让我老子娘拿着信去请先生念不就得了？"二猴摆摆手便开始说信。

"……还有我们家的赔钱货，快嫁出去，要不成天吃喝家里的，我怎么娶媳妇儿？你们怎么抱孙子？"二猴自顾自地说得眉飞色舞，说了半天，拿起杯子"咕嘟咕嘟"灌了几口茶，放下杯子时才有工夫顺带看了眼贺慎平面前的纸，"贺先生，我说了这么老半天，你怎么就写了这么点字啊？"

贺慎平写完"虽家贫，亦应为姊妹寻得良人"，把笔一放，不紧不慢道："哦，书面语总是简练些。还有其他人的信要写，就先到这里吧。"

写了几封信，食堂师傅来赶人，一群人又拥着贺慎平回屋里继续写。门窗关得严严实实，点了炭盆烧着，盆里的炭块从漆黑烧到发红，又从旺红烧成了一堆灰，灰烬的烟雾从盆里一缕一缕飘起来，再落回盆子里。

自那之后，餐餐有人抢着给贺慎平刷饭盒，次次上矿区有人给贺慎平背瓷石，像王彬那样攒鸡蛋的倒没几个，主要是平时也见不着两只鸡。

等到腊月下旬，厂里开总结会，有人主动提议跟贺慎平换个岗位，说自己年轻，能担担，贺慎平担得少，一双手却挺巧，不如去学学拉坯刻花的活计。

厂领导说让大家投票。

一开始举了十几只手，慢慢地一只一只手跟着举起来，都是受过贺慎平大小恩惠的。最后几个没举手的人看了看四周，也跟着把手举了起来。

过了春节，贺慎平的家信便从炼泥讲到了拉坯，之后的一封封信又讲到利坯、晒坯、施釉、烧窑，等等。

每一封信贺玉楼都反复读过很多遍，甚至能背。那些信合在一起就像一本制瓷器的指导书，他看会了，便去跟温月安讲怎么制瓷器，那宛如两条锦鲤在游的盘子，那鸳鸯蝴蝶的碗杯，那山水瓷镇纸，一件件仿佛都经他亲手制过一般。

温月安尚小，有些地方听不大懂。

贺玉楼也不多解释其中细节，只说："要是什么时候我能去看我爸，就给你烧一个杯子，上面画个月亮。"

温月安对这个月亮杯子极为期待，一开始还按捺着不去问，后来写字的时候便忍不住要贺玉楼画出来瞧瞧。

贺玉楼勾了一个杯子，杯面又勾了一轮圆月，却怎么看都不满意。月亮是好画的，可是月色不好画，月光更不好画。底色涂了全黑，方见一轮白月。月色有了，可是没有月光。

　　温月安想了想，在旁边再描了一个杯子，杯子上勾了一轮月，月下勾了一座楼，再将底色涂黑，只余一轮白月与月下一座玉楼，这样便有了月光。

　　贺玉楼将温月安画的杯子裁下来，收好："到时候就照着你画的烧一个。"

　　温月安说："师哥，奇怪了，贺老师那里的石头和水，最后竟然能烧成这样的杯子？"

　　贺玉楼笑起来："你看，练琴就是C、D、E、F、G、A、B，最后成了莫扎特，写字就是黑漆漆的墨最后成了诗，瓷器嘛，就是石头和水最后成了'凭君点出流霞盏，去泛兰亭九曲泉'。"

第28章

《鹧鸪飞》——赵松庭

长木桌摆在靠近门槛的地方，门大开着，阳光斜落进来，将一桌瓷白的坛坛罐罐照得发光。

贺慎平坐在木桌的一侧，面前摆着一个施了釉的茶壶，他正在釉面上绘一枝梅花。对侧坐着一个比他年纪还大些的男人，头发染了些许白，粗糙的手指在一个巨大的瓶子上勾出极壮美的江山。

"江先生——"王彬从远处跑过来，跑了挺久，脸被晒得黑里发红，"欸，贺先生也在。"

江鹤来眯着眼睛盯着瓶子，拿笔的手悬在半空，另一只手朝王彬一竖："慢点，一来就地动山摇的。"

王彬擦了把汗，笑呵呵的："我不动，您接着画。就是厂里正开会呢，小组领导叫我来喊您一声，说都快五月了，您也来了三年了，需要决定您的去留。"

江鹤来应一声："哦。"然后继续画他的江山。

王彬低声道："您还不知道吧，兴许您不用待在瓷器厂啦。"

江鹤来嗤笑，小胡子一撇："你当我不知道？我都参加两回了，要能走，早走了。"

王彬瞧着江鹤来还在画，不理人，急得抓了抓脑袋，愁眉苦脸，"哎呀，您就去吧，要不我怎么跟领导交代？"

江鹤来画了半天，终于把江山底色填得差不多了，才放笔站起身伸了个懒腰："行，走吧。"他临走看了一眼贺慎平的梅花："慎平老弟，你这个梅花，太拘谨啦。"

王彬看着江鹤来走了，终于松了口气，跟贺慎平闲聊起来："贺先生，要是您去开会，您可千万别跟江先生似的……"

贺慎平没多说，王彬看他忙着，便不再打扰，只坐在一旁。

等江鹤来回来，他便急着问："江先生怎么样？"

江鹤来未答，只拿了一支极细的笔，给瓶子一望无际的江面上随手添了一个白头老翁。

贺慎平的梅花也画好了，正要请江鹤来指点一二，看到那老翁，叹了句："一蓑烟雨任平生。"

江鹤来在江山旁写了两行字，龙飞凤舞，贺慎平甚至在字间看出了一点儿逍遥自在："回首向来萧瑟处，归去，也无风雨也无晴。"

王彬看了半天，没看懂："这写的什么？到底怎么样啊？"

贺慎平看了，眼睛里浮现出笑意："江先生要走了。"

王彬奇道："贺先生，您怎么看出来的？"

贺慎平没说话，江鹤来把笔一撂，摆摆手走了，边走边说："定下来了，九月走。"

王彬看着江鹤来的背影，这才想起来自己原是要回来干什么的："贺先生……您有空的话，能不能教我写字？"

贺慎平没问缘由，只应一声："好。"在他看来，学字不需要理由，不学才要。

王彬开始学字后，有人也动了心，跟着去学。一开始是在屋里教的，后来人多了，贺慎平在纸上写字后排的人瞧不见，也不能跟着写，于是改到外面教。

瓷器厂附近有一片梅子林，歇晌的时候正好可以在树荫下学。贺慎平用树枝在地上写字，其他人跟着写。后来天亮得越来越早，晌午太阳又太烈，树荫下能待的人十分有限，便将上课时间改成清早上工前。

渐渐地就有几个人能自己写些简单书信寄回家了，也有许多根本不愿学的，还是照常求贺慎平代写。

一日吃了晚饭，贺慎平又替人写了几封信，从食堂回宿舍的时候天已经快黑了，忽然看见一个失魂落魄的人影朝瓷器厂外面走去。

他认出那个背影，赶忙走过去喊："江先生？"

江鹤来挥开他："别理我。"

贺慎平放心不下，就跟在江鹤来身后，出了瓷器厂，一直跟到了梅子林。

江鹤来在一棵梅子树下挖东西，他没有任何工具，只有一双手，空手刨，刨得尘土飞扬，一边刨嘴里还一边念叨着什么。

坑边的土堆越来越高，坑里露出一个瓷坛子。

江鹤来把坛子抱出来，摸了半天坛身，才把坛子上的封口一揭。只听见"啵"的一声，顷刻间，梅子林里便酒香四溢。

江鹤来抱着坛子坐在土堆旁边，过了许久才抬头看了眼贺慎平，发现他手里有从食堂带出来的饭盒。

"借我你的饭盒用用。"江鹤来打开饭盒，抱起坛子在一分为二的饭盒和盖子里都满上梅子酒，"喝吗？藏了三年的梅子酒，便宜你了。"

贺慎平拿起盖子，坐到树根旁边，喝了一口，极香，却发酸。

江鹤来一口气喝了半饭盒，打了个嗝："本来这酒得等我走的时候才开封，不过，现在不走了，趁早喝了吧。"

贺慎平迟疑片刻，方问："为什么不走了？"

江鹤来不理，只顾喝酒。干了剩下半个饭盒，然后抱起坛子又满上一饭盒。再喝，再倒，终于把酒坛喝空了，他还在继续倒，坛子底下泡得稀软的梅子撒出来，滚了一地。

他怔怔地看着那些梅子，突然吐了起来，吐得自己一身狼藉，吐完就开始号啕大哭。

"慎平老弟，我记得你有一双儿女，是不是？"他哭着问。

贺慎平不知该如何劝人，只好答："是。"

江鹤来又问："他们给你写信了？"

贺慎平应道："是。"

江鹤来说："你跟我说说。"

贺慎平说了几句，要扶江鹤来回去，江鹤来不肯，一个劲儿说："从小时候讲起，多讲些，多讲些……他们怎么长大的？"

一直讲到天色全黑了，弯月从远处的山丘升过梅树梢头。江鹤来酒喝得太多，一直在吐，吐无可吐了，便歪在地上睡着了。

第二日清早，贺慎平去上课，走到半路有人迎面就撞上来。

那人急匆匆地往回跑，根本没看清贺慎平，一头撞上了便骂："看路看路，好狗不挡道。"

贺慎平把人往旁边一扶："怎么了？"

那人听见声音，抬头一看，果然是贺慎平，他也是跟贺慎平学字的，当下便道歉："贺先生，实在不好意思，实在不好意思。"

贺慎平不在意，只问："出什么事了？"

"梅子林，江鹤来——"除了贺慎平和王彬，没人叫江鹤来一声先生。

前一晚贺慎平将江鹤来背了回去，此时他一听到梅子林，便记起来那坛梅子酒和一地残迹还不曾收拾。

可下一刻，那人便说："江鹤来死了，就在梅子林里……"

虽出了事，工还是要上的。矿区的石头等着采，窑里烧着火，坯子等着上釉，哪道工序不值钱？等不得。

所以直到晚上，贺慎平才知道到底怎么回事。

江鹤来的舍友把几封信交到贺慎平手上，说是江鹤来枕头底下的，请他念念。

贺慎平一行一行看过去，舍友问："到底咋回事？我看他拿了信就魂不守舍的，是又不让他走了还是咋的？"

贺慎平拿着信，抬头四顾了半天，终于找到一把椅子，扶着椅背慢慢坐下来。

舍友急道："贺先生，你快说呀。"

贺慎平说："北边闹饥荒，他家里人……饿死了。"

"都饿死了？爹娘媳妇儿全饿死了？儿子孙子也饿死了？这不是都夏天了？"

"还没到开春就……只是消息来得晚。"贺慎平胃里一阵翻涌，他想忍住，但最终还是把晚饭全吐了出来。

"怎么就吐了？吃坏了？"舍友赶快找了条毛巾，倒了杯水，"也太造孽了，我听说他家有好几口人。他是教画画的，家里也不穷，怎么能全饿死了？"

贺慎平坐在原地半天，一口水也没喝。

那个夏天，贺慎平经常吐，没有食欲，尤其吃不下荤腥。好在那一年，瓷器厂的工人也没有几次吃肉的机会。

他有时候会焦虑地围着瓷器厂走，想找个像琴的东西弹一弹，可是实在找不到，最后只能砍了根粗细合适的竹子，削了支和笛子有七八分像的玩意儿，坐在梅子树下面吹。

一林的梅子从青变红，差不多给人摘光了，只有贺慎平经常靠着的那棵梅树，果实一直是满的，悬得每一枝都显得沉甸甸的，最后烂熟的梅子掉了一地，没人吃。

枝头剩下数颗没掉的，贺慎平摘下来酿了梅子酒，埋到地下。

天转凉了，清早的课又改成了晌午，能自己写信读信的人越发多了起来，贺慎平便不再一味讲字，也讲文章，再后来便讲些历史，文史都不拘泥于本国。

一日下了课，王彬等所有人都走了，又偷偷塞了一个鸡蛋给贺慎平，他说："贺先生，您都瘦成这样了，吃一个吧。"

贺慎平不收。

这是王彬那个月第七次塞鸡蛋给贺慎平，每次贺慎平都不收。一个鸡蛋王彬可以塞两次，天亮前煮好，第一天塞一次，第二天再塞一次，第三天蛋就坏了，他只好自己吃掉，第四天再煮一个新的。

等到他偷偷在锅炉房煮那个月的第五个蛋的时候，住在附近的农户找到瓷器厂来了，说瓷器厂里有人偷了他的蛋。

"家里就一只黑母鸡，刚下完蛋，窝还热着，蛋就没了。"农民抓着一只鸡的两根翅膀，拎到厂领导面前控诉道。

第29章

《割草（钢琴独奏）》——吉俣良

"我怎么知道是瓷器厂的人偷的？"厂领导活灵活现地学着农户的口气，手里像拎着一只鸡似的拎着一个大瓷杯，"你瞧瞧这黑鸡毛上沾的白泥巴水，不是瓷器厂还能是哪儿？"

他学完，瞬间变成一副正经干部样子："谁偷了蛋，自己站出来。"

"没人承认是吧？等我查？以为我还不知道？"厂领导在工人队伍四周绕来绕去，一个一个连着的问句嗖嗖地往工人后脖子里钻，像一股股冷气似的，背上的汗还在流，心已经给吹凉了，"平时谁总往厂外边跑？谁喜欢自己加个餐？你们心里都有数吧……我们这里，绝大多数同志都是很好的，但是对于那些不好的，我们当然是要揭发的，难道要放任极少数不好的人，带坏了全厂的风气吗？"

拖长的语调，下沉的口气，挨个警告的眼神。

贺慎平的脚动了一下，却立马被王彬拉住了。

王彬的眼神满是哀求，贺慎平微微摇了摇头，低声道："一起去，说清楚。"

王彬的手死死地拽着贺慎平的手臂，他年轻力壮，几乎将人锁在原地："不行，不行，贺先生，贺先生……我一会儿跟您赔礼道歉，但是现在……不行，真的不行，不能去。"

直到所有工人全散了，王彬才把贺慎平放开，他按得死紧的手隔着衣服在贺慎平手臂上留下了几道印子。

他一遍又一遍地鞠躬道歉，给贺慎平揉手臂，动作、神态都与他高大壮实的个头不相称，内里像住了个孩子，看起来笨拙又让人心酸："贺先生，我真的不能去，我妹妹上大学还要钱，我得攒钱，我不能走。"

是的，这个像江先生与贺先生这样的人想要逃离的地方，已经是他触手可及的安身立命之所。

贺慎平也从王彬的眼神中读出了这一点，这个地方是他的希望，他关于妹妹上完大学给他介绍工作，再成家立业娶妻生子的美梦。

贺慎平长长叹了口气，什么也没说。他久久伫立，凝望着火车站的方向。

第二天晌午王彬在贺慎平耳边道："贺先生，我，我……要不我去自首吧。您是对的，我应该去说清楚。"

贺慎平说："我同你一道。"

王彬把贺慎平按在梅子树下："贺先生，您别去。您是个好人，要是说起来，可不能跟我扯上关系。再说，这还有好些人等着您上课呢。"

说完，他没等贺慎平反应就跑了，朝着厂领导办公室的方向。

那不是一段很长的路，王彬却觉得他好像把他二十多年的人生经历全想了一遍，乏善可陈。

他麻木地走到了领导办公室门口，机械地敲了敲门。

没有人应。

被激起的勇气英雄主义只够他敲这一次门，再抬不起第二次手。

"老天爷不给我机会……"王彬默默念着，转身准备往回走。

嘎吱一声，领导办公室的门从里面开了，一股烟味从里面传出来，王彬浑身一僵。他以为里面没人，心理建设已经全塌了，就好比以为敌军撤退于是防御工程全拆了，结果敌人开着几百辆坦克顷刻碾了过来。

"王彬啊，什么事？"

王彬转过身，烟雾喷了他一脸。他在烟雾缭绕中看清了厂领导的表情，对方已经把他的来意猜得八九不离十了。

"我……"王彬低下头，盯着地面，还有厂领导的鞋子，那是一双新胶鞋，新得似乎能闻到鞋胶味，"……我来……自首。"

厂领导把烟蒂按熄在门框上，抱起胳膊转身回屋："进来说说吧。"

贺慎平下午上工前远远路过厂领导办公室，王彬刚好从里面出来，边走还边在说："五个，真的就五个。我都来自首了，五个还是十五个蛋，有什么区别？我怎么会骗人？"

门"嘎吱"一声，再"咔"的一下，关上了。

王彬看见远处的贺慎平，连忙跑过去："贺先生，您给我作证。"

贺慎平询问地看了一眼王彬。

后者道："五个蛋，我真的只拿了五个蛋。领导说不止，是十五个，可是我真的没有偷十五个。"他一路都扳着手指头给贺慎平算，唯恐多算了一个。

贺慎平点了一下头："放心，等下了工我便陪你去说清楚。"

到下工时，厂领导再次将所有人聚在一处。

"来，王彬，你来说说，到底是怎么回事。想了一下午，想清楚了吗？"

王彬突然感觉被几十上百双眼睛盯住了。

日头一点点落下去。

"王彬——"领导催促道。

一直低着头的王彬忽然抬起了下巴，高昂着，看着落日余晖，像宣誓般说："我偷了蛋。是我。"

有人赶紧接话，小心翼翼提示道："领导，您看现在……人也找到了，跟人家农民大哥也有了交代是吧……"

"不急。"厂领导微笑道，"王彬，你偷了几个蛋啊？"

王彬说："五个。"

"你记清楚了，要不要我提醒你一下？"

王彬："记清楚了，就是五个。"

厂领导一走，王彬后脑勺就挨了一巴掌："你要我们哪？要认就一块儿认了，现在这是干啥？"

王彬捂着后脑勺骂道："我拿了五个，凭什么要认十五个？"

二猴一脚踢在他屁股上："要不就别认，他最后肯定拿咱们没办法，你现在倒好，认又不认全！"

贺慎平把王彬往旁边一拉："就是五个，没有更多。大家冷静些，这不是王彬的错。"

"贺先生，你这个人我二猴是佩服的，但是你这说法，它不对。"二猴歪着脑袋，吊着眼睛看王彬，"这事儿就是王彬的错，本来他偷了东西，兄弟们一起扛着。现在他要去当英雄，我们也不拦着，可你别英雄没当成还把鬼子引进村了啊？大家伙儿说说，是不是这个理儿？"

贺慎平说："不是这样——"

"贺先生您别跟他废话。"王彬涨红着脸拦住贺慎平，向二猴扑过去。

"打架是吧？"二猴退后一步，躲到几个人中间，"你别光找我啊，你也不看看，现在你是要跟谁打呢？"

果然，王彬一看，他身边只剩下两个人，一个贺慎平，还有一个看管锅炉房的老哑巴。

第30章

《送别（小号）》——中国国家交响乐团

天刚蒙蒙亮，一边泛了点鱼肚白，另一边颜色浅淡的月亮还没落下去，像天边的一个水印子。

老哑巴用力蹬着三轮车，车上放着王彬为数不多的一点行李：脸盆、口杯、饭盒、一床被子，再加上些零碎的物品。

王彬背着一个双肩包，一边肩带上挂着一个掉了漆的扁水壶，另一边挂着一双半旧的胶鞋，比他脚上那双磨掉了色的要新不少，是厂领导不要了的，送了他。

他要走了。

他打赢了那场架，被好几个人拦着，拽着，仍旧红着眼睛把二猴揍了个鼻青脸肿。但他也只赢了那场架。

他知道自己在瓷器厂里待不下去了。

贺慎平走在王彬旁边，手里抱着一坛梅子酒，是他前一天夜里从梅子林里挖出来的。前一天下工的时候王彬跑到他身边，静静地站在一边看着他在一只盘子上写下一篇赞歌。

"真好看。"王彬扯开嘴角，"贺先生，现在这些字，我都能认全了。哦……您能给我也写一幅吗？"

贺慎平还未答，他又说："也赞颂赞颂我呗，我好歹当了一回英雄。"

贺慎平笔尖一顿，声音有点发沉："什么意思？"

王彬的嘴角越扯越大："我认了，都是我偷的，管他十五个还是二十五个，我都认了。贺先生，您快去吃饭吧，今天晚上加餐，别都让那帮孙子抢了……我啊，"他笑得连眼睛都红了，"我就不去了。贺先生，我虽然没读过什么书，但是有个道理我还是懂的。"

他盯着盘子上的赞歌，说："英雄之所以为英雄，就是因为他们都没能回来。所以我也不去见他们了，我去收拾收拾东西，明天一早去火车站……贺先生，我就要走了，您能最后给我写幅字吗？不用写多了，就写两个字——英雄，行吗？"

贺慎平读了那么多书，如今竟一个字也说不出来。

自江鹤来死后，他便变得更加寡言。有时候他会想起一些往事：他的父亲如何要求他学西方之哲学、艺术，又如何要求他不忘东方之传承；他如何坐船去欧洲留学，研究那些古典乐在古钢琴与现代钢琴上的不同表现；他抱着怎样的想法回来，希望在西方的乐器中注入一丝东方的魂……

而今他只有一支自己削的笛子，和在梅子树下写就的如今藏在枕头中的几十页新谱。藏起来，不是怕被偷，没有人会偷乐谱，只是这样就不必解释为何要花费力气在一不能吃二不能喝的东西上。

贺慎平也没有去吃饭，他跟着王彬一道回屋了。

正是饭点，屋中没有人。

贺慎平找了一张未裁的纸，铺在地上，然后挥笔写了两个大楷："英雄。"

后来，贺慎平再也没有写过这么大的字。

写完，待墨迹干了，折起来，交给王彬："换一方天地，愿你……"

贺慎平原想说"愿你能成英雄"，可他看着王彬年轻的脸，看着王彬将纸小心收在衣服里贴近胸口的内口袋时，他叹了口气，沉默很久才低声道："愿你不必做英雄。"

王彬已经转身去收拾东西了，不知道听没听到。

瓷器厂离火车站不近，得走上十几里地。

王彬背起行李准备走的时候，发现贺慎平已经在门口等他了。二人出了门，遇上早上刚给锅炉房开门的老哑巴。王彬不知道这个驼背的老哑巴哪来那么大的力气，硬是把他背上的行李给拽下来，放到三轮车上，比画着要送他们去火车站。

在瓷器厂，老哑巴像个隐形人，他不会说话，也不跟人争抢。每天开锅炉房烧水，再给锅炉房锁门，也扫扫地、擦擦窗户，什么都做，但做什么都没人注意。连王彬这样在瓷器厂好几年的人都没跟他打过交道。

老哑巴拉着王彬和贺慎平，坚持要两人坐到三轮车上去，要载他们去火车站。王彬和贺慎平哪里肯，僵持了一会儿，王彬说再争下去他就赶不上火车了，老哑巴这才松了手，有点难过地骑上三轮车，蹬两脚一回头，怕两人跟不上。

等他们走到火车站的时候，太阳已经出来了。

这个火车站很小，不过寥寥三个站台，铁轨也锈迹斑斑。

贺慎平将酒坛揭开，不知道是他酿的方法不对还是时间太短，一坛子水不像梅子酒，倒有点像梅子醋。

王彬闻了便说："贺先生，您是不是也学江先生，酿一坛梅子酒，等要走的时候喝？梅子酒起码得酿个小半年，您现在挖出来，可惜了，可惜了。"

贺慎平把酒倒在王彬的饭盒、饭盒盖子还有漱口杯里："不可惜，梅子年年有，酒可以再酿。"人一分别，却不知何时能再相逢。

王彬拿起漱口杯，喝了一口："真酸哪……"他咂咂嘴，酸得打了个哆嗦。过了一会儿又扯了扯嘴角,看着贺慎平和老哑巴说:"你们说奇怪不奇怪?"他朝贺慎平举了一下杯,"贺先生,弹钢琴的文化人;"又朝老哑巴举了一下杯,却不知道该怎么称呼,"……看锅炉房的;"最后他把杯子贴到自己的胸口,"还有一个偷蛋贼!这样三个人竟然在一起喝酒,真是做梦也没想到。"

老哑巴看起来更难过了,一张长满老年斑的脸皱在一起,浑浊的眼睛里有血丝。他弯下腰,在自己左边的袜子里掏了掏,掏出一颗老旧的五角星,又赶紧塞回去;再在自己右边的袜子里掏了掏,掏出一点钱,于是塞到王彬手里。

刚好是十个鸡蛋的钱。

王彬推辞,老哑巴又塞,两人相持不下。最后火车来的时候,老哑巴趁王彬看车的工夫,将钱塞到了他的背包里。

火车停了,王彬拎起放在三轮车上的被子、脸盆和一干零碎,还有仍发着酸气的杯子、饭盒,上了车。

他在车窗里挥手,看见贺慎平口袋里的笛子,于是喊道:"贺先生,吹首曲子吧,吹您老对着火车站吹的那首。"

贺慎平拿出笛子,朝着这趟绿皮火车开来的方向,吹了起来。

他想起玉阁和玉楼很小的时候,顾嘉珮教他们唱的——

长亭外,古道边,
芳草碧连天。
晚风拂柳笛声残,
夕阳山外山。
…………

玉阁最喜欢那句"去去莫迟疑",玉楼却更喜欢"来时莫徘徊"。

他想着往事,脸上浮起久违的笑。

在穿过整座站台的绵长笛声中,突然地,一声少年独有的、带着试探意味的"爸——"从贺慎平身后的车厢传来。

笛声戛然而止。

一声更响的"爸!"再次从后方传来,这次声音更近了,更快地击在了贺慎平的后脊梁骨上。

贺慎平还没来得及转身,就被一双手臂从身后抱住了。

等他转身的时候,才发现那姿势有多奇怪:贺玉楼抱着温月安,腾不出手来,温月安张开的双臂悬在空中,过了片刻又马上收了回去,小声喊:"贺老师。"他仍是一副童音,语气却并不像小孩。

贺慎平点了一下头。

可能想念真的积攒了太久，他张开嘴后竟只剩下一句责备："玉楼，你怎么把月安带出来了？"

温月安说："贺老师，我求师哥的。"

贺慎平问："嘉珮知道吗？"

贺玉楼说："我妈出差了，玉阁吵着要跟去，家里只有我和月安。爸，别担心了，我们明天就走。你看我给你带了什么？"

他旁的都没带，就带了一整背包的书，都是贺慎平从前喜欢看的。

"还有一本字典，爸，你信里说在教人写字，月安就叫我带一本过来。"

贺慎平拿起字典，说："等我一下。"

他走到车窗边，趁着火车还没开，将字典递给了王彬。

王彬接了，高兴得不知该说什么，想了半天才一连声说："谢谢，贺先生，谢谢。"

贺慎平点了点头，道："我原该教你的，那日江先生写的是苏轼《定风波》中的后三句：'回首向来萧瑟处，归去，也无风雨也无晴。'"

王彬默念了几遍，笑起来，不似之前那种带着嘲讽意味的笑，黝黑的脸，有点憨的样子："归去，也无风雨也无晴……是比做英雄好些。"

火车开动了，王彬远远朝月台上仅剩的几个人喊："保重。"

回瓷器厂的时候，老哑巴还是蹬着三轮车，这次上面载的是温月安和贺玉楼带来的书。

快要到瓷器厂的时候，老哑巴停了车，比画着叫他们等等，然后把堆在厂墙一侧的干柴和煤抱到三轮车上，让两个孩子藏到柴火煤堆里，把人顺利带进了瓷器厂。

白天工人上工的时候，贺玉楼和温月安就躲在锅炉房里看书，老哑巴负责照看他们。等工人都下了工，老哑巴便把他们往贺慎平画画的地方带。

贺玉楼拿出先前温月安在纸上画的杯子，贺慎平看了，眼睛一亮，显然是满意的，却不急着夸奖，只问："是谁画的？"

贺玉楼说："月安。"

贺慎平仔细再看了看，说："玉楼，你看，月安也把你的名字画进去了。"

贺玉楼看了一眼温月安，笑起来。

温月安看向一边。

贺玉楼说："爸，能不能做两个一样的杯子，月安和我一人一个？"

贺慎平道："先前在信里答应了你，施釉烧窑的时候便多留了两只杯子，是我跟厂里买的，原是怕画坏了才留两只，那你仔细些，两只都画好。"

怕被人发现，屋中只点了一盏小灯，贺玉楼捧着一个杯子在灯下琢磨图案，温月安捧着另一个杯子看灯下的贺玉楼。

136

贺慎平在一方没有上釉的白瓷镇纸素胎上绘青花，一边画一边告诉贺玉楼和温月安釉上彩与釉下彩有何分别，应注意什么。

贺玉楼在纸上练了好多遍，有了把握便在杯子上勾勒起线条。

他画完纹样，眼睛也不抬，可却像头顶长了只眼睛似的什么都能看见，勾着嘴唇道："温月安，你不画画，看我做什么？"

温月安收回目光，提笔小心翼翼地开始勾他的月下楼。

贺慎平瞧了一眼两人的杯子，道："勾完便可以填彩了，颜色无须很浓，等进炉一烧，色泽便会比原本绘的更加鲜亮。"

两个杯子都是月与楼，但两个杯子又截然不同。贺玉楼下笔恣意，画的是带着萧杀气的东方城楼，上面一轮冷月在万古长空中，看天下兴衰。温月安笔触工整，画的是西方的建筑，像个音乐厅，夜空中的圆月映下来，音乐厅泛着柔和的光。

两个杯子一起进了低温红炉。

出炉的时候，两人不约而同拿了对方画的杯子。

温月安细细端详，才发现贺玉楼悄悄在杯底写了字，用极细的笔写他一贯的魏楷，竟然几乎将《六州歌头》的上阕全抄在了杯底："少年侠气，交结五都雄。肝胆洞，毛发耸。立谈中，死生同。一诺千一重。推翘勇，矜豪纵。轻盖拥，联飞鞚，斗城东。轰饮酒垆，春色浮寒瓮，吸海垂虹。闲呼鹰嗾犬，白羽摘雕弓，狡穴俄空。"

只没写最后一句："乐匆匆。"后来温月安写回忆录，在此记了一笔："师哥他，原该写那三个字的。"

那夜贺玉楼和温月安住在老哑巴的房里。因为老哑巴一个人住在一个狭小屋子里，不跟其他在大通铺中的人同住。

温月安还在回忆录中记了另外一笔。

那夜他还没睡着，听见有人敲门，敲得很重，几乎像是砸门。老哑巴将他和已经睡着的贺玉楼藏在柜子里。他听见有什么东西撞在柜门上，发出巨响。透过柜子的缝，他看见是老哑巴被推得撞在了柜子上，又跌倒在了地下。

被吵醒的贺玉楼一只手把温月安抱在怀里，另一只手抵住了柜门。

"喂，你今天跑哪儿去了？"一个脸上还带着伤的年轻男人骂道，"不会去胖子那儿告状了吧？我告诉你，全厂就你一个看锅炉房的，要是有人知道了我在锅炉房煮过鸡蛋，那铁定就是你这个老东西说的。哼，还敢来找我，叫我去认错？王彬那个傻子跟你有什么关系？他都已经走了，事情到这儿就完了，你就别折腾了。"

老哑巴力气不小，爬起来，好像想还手。年轻男人退了一步："想打我是吧？老东西还挺能耐，你忘了，你死了的战友有个闺女在纺织厂上班吧？我早就跟你说了，你要是敢说出去，我就每天晚上去找她。你要是敢打我，你动一次手，我就去找她一次。你说你战友要是知道他闺女因为你……嘿嘿，你觉得他恨你不？他在地底下还能安生不？"

老哑巴气得发出几声无意义的嘶吼，却真的不敢动手了。

年轻男人嘴里不断说着污言秽语，老哑巴气得在原地直喘气，又无法反驳，年轻男人一看，知道老哑巴什么也不敢做，立即得意地上前两步，给了老哑巴头顶上一巴掌。

贺玉楼手臂上肌肉绷紧，眼看就要推开柜门去帮老哑巴，温月安却抓住了他的手，手指在他手腕上方轻轻按了一下。

贺玉楼看向温月安。

温月安无声提醒道："师哥，别给贺老师惹麻烦。"

他们一来一去，外面的人已经给了老哑巴几下，心满意足地离开了。

贺玉楼推开门，去扶老哑巴，老哑巴摇摇头，把温月安抱出来放在床上，比画着叫他们睡觉。

不知道是不是这屋子的窗户太破，月光照进来，映在床上，太亮，亮得温月安根本睡不着。

他靠在贺玉楼怀里，听见不规律的呼吸声，他师哥也没有睡着。

温月安轻声喊了一声："师哥。"

贺玉楼醒着，却没有应。

过了好久，他又喊了一声："师哥。"

贺玉楼转过身，留给他一个后背，半响，再次转回来，将温月安抱在怀里。

"睡觉。"贺玉楼说。

第31章

《无锡景》——鲍元恺

第二天贺玉楼和温月安走之前，贺慎平给了他们一方青花白底的瓷镇纸，正是他昨晚画的那个。火车是下午的，贺慎平没法去送，还是托老哑巴把两人放在三轮车上，这次是藏在干草堆里，载到了火车站。

老哑巴自己没有子女，看他们格外喜欢，当作自己的儿孙一样，临走时还一人给了一个蘸了白糖的面粉饼，让他们在路上吃。

贺玉楼有些心事重重的样子，他看着窗外，手臂却一路都搂着温月安，怕车加速减速时温月安摔倒。温月安靠在贺玉楼身上，手里一直拿着贺玉楼给他画的杯子，低着头看。

这一去，他们又等了好几个月，终于，在一个湿冷的雪天里，贺玉楼收到贺慎平寄来的信：年底回家。

他在一次会议中被调回了原处，可以继续回音乐学院工作了。

信纸上的文字并不见多少欢喜。

信中还提到一件事。在贺玉楼和温月安走后一个月，厂里的锅炉房发生了爆炸。当时正是工人上工的时候，谁都不知道发生什么了，就听见锅炉房那边传来几声巨响，等一群人跑过去看的时候，土砖房已经塌了一半，房顶上冒着浓浓的黑烟。

锅炉房的大门是从里面锁上的，外面的人进不去。

厂领导把所有人召集到一起开紧急会议，一点人数，发现少了两个人。

立即就有人发现二猴不在，另一人是谁，却没人想得起来，贺慎平说："应该是守锅炉房的老人。"

这才有人附和，好像确实是看锅炉房的。

厂领导急得大喊："不管还差谁，快给我进去看看，死没死人。"

两个胆大的工人去开门，却发现锅炉房的门是从里面锁上的，从外面根本推不开。最后是厂领导命人把碎掉的窗户整块卸了下来，从窗户里进去看才知道怎么回事。钻进去的人已经干了大半天活儿，突然闻到一股烤肉味，焦香焦香的，还挺好闻，就觉得有点饿，打着手电筒朝里面一看却差点没吐出来。

他把脑袋从窗户里伸出来，厂领导问："死人没？"

"……都烧熟了。"

厂领导又问："死了几个？"

那人又把脑袋伸进去，过了一会儿，整个人从里边爬出来，说："反正有俩脑袋，都煳了，是谁就看不出来了。"

厂领导留了几个人处理锅炉房，然后警告了一番事情还没弄清楚，谁都不许造谣，就把其他人都打发走了。

那天夜里贺慎平睡觉的时候被枕头里的东西硌到，他一看，里面不只有他的琴谱，还有一些钱，一颗五角星，外加一张纸条。

纸条的一面是一个名字和一个地址：段绣儿，纺织厂宿舍十六房。

另一面写着：拜托贺先生，亲手交给她。

那上面的字竟然和贺慎平的字有几分像，只是笔画生硬，像刚学书法的人照着模板画出来似的。

贺慎平握着那张纸条，想起一个月来老哑巴不但来听他讲课，还常在课后比画半天，只为请教他一个字怎么写。贺慎平记性很好，仔细回想起来，虽然顺序是乱的，但是那些字调整顺序拼在一起正好是纸条上正反面的两行字。

一切好像都是为了这一天，这场爆炸事故安排好的。

贺慎平离开前许久，锅炉房的事故就已经水落石出，可是直到他离开，也没有想明白为什么老哑巴要把自己和二猴反锁在锅炉房里，为什么他们都被炸死了。但他隐隐觉得，那场爆炸与王彬的离开有某种关系。

而看完那封信的贺玉楼和温月安却仿佛窥见了事情的全貌。

贺玉楼拿着信，跑到温月安床底下，躺到了深夜也没出来。

半夜的时候，温月安在床上喊："师哥。"

贺玉楼说："你不该拦我。"

过了好久，温月安才低声说："可是贺老师……"

贺玉楼打断道："如果父亲在，也不会坐视不理。"

温月安没说话。

贺玉楼从床下爬出来，背对温月安道："温月安，你不像我们贺家的人。"

他说完，便走了。

温月安在黑夜中默默道："师哥，我……姓温。"

那几天两人都没说话。

过了些天，贺玉楼看见温月安不声不响地坐在角落里看一本之前贺玉楼帮忙拿给他的书，看完以后，却怎么都没法把书放回高高的书架上，艰难得差点要从轮椅上翻下来。

贺玉楼便走过去，要帮温月安把书放回去。

温月安抓着书，不看贺玉楼，也不说话。

贺玉楼说："月安，书给我。"

温月安死死抓着书，仍不肯松手，眼眶慢慢红了。

贺玉楼放缓了语气，道："书给我，我来放。"

温月安红着眼睛瞪贺玉楼，他眼眶里盈满了泪，却一滴也没有流下来。

贺玉楼根本没见温月安这样过，温月安从小就没有太多反应，连逗他多说两句话、逗他笑一笑都要好半天工夫，现在这样，竟然是要哭了。

他凑到温月安脸旁边，笑着说："给师哥一个效劳的机会好不好？"

这一笑，温月安的眼泪却真的掉下来了。

贺玉楼赶紧拿手帕给温月安擦眼泪，他下手没轻重，大冬天哭起来皮肤本就不好受，温月安一张生嫩的脸被擦得通红，像要被擦破了似的。而且温月安哭起来悄没声儿的，也不知道喊疼，贺玉楼更自觉犯了大错，直跟温月安道歉。

温月安还是不说话，只瞪着贺玉楼不停掉眼泪。

贺玉楼想了半天，变出一颗话梅糖，递到温月安面前。

温月安还是小孩，看到糖就忍不住伸了手，伸到一半又收回去，转开视线，带着微弱的哭音说："我不吃你们家的糖。"

贺玉楼剥了糖纸，把糖塞进温月安嘴里，然后趁着温月安吃糖的工夫，拿过温月安的书放到书架上，又蹲下来，看着温月安的眼睛，认真道："你就是我们家的人。"

温月安要说话，贺玉楼抢道："是我错了，什么像不像的，你就是我们家的。我再不胡说了，你也不准说。"

温月安红着眼睛，不答话。

贺玉楼想再变一颗话梅糖来哄温月安，他原本是一天给温月安一颗的，此时身上已经没糖了，便想再去拿一颗来。温月安以为贺玉楼不耐烦了要走，于是在他转身的时候抓住了他的手腕。

温月安轻轻捏了捏贺玉楼的手臂，小声说："师哥别走。"

贺玉楼勾起嘴唇，转过头，挑起一边的眉："嗯？"

温月安松开手，贺玉楼的一张笑脸瞬间又凑近了："啧啧，不哭了？"

温月安觉得好像上了当，不肯再理贺玉楼。

贺玉楼笑问："练琴去？"

温月安不应。

贺玉楼故意道："今天陪你练四手联弹，去不去？"

温月安便显出有点心动的意思。

贺玉楼的笑容更大："今天再比一次？赢了我喊你一声师哥怎么样？"

温月安眼睛一亮。

贺玉楼坏笑着转身朝钢琴那边走,留给温月安一个背影和一个带着引诱语气的问句:"去不去,嗯?"

温月安马上转着轮椅跟上去。

当然,温月安仍是比不过的。

他还是要喊贺玉楼师哥,一喊又是几年。

终于,温月安也从男孩长成了少年,而温月安回忆录中第一个仔细写下的中秋也快要到了。

那年的暑假,贺玉阁带了女中的同学来家里玩。那女孩叫常良言,梳一头短发,脸盘生得不如贺玉阁好看,但是带着一股豪爽的气质,热烈得像一朵太阳花,心直口快,像武侠绘本里那种敢爱敢恨的英气女子。

常良言走进贺家院子的时候,贺玉楼恰好在练琴,那时候贺玉楼的琴技已经极好,许多时候都在自己写曲子,而且会根据自己技巧上的长处写只有自己能弹的曲。常良言听着不同于她以往听过的琴声,好奇地跟着贺玉阁往里走。

家里人人都会弹琴,贺玉阁听不出是谁在弹,走到屋门边,看见贺玉楼的背影才说:"我弟,贺玉楼。"她打开鞋柜,"良言你等着,我给你拿拖鞋。"

常良言看着贺玉楼的背影,慢应了一声:"哎。"

贺玉楼弹完一曲,转过身。

常良言正脱完鞋,一双白嫩的脚踩在地板上。阳光从她身后的门外照进来,让贺玉楼看不太清她的脸,只看见她穿着学生装、扎着腰带的周身轮廓与一头染着一点儿阳光金色的利落短发,还有一声爽朗的、带着笑意的:"你好啊,贺玉楼。"

那是贺玉楼第一次接触一个青春期的、比他成熟一些的陌生女孩,第一次听到一个女孩用这种方式叫他的名字。他静默了几秒,没有摆出一贯的笑容,反而声音低沉地打了一个略显严肃的招呼,仅仅两个字:"你好。"

坐在一边的温月安注意到了贺玉楼的异样。

那一刻的他尚无法贴切地描述贺玉楼的反常代表了什么,但是他已然体会到,贺玉楼对待这个女孩的不同,甚至隐隐觉察了,这一刻,贺玉楼想被这个女孩当成一个男人,而非同学的弟弟。

第32章

《三年》——刘一多、罗威

温月安转着轮椅来到钢琴前,扯了一下贺玉楼的袖子,说:"师哥,一起。"

贺玉楼收回了视线,说:"好。"他没有逗温月安,也没有像以往那样故意谈些奇怪的条件,就这么答应了。

两人坐在一起,钢琴声再次响起,四手联弹。

贺玉阁说:"良言,走,去我房里。他们不好玩,就知道练琴。"

常良言一边跟着贺玉阁往卧室走,一边说:"我只会吹口琴和竖笛,倒是挺羡慕会弹钢琴的人。"

贺玉阁轻哼了一声,说:"你想学啊?真学起来可苦了。你别看我爸妈瞧着脾气不坏,教起琴来却严得不得了,就因为这个,我小时候才学不下去的。不过我爸妈对我还好点,不肯学就算了。我弟要是不学,只怕要被我妈打断腿。反正吧,你要是想学琴,可千万别来我家学。"

常良言回头看了一眼贺玉楼,压低声音问:"那,他呢?"

"他?你说要贺玉楼教你啊?"贺玉阁嗤笑,"他就会捉弄人。要是让他教你,非把你气哭不可。"

常良言拨了一下耳边的头发,又回头看了正在弹钢琴的贺玉楼一眼,看的时候眼波流转,声音带笑:"我怎么不觉得呢?"

两个女孩说着话,进房间了。

温月安觉得坐在他左手边的贺玉楼有点心不在焉,于是停了下来,喊:"师哥?"

贺玉楼继续弹了一会儿,然后停下来,看着琴键,问:"吃西瓜吗?"

温月安一时没反应过来,他微微侧头看着贺玉楼的脖子,轻声道:"什么?"

贺玉楼说:"我去切西瓜。"

顾嘉珮前一天傍晚买的西瓜,拿桶沉在井水里,冰了一夜。贺玉楼把桶拎上来,取了西瓜来切。红瓤黑籽的西瓜,冒着丝丝凉气,甜味好像裹着凉气一起出来了,在闷热的酷暑里流淌出沁人心脾的瓜果香气。

温月安看着贺玉楼站在桌边切西瓜。

他突然觉得西瓜这种圆圆的、笨重的东西与贺玉楼这样高挑瘦削的少年很相称，因为他们都带着某种奇特的生机勃勃，恣意生长成与众不同的样子，以及与这个沉闷、燥热、多汗的世界格格不入的清爽与干净。

贺玉楼切得不算熟练，因为他对瓜果零食已经没有很大兴趣。西瓜被去了皮切成一块一块晶莹的小方块，装在两个盘子里。

贺玉楼拿起一个盘子，放上一个勺子，递给温月安。

温月安接了，说："好多。"

贺玉楼笑着说："等着我一会儿过来跟你一起吃。"

他说完，端起另外一个盘子，拿上两个勺子去敲贺玉阁的门。

温月安端着盘子，远远看见门开了。他以为贺玉楼会进去，与常良言说笑，拿西瓜逗她，就像逗自己一样，可是没有，贺玉楼只站在门外说了一句："给。"

然后便回来了，陪温月安吃西瓜。

温月安只吃了两块，就说："吃不下了。"

贺玉楼笑着说："多吃两块，好歹是我切的。"

温月安放下勺子，看了贺玉阁关着的卧室门一眼，又转过头，看向窗外。太阳很烈，知了在窗外叫个不停，很聒噪。

过了一阵，贺玉楼问："真不吃了？"

温月安看着窗外，"嗯"了一声。

贺玉楼没像往常一样笑着逗温月安吃，只说了句："不吃就放桌上吧。"说完便回自己房里看书了。

温月安在原地坐了半天，才缓缓把轮椅转到钢琴边，一个人练琴。

他弹了很久，一直弹到贺玉阁和常良言从屋子里出来。常良言走的时候对贺玉阁说："哎，要不明天去游泳，把你弟也叫上？"

温月安手指一顿，钢琴发出低沉而短促的一响，声音戛然而止。

常良言朝钢琴那边看了一眼，没再说游泳的事，她觉得在温月安面前说游泳，似乎不大友善，便只给贺玉阁悄悄使了个眼色，低声道："帮我问问他。"然后同温月安也打了招呼，才离开。

第二天，贺玉楼果然跟贺玉阁一起出了门。

温月安整个下午都坐在院子里，自己同自己下棋。快傍晚的时候贺玉楼才回来，头发是湿的，进了院门便走到小几旁，随手从棋缸里摸了一子出来，落在棋盘上。

那步走得很妙，温月安却把那粒棋子拿开，扔回棋缸里。

贺玉楼笑着问："不准我下？"

温月安自己另下一步，才淡淡道："观棋莫动手。"

贺玉楼笑得厉害："好，不动手。"他说完，就靠在墙边，看温月安自己下。

夏天的热气将贺玉楼身上那种游完泳之后的味道蒸得越发浓烈，那味道带着头发上的水汽，同时伴随着院子里的青草气与花香。

温月安捡起棋盘上的棋子，往两只棋罐里收。

"等一下。"贺玉楼挡住温月安的手，"这里，白子还有一线生机。"

温月安另一只手摸了两粒白子置于棋盘右下角："投子认负。"

贺玉楼好笑地松开手，问："那跟我来一局？"

温月安继续往罐子里收棋子："不来。"

温月安平时不这样。

贺玉楼不知道自己又哪里惹到了温月安，只觉莫名其妙。

那个夏天，他似乎常常惹到温月安。每次只要他出门，回来的时候温月安就是一副不理睬人的样子。

家里和外面是两个世界。

家里是一成不变的，而外面的每一天都是不同的。

不同于架子上一排排的书籍、琴谱，放在客厅的钢琴，书房里的镇纸、笔墨、课本，院子里的棋盘，外面有泛着波光的游泳池，郊外的绿色山丘，文化宫的节目，还有用于建筑的各种堆积成山的砖块、巨大的水泥管——常良言总趁其他人不注意，把贺玉楼拉到里面，在黑暗中亲吻他的嘴唇。

她胆子很大，又热情主动，饱满的嘴唇像完全熟了的柔软桃子。

"哎，良言他们呢？"

贺玉楼在水泥管里听见外面的人走了几步，喊起来。

常良言双手撑在贺玉楼的肩膀上，头在他脖子边，轻声地笑。

"我先出去，你过一会儿再跟上来，别叫他们看见。"常良言在贺玉楼耳边说完，悄悄钻了出去。

温月安在贺玉楼身上感觉到了越发明显的变化。

有一次他去喊贺玉楼吃饭，却发现贺玉楼正在画画，不是像他画杯子那样类似国画的写意画法，而是像画油画那样，写实，色彩逼真。

画上是一双光着的脚，踩在地板上，阳光从脚后跟的方向照过来，将脚踝衬得雪白而纯洁，连学生装裤子边的纤维毛边都画得极细致。

温月安停在门口，看贺玉楼如何仔细地给那幅画上色，又用怎样的眼神看画上那双脚。他一直紧紧捏着自己空荡荡的裤腿，过了很久，才用几乎完全波澜不惊的声音喊："师哥，吃饭。"

钟关白在读温月安的回忆录时，读到这一段，出了一身冷汗。

温月安写，他其实没有想过，也不懂所谓爱情，他们那时候不怎么讲喜欢，也不怎么讲爱。那时，他接触的人很少，看的书籍里也没有什么讲男女之情的，心中对于男女之别都不很分明。

而在温月安看来，良言与他最大的不同，就是她有一双好看的脚，贺玉楼甚至喜欢得把这双脚画了下来。

回忆录中写完这段，那页纸上便没有字了，钟关白往后翻，发现后一页只有一行字：可是我没有好看的脚。

那晚温月安没有睡着，他手指掐着自己大腿被截断的地方，眼睛看着窗外，一直看到天亮。

第二天午后，贺玉楼出门，一个人，没有跟贺玉阁一起。温月安等贺玉楼走了，自己悄悄转着轮椅来到院门口，远远看见等在树下的常良言跑向贺玉楼身边，在无人的街上亲了他的脸。

过了很久，温月安才转着轮椅回去，进屋时跌了一跤。他像一个没有任何反应的玩偶那样在地上卧着，等疼痛稍缓，手臂能动了，再一声不吭地爬回轮椅上，转着轮椅去弹琴。

后来的一段日子，温月安总是在深夜悄悄地进贺玉楼的房间，坐在轮椅上，弯下腰看他。

一天夜里，温月安又转着轮椅来到贺玉楼床前。

贺玉楼的头正好向着床外侧，温月安小心翼翼地靠近贺玉楼。

温月安听着贺玉楼的呼吸声。

温月安觉得这是这么多天来他最高兴的时候，他高兴得忘了时间，忘了注意门外的动静。

忽然，一束光从门外照在他脸上。

"温月安你在干什么？"贺玉阁用气声喝道。

她之前也发现温月安似乎会在晚上进出贺玉楼的房间，不过不久就出来了，她原没当一回事，可是这次温月安进去了就没出来，她便跑过去看一眼。

等温月安出来，贺玉阁盯着他，压低声音一字一句地说："你是小偷。"

她唯一庆幸的一点是，贺玉楼闭着眼睛，应该是在睡觉，什么都不知道。

贺玉阁平日里与贺玉楼斗嘴归斗嘴，遇上这般事，自己人与外人便立马泾渭分明起来："我们家骨子里可没有小偷的基因，你少去招惹我弟弟。"

她大概就是从那时候起，找到了一个讨厌温月安的正当理由。

温月安自小下苦功练琴学乐理，被顾嘉珮格外怜惜，一个外人却比她更像贺家的孩子，这些都不能算是理由，贺玉阁不承认。

温月安低声说："我没偷。"

贺玉阁压着声音反问："没有什么？趁着玉楼睡觉的时候偷偷溜进他的屋子，被我抓个正着，还说没有？"

温月安说："就是没有。"

贺玉阁抬起下巴，朝贺玉楼的卧室门扬了扬："那你干什么跟做贼似的？"

温月安没有说话。

隔着一堵墙壁的卧室里，贺玉楼缓缓睁开眼。

他迟疑地抬起手，手指微微蜷起。

第33章

《知音》——刘宽忍

"看我带什么来了?"常良言把伞放到门边,打开布包。

"西瓜?"贺玉阁看了一眼,没觉得有什么稀奇,"下这么大雨背个西瓜来干什么?我们家少你西瓜吃啦?"

常良言神秘道:"农业研究所的新品种,无籽西瓜,吃的时候不用吐籽,外面可买不着。哎,我跟你说,再过几天等收葡萄的时候我再给你带些更好的来,名字叫得可好听了,都是什么美人啊,玉啊之类的。"

贺玉阁点点头,去切西瓜,常良言问:"玉楼呢?不在?"

"他啊,估计还在睡懒觉吧,从早上就没出来。"贺玉阁说到贺玉楼,脸色有些不自然。她一晚上没睡好,温月安那事在她脑子里起起伏伏,闹得她心神不宁的,恨不得找个人好好说说。早上起来,贺慎平与顾嘉珮已经去学院了,贺玉楼和温月安两个人就一直没从房里出来过。平时与父母闹了矛盾,贺玉阁还可以跟常良言说两句,现在这事,她虽然只觉得是温月安的错,但是温月安一直就住在贺家,她怕这事一传出去,对他们贺家影响不好。

常良言仔细瞧着贺玉阁的神色,笑着问:"又跟玉楼吵架啦?"

"没有。"贺玉阁烦躁地把刀一丢,不肯切了,找了两个勺子插在瓜瓤上,说,"挖着吃吧。"

"到底什么事啊,跟我还不肯说?"常良言用胳膊碰碰贺玉阁的手臂,"说嘛。"

贺玉阁吃了两口西瓜,心里的火降了点:"唉,我不是不想说,我都快憋死了。但是吧……唉。"

常良言说:"那你说给我听,我保证,听完我就忘了,绝对不说出去。"

贺玉阁看着常良言的眼睛:"你保证?"

常良言举起手:"我保证。一千个保证一万个保证。"

贺玉阁拿着勺子,一下一下地捅那瓣西瓜,等把西瓜捅得惨不忍睹了,她才好不容易鼓起勇气,低声把昨晚看到的说了。

"啊！"贺玉阁惨叫一声，抬起一只脚跳到一边："常良言你干什么啊？"

常良言手里拿着勺子，她刚刚正在吃的那瓣西瓜掉下去砸了贺玉阁的脚，现在摔在地上，汁水溅得到处都是。

"你吓死我了。"常良言说。

"你才吓死我了。"贺玉阁揉了揉自己的脚，也顾不上收拾地板，"不过，不怪你，我看见的时候也吓死了。"

"玉阁……"常良言压低声音，像在讨论某种特殊任务似的，问，"玉楼他，呃，他当时……"常良言都不知道该怎么说了，她拿着勺子，一会儿用勺子指着左边，一会儿又用勺子指着右边，"呃……"

"没有，没有，你想哪儿去了？"贺玉阁像受了窦娥冤似的，急忙解释道，"玉楼在睡觉，什么都不知道，不然肯定要揭发他。"

"哦，哦，这样啊。"常良言咬着勺子。

"那当然了。"贺玉阁说，"你说，我该怎么办？我该不该告诉我妈，叫她把温月安送走啊？不过我不想给人知道我们家有这么个……他也不能算我们家的。要不，我再教训他一顿，叫他保证以后不偷偷摸摸了，就算了？哎，你别光听着，也给我出出主意啊。"

"这种事他保证有什么用啊？你要是真为他好，也为玉楼好，你就得把这事告诉大人。"常良言想了想，又补了一句，"你还得告诉玉楼，叫他少跟温月安玩儿。"常良言说这话倒是没有别的意思，因为在她看来，那事听起来就像是怕自家孩子被坏小孩带坏了似的。她是真的觉得自己在为贺玉楼与温月安好。

贺玉阁觉得有道理，却苦恼道："嘶……那我该怎么说啊？"

常良言说："实话实说。"

贺玉阁一想，实话实说总是没错的："那行，那我先跟玉楼说，等我爸妈回来，再跟他们说。贺玉楼这小子怎么还没出来，都几点了？良言，你在这等我，我去把他喊出来。"

贺玉阁去敲贺玉楼的门。没有人应，门也没反锁，她一推，发现里面根本没人。

贺玉楼早就不在自己房里了。

他躺在温月安的床底下。

前一晚贺玉楼刚进来的时候，温月安还在想贺玉阁说的话。

他没有想过贺玉楼会误会他。

但当听见贺玉楼的脚步声时，温月安仍然瑟缩了一下，因为害怕，怕万一他师哥真的像贺玉阁说的那样，也觉得他是小偷。

温月安闭着眼睛，贺玉楼说："别装睡了。"

温月安轻声喊："……师哥。"

贺玉楼笑了一声，但听起来更像是生气："你还知道我是你师哥？"

温月安没敢抓贺玉楼的手腕,他只轻轻捏着贺玉楼的衣摆,在黑暗中看着贺玉楼,又喊了一声:"师哥。"

贺玉楼被这个动作讨好了,他总是很容易被温月安这样示好的小动作或者眼神讨好。他蹲下来,平视着温月安,像认真教温月安弹琴的时候那样,温声道:"月安,你不能这样。"

"哪样?"温月安问道。

贺玉楼马上站起来,退了一步,温月安看不清他的脸了。

"不能这样。"贺玉楼说。

温月安说:"别的都可以?"

贺玉楼微微蹙起眉:"别的?你还想做什么?"

温月安说:"还想弹琴,写曲子,下棋,写字,做杯子……"

贺玉楼说:"可以。"

温月安:"画画,看书,喂鱼,吃糖……"

贺玉楼:"可以。"

贺玉楼顿了一下:"月安,我一辈子都是你师哥,但你我迟早都会娶妻生子。"

温月安:"我不会。"

贺玉楼:"你会的。"

温月安:"我不会,一辈子都不会。"

贺玉楼:"但是我会。"

温月安不说话了。

贺玉楼在床边站了一阵,躺到温月安床下,说:"好好想想。等你想明白了我再走。"

就这样,一个人在床上,一个人在床下,两人听着对方的呼吸,知道对方都没有睡着。

窗外渐渐沥沥下起了雨,雨水打在窗外的草木与石头上。雨声像某种乐器,一声一声,不急不缓地从耳畔灌进心里,然后又在心中不急不缓地荡来荡去。

天渐渐亮起来,云端好像有了日光,雨却还在下,像是永远不会停。

贺玉楼敲了敲床板:"想明白了?"

温月安不说话。

贺玉楼喊:"月安。"

温月安:"师哥,我要是一辈子想不明白,你就一辈子留在这里吗?"

贺玉楼气笑了:"你打的这个算盘?你知道这地板有多硌人吗?"

床上扔下来一个枕头。

贺玉楼把枕头扯到自己脑袋下:"你小时候还待我好些。"

温月安低声道:"……你小时候也待我好些。"

贺玉楼抬脚轻轻踢了一下床板:"什么我小时候,你见过我小时候吗?"

温月安淡淡道:"见过。你小时候把小人书藏在琴谱里边弹琴边看,练字的时候左右两只手一起写,闯了祸就躲到我这里来……"

温月安听不到贺玉楼的动静,声音越来越小。

房中一片寂静,只闻雨声。

突然,从床下传来了贺玉楼的笑声,是真心的、开怀的、十分高兴的那种笑。

温月安听着贺玉楼的笑声,也微微扬起了嘴角。

过了一阵,贺玉楼说:"月安,就这样,不好吗?"

温月安不笑了,沉默了一会儿,问:"哪样?"

贺玉楼说:"和小时候一样。"

温月安说:"小时候不娶妻生子。"

难得的,贺玉楼竟然被温月安堵得无话可说。

两人又都不言不语了,却也都不动,不起身,不出门,就听着窗外雨打万物的声音,好像在一处避雨的两个陌生人。

不知道过了多久,门口传来敲门声。

贺玉阁在门外问:"玉楼在里面吗?"

贺玉楼说:"在。"

贺玉阁拧了拧门把手,温月安的房门竟然是反锁的。她急道:"贺玉楼你在这里面干什么?快给我出来。"

贺玉楼把门打开,懒懒道:"睡觉。"

贺玉阁一把把贺玉楼拉出来,问:"你为什么不在自己屋睡觉?"

贺玉楼笑起来:"怎么了?我还在衣柜里睡过觉呢。"

"你小声点。"贺玉阁压着声音问,"过来,我有话跟你说……温月安他是小偷,你知不知道他昨天晚上干什么了?"

贺玉楼看着贺玉阁,挑眉,示意她继续说。

贺玉阁咬咬牙,用极低的声音道:"他在你屋里鬼鬼祟祟的,被我看见了。"

贺玉楼:"我知道。"

贺玉阁:"你知道?!你知道还跟他一块玩?不行,我真得告诉妈,我现在就去她办公室,叫她把温月安送走,要不我们家就完了。"

温月安房里传出来一点响动,贺玉楼回过头,看见温月安穿着青布睡衣坐在房门口的轮椅上,正看着他,眉目疏淡。

贺玉楼说:"月安,你先进去。"

温月安没动,他看着贺玉楼的眼睛,说:"师哥,听一听你要怎样处我,不过分。"

贺玉阁对温月安说:"肯定是送你走,我们家对你仁至义尽了。"她说完就要出门去找顾嘉珮。

贺玉楼挡住她，说："月安不会再那样了。"

贺玉阁盯着温月安，问："是吗？"

温月安的眼神还在贺玉楼身上，他看了贺玉楼好久。

"不是。"温月安轻轻吐出两个字。

贺玉阁把贺玉楼的手打开："贺玉楼你也听到了，别拦着我。"

贺玉楼挡住贺玉阁，又说了一次："月安，先进房里去。"

温月安没有动，就那样静静地看着贺玉楼。

贺玉阁说："贺玉楼，他就是小偷。你居然还拦着我？你现在拦得了，你以为爸妈回来了，你还拦得住吗？"

贺玉楼点点头，侧过身，让开道，对贺玉阁说："你去说吧。"

贺玉阁刚松了口气，转身还没走半步，就听见贺玉楼接了一句："把我也送走吧。贺玉阁，你弟是小偷，让全城人说去吧。"

贺玉阁猛地转身，盯着贺玉楼，不敢置信道："你是不是有毛病？"

贺玉楼说："是。"

贺玉阁的脸登时气得通红："贺玉楼你还要不要脸了？你——"

"不要。"贺玉楼笑着说，"你就想吧，尽管想，怎么都不算过。"

他说完，径直走到温月安的轮椅后，把人推进房间，锁上门。

过了好久，温月安才回过神来，颤声喊了句："……师哥。"

贺玉楼一边笑着，一边咬牙切齿道："现在满意了，嗯？"

第34章

《夜色（钢琴与箫）》——赵海洋

没过多久，敲门声再次响起，轻轻的，有礼的，伴着一声"玉楼，是我"，是常良言的声音。

静谧无声，常良言在门外喊："玉楼？"

温月安缓缓松手。

贺玉楼几步走到门口，开了门。他没有让门大开，只让门开到比一人稍宽，刚好让他挡住。

常良言的耳尖有一点红，脸却是发白的："玉楼……我都听到了。"

此时在一旁的贺玉阁不知如何是好，她看见常良言跑过来的时候就已经后悔起来，早知道事情会变成这样，就不该把事情告诉常良言的。

常良言咬了一下嘴唇，咬得很重，让贺玉楼想起它的味道。即便听到了那些话，她仍带着一点希冀般地看着贺玉楼，问："不是那样的，对吧，玉楼？"

如果这时候只有她和贺玉楼两个人，也许，仅仅是也许，她会听到别的答案，也许贺玉楼会跟她解释之前那些言语。但是现在，贺玉阁也站在旁边，她也像常良言一样看着贺玉楼，希望他可以说不，希望他可以像平时一样坏笑着说："骗你的，这也信了？"然后便可以坦然地只送走温月安一人。

没有人知道这个时候贺玉楼在想什么。

他靠在门框上，修长的手指按在门上，指甲的顶端有些发白。

窗外"噼啪"的雨声更显出一室的死寂。

他想起常良言从泳池上来的时候，四周响起的水声。她穿着红色的连体泳衣，双手撑在扶手上。水珠从她的头发、身体上滚落下来，太阳那么灿烂，把那些水珠与水流照得流光溢彩。

少女的皮肤像是奶，上面流淌着蜜。

他想起常良言坐在郊外的山坡上，吹竖笛的声音。这样简单的乐器她也吹不好，风有时候会把短发吹到脸颊上，她正吹着笛，两只手本在笛孔相应的位置上，却不自觉抬起一只手去拨头发，吹出的笛声马上便不伦不类起来。

她干脆不吹了，大方地把竖笛递给贺玉楼："你来。"

在阳光下，笛嘴上浅浅的湿痕明显又暧昧。

画面、声音、触感、气味，因为常良言的出现，这个夏天变得格外不一样。它是美的，但不是贺玉楼学习过的那种所谓的艺术上的美，这种美不需要鉴赏与思考，不需要挖掘与发现，它就在那里，自然、原始而浓烈。

但是夏天快过去了。

"玉楼？"常良言向前迈了一步，她想伸手去碰一下贺玉楼发白的指尖，却忍住了，此时此地并不只他们两人。

贺玉楼低声"嗯"了一下。

他知道，在他身后，温月安也在看着他。

温月安看贺玉楼的眼神与常良言不一样。如果目光有实质，常良言的目光或许会在贺玉楼身前印下两圈泪痕，而温月安的目光在贺玉楼身后，大概是要留下两片烫人的血迹的。

贺玉楼长长地、无声地吸了一口气，然后道："就是那样。"

常良言盯着贺玉楼，嘴唇微微张开，脸颊轻轻动了动，像是不受控制。

"贺玉楼，你，那你还……"常良言的胸脯上下起伏了一会儿，"你明明不是那样的，我知道。"

贺玉楼说："就是那样。"

"你别说了。我要回家了。我，我不会再来你们家了。"她说完，却没有动，而是在原地看着贺玉楼，等待他的反应。

贺玉楼的指甲尖更白了，他沉默了一阵，低声说："……好。"

"……好？！"常良言不敢置信地又上前了一步，控制不住地砸了贺玉楼一拳。

她觉得自己一刻也待不下去了，转身就往大门外跑。

贺玉阁追了上去，比起安慰，她更想确认常良言不会把这件丑事说出去。

贺玉楼没有转身去看温月安，他从外面带上了门。

温月安转着轮椅，开门，跟出去。贺玉楼背对着他说："别过来。"

温月安的嘴唇动了动，连一声"师哥"也喊不出口。

他看着贺玉楼走远，过了一阵，客厅传来钢琴声。

那旋律大胆、梦幻、可爱、甜蜜，温月安从未听过，按说贺玉楼写了新曲他不会不知道的，何况是这样一首曲子。他待在自己的房间里，静静地听那首曲子。那是他第一次听到贺玉楼那样弹琴，明明是那么快乐的旋律，贺玉楼却一遍又一遍地把它弹得越来越悲伤。

过了很久，院子里，一阵奔跑的脚步声响起。

"贺玉楼。"是常良言的声音。

钢琴声停了。

温月安转着轮椅来到窗边,看见贺玉楼从屋中走出去,站在常良言面前。贺玉阁跟着常良言回来,远远站在院门口。

常良言手里还拿着一张画与一叠琴谱。

"还给你。"她说。

贺玉楼说:"你若不要,便扔了吧。"

常良言说:"我再问你一次——"

"就是那样。"贺玉楼说。

常良言看着贺玉楼,眼眶带泪,她一边狠狠点头,一边把手上的所有纸一起撕成了碎片。

雨已经停了,草地上还有水,缓缓将纸片洇湿。

贺玉楼低下头,看着飘落一地的碎纸,常良言以为他会有什么反应,可是贺玉楼只说:"原就是送你的,随你处置。"

常良言又气又伤心,忍不住道:"你……你就不怕我告诉别人?"

贺玉楼竟然微微笑了一下,像画上的少年。

他轻声道:"我,也随你处置。"

温月安听到这话,全身一阵剧痛,仿佛被尖刀破开胸膛,让这几个字鞭笞五脏六腑。这种痛,甚至让他想起遥远记忆中失去双腿时的感觉。

常良言看着贺玉楼,眼泪顷刻间决堤:"我不会说的。"

贺玉阁听见常良言的话,顿时松了口气。

常良言哭了很久才平静下来,她抹了一把脸,说:"我走了。贺玉楼,我以后,真的不会来了。"

她转身走了几步,贺玉楼说:"我送你。"

两人走出院子很久,一路无话。

到了那棵常良言曾经等待贺玉楼的树下时,常良言停下脚步,抬头看着贺玉楼的眼睛,说:"我还是不信你会袒护他。"

贺玉楼沉默了一阵,看着她说:"回去吧。"

常良言摇摇头,没有再看贺玉楼:"我走了。"

她走出很远之后,忽然听见一阵轻柔美好的乐声。

她回过头,贺玉楼站在树下,手里拿着一片叶子,吹着刚才弹的那首曲子。

贺玉楼一个人慢慢走回家的时候,也问了自己一句:为什么要这样?

他走进院子的时候发现一地碎纸都已经不见了,他远远看见温月安坐在窗前,正看着他。

贺玉楼其实也不知道到底是为什么。

他站在院子里,看着温月安,想了很久,才想出了一种可能。

大概是因为,良言是他喜欢的姑娘。可如果这个夏天,走进他家的是另一个姑娘,那么,那个姑娘也有可能成为他喜欢的姑娘。

月安不会是他喜欢的姑娘,月安只是月安。

但是月安……永远是月安。

温月安如果能知道这一点,也许后来的许多事都会不一样,但是他并不知道。

他在贺玉楼随着常良言一起走出院子的时候,转着轮椅来到院子里,艰难地捡起了一地的湿碎纸。

那天晚上,他一直拼那些碎纸片到深夜,小心整理,再细细粘好。

被重新拼在一起的琴谱有六页,名叫《夏》,题目下方写着:致良言。

每一个音符,每一个字都是贺玉楼亲笔。

那幅画也显出了原本的面目,只是被地上的雨水弄得有些变形:一双好看的脚。

温月安悄悄转着轮椅来到一面穿衣镜前。

温月安看着镜子,镜子里的人穿着青衫,拿着一叠被重新粘好的琴谱。

黑夜中,镜子里的人不断抚摸着琴谱上的"致良言"三个字,缓缓扯起一个惨淡的笑容。

第35章

《月下美人》——Soul Hug

后来，常良言不再来贺家。贺玉阁也不再提要将温月安送走的事，但这是她为着贺家的迫不得已，于是看温月安便又多了几分痛恨，连带对贺玉楼也再没好气。

温月安像是对所有恶言与怒目都无所察觉似的，又变成了他刚来的时候那样，总一个人坐着，毫无生气。

贺玉楼有时会默默地在他身边做些自己的事，看书或写字，但再不像从前那样招惹他。

顾嘉珮也发觉不对，便去问温月安怎么了，他只看着窗外小声说："想家。"

贺慎平也听到了，真当他想起小时候的事来，便提起在瓷器厂的事。江鹤来画了一辈子画，想家的时候就埋头画画，家乡多产牡丹，所以常画上两三株，以抒乡情。贺慎平与乐器打了一辈子交道，瓷器厂没有条件，便自己削了一支笛子，也算安慰。

"所以，月安，"贺慎平对温月安道，"去弹琴吧。"

温月安问："弹琴就不想了吗？"

贺慎平说："会好受些。"

不是像从前那样一天固定练几个小时，而是像上瘾了一样，只要没人喊，他就可以一直弹下去。

顾嘉珮有些担心，可是贺慎平说，如果他喜欢，那就不是坏事，多少艺术家，一生只做一件事。

确实不像是坏事，因为自从温月安近乎疯狂地练琴开始，他便好似在渐渐痊愈，好像钢琴真的补偿了他的求而不得，琴声重新把空洞的躯壳填满了。

温月安一天一天变得正常起来，连贺玉楼都敢像从前一样开起玩笑："你这样练，是想赢我？"

温月安淡扫一眼贺玉楼，答道："敢不敢来？"

贺玉楼笑意更深："怎么不敢？"

慢慢地，贺玉楼和温月安之间好像又回到了从前。

有一阵子，虽然只是短短一阵子，在温月安的回忆录里，一页一页的记录又变成了从前那些几乎一成不变的日子，他又开始细致重复、不厌其烦地写贺玉楼与他一起弹了什么曲，下棋走了什么招，写贺玉楼喜欢躺在院子里的草地上，用书或琴谱盖着脸，身上有时候会沾上露水与草痕。

那些回忆那么详细，细到贺玉楼躺在草地上写曲子，写得睡着了，他的笔从手上滚落，掉到了溪水里，一尾小鱼用嘴去拱那支停在卵石上的笔这样的画面都被记了下来。

再过一阵，起风了，一张张琴谱被吹起，有一张飘到了溪面上。

贺玉楼醒来的时候，坐起来，头发上还粘上了一颗苍耳，绿色的，带着毛刺的果实停在睡眼惺忪的贺玉楼头上，让他看起来不像平时那么聪明。他左右四顾，把散落的琴谱捡起来，一边哼着上面的旋律一边往屋里走，走到门口的时候，突然想做改动："我的笔呢？"

温月安说："水里面。"

贺玉楼一愣，笑了，回去把笔捞出来，径自握着湿笔站在溪边改琴谱。

改完进屋，温月安喊："师哥。"

贺玉楼："嗯？"

温月安："过来。"

贺玉楼走过去，温月安说："蹲下来。"

贺玉楼蹲在温月安面前，温月安把他头上那颗苍耳拿了下来。

贺玉楼笑着说："你看，苍耳结果，秋天到了，哈哈。我去……写首曲子歌颂一下伟大的，咳，秋天。"

温月安将轮椅转退了几步："师哥，等你写好曲，要给我看。我先去练琴。"

很快便到中秋。

那天下午，贺玉楼把温月安带到音乐学院附中的一间琴室。琴室靠窗的地方有两架相对而立的黑钢琴，上面摆着两份手写琴谱。

贺玉楼推着温月安到一架钢琴前，温月安看见琴谱封面上的字："秋风颂　作曲：贺玉楼。"

他翻开一页，发现是双钢琴曲，问道："这……是为谁写的？"

贺玉楼坐到另一架钢琴前，坦然笑着："不为谁，颂一曲秋风而已。"

温月安应了一声，垂下眼，问："来？"

"嗯。"贺玉楼抬手。

两人合奏起来。

一架钢琴的琴声辽阔飞扬，另一架的宁静哀伤。

窗外的秋风吹落了一树桂花，随风卷进琴室。

两个少年弹着全曲的最后一句，抬起头，相对而视，看见细白的花瓣飘进来，悠悠落在对方头上。

一曲秋风，一曲白头。

琴声停了。

没有掌声，连呼吸声也没有。

恍若过了一个世纪一般，所有人都没有反应过来。

钟关白抬起头，看见剧院二楼的第一间包厢里，温月安的轮椅停在了紧挨围栏的位置。剧院的包厢围栏像露天阳台那样有些许延伸，相邻包厢的人若都站在围栏附近，不仅可以看见彼此，甚至可以握手。温月安此时正侧过头，与站在第二间包厢围栏前的男人相对而视。

钟关白发现，温月安好像突然老了，他不久前才为温月安梳过的一头青丝已经悄然变成了白发。

季文台和陆早秋站在温月安身后。

季文台弯下腰，好像在温月安耳边说了句什么，脸上还带着他平时那种笑，好似并不在意，眼中却是难过的。

温月安听了季文台的话，抬起手，摸了一下自己的鬓角："都白了吗？"

季文台说："白了也好看。"

"也早该白了。"温月安看着隔壁包厢的男人，还有他那双戴着白手套紧握围栏的手，低声自语道，"只是，师哥……我不敢老。若当年，真能一曲秋风，该多好。"

第36章

《黄河钢琴协奏曲：黄河愤》——孔祥东

站在围栏前的贺玉楼俯视着坐在轮椅上的温月安，缓缓脱掉了一只手套。

温月安的眼泪无声地流了下来，他伸出一只手，颤抖着，想去碰一下贺玉楼。

够不到。

全场仍旧一片寂静。

钟关白远远地看见了那一幕，他看见了贺玉楼的手，指骨变形，手指上遍布可怖的陈年旧疤，小指末端缺了一截。

下一刻，钟关白看向了陆早秋。

陆早秋的手指上是听力缺失后重新缠上的白色细绷带，后来大部分听力恢复了他仍保持着这个习惯。他也在看钟关白。

钟关白突然很想看一看那双手上的疤。

但是还不行。《秋风颂》停在了那年的中秋，但是温月安的回忆录没有。

钟关白再次抬起手，他要把这首《秋风颂》未曾写出来的光阴，重新弹给所有人听。

这个世上被尘封的过往有那么多，不管用什么方式，总得有人掀开一角，直面繁华下干涸的血迹。

Chapter 37

《咫尺天涯1》——陈其钢

天阴,大雨忽至。

医院的台阶上坐着一个老头,嘴里叼着一根草梗。一帘雨幕从屋顶上垂下来,刚好打在老头脚下的一截台阶上,水花溅湿了鞋面。

老头身后的大门发出"嘎吱"声,他随意转头一瞥,乐了:"哟,是你啊。"

贺玉楼看了一眼老头,一言未发。他脸上带着伤,左手被纱布包裹着,不自然地举在身侧。

"挨揍啦?"老头上下打量了一下贺玉楼,嘴里的草朝停在一边的三轮车上抬了抬,"小崽子,要我送你回去不?"

贺玉楼看着远处,说:"不需要。"

他在原地站了一会儿,没等到顾嘉珮,便朝门边走了两步,听见顾嘉珮的声音依稀从门内传来:"……麻烦您,借我们一把伞,我儿子的手不能淋雨。"

贺玉楼推开门。

走廊上,顾嘉珮满脸疲惫地站在一个护士面前,来来往往经过的人,仿佛都得了歪脖斜眼病,一个劲儿地看她,直到脖子和眼睛都转不动了,便再犯起嘴也合不上的新病来。

护士盯着顾嘉珮说:"没有。请不要妨碍我们工作。"

顾嘉珮整个人已经摇摇欲坠,可还想恳求:"可是我看见——"

贺玉楼单手脱下上衣,轻轻披在顾嘉珮身上:"走吧。"

护士看见贺玉楼裸着上身,先是一愣,然后便严厉道:"你干什么,快把衣服穿上!这不是要流氓吗?"

贺玉楼低头看了自己一眼,再环顾四周各色打量的眼神:"没穿衣服的不是我。"他面无表情地说完,不顾身后的谩骂,推开门,扶着顾嘉珮走了出去。

"小崽子,过来。"老头穿着雨衣,坐在三轮车座上。三轮车后面放着两件雨衣。

贺玉楼不想理他,他不耐烦地嚷道:"你逞什么能?让你妈陪你一起淋雨?"

贺玉楼犹疑了一瞬,然后便扶着顾嘉珮朝三轮车走去:"以前不见你这么好心。"

老头把草往地上一吐，随口道："拉死人和拉活人，能一样吗？"他抬起头，恰好看见雨水从顾嘉珮额头上淌下来，不断地流进眼睛里，但她一点反应也没有。活人眼里总是有星火的，眼睛会躲，就是还有活气。老头低下头没再看母子二人，脚在草上碾了碾，便踩上三轮车踏板："啧，我欠你的，还不赶紧上来。"

老头拉着两人往贺家骑。

"你怎么挨的打？小崽子，问你呢。"

路上几次老头想搭话，贺玉楼都没理。

又骑了一阵，老头往后瞧了贺玉楼一眼："你以为我猜不出来？你看你那样，别的本事没有，就会死撑着，不揍你，揍谁？"

贺玉楼看了一眼自己雨衣下的左手，冷着脸，还是没说话。

老头掀开自己的雨衣，露出一截腰背："看着这窟窿没？现在里边还有一颗子弹没拿出来。我这，日本人打的，保家卫国，还算挨得值。你那，稀里糊涂被另外一群小崽子打的，你觉得值不？"

贺玉楼一路都不答话，只有雨水"噼里啪啦"打在雨衣上的声音。

一直到了贺家门口，顾嘉珮下了车，进了院子，贺玉楼才脱下雨衣，直视着老头："现在是乱世还是盛世？"

老头本来准备走，闻言抬起眼皮看了贺玉楼一眼，突然乐了："还挺记仇。"

贺玉楼甩了甩雨衣上的水，丢给老头："算了。"

老头看着贺玉楼的背影："你想说什么？"

贺玉楼回过头，盯着老头："没有什么值不值。土地失一寸，还夺得回来，但是这里，"贺玉楼指指自己的膝盖，"跪下去，你以为还站得起来吗？"

老头突然从三轮车上跳下来，用力给了贺玉楼脑袋一巴掌，暴怒道："当然站得起来！只有像你爸那样躺在医院里的，才是真的永远站不起来了！"

贺玉楼的眼睛瞬间红了，他握紧右拳，砸向老头的脸。

眼看拳头就要砸到老头的眼睛了——

"那天在医院，你爸旁边还躺了个人。"老头看着贺玉楼，不躲不闪。

贺玉楼的拳头停在离老头的眼睛只有一线的地方。

"我儿子。"老头说。

那天，确实还有一个人，原来是这老头的儿子，但是……贺玉楼突然想起来，那天，老头是先送他父亲回家的。

举在老头脸前的拳头慢慢垂了下来。

"这里，"老头指了指自己的膝盖，"跪下去，就再也站不起来了。这话，我也跟我儿子说过。"那双眼睛里竟闪过一点泪光，"我只后悔当初没跟他说……想站起来，得先活着。"

泪光只是一闪而逝，老头抹了一把脸上的雨水，随手从贺家院子边扯了一截野草，叼在嘴里，上了三轮车。

"折易……弯难啊……"老头一边用方言模糊不清地低吟着，一边蹬着三轮车。渐渐地，三轮车消失在了大雨中。

雨水与泥土的腥气包围了四周。

"折易弯难……"贺玉楼站在院门的檐下，雨水从檐上落下来，"噼啪"地打在他的头上与肩上。但他就那么站在原地，没有进屋。

良久，忽而在大雨声中，传来一声："师……贺，贺玉楼。"

贺玉楼远远望着轮椅上穿着青衫的温月安，竟然不知该如何面对。

他想起在他去医院之前，温月安转着轮椅来到他身边。

那时候，温月安小心翼翼地喊他师哥，而他把左手伸到温月安面前，笑着问："比琴吗？"

温月安如遭雷击一般，好像被他的笑容吓到了："……师哥？"

贺玉楼走到钢琴边，用早已失去知觉的左手敲了敲琴键，钢琴发出杂乱无章的声音。他这样敲了一阵琴，转过身，对脸色苍白的温月安道："你看，没有你弹得好。你赢了。温月安，你赢了。"

温月安转着轮椅去抓他的右手腕，想像从前那样，从这样的小动作里获取一点支撑与依靠："师哥……不要……"

贺玉楼一点一点抽回手，向外走去。

"我再也弹不过你了……所以，你不用再叫我师哥。"这就是他出门之前对温月安说的最后一句话。

他走出屋门，站在院子里，看见早已败去的花草，溪中全都死去的鱼，突然像失控一般，拿铲子粗暴地挖出了那些温月安想要小心埋藏的东西。

那里有他们为对方画的杯子，还有他们一起临过的字。

等他挖完，回头发现温月安坐在屋门口，就那么看着他一直流泪。

他当着温月安的面，点燃了所有的字。

熊熊烈火隔在他和温月安之间，仿佛之前的所有过往与羁绊全部如这些字一般，付之一炬了。

可是好像还不够，眼前的这把火远没有心里那把火烧得烈。

当他砸了温月安为他画的那个杯子时，温月安哭着喊："另外那个不行！那是你给我的，就是我的，你不能砸我的东西……我只有那个杯子了……"

他看了一会儿那个杯子。

黑底，冷月，城楼。

月照玉楼呵。

杯底是《六州歌头》意气飞扬的上阕，他心中却只剩悲愤凄凉的下阕。

最后，他把那个杯子放在了窗台上，走出了院门。

此时两人远远相对，温月安手里紧紧抱着那个杯子，好像怕贺玉楼再改主意。

贺玉楼依旧站在原地，一动不动。

他的内里已经被击碎了。

贺玉楼看着温月安消瘦的身影，根本不敢走近。

他知道自己已经动摇了。因为当他再次回想起温月安流着泪弹琴唱歌的样子，再次回想起他当着温月安的面烧掉那些字、摔破杯子的画面，原本的愤怒已经变成了铺天盖地的矛盾与愧疚。

温月安叫了他那么多年师哥，他竟要靠温月安的委曲求全来保护。

最后还……

贺玉楼闭上眼，不敢再看温月安。

他只能听见轮椅缓缓转动的声音，过了一阵，又听见伞撑开的声音。

温月安小心地举着伞，可是够不到贺玉楼的头顶："……贺……玉楼，接伞。"

温月安喊了这么多年师哥，现在真的不喊了。

贺玉楼勉强睁开眼，接过伞，却低低地拿着，挡住温月安的头顶，把自己置于雨下："进去。"

伞挡住了温月安的身体，也挡住了温月安的目光，这样仿佛能好受些。

温月安轻声道："……手。"

贺玉楼说："没事。"

温月安便不敢再说话。

走到门边，贺玉楼收了伞，用右手与左臂抬起轮椅。温月安的手指却因为死死捏住杯子而泛着青白。

贺玉楼放下轮椅，想说句什么，原本那样聪明的人，这一刻却无比笨拙，根本想不出该说什么。

楼梯上猝然传来一声巨响，像是什么东西翻倒的声音。

"玉阁呢？"顾嘉珮急匆匆地从楼上下来，狼狈不堪，"玉阁不是一直把自己锁在房里吗？月安，玉阁出去了？她连鞋都没穿。"

温月安望了一眼楼上，想要回忆起贺玉楼摔碎杯子之后发生了什么事，却发现脑子里一片空白："……我不知道。"

贺玉楼问："有没有什么人来过？"

温月安脸色更白了："……我不知道。"

164

"我不是说你——"贺玉楼心里又酸又痛,想像从前那样哄一下温月安,却做不到。

"我去找她。"顾嘉珮连伞也没拿就出门了。

贺玉楼赶忙跟着出门。

刚出屋门,他就听见自己脑海中响起一声"师哥",于是忍不住回头望去。

温月安捧着杯子,坐在一片阴影里,并没有说话,只是远远地看着他,像在看那些曾经写过的字与那把大火,也像在看那个碎掉的杯子。

Chapter 38

《梁祝》——吕思清

深夜顾嘉珮和贺玉楼才回来，温月安仍坐在客厅里。

"玉阁回来了吗？"顾嘉珮一进门就问。

温月安极轻地摇了一下头。

顾嘉珮再也支撑不住，直接瘫倒在地上，她全身湿透了，嘴唇却干裂着，眼睛里全是血丝，靠着眼角处还有血块。

贺玉楼找了条毯子盖在顾嘉珮身上："我再去找。"

"……方才，有人来过。"温月安小心地看了一眼贺玉楼的背影，说，"说是……让我们搬到乡下去。"

刚准备出门的贺玉楼转过身，看着温月安。

温月安说："就这几天，他们说，还会再来，如果不走，他们就……亲自来收拾。"

顾嘉珮扶着一把椅子站起来："我不走。找不到玉阁，我不走。"

顾嘉珮几乎水米不进，不眠不休，只干一件事：找人。

她穿着破旧的工装服，在城里奔走。

若还有唯一的牵绊，那便是孩子。

她常常在街上将别的女孩错认成贺玉阁，哪怕那个女孩才五六岁，不过是长得像贺玉阁小时候。

几日过去，全城都翻遍了，城郊也跑过了，还是没有结果。

顾嘉珮看着远处的一株桂树，昭昭圆月正从树梢处升起。

"可是，今天是中秋啊。"她想起了从前的中秋。

第一次全家一起过中秋时，温月安还太小，不知道中秋是什么，她与贺慎平便在院子里为三个孩子讲中秋的来历与习俗。

贺慎平讲《礼记·月令》，也讲古时君王宴群臣。顾嘉珮觉得这些对孩子来说有些难，便讲起嫦娥的故事。

温月安听了，指着顾嘉珮与贺玉阁懵懂道："嫦娥，玉兔。"

顾嘉珮看了一眼贺慎平，笑问："那贺老师呢？"

温月安想了想："后羿。"

贺玉楼好奇，便凑上去问："那我是谁？"

温月安看了贺玉楼半天，道："猪八戒。"

思及此，顾嘉珮的唇边竟然渐渐漾开一抹像是笑意的波纹。

从前，贺慎平还在，三个孩子也都在，即便有争执，也总是一家人在一起。顾嘉珮想起来，总觉得那时候，日日都似中秋。

可唯独今日，虽一轮明月当空，偏最不像中秋。

那晚，顾嘉珮把家里剩下的一点食材做成了一桌饭菜。

"你们吃。"顾嘉珮摸了摸贺玉楼和温月安的脑袋，"我累了，吃不下。"

这是她第一次在两个孩子面前说累。这种累不是因为奔波劳碌，也不是因为缺乏食物和睡眠。

她本有许多话想说，可眼前的两个孩子早熟而灵慧，她不敢多说。

"我去弹一会儿琴。"她说。

贺玉楼与温月安坐在桌边，听到琴声如清澈的溪水缓缓滚过卵石一般流淌出来。

是《梁祝》。

细流渐渐变作风雨，风雨越来越急，全数砸到人世间，熄灭了所有火焰、温热与光明。

琴声渐止，最后只余寒冷永夜。

顾嘉珮弹完琴，说："明天就要走了，你们不要睡太晚。"她说完，看了两个孩子好一阵，又说了一次很累，然后便回了卧室。

贺玉楼和温月安坐在一起，却都一言不发。自从那日贺玉楼烧了字摔了杯子之后，他们还没有如此久地坐在一处过。

温月安吃不下东西，只是干拿着筷子坐着。

贺玉楼给温月安夹了一筷子菜，温月安低头看着那一筷子菜，用手抱紧了自己的碗，没吃。

贺玉楼说："快吃。"

温月安还是没吃，他犹豫了一会儿才转着轮椅离贺玉楼近了点，轻声道："……你，不气我了？"

贺玉楼看着温月安，眼里满是复杂和痛意，却没有回答。

这个问题，他答不了。

很多事，只要选一个位置站，总有一个对错，也总有一个答案，唯独他这个位置，没有答案，怎么都是错。

温月安看着贺玉楼的左手腕上，上面包覆着纱布："那……你……还疼？"

纱布下的手不受控制地抽搐了一下，贺玉楼说："还好。"

温月安两只手攥在一起，微微压低下颚，眼睛上抬着，小心翼翼地仰视贺玉楼。

贺玉楼不知该如何对待温月安，做不到毫无芥蒂，但又舍不得看他难过，满心都是对温月安的愧疚，恨自己没能保护好他，恨自己伤害了他，但又责怪他偏要用这种方式一人承担一切。

贺玉楼这几日都在外面找贺玉阁，乍一与温月安相处，便发觉仍像几天之前那样难以面对。太多复杂的东西蜂拥而至，不断啃噬，最后在心口上留下一个窟窿，从此再填不上。

两人又变回了方才的样子，都不说话。

温月安细细地瞧了贺玉楼很久。

"那……我去睡觉了。"过了好久，温月安终于收回了目光。

等温月安离开，贺玉楼在原地回想了好久。

他突然站起身，跑向温月安的卧室。

温月安躺在床上，看着窗外那轮月亮。

门被推开了。

温月安转过头，看见贺玉楼站在床边，一束月光从窗外照进来，落在他身上。

"眼睛闭上。"贺玉楼说。

温月安微微摇头。

"听话。"贺玉楼说。

温月安不肯。

贺玉楼右手在空中摸了一下，左手不自然地动了动。

温月安眼睁睁地看着贺玉楼像从前那样变魔术，却一连两次都失败了，最后那颗话梅糖掉到了地上。

贺玉楼用右手捡起来，递给温月安："给。"

那是家里的最后一颗糖。

温月安伸出手，又缩回来，一连反复好几次，才从贺玉楼掌心接过那颗话梅糖，紧紧握在手里。

"……我已经长大了。"温月安轻声说。

"还没有。"贺玉楼拍了一下温月安的肩，下意识地就说出了贺慎平曾对他说过的话，"我在一天，你就还是孩子，可以吃糖。"

说完他才反应过来自己说了什么，一瞬间想到了父亲。关于贺慎平曾经的教导，贺慎平对他的期许，还有贺慎平最后的样子……

想到这些，贺玉楼心中大恸，原本在跑来温月安卧室时，那些想告诉温月安的话，想要温月安再叫他一声师哥的念头，便再说不出口了。

"睡吧。"贺玉楼说完，便出去了。

温月安摩挲着那颗话梅糖的包装好久，忍不住起身去找贺玉楼。

他远远看到贺玉楼站在钢琴前，撕开纱布，双手久久悬在琴键上方，一边完美无瑕，一边畸形残缺。过了一阵，贺玉楼将钢琴盖上，出了屋子。

隔着那么远，温月安都能感觉到他的挣扎与不安。

等贺玉楼进来的时候，右手拿着一叠沾了泥水的宣纸，一块被摔碎的砚台，还有一支被折断的毛笔。

他站在桌前，一遍又一遍地写着两个字："静心"。

心神不宁的时候练琴或练字，从来就是贺家人的习惯。

墨已泼了，笔也折了，写得格外艰难。

温月安看着贺玉楼写字的侧影，好像突然明白了，他永远不会被原谅，只要他在贺玉楼面前一天，贺玉楼就会永远像今天这样，不得安宁。

在他想好的时候，他就该明白，会有这么一天，他逃不掉。

等快将那叠纸写完的时候，贺玉楼好像真的就镇静了一些。他写到最后一张时，发现温月安在远处看他。

可温月安一发现他的目光，便低下头，转着轮椅回了自己房间。

无人看到，温月安最后收回目光时，低头那一眼，悲哀至极。

贺玉楼拿起笔，把最后一张写完，添了六字落款："玉楼 丙午中秋"。

最后的字迹，已不似初时烦乱。

贺玉楼把那张纸裁好，悄悄进了温月安的卧室，然后把那幅字放在温月安床头。这是他欠温月安的，自他烧了他们从前写的那些字以后。

贺玉楼准备离开，却听见温月安极低地说了一声："……别走。"

贺玉楼没有应声，只像从前一样躺到了温月安的床底下。

温月安递了一个枕头到床下，然后拿起床头的字，看了很久。

"……你……贺玉楼……"温月安嘴上这样喊着，可是心里还是在一遍又一遍地喊着师哥，不知道喊了多少遍。他紧紧抓着被子，几乎要把被子抓破。"明天我们去哪个乡下？"

"老家应该有一块地，一座老屋。"贺玉楼说。

温月安又在心里喊了好多声师哥，才说："我不去。"

床下静默许久，才听到贺玉楼问："为什么？"

"……你……以后还……弹琴吗？"温月安问。

他等着贺玉楼的回答，犹若一场酷刑。

窗外的明月被浓云掩去，寂静的屋中变得黑压压一片。

床下没有任何声音。

烫人的泪水从温月安的眼眶里滚出来，顺着眼角流到他的耳朵里："我只想跟……手指……完好无损的……能弹琴的贺玉楼……一起。"

屋中仍旧一片死寂。

过了一会儿，似乎有细微的水滴声响起，床板下有一点动静，又很快消失了。

"人活一辈子，只能做一件事……"温月安顿了片刻，颤声道，"我只想弹琴。"

浓云仍未散去。

贺玉楼从床下出来，站在床边，看不清温月安的脸。

"温月安，你要留在这里？"

"是。"

"为了弹琴？"

"……是。"

"可现在，你能弹什么？"

"弹什么都好。"

贺玉楼看着温月安的脸，已是满脸泪水。

第39章

《兄弟》——大岛满

贺家院门大敞，里面一片破败。

"让让，都让让——"一个骑着三轮车的老头，戴着一顶草帽，嘴里还叼着一根草。

老头把三轮车停在贺家门口，冲外面的人说："里头有个死人，我去拉出来。"

人们一听便赶忙问："谁死了？这家兄弟死了？"

老头摆摆手："不是，是个女的，寡妇，上吊了。"

老头一个劲儿往里走。他是被贺玉楼叫来的，贺玉楼找他的时候手里还捏着遗书，说今天不得不走，什么都可以不带，只有爸妈，一定要借他的三轮车一起带走。

"人呢？"老头大声吆喝起来。

屋门开了，地板上摆着两具被床单裹起来的躯体，其中一具腐烂得太厉害，发出令人作呕的味道。

贺玉楼抱起一具躯体，放到三轮车上。

贺玉楼又回去抱了另一具躯体出来，然后把屋门关上。

贺玉楼看着老头，脸上什么表情也没有。

老头压低声音怒骂道："你看我干什么？我说你真的是一点道理都不懂，你爹妈就躺你跟前，你要他们看着你们家绝后？"

贺玉楼看着三轮车上躺着的两具躯体，膝盖一曲，重重跪了下来。

老头气结，扬起手就要给贺玉楼一巴掌："你这是要告别爹娘然后去死？"

贺玉楼俯下身，给老头磕了个头。

那一下磕得重，发出"咚"的一声，老头要打人的手猛然顿在空中，骇道："你拜我干什么？"

贺玉楼直直跪着，道："祖上有座老屋，房三十六间。前有一口塘，后有一座山。求您代我，将我父母葬在那座山上。"

老头问："那你到哪儿去？"

贺玉楼又磕了一个头："求您代我，将我父母葬在那座山上。"

老头气得跺脚："蠢，蠢！我见过的人里，就数你最蠢！"

贺玉楼磕了第三个头："多谢。"

贺玉楼打开屋门，温月安还在客厅里，他没法跪，只能斜倚在地上，一直同贺玉楼一起守在顾嘉珮和贺慎平身旁。

贺玉楼一句话也不说，把温月安抱起来，往温月安卧室里去。

温月安没有听到贺玉楼在屋外说的话，不知道他要干什么。

贺玉楼把温月安放到地板上，挨着床。

贺玉楼看着温月安的眼睛，声音低沉而缓慢，他的喉结与胸腔的震动似乎与心跳数一样，一下一下，合在了一块："我去的地方，没有琴。以后我不弹琴了，也不想再见你。但是你，还要弹下去。"

贺玉楼轻轻拭去脸上的泪，一字一句道："温月安，从今以后，你这双手，要扛着贺家的琴，一直弹下去。无论这人世间成了何种模样，哪怕再无日月，白骨累累，你都不能逃，不准死。你要一直活着，把琴传下去，像我父母教你那样，像我教你那样，教你的学生……这是你欠我们贺家的，你要用一辈子来还。"

温月安抓住贺玉楼的手："……贺玉楼……这辈子，你都不见我？"

贺玉楼翻过身，然后便马上跟着老头出去了。

温月安躺在床底下。

他终于知道了贺玉楼躺在这里的感觉。

他睁着眼睛，看着头顶上的床板，也终于知道了贺玉楼为什么会喜欢躺在他床下。他靠手臂移动自己的身躯，极为仔细地看床板上大片大片密密麻麻的墨迹。他从前根本不知道，贺家竟然有这样一片天地，竟然就在他每天睡觉的地方。而不躺在床的正下方，根本看不到这些——

贺玉楼亲手抄的曲谱、棋谱、诗篇、碑文。

贺玉楼自己作的曲、画的画、写的文章。

温月安一行一行地往下看，看到一块区域时，怔住了。

那一小片地方写着：把月安弄哭的次数。

下面跟了好几个正字。

而最后一个正字的后方原本像是留了一大块空白，贺玉楼留这块空白，大约存了坏心，不知还打算把温月安弄哭多少次。

可此时那块空白上却有两个红褐色的大字："月安。"

那是用血写的，血迹还很新，大约是前一晚才写的。

温月安想，定是他做错了事，前一晚又对躺在床下的贺玉楼讲了那样狠心的话，才有了这两个血红的字。如今墨也泼了,笔也折了,若不是恨极,贺玉楼如何会这样也要写下"月安"二字?

盯着那两个血字许久,温月安用指尖沾上自己脸上的泪,在最后一个未写完的正字上加了一横。

他泪眼模糊地继续向下看,便看到了《秋风颂》的曲谱。琴谱依旧是双钢琴的,与贺玉楼去年中秋给他的并无区别,只是在题目"秋风颂"三字下方多了两行字——

献给月安。

愿月安,岁月平安。

温月安颤抖着手,不断抚摸那两行字。

所有人都走了,方圆好几里都没有人烟,没有人听到,在这座残破的小楼里,一张旧床板下,响起了啜泣声,还伴随着断断续续的轻声哼唱。

是《秋风颂》。

第三篇
白雪落尽仍是秋

3

第40章

《慈光引导》——史蒂文·夏普·尼尔森

钟关白弹下了最后一个音,他续的这后半段《秋风颂》也停了。

万籁俱寂。

不知道过了多久,仍没有人说话,没有人离场,连掌声也没有。所有人都沉浸在那段带着岁月痕迹的琴声里,出不来。

钟关白抬头看着站在二楼包厢里的陆早秋,竟然有种可怕的错觉,仿佛他们两人也过了一次贺玉楼与温月安的人生,仿佛他们也分开了好多年。这一眼看过去,便瞬间被恐惧填满了全身,再不敢移开眼。

钟关白站起来,朝所有人说了一声"谢谢"便返回后台,朝二楼包厢走去。

贺音徐马上跟着站起来,朝着钟关白的背影站了很久,像在行注目礼。等到钟关白都走入后台了,他才追上去。

现场直播的主播这才反应过来,她迅速擦掉眼角的泪水,对着镜头说:"我们可以看到,两位钢琴家一同离场了。比赛到这里,应该就结束了。这是一场没有评委的比赛,这也意味着,所有人都是评委。相信此刻,大家心中都有了结论。"

"关——钟老师。"贺音徐跟了钟关白半天,一直跟到楼梯边才喊了一声。

钟关白脚步未停地往楼上走,嘴上应道:"嗯。"

"钟老师赢了。"贺音徐说。

赢了吗……

原本钟关白是看了一遍回忆录的,可是等他弹完以后才懂得这场比赛意味着什么。

贺玉楼赢了那么多年,让温月安叫了那么多年师哥,最后只输了一回。这场比赛,贺玉楼大概想赢,而温月安,应是想输的。

"赢了,也不能算是我赢的。"钟关白说。

是那些岁月伤痕,最终成就了这首曲子。

贺音徐听懂了:"这首《秋风颂》背后是有故事的,是不是?"他一边跟钟关白保持着两个台阶的距离，一边问。

钟关白反问："你父亲没告诉你这首曲子是谁作的吗？"

贺音徐看着钟关白的背影："我知道，是我父亲作的。"

钟关白："那你怎么不去问他？"

贺音徐："他从来不跟我说这些。"

经过楼梯的转角，钟关白瞥到贺音徐的神色有点落寞。

"是有个故事。"钟关白觉得小孩也挺可怜，"但是不该由我告诉你。"他想，贺玉楼没有告诉贺音徐这个故事，总有原因。

"那，还有谁知道这个故事吗？"贺音徐问。

钟关白随口道："问你妈。"

贺音徐说："我没有。"

钟关白回头看了一眼，发现小孩好像也不难过，便放下心来："哦，没有就没有吧，我也没有。"

"我遇到的其他人，这个时候都会向我道歉。"贺音徐说，"就像是一种不成文的规定。其实我不懂为什么。"

"以前我也不懂。"钟关白想到唐小离的话，"后来有个朋友跟我说，人类就是这样，如果自己有什么而别人没有，就会同情心泛滥，也不管别人到底需不需要。哦，但是你不要听他的，他讲这些完全是因为他是个没有礼貌的人，你不要向他学习。"

人在家中坐的唐小离揉了揉鼻子："钟关白在骂我。"

秦昭给他拿了一件外套："天气转凉了，不要穿这么少。"

唐小离大手一挥拒绝："不，我知道，绝对是钟关白在骂我。"

钟关白说完，加快了脚步。

贺音徐想了想，说："我知道了。我确实没有伤心，因为一直就没有，所以也不知道有母亲是什么感觉……小时候看别人有，所以也问父亲要过，但是父亲说，就是没有，后来我也不敢再问。"

走到了二楼，贺音徐有些不好意思地说："钟老师，这些好像太私人了，烦了您一路。"

钟关白转过身，点点头，赞同道："是的。"

"抱歉。"贺音徐的耳尖微微红起来。

两人走到了二楼包厢的门口，两间包厢的门都开着。钟关白看见陆早秋的瞬间，就觉得好像回到了家里，他有一种不需要任何理由的安全感。

钟关白走上前去，陆早秋眼里温柔中还有一种尊敬与骄傲。这种尊敬与骄傲只会在他看钟关白的时候出现，尤其是钟关白弹琴的时候，尽管琴声中的某些音他仍然是听不到的。"弹得不错。"

钟关白问："老师呢？"

陆早秋说："温先生在隔壁。"

钟关白转过身，发现贺音徐站在第二间包厢门口，没有进去。

"钟老师，"贺音徐对钟关白说，"我父亲平时很有威严，我不知道他也会哭。"

钟关白把小孩叫过来："别人哭的时候不要盯着看。"

贺音徐站在一边，轻声说："刚才房里的另一位先生对我父亲说了两句话，不是用普通话说的，是用一种很柔软的南方话说的，说得很慢很慢，那种方言我不会，但是我父亲会。那位先生说：'记得少年骑竹马，转身已是白头翁。'我父亲听到，眼睛就红了。"

季文台听了，感叹道："老温啊……"

钟关白其实一直有些走不出来，弹完这首曲子之后好像找到了一个出口，将心头一部分的压抑与悲伤释放了出来，可是现在，听到这番话仍不好受。

"老师他们的话，一时说不完，我先出去走走。"钟关白说。

陆早秋便陪着他去休息室换掉演出服。

说去走走，也不是真的可以自由自在地轧马路，不过是钟关白开着车在大马路上转悠。此时已经是傍晚，开着开着居然还堵车。

钟关白把车停到一边，朝窗外四周看了看："陆首席，咱们去逛个菜市场吧。"

陆早秋看见不远处三个红色大字：菜市场。

"陆首席，你……去过菜市场吧？"钟关白突然想到这几年，两个人都没有做过饭，陆早秋连烧水都是靠饮水机。

陆早秋平静而坦然道："没有。"

钟关白为陆早秋解开安全带："那我向你介绍一下？"

陆早秋笑："好。"

钟关白也很多年没有来过菜市场了。菜市已经到了要收市的时候，又是中秋，他本以为这里应该门可罗雀才是，没想到一个偌大的菜市场竟然还这么热闹。

一块块不同的区域，瓜果看起来鲜艳可爱，蔬菜叶子上还有水珠，豆腐泡在水里白嫩柔软，海鲜摆得整整齐齐，大把大把的海带被束在一起挂在一旁，各种各样的蘑菇就像刚长出来的，连挂成一排的张着嘴的咸鱼看起来都很可爱……

那些产品堆得高高的，一些摊主肩膀以下差不多都被埋在了菜堆里，顾客说要什么，摊主便找出来，称斤，收钱，再把袋子交到顾客手上。

来来往往的一张张都是笑脸。

钟关白站在菜市场门口，看到这些琐碎而平凡的景象，突然觉得压在心口的某种东西松动了一些。

"陆首席，我以前觉得这些东西很庸俗，可是现在，我却觉得这些东西有一种生机勃勃的感觉，它们是一种所有人都触手可及的幸福，让我觉得真实。"钟关白说，"……也让我相信，那些岁月浩劫真的已经过去了。"

　　说完，二人便往一个个摊位走去。陆早秋并未说话，眼神却带着温柔笑意。

　　走到一个卖河鲜的摊位上，钟关白看见一只桶里装着几只大螃蟹，青背白底，一双双乌溜溜的小眼睛伸出来看着他，爪子在桶壁上抓来抓去。

　　钟关白问："哎，老板，这个螃蟹多少钱？"

　　摊主是个二十来岁的姑娘，像是要收摊了，正在数钱："八十一斤，只剩几个了，一块儿买走就七十五。"她数完钱，抬起头，"要不要？哎——你是，你是那个那个——"

　　姑娘看看钟关白，又看看陆早秋，两个容貌不俗的高大男人穿着西装，在这个菜市场显得格外显眼。

　　"是的话，"钟关白眨巴两下眼睛，好奇道，"能打折吗？"

　　姑娘眨巴两下眼睛："可以。能签名吗？"

　　钟关白："能打几折？"

　　姑娘："能签几张？"

　　陆早秋拽了一下钟关白，教育道："别人工作到这么晚，不要讲价。"

　　姑娘看看陆早秋，又看看钟关白，笑得合不拢嘴："没事没事，正好卖完回家。"

　　钟关白看一眼陆早秋，对姑娘道："……按原价买。"

　　陆早秋付了钱，钟关白提着六只大螃蟹，还给姑娘签了名才走。

　　走了一会儿，钟关白故作委屈道："陆首席，你剥夺了我讲价的乐趣。"

　　陆早秋不理解："乐趣在哪里？"

　　钟关白仔细解释道："你看，我向摊主展现了我的魅力，于是我用更少的钱买到了更多的东西，这样既省了钱又证明了我自己。"

　　陆早秋微微蹙眉："逻辑鬼才。"

　　"嗯，你的魅力是硬通货。"

　　钟关白看向陆早秋，陆早秋的神色竟然很认真。

第41章

《G弦上的咏叹调》——约翰·塞巴斯蒂安·巴赫

钟关白一边往前走，一边道："咱俩都这么熟了，我什么样你还不了解？"

陆早秋直视着前方，面上波澜不惊："我只是觉得你的自恋水平又高了一点。"

钟关白瞧了一会儿陆早秋的侧脸："哎呀"。

陆早秋感觉到钟关白的眼神，仍看着前方，眼角却泄露出一丝笑意："怎么了？"

"没事没事。"钟关白殷勤道。他的嘴角要咧到头顶上去了，怎么也合不拢。

两人走了几排摊位，钟关白东瞧瞧西看看，突然看见不远处有一个摊位摆了大米、面粉和各色豆类，再瞧了瞧陆早秋那张不食人间烟火的脸，立即就生出一点坏心眼。

"陆首席，这边。"钟关白说。

他把陆早秋手上的细绷带解开，然后抓着陆早秋的手腕，把他的手慢慢插进了一堆绿豆里。

干燥的、凉爽的小圆粒一颗颗滚过皮肤表面，最后将手全部包裹住。

钟关白脸上露出陶醉的表情，并极为期待地看着陆早秋。

摊主看着两个大男人："……"

这时候来了一个年轻女人，带着一对龙凤胎。两个小朋友好奇地围观了一会儿钟关白和陆早秋，然后学着他们的样子一个把手插进了小米里，一个把手插进了黄豆里。

没过多久，又来了一个老奶奶，带着孙女，小女孩围观了他们一会儿，然后欢快地把小手插进了大米里。

摊主哭笑不得地看着自己的摊位前挤满了被家长带出门的小孩，仿佛全菜市场的儿童都跑到这里来了，以及——

两个明显已经成年的男人。

陆早秋把手拿出来，钟关白满脸希冀地问："怎么样？"

陆早秋："你喜欢这样？"

钟关白点头，依依不舍地把手抽出来，追问道："那你喜不喜欢？"

陆早秋看着钟关白期待的脸，回答道："喜欢。"

钟关白想象了一下他和陆早秋一起蹲在家里玩豆子的场景，兴致勃勃地说："陆首席，我们在家里放一箱豆子吧。"

　　于是陆早秋手里多了一箱绿豆。

　　陆早秋看了一眼手表："回去吧，接温先生。"

　　两人走到菜市场门口的副食店，钟关白在冰柜里挑了一盒冰激凌，说要给"没有娘，爹不疼，还输了琴"的贺家小孩。

　　陆早秋站在钟关白身后平静道："你挺照顾他。"

　　此时钟关白正准备关冰柜门，想了想，又从里面多拿了几大盒冰激凌出来。

　　拿完，他转过身，殷勤道："陆首席，你还有什么想吃的？"

　　陆早秋好笑又无奈："车载冰箱已经要放不下了。"

　　"那，这盒大的路上吃。"钟关白刻意保持严肃的表情。

　　陆早秋一向不在车上吃东西，也不喜欢，钟关白也只敢跟着喝饮料而已，今天却不知为什么突然胆大包天起来。

　　等他们放好东西，钟关白手里还抱着一盒冰激凌，并继续刻意保持着正经的语气："陆首席你来开车，我要吃冰激凌。"

　　陆早秋开了一会儿车，才缓缓道："抱歉……我听你的琴，便知道那很辛苦，没想到还是低估了那份辛苦。"

　　"对这份辛苦的感知，是你的天赋，也是这份天赋被标明的价格。"陆早秋看着前方的路，"但你要知道，你的前方不是一片黑暗。那里可能是一片坟地，却埋葬着许多同样痛苦的伟大灵魂，值得你付出代价去追寻。"

　　一个红灯，车停了。

　　陆早秋早已明白，那种不同于他人的天赋与代价。

　　于陆早秋而言，那种天赋可能是一种近乎痴狂的执着，从而造就了他那双无论什么曲子都能拉到完美的手，也在这种几乎痴狂的执着中，留下被割裂的手指。

　　因为他也曾这样追寻过，望着一位钢琴手的背影，便窥见了整个世界。

　　钟关白靠在车窗上，像个疲倦的、寻求依靠的孩子。

　　绿灯亮了，车平稳地向前驶去，一轮白月悬在天空，清朗明净，照亮了前路。

第42章

《思乡曲》——陈蓉晖

车停在剧院门口。

晚上没有演出,剧院内一片黑暗,只有二楼的包厢与走廊还亮着灯,是季文台要剧院的工作人员留的。

贺玉楼和温月安还没有出来。

几十年过去,他们似乎有太多话可以讲,又好像根本无从说起。人生已过了大半,不知现在已经老去的躯干里,还有多少是当时的少年。

温月安的眉目还一如当年。大约是因为他不敢变,只敢把一生都活成贺玉楼曾要求的样子。

贺玉楼的轮廓也仍可以找出少年时的模样,可是从前那么爱笑的人,现在眉宇间已带着重重威压,眼神深不可测,不苟言笑。

真正坐在贺玉楼的对面,温月安再喊不出那声师哥。他看着贺玉楼,从头看到脚,不放过每一个角落,如此看了许久,才轻声道:"你……我看看你的手。"

贺玉楼走过去,温月安顺着左手腕那个手表形状的疤痕,一节一节地看贺玉楼的指骨,每看到一处伤痕他的心就抖一下,泪水从眼眶里滚出来,落在贺玉楼的手背上。

"从前,没有这般……"那些旧疤和变形,比他最后一次见时更可怖,温月安抬起头看着贺玉楼,"后来,你……"

一定还吃了苦,那份苦也一定更甚从前。

贺玉楼走到温月安的轮椅后,俯下身,去看温月安鬓角的白发。

他就那样站在温月安身后,一直没有说话。

"你……在看我的头发?"温月安缓缓道,"不好看。记得少年骑竹马,转身已是白头翁……莫要看了。"

贺玉楼看着那些白发,红了眼眶。

"你……听了阿白的琴,觉得如何?"温月安微微偏过头,去看贺玉楼的神色。

贺玉楼的眼神还停留在温月安的发根,像是要一眼将温月安的几十载春秋看尽。

"……阿白他，很像你。"贺玉楼不回答，温月安便自己回忆起来，仍带着泪的眼底浮起一点笑意，语气低柔，淡若晨风，像怕惊扰一场好梦，"从小便很像……阿白小时候常惹祸，不肯练琴，长大了些又是一副玩世不恭的样子，心里却是极爱琴的。我见过最有天赋的人，便是阿白……除了你。

"我初见阿白的时候，是一场慈善音乐会，别的小孩大多是正在学琴的，所以父母带来听独奏。只有阿白，是一个人偷偷进来的，没有买票。后来我才知道，他没有父母，住在孤儿院里，听说那场音乐会的收入是捐给他们孤儿院的，他才偷跑出来看……

"之后，我便开始……如你教我一般……教他弹琴，教他写字，教他下棋……阿白有些笨，无论如何也学不会下棋，只好作罢。

"只爱弹琴，也是好的。

"阿白长大了，弹起琴来更像你，我便不让他留在身边了。看着他寄来的比赛录像、演出照片、新作的曲谱，听到他在电话里讲，他也捐助了一些特殊教育学校、孤儿院，便也觉得很好。到底是我疏于管教，阿白走了一些弯路，也吃了许多亏，好在有早秋这个孩子，阿白也知道自己到底要什么，为时尚不算晚，虽然辛苦，终究还是走回来了。

"阿白今天能弹成这样，我可以安心了，对你……对贺家，也有了交代……如此，应可放心离开了。"

温月安说了很久很久，贺玉楼一直静静听着，听到"应可放心离开了"才说了第一句话："你要去哪里？"

温月安细细看着贺玉楼的眉眼，轻声问道："你……愿意同我说话了？"

这般站在温月安身后的场景，贺玉楼梦见过太多次，常常是温月安坐在树下弹琴，桂花落了满肩，甜香四溢，他为温月安拂去那些花瓣，在温月安身旁说："月安，我是师哥。"

可是，每次一开口梦就醒了。

醒在牛棚里，醒在强光灯的照射里，醒在拖拉机里，醒在火车里，醒在轮船的货仓里，醒在大洋彼岸的街头、桥下、地下室、公寓、宅邸。

一树桂花变作了皮带、冷水、砖瓦、货物、家具，花香变作了血腥味、汽油味、腐烂了的垃圾味。

只有这一次，没有醒。

竟不像是真的。

贺玉楼像在梦里那样，怕温月安不肯认似的，自我介绍道："月安，我是师哥。"

"我认得。"怎么会不认得。

"认得，却不喊了。"贺玉楼说。

"该喊的。两个孩子都弹你写的曲子，也都弹得好，还是你赢了……师哥。"最后两个字，温月安的声音微微发颤，几十年了，从前的拒绝仍让他心有余悸。

贺玉楼回味了许久那声师哥，才道："贺音徐比起钟关白，还差很远。"

"他还小，岁月长。已经够好了。"温月安想起方才，贺音徐安安静静地站在走廊上等着的样子，"师哥……这孩子，教得这样好，不知是谁与你一同教的？"

贺玉楼说："没有其他人。"

"那他……"温月安想起贺音徐的相貌，那眉眼嘴唇真的都像极了贺玉楼，那就是贺家孩子的模子，一如画里的江南少年，"师哥……这些年，你到底是怎么过的？"

怎么过的……

一个残疾的少年在大洋彼岸的另一片土地上挣扎，待他有资本重返这片土地时，已经是很多年以后。

贺玉楼从那些岁月中挑了些不那么艰难的对温月安粗粗讲来，温月安听得一叶，便可想出全貌。听着听着，泪湿了青衫。

他恍然道："师哥……原来你去找过我？你可记得，贺老师曾经的信里提到一个人，叫王彬。"

贺玉楼仔细想了想："记得。"

温月安说："王彬北上投奔他妹妹，后来，他妹妹又为他介绍了份好工作，他与贺老师还常有书信往来。那一年……贺老师不在了，他诸多去信都无人回复，便害怕是贺家出了事，于是急急南下来找贺老师……等他到的时候，家里只剩下我一个人……他便把我一同带了回去。"

"师哥……那后来，我常在各地开独奏会，你为何不再来见我了？"温月安去了太多国家和地区，别人不明白为什么他连那样小的城市也要去，就算没有观众也要演奏……只有他自己知道，他怕万一有一天贺玉楼想找他了，却看不见他。

"月安……"贺玉楼叹息一声。

他与温月安到底不一样，温月安可以一辈子只做一件事，温月安可以负尽天下人，他贺玉楼不行。

贺玉楼心里装了太多东西，肩上有太多担子。

这么多年，他一直带着顾嘉珮的遗书与遗志：若有机会，要找到玉阁。

贺玉楼回到中国的第一件事就是去找杳无音信多年的贺玉阁。还有太多事未做，他不敢先去找已经名满天下的温月安，觉得那样便是愧对贺家已亡人。而且当他脱下手套，看见自己的左手，便也觉得，没有理由再去找温月安。

贺家从前的房子已经易了主，乡下的老屋三十六间全部被拆，那些积淀了数代人的书香与贵气变成了一堆堆砖瓦与木料，村民分之，一家家便盖成了自己的房子，那些雕花的大床、绘着鱼鸟的柜子，甚至每一把椅子、每一个脸盆、每一个实木的胡椒碾子，全都变成了他们自己的家具与财产。

时过境迁，要找一个几十年前就失踪的人，谈何容易。

他请了专业的人调查，走遍大半个中国，经年累月，千难万难，终于还是找到了。

在一家腌臜的洗头房里。

枯瘦如柴的女人大着肚子，躺在满是污迹的床上。

床上的女人眼神空洞地看着外面，痴痴地张着嘴，连口水流出来了也不自知。

彼时，贺玉楼已从大风大浪里走过，再没有任何丑恶能让他皱一皱眉头。他早已知道，其实并无天堂，也并无地狱，所有的，不过都是这真实的人世间。

红尘滚滚，没有一处干净，因为太干净的，也活不下来。

他抱起贺玉阁，走出洗头房。

贺玉阁的口水淌到他的手臂上，他拿纸把贺玉阁下巴上的口水擦干，贺玉阁木木地看着他，口齿不清地唱起歌来："韶光逝，留无计，今日却分袂……来日后会相予期，去去莫迟疑……去去莫迟疑……"

贺玉楼带贺玉阁去做了检查，才知道她已经一身的病，于是将人接回美国，治疗、养病、待产。

几个月后，贺玉阁临产。

高龄、难产，引起并发症，自身的疾病随之加重，生了一天一夜，贺玉阁在诞下一个男婴后便去世了。

所有人都以为这个男婴的父亲是贺玉楼，贺玉楼也默认下来，为这个孩子取名为Ince，来源于innocent（无辜的，纯洁无瑕的）。因为，一个人往往不能选择，他只能成为他不得不成为的人，一个人若能够永远天真纯洁，大概就是足够幸福的象征。这孩子的中文名则从屈原的"五音兮繁会，君欣欣兮乐康"与"路漫漫其修远兮，徐弭节而高厉"中各取了一个字，组成发音相近的"音徐"二字。

贺玉楼抱着襁褓中的贺音徐，看着贺玉阁的尸体被送往太平间。

那一瞬间，他突然想到，他曾与温月安一起跪在顾嘉珮的遗体面前念那封遗书，这么多年，不知温月安有没有找过贺玉阁。

这个念头只是一瞬，他便更难再去见温月安，只能独自抚养这个孩子长大……

转眼到了如今。

贺玉楼没有将所有的细节一一说出来，他只提了如何找到玉阁，又如何有了贺音徐，毕竟他们都已经老了，老得不适合再去提那些旧日恩怨。

他花了整整一生，把作为贺家的儿子该做的事都做了，如今老了，终于可以做一回温月安的师哥。

"月安，今年，我把我们小时候的家买回来了。"贺玉楼蹲下来，直视着温月安的双眼，"不知道……你还愿不愿跟我回去。"

钟关白和陆早秋走进剧院。

从剧院底层看去，二层包厢的灯下有一双剪影。

坐在轮椅上的人影缓缓地、轻轻地点了一下头。

第43章

《如歌（Op.17）》——尼科罗·帕格尼尼

"呐。"钟关白把冰激凌递给贺音徐。

贺音徐除七分不好意思两分受宠若惊外，还有一分是对于钟关白行为的怀疑："给我的？"

钟关白："不然你以为呢？"

贺音徐微微红了脸，笑起来："谢谢钟老师。"

钟关白手里还有一盒冰激凌，他抬头望向天花板，一只手则悄悄把冰激凌塞到陆早秋手里，并小声道："陆首席，你去讨好一下季大院长。"

于是当贺玉楼推着温月安从包厢出来的时候，就看见季文台和贺音徐一老一小两个人靠着墙在挖冰激凌吃。

贺音徐一见贺玉楼就赶快放下了勺子，他本来只是拿着冰激凌，因为贺玉楼教得严，他从小就知道不能在这种地方吃东西，奈何季大院长揭开盖子便吃得很欢还邀他同吃，便一时无法拒绝。

贺玉楼没说什么，温月安却对季文台道："文台，你怎么带人在剧院里吃东西？"

季文台吃完最后一口，心满意足地指出罪魁祸首："钟关白买的。"

温月安看一眼钟关白："阿白知道心疼人。"

季文台："……"

钟关白："咳，我和早秋送老师回家。"

温月安侧头看着贺玉楼："师哥，今年这中秋，你与我同过？"

"好。"贺玉楼笑起来，这一笑便比方才更像他少年时的样子。

季大院长的夫人女儿都趁假期去旅游了，也无处团圆，于是几人便说好一同去温月安家过中秋。

贺玉楼让等在车内的司机先离开，自己将温月安抱上副驾驶，将轮椅放到后备厢里，再返回副驾驶去为温月安系安全带。贺音徐自觉地打开车后门，准备老老实实地坐在后排。钟关白走过去将人拎出来："你坐陆首席的车。"

等贺音徐坐进车里，钟关白忙解释道："唉，陆首席你看，反正我们车里已经有了一个季大院长，也不多一个小孩。老师刚见到贺先生，总有许多话要说，一定想同他单独坐一辆车。"

陆早秋几步走到驾驶座边，淡淡道："上车。"

钟关白坐进副驾驶，陆早秋如往常一样发动车。

季文台："陆早秋，你什么时候回学院销假？"

钟关白看着陆早秋的侧脸，他们回国以后他便一直陪着温月安，陆早秋并非天天都来，他便以为其余的时候陆早秋是去音乐学院了，如果不是，那他……

"现在还不行，听力高频部分缺失。如果继续治疗也不能改善，可能今后的工作重心会发生改变。"陆早秋平静道。

车厢里的气氛一下子便凝滞起来。季文台叹了口气："等过完节再说吧。"

这些日子钟关白的精力都放在温月安与那本回忆录上，此时便有许多话想问，可当着他人的面，又不合适。

陆早秋把车开到了京郊。他做向导，贺玉楼跟着，两辆车一前一后，停在了温月安家的院子门口。

贺玉楼推着温月安进院门时，借着月色看清了院中的景色。

贺音徐跟在后面，也见到了那溪水、小几、棋盘，他微微讶然道："父亲在南方买下一座带院子的小楼，亲自画了设计图，也将那处的院子修成了这个样子。"

贺玉楼走到那竹木小几边，低头看那副残棋。

"这是……"贺玉楼从棋罐里执起一粒黑子，"那年中秋未下完的一局，月安，你这一子还未落。"

温月安脸上带着淡淡的追忆神色，全身像被一层带着暖意的光笼罩着："是。当年你知道我要输，便不肯与我下了。"

贺玉楼眼底带着笑意："怕你哭。"

温月安道："我哪有那般输不起，明明是你……最是争强好胜。"

"好，是我，都是我。"贺玉楼的笑意从眼底漫到嘴角与眉梢，"那今晚，不如将它下完？"

温月安看着贺玉楼带笑的眉眼，也浅浅笑起来，应道："好。"

一盘残棋就这么放了几十年，终于等到要下完的一天。

钟关白去屋里拿了灯放在小几上，贺玉楼与温月安坐在棋盘两侧，重新下起那盘棋来。

季文台和贺音徐在旁边观棋，钟关白又去车里取了那六只螃蟹出来，拎着绑螃蟹的绳子说可以做中秋螃蟹宴。

没有人做。

这整个院子里只有两人会做饭,而这两个人现在正在下棋。

钟关白悄悄拉着陆早秋进了屋:"陆首席,不如我们一起做饭吧。"

陆早秋点头,但他先出去打了个电话订好一桌酒菜,才返回屋中陪钟关白处理那几只螃蟹。而等他一进厨房,便发现钟关白正如临大敌地拿着一把剪刀,五只被捆好的螃蟹还在水池里,而那只已经被钟关白剪开绳子的螃蟹正在飞快地爬向门口。

陆早秋关上厨房门,那只螃蟹便又横着往另一头爬去。

"陆早秋,"钟关白的视线追随着那只大螃蟹,严肃道,"幸好我不教孩子。我连一只螃蟹都管教不好。"

陆早秋笑得无奈:"我来。"

其实陆大首席也不知道到底该怎么来。

"小心手……陆早秋……你说我该把它夹起来还是捡起来,或者,抱起来?"钟关白紧张地在厨房左右四顾,终于拿起一口锅与锅盖,"嗯,应该是关起来。"

他迅速把锅盖在螃蟹身上,然后就听到锅的内壁发出蟹爪碰撞的声音,再将锅微微掀起一点,把盖子塞进缝隙中。

"好了……"钟关白小心地托着锅盖,将那只螃蟹转移到了水池里。

"搞定它比搞定李斯特难。"他站在水池边,跟那只螃蟹大眼瞪小眼,"你别这么看着我。"

陆早秋查了一下烹饪方法,照着准备蒸锅:"应该可以不剪开绳子直接蒸。"

钟关白拎着绳子把那五只螃蟹一一放进蒸锅里,再用两个巨大的勺子把那只没了绳子的螃蟹夹进锅中,然后马上盖上蒸锅盖:"这样,直接开火就可以了吧?"

两人站在灶台前面,看着一锅螃蟹。

一秒,两秒,三秒……

那只没有绳子的螃蟹不断用钳子敲着透明的锅盖,小眼睛盯着钟关白。

四秒,五秒,六秒……

钟关白突然把火一关,端起那锅螃蟹。

"陆首席……要不我们把它们放了吧,院子里正好有一条小溪。"他眼巴巴地看着陆早秋。

"好。"陆早秋眼带笑意。

钟关白把所有的绳子都剪了,看着那六只螃蟹爬进了小溪里,不一会儿就消失在夜色下的一块块卵石中。

陆早秋一直在旁边看着钟关白,笑意越来越浓。

钟关白在溪边坐了半天才想起来:"那我们晚上吃什么?"

"我订了餐,应该等一下就到。"陆早秋说。

钟关白听了,沮丧道:"陆首席,你早就知道我做不成螃蟹宴?"

"不是。"陆早秋坐到钟关白身边，"只是一个备选。"这样你就可以随心，做自己想做的，不问结果。

钟关白突然想到车上的事，便问："早秋，你这些天去哪里了？"

"医院。安心。"陆早秋站起来，"温先生与贺先生的棋应该也要下完了，过去吧。"

两人走到小几处，贺玉楼与温月安已分了胜负，季文台对钟关白道："你的螃蟹呢？"

钟关白指了指溪水："生龙活虎。"

好在这时候订的酒菜到了，几人决定借着月光，摆一桌在院子里。

贺音徐还未成年，贺玉楼和陆早秋是开车来的，便都没有喝酒。倒是温月安，从不喝酒的人这一晚却喝了很多。

他喝多了仍然很安静，脸依旧白得像玉一样，只有眼角微微被熏红了，最后抓着贺玉楼的衣袖说："师哥……不要走。"

季文台也有了醉意，他看着这样从未见过的温月安，感叹道："老温这人，当年的学生啊，不管是男学生还是女学生，当面都只敢恭恭敬敬地叫一声温先生，背后那可是叫他月安公子的。谁能想到这般人物，竟会像现在这样……这般人物，竟这样过了一生。我原想，老温应是一生淡泊，后来才知道，他是都藏在了心里。"

一阵阵晚风吹来，贺玉楼脱下自己的外套披在温月安身上。

"月安，太笨。"贺玉楼用手捋了捋温月安的衣服，"从不知道如何活得轻松些。"

季文台笑起来，带着酒意："这一行，只有笨人做得，太聪明的，做不得。"

大约今晚坐在这院子里的，都是笨人。

温月安下意识地看着贺玉楼的手腕，困倦道："师哥……睡觉了。"

"贺先生，"陆早秋说，"请贺先生在这里陪温先生吧。我来送他们。"

贺玉楼扶起温月安，对陆早秋说："辛苦。"

送完人，陆早秋开车回去。

已经快要到深夜，车穿行在空旷的城市中。

钟关白把头靠在窗户上，醉意蒙眬地说："早秋……我脑子里已经有一个雏形了，有一个故事，可以写成协奏曲……以前你说技法靠练，情感靠刺激……我是又有源源不断的创作灵感了，可是这些刺激我都不想要，不想你听不见，不想要老师那样过一辈子……就像如果可能，我也宁愿从来没有得到写出《一颗星的声音》的灵感……

"我知道……陆早秋……不是音乐伴随痛苦而生，而是因为痛苦，所以一个人才会需要音乐……可是有时候我好想用我所有的天赋与才能，用我写的所有曲子，来换你们平安……"

钟关白一直语无伦次地说着话，说着说着，就快到了。

"……陆早秋，我不是怕承担那份痛苦……我就是想要你平安……岁月这么长，我想让你……活着……"

第44章

《C大调第十六号钢琴奏鸣曲（K.545：第二乐章，行板）》——安德烈·莫扎特

钟关白是惊醒的，他又做噩梦了。梦里，他和陆早秋站在几十年前的贺家院子里，看着他们遭遇的一切。

好在醒来的时候窗外风和日丽，家中一切如常，只有背上多了一层冷汗。

床头放了一杯水，钟关白一边拿起水杯喝水一边下床去找陆早秋，找了一圈发现陆早秋不在家。

他发了条消息过去："陆首席，你在哪儿？我要跟你进行精神交流。"

等了一会儿没等到回复，他又躺回床上。

仍旧没人回，他怕陆早秋有要紧事，没打电话去打扰，点了份早餐，吃完便把自己关进琴房里写曲子。

等了一会儿没等到回复，他怕陆早秋有要紧事，没打电话去打扰。

钟关白是天赋大于努力的那种作曲家，从前写曲子就几乎不做修改，一气呵成，哪怕是交响乐，他也不是规规矩矩地循着曲式、和声、对位与配器的路子，从一个音乐动机慢慢发展出一部宏大的交响曲。那些复调音乐从来都是直接出现在他脑海里，他拿起笔就可以写出总谱。

这种太有灵气的人，往往也格外依赖这份灵气，永远需要源源不断的刺激才能写出好曲子，乏味的精神生活或者麻木的感知于他们而言都有如死亡。

钟关白坐在钢琴前，闭了一会儿眼，再睁开的时候便拿起笔，在五线谱上自下而上分别写上：低音提琴、大提琴、中提琴、第一小提琴、第二小提琴、独奏钢琴、竖琴、定音鼓、长号、降B调小号……

第一个低音谱号标在低音提琴那一行，第四线，升F：G大调。

抒情的慢中板。

第一个音符从低音提琴与定音鼓开始，第二小节加入大提琴与中提琴，一个带着肃穆基调的低沉引子，开启了钢琴协奏曲中奏鸣曲式的第一乐章。

钟关白写完一页便将那页随手扔到身后，窗外的阳光照进来，将他低头写作的侧影映在琴凳右边的地上。

引子结束，调性一转，变为E大调，与引子形成对比。进入呈式部，第一主题自《秋风颂》衍生而来，少年相识相知，志趣相投，琴棋书画，诗酒年华。

连接部则加入竖琴与大提琴，如梦似幻，好似光阴流转。

过了连接部后，出现在他脑海中的，是一段崭新的旋律——

沉静如深湖，湖底却水波翻涌。

这段升C小调的第二主题背后是一个清瘦的背影，一双缠着白色细绷带的手，还有手中的一把小提琴与一把琴弓。

这两大主题在钟关白笔下不断交错、变奏。

日光一点一点偏转，他的影子也跟着一点一点移动。

他完全沉浸在自己脑海中的旋律里，一张张五线谱从手里流出来，铺了一地。

可是过了一会儿，他又突然将那些谱子一张张捡起来看，划掉一些，留下一些，涂涂改改。这次写曲，好像不能如从前那样恣意。

写着写着就发觉面前好像有一座大山，仰望着便自觉卑微，下笔战战兢兢，不敢有一丝骄矜。

等他写完发展部的时候，稍微停了一下笔，听到一阵猛烈的敲门声，抬起头，才发觉已经写了太久，天色都变了，一时有种不知今夕何夕之感。

钟关白还没有回过神，脑海中仍是独奏钢琴流动在一片弦乐中的声音，身体自动地走出琴房，走向客厅，开门，机械地问："请问找谁？"

唐小离抬起手，在钟关白的脑门上戳了戳："……喂，醒醒。"

钟关白没有反应。

唐小离伸头朝屋里望了一眼，没有看见陆早秋："钟关白，你傻了？"

钟关白退后一步，关上门。

"钟关白你夹到我的脚了！"

钟关白低头一看，一只黑色的皮鞋卡在门边，只有鞋，没有脚。

他再次打开门，皮鞋掉在地上，唐小离若无其事地迅速脱掉另一只鞋，挤进门里："我给你打了四十二个电话，都没人接。"

钟关白挡在门口："我在写曲子。"

言下之意：快滚。

唐小离继续厚颜无耻地站在原地，并自我肯定道："陆大首席肯定对你施法了，哦，应该是下蛊，敬业蛊。"

他说完，突然听到一声清冷的"你在干什么？"。

"陆首席？！"唐小离汗毛一竖，完了，背后讲坏话被人听到了，他回头一看，却发现没有人，于是半惊吓半怀疑地问，"……钟关白，你搞什么鬼？刚才那声音从哪儿出来的？"

钟关白从口袋里掏出一个遥控器，又按了一次。

"阿白，来练琴。"陆早秋淡淡的声音不知道从哪个扬声器里传出来，逼真得让人以为他就在家里。

唐小离看着那个遥控器："……好变态。这谁弄的？"

钟关白："我。有段时间弄来吓自己的，一听就不敢挥霍生命了。"

他说完，自己先笑起来，这才像是从刚才那些带着浓烈情绪的旋律中挣脱出来了。

唐小离："我应该给学校写信，建议他们给学生配备这玩意儿，保证人人都上大学。"他思考两秒又自我推翻道，"不过我严重怀疑这玩意儿的合法性，陆首席有时候说起话跟恐吓似的，学生家长肯定会投诉的。"

钟关白："你到底来干什么？"

唐小离掏出手机，翻到一个已下载的视频："你的直播视频，《秋风颂》火了，好像这几年只有你一个人还带谱上台演奏，视频封面就是你用左手翻谱的这一幕——"

屏幕上的钟关白微微倾身，眼眸低垂，形状美好的脖颈收在白色立领与黑色领结中，手腕从袖口中延伸出一小截，修长的手指捏着一页琴谱。

"这个，号称年度最优雅瞬间，不知道多少人拿来做手机屏保。"唐小离翻着视频下面的评论，"不过底下也有人，说你一把年纪了还欺负小朋友，臭不要脸。哦，还有，说你早就过气了还回来蹭他们天才钢琴少年的热度。"

钟关白无所谓道："哦。"

唐小离开玩笑："要不要我帮你摆平？"

钟关白："你可以把摆平的钱打给我。"

唐小离翻白眼："钟关白，你说你一个艺术家，怎么这么爱钱？"

钟关白嘲讽："对，艺术家就活该贫困潦倒而死。"

唐小离上下打量钟关白："你这么缺钱啊？还贫困潦倒，我看你被养得'如花似玉'的。"

钟关白："……我跟你说实话吧，解散工作室、违约，我本来就已经赔得一分钱没有，现在还约等于失业在家，靠朋友养着。"

唐小离不信："得了吧，你作曲的版税呢？每年都有吧？而且你不一直挺愿意被陆首席管着吗？"

钟关白："……这个是有，也在陆早秋账户里。其实我本来没想这事，老师的事办完之后，早秋说如果他高频听力不能恢复，可能就会改变工作重心。后来我就想送给他——"

唐小离大吃一惊："你连买高级助听器的钱都没有了？陆首席管这么严的吗？"

钟关白："不是。我希望我能送他……一支交响乐团。"

"为什么……"唐小离反应了好半天，然后用一种看疯子的眼神看着钟关白，"我知道了，如果你买下一支交响乐团，那不管发生什么，这支交响乐团的首席就永远都会是……陆早秋？"

钟关白的神色十分认真："对。"

唐小离一时语塞："那正好。"他从包里掏出一个口罩，丢给钟关白，"戴上跟我走。"

钟关白："去哪儿？"

"去赚钱。"唐小离点开视频播放键，琴声便随之流出。

"这个视频我是和秦昭一起看的。他看完就说，故事性太强，谁都听得出来，这曲子背后有故事。"唐小离说，"秦昭说，那是一种直觉，不管这个'故事'到底是什么，他都想把它拍成电影，请你做配乐。他现在稍微露个脸都被人围追堵截，所以我才来找你，接你去谈这个事。"

"不行。这曲子背后是有故事……"钟关白想了想该怎么说，"其实那是一些人真实的人生，但我不知道他们愿不愿意被打扰，以这样一种形式。"

唐小离说："钟关白，这不是一种打扰，我们不是要扒开某些人具体的人生来瞧瞧看，没那么恶心。我应该这么说，有些东西之所以可以打动人，那是因为它是属于人类共有的一种东西。一些作品被创作出来之后，自己已经有了生命力，不再受创作者的初衷拘束。哪怕创作的时候只是一颗种子，它自己也能长成一个世界。《秋风颂》之所以动人，归根结底不是因为它奏出了一些人的人生，而是因为，每个人都能从这里面找到自己人生中的一个角落，用海明威的话来说，'它为每个人而鸣'。"

"跟我去吧。"唐小离把钟关白拖出门，"放心，不是我订的地方，秦昭订的，没有烟，没有酒，单纯谈事情。"

钟关白坐在车上，给温月安打了个电话，想征求意见。

是贺玉楼接的。

"贺先生？我是钟关白。"

"嗯。"贺玉楼应道，"找月安？他在院子里看鱼，看得睡着了。"

钟关白把唐小离的意思说了，贺玉楼说："放手去做。"语气听起来沉稳而不容置疑。

钟关白不放心："可是老师……"

"我在收拾月安的东西，过两天南下。他嘱咐我，你小时候的东西，要收好，一起带走。钟关白，你是月安的学生，他有一样，你却没有学会。你若觉得对，便去做，不必迟疑。若不敢负人，终不能成事。"贺玉楼顿了一会儿，声音慢慢变得悠远，"何况，现在是什么年月了……我与月安都老了，只嫌所剩岁月不够多，哪里会在意旁人。"

钟关白想起温月安也曾说他心软，可是听贺玉楼说来，他却忍不住为温月安问一句："贺先生，您……留老师一人过了几十年，难道如今也觉得是对的吗？"

"是。"贺玉楼说。

那些年留下的最大烙印，并不是死亡与分别。

贺玉楼可以负月安，却不能把温月安心里那个师哥变得面目全非。若他不只身一人做那些事，不走那么多年，他也就不是贺玉楼了。

钟关白挂了电话，唐小离问："请示得怎么样啊？"

贺玉楼一个短短的"是"字，坚定有力，钟关白便懂了。他对唐小离说："拍。"

唐小离兴奋地敲了一下方向盘："就快到了。"

地点在一家私人会所里，廊桥流水，竹林幽静。

秦昭已经在等了，他是个难得的有什么就说什么的人，上来就直接谈正事。他想做什么、要什么样的效果、有什么要求、能提供的资源，通通说给钟关白听。和秦昭合作特别简单，他是一根筋的人，足够真诚坦率，只有把事做成这一个目的，别的都没有。

钟关白把《秋风颂》的背景简要一提，然后说："我不想拍得浮于表面，但是弄深了，又担心过不了。"

秦昭说得很直白："几年前，我自己也吃不饱饭，想的肯定是生存问题，但是现在就算电影全赔了，也没关系。走到这一步，拍电影这件事不是为了赚钱，也不是为了口碑和影响力，而是想留下一些值得留下来的东西。今天的观众看不了也没关系。"

"我明白。"钟关白说，"就像老巴赫。"

其实伟大的音乐家也一样，不跟随于潮流，不受困于时代。

他们谈了许久，把能敲定的都敲定了，唐小离送钟关白回去。

唐小离在车上炫耀："没想到吧，秦昭这么红，但是一点没膨胀，不像你。"顺便损了一下钟关白。

钟关白说："我也谦虚。"

唐小离嘲笑道："你就扯吧。谁不知道你，就没把其他音乐人放在眼里过。"

钟关白："人家比我差，我嘴上还说好，那是假谦虚。"

而真正的谦虚是对音乐本身，对这个伟大的领域永远心存敬畏。就像秦昭那样，不为其他，只想为某个领域留下一些值得留下的东西。

唐小离："啧啧。"

钟关白："爱信不信。"

唐小离正准备回呛，却突然看见了什么，他踩刹车减速："钟关白，你看那里，人行道。"

钟关白顺着唐小离的目光看去："快停车，我打120。"

唐小离把车停到一边，两个人走过去，一个十来岁的女孩摔在地上，脸上和胸口处都是血，已经晕过去了。

"这怎么可能？不是被人打了放到这儿的吧？"唐小离不敢相信，因为看样子，女孩像是一头撞在了从大货车尾部伸出来的十几根金属杆上才摔倒的。

那些粗大的金属杆那么明显，根本不可能绕不开。

本来女孩身边一个人也没有，当钟关白和唐小离过去之后，旁边马上就围了一群人，有几个还举着手机拍照。

唐小离看了一眼正在打电话的钟关白，虽然戴了口罩，暂时没被人发现，但是也因为口罩和不同于一般人的气质被拍了不少照片。

钟关白打完急救电话，指了一下女孩身下的地面，对唐小离说："盲道。"

唐小离怒了："这货车也太缺德了吧，刚好从半空中伸出这么一截到盲道上来，盲杖都发现不了。"

钟关白："唐小离，你刚才不是也没发现？这不是故意干缺德事，这就是忽视，假装一个少数群体不存在，反正跟他没关系。"

唐小离语塞，半天才说："……你怎么就发现了？"

钟关白低声说："你忘了，我以前还没失业的时候，也在资助他们的。"

唐小离想起来："我记得你以前读书的时候，经常去一个特殊教育学校给那些小孩弹琴，有个看不见的小女孩问你，星星长什么样子，你说弹给她听，所以后来才有了《听见星辰》和《一颗星的声音》。"

钟关白也想起当时那个小女孩："好多年了，她应该都长大了。"

救护车很快就来了，两人不放心，于是跟着救护车一起去了医院。

围观群众见无事，这才散开。

护士问能不能联系到女孩的家属，钟关白把女孩的包递给护士，让她看看有没有什么能提供身份信息的东西。

护士找到一本残疾证，里面写着监护人和电话。

"您好，请问是李意纯女士吗？"护士问。

钟关白原本想等护士联系上女孩的家人就走，没想到听到了这个名字。

护士说明情况，报上医院地址，请对方尽快过来。得到肯定答复后她才挂了电话，对钟关白说："已经联系上监护人了。您要是有事的话，可以离开，没关系的。"

"我还是等监护人来吧。"钟关白说。

护士点点头，准备离开。他又多问了一句："这个受伤的女孩，叫什么名字？"

护士翻开残疾证："钟霁和。"

梅雨霁，暑风和。

钟关白问："钟霁和？不是李霁和？"

护士又看了一眼，确认道："是姓钟没错。"

唐小离说："怎么啦？不能跟你同姓啊？"

钟关白说："我留下来等监护人过来。"

唐小离：“你认识？”

钟关白忍不住朝急救室看去，可是门关着，他什么也看不见，刚才的女孩满脸是血，他也认不出样子。

"那个问我星星长什么样的小女孩，叫李霁和。"钟关白说。

唐小离说："说不定是同名不同姓。"

钟关白想起好多年前，他每周都去那所特殊教育学校弹琴，那所学校里有很多孤儿，都是天生残疾被父母抛弃的，李霁和也是其中一个。

去得多了，他便和孩子们都熟悉起来。

有一天，李霁和抱着钟关白的腿，对其他小孩说："你们谁都不能嫁给阿白哥哥，只有我能嫁给阿白哥哥。"

钟关白想了想，弯下腰解释道："阿霁还小，阿白哥哥不能和你结婚。"

小女孩立马就哭了："那我怎么办？"

钟关白说："阿霁是妹妹。"

李霁和哭了半天才决定退让一步："那，那好吧……就妹妹吧……但是我以后要改名叫钟霁和，和阿白哥哥一个姓，这样才是真妹妹。阿白哥哥要是再认其他妹妹，就都是假妹妹。"

钟关白笑着摸摸李霁和的头："好，阿霁以后就跟我姓钟。"

钟关白回忆起来，后来在演艺圈里沉浮，虽然一直有提供资金，可是那么多年都没有再回去过，仔细一想，也不知道究竟忙了些什么，竟忙成这样……

等了二十来分钟，他看见一个女人焦急地朝这边走来。女人老了许多，一张白皙的圆脸却还和从前一样和善，他认出来，是李意纯，于是摘下了口罩。

"请问有个刚刚被送来的女孩是不是在这边……"李意纯又是惊讶又怕是自己认错了，"是……钟关白？"

钟关白点点头："李老师。"

他喊完，又觉得十分愧疚，人家一直记得他，还一眼就认出来了，他却没有再回去过。

"好，好。"李意纯还想着方才的电话，有些着急，"我来看阿霁，我先去问问她的情况再来找你。"

"是我送她来的。"钟关白把具体情况说了，"她现在还在急救室，不过刚才在救护车上，医生看过了，说没有生命危险。"

"好，那我在这里等她出来。"李意纯这才稍微放下一点提着的心。

过了一会儿，钟关白问："……李老师，学校现在怎么样？"

"不错的，添了很多教学设施，多亏了你一直在捐助。"李意纯看了看钟关白，"好像这几年比从前瘦了，也不要太忙了把身体弄坏了。你看你，都忙得没时间回来看看，其实比起捐款，孩子们都更想你回去看看。"

钟关白一时不知该如何回答，可能李意纯不知道他今年没法捐款了。

他正想着如何回应，李意纯却说："你看，你今年又捐了这么多钱，暑假的时候都已经开始修新校舍了。"

"我……"钟关白疑惑，"今年捐了款？"

李意纯点点头："只不过换了一个捐款账户，账户名是陆早秋，转账记录上也说明了是钟关白捐款。陆先生我早就认识了，知道他是你的朋友。他说你太忙，没有时间，所以他总是自己一个人来，有时候拉小提琴，有时候也弹钢琴。我想想，他这样，也有好几年了吧。"她说着，笑起来，"不过陆先生不爱笑，说话也严肃，小朋友们怕他，还是更喜欢你些，也一直都记着你。陆先生也觉得这样很好，他说，他也希望那些小朋友更喜欢你，能记得你。"

"最近陆先生几乎天天来学校，给孩子们上音乐课，他还能教中文和英文……今天甚至教那些听不见的孩子手语……"李意纯看着钟关白的神色，以为他在难过，"我知道他的耳朵出了问题，但是你也别太担心了，他这么好的人，一定会平安健康的。"

钟关白沉默了很久后，突兀道："其实他还能教法文……他是最好的人。"

第45章

《你的世界（弦乐版）》——吉俣良

"你的电话。"李意纯听见铃声，对钟关白说。

钟关白本来还在想着陆早秋出神，听见提醒便一边按着减音键静音一边看屏幕，屏幕上正好是他在想的人。

"早秋。"钟关白压低声音。

陆早秋问："你在哪里？"

"医院。"还没等陆早秋问他就解释道，"送一个出了意外的小孩。我没事。"

陆早秋说："具体地址。"

钟关白不想让陆早秋过来："早秋，在家等我。"

陆早秋："嗯，要我接就打电话。"

钟关白："好。"

陆早秋应了一声便挂了电话。

钟关白坐到李意纯身边，说："李老师，我这两天想去学校看看，方便吗？"

李意纯笑道："直接来就行，哪有什么不方便的。你和陆先生一起来吗？"

钟关白说："我想在他之前去。"

李意纯点了点头，又说："陆先生总是到得特别早。"

陆早秋总是很早出门，钟关白说："嗯，我知道。"

这时，急救室的门开了，护士推着病床出来。

李意纯急忙站起身，前去询问。

"病人已经醒了。"护士说，"情况稳定，现在要送去病房休息。"

李意纯看见阿霁脸上的伤，很心疼。她是看着这个孩子长大的，就跟自己的女儿一样。

"怎么伤成这样……"

"李老师？"阿霁听见李意纯的声音，头朝那边偏了偏，牵动了伤口，疼得缩了一下，"我也不知道，走着走着就……可能有一个什么东西挡着……想不起来了……"

她脸上的血污已经被清理干净了，钟关白看清了那张脸，女孩的五官长开了，但还是能看出小时候的样子。

他和李意纯跟着病床一起往病房走，李意纯看钟关白好像有点想喊阿霁，便说："阿霁，你猜谁来了？"

阿霁猜不出来，钟关白说："确实……太久了。"

"……阿白哥哥？"阿霁勉强抬起一点手臂，手指动了动，无神的眼睛里都好像有了一点亮光。

"阿霁。"钟关白把阿霁的手放回病床上，"是我。"

"阿白哥哥……我有好多话想跟你说。"阿霁不愿意松开钟关白的手，一直紧紧抓着，怕他跑了，"我现在会弹钢琴了，最近在练莫扎特的《K545》，他的奏鸣曲写得真好啊……"

她扛不住身体上的虚弱，说着说着就睡着了，手却没有放开。

李意纯对钟关白说："关白，不早了，你先回家吧，以后有时间再来。我在这里就行。"

钟关白轻轻把手从阿霁的指间抽出来："出院的时候我来接她。"

走出医院，唐小离突然感叹道："钟关白，我发现你特别招老人和小孩喜欢。"

钟关白一想，好像是。

唐小离真诚道："我觉得吧，一个人要是能一直特别招老人和小孩喜欢，那这个人肯定很善良。"

他难得不带嘲讽的调子说一句好话，钟关白觉得稀奇得很："说完了，没有可是？"

唐小离情真意切道："没有。"

钟关白："谢谢您嘞。"

走了两步，唐小离继续道："我的车还停在事故地点……我还觉得吧，这个时候，一个善良的人，会选择自己打车回家，而不是麻烦朋友送他。"

钟关白："……"

果然唐小离还是唐小离。

钟关白自己叫了个车，上去的时候车上的广播电台正在播放新闻。

"下面是娱乐专题新闻——"

"嘿，烦人。"司机是一个五十来岁的大叔，一脸正气，听见"娱乐"二字就准备换个频道，"一天到晚就知道叽叽歪歪谁胖了谁瘦了谁结婚谁出轨……"

"今天的专题是音乐。中秋节的下午，一场令人惊艳的斗琴在钢琴家钟关白与贺音徐之间展开……"电台女主播的声音从扬声器里传出来，"前辈与后辈，两位相差十一岁的天才钢琴家，都选了《秋风颂》一曲，不同的版本，不同的情感，似乎也代表着不同的人生阶段与领悟……"

钟关白发现本要换台的司机大叔收回了手。

司机大叔看了一眼戴着口罩的钟关白，说："不影响您吧？"

钟关白摆手："没事，您随意。"

司机大叔是本地人，马上就跟平时载客的时候一样，自顾自地同乘客聊起来了："我平时也不爱听娱乐新闻，不过我跟您说啊，这个叫钟关白的，还行。我闺女也学钢琴，也不是专业的，就一个爱好吧，特喜欢他，早几年就老拉着我一起看他比赛的视频什么的。我一看，小伙子琴是弹得挺好，形象也不错。你看现在的小年轻，那一个个的，都瘦得跟竹竿儿似的，脸画成妖魔鬼怪，我也不认识几个，就他看起来还健健康康有点肉。您说说，这些公众人物，是不是也该给年轻人树立一个正面榜样？"

钟关白摸了摸自己的腹肌："……是，是，您说的是。"

司机大叔又感叹道："不过他这两年就不争气，我跟您说，这人啊，就跟那课文《伤仲永》似的，多浪费啊，白学那么多年了，得亏他不是我儿子，要不我非得揍死他不可。"他感叹完，又习惯性地反问一句，"您说说，是不是？"

钟关白不自觉地摸了摸自己的口罩，确认戴得很严实了，才附和道："……是，是……得亏他不是您儿子。"

司机大叔以"孺子可教"的眼神看了一眼钟关白："像您这么肯听过来人说话的年轻人，不多了，真不多了。"

电台里女主播的声音继续传出来："……刚才是节选的两小段斗琴音乐。现在，让我们开通交流热线，如果正在收听广播的您也听过这次斗琴，如果您也热爱音乐，热爱分享，那么，欢迎您拨打我们的交流热线，与其他听众一起分享您的音乐感受。在节目的最后，我们将抽取一位幸运的来电听众，赠送神秘大礼——"

钟关白："……那个，师傅，要不咱们把广播关了吧？"

司机大叔自己感觉跟钟关白已经聊熟了，大大咧咧劝道："别介，咱们一块儿听听别人怎么说呗。"

钟关白："……"

女主播："好的，现在是手机尾号为9077的听众朋友，您能听到我吗？请问您贵姓？"

"能听到，能听到。免贵姓欧。"

女主播："欧女士您好，请问您看了钟关白与贺音徐的斗琴视频吗？"

欧女士："看了，看了。"

女主播："您认为如何呢？"

欧女士："我特别喜欢。我是一名音乐教师，除了自己看，还在音乐课上放了这个视频。我个人建议可以多开展这样的活动，有利于陶冶情操……"

女主播："那您觉得这场比赛谁弹得更好一些呢？"

欧女士："都弹得不错。从专业的角度上来说，当然是钟关白更胜一筹，不过贺音徐才十几岁，有的是机会……"

女主播："非常感谢这位欧女士的来电，节目时间有限，让我们再听听其他听众的分享。好，下面是手机尾号为8462的听众朋友。请问您怎么称呼？"

"我姓王。"王先生还没等女主播回答便说，"我觉得这种节目就不该出现。"

女主播顿了一秒，声音依旧温柔："请问您为什么这样认为呢？"

王先生控诉道："我媳妇儿看了，当晚就开始嫌弃我。"

…………

女主播："……由于节目时长原因，现在我们接入最后一个热线电话。最后一个电话，我们由衷地希望能够听到关于音乐体验的真诚分享，我们，由衷地期待着——"

"好的，现在连线到的是手机尾号为2319的听众朋友。请问您贵姓？"

钟关白本来想低着头一路装死算了，没想到却听见隔壁司机大叔兴奋地说："是我吗？是我吗？我的电话通了吗？"

几乎同时，同样的声音从广播里传出来："是我吗？是我吗？我的电话通了吗？"

钟关白的身体纹丝不动，只有目光一点一点地移动到司机大叔那边，然后看见司机大叔立在手机架上的手机正处于通话中，开着免提。

女主播："是的，我们正在连线中。请问您贵姓？"

司机大叔兴高采烈地答道："哎，好嘞，免贵姓张。"

女主播："张先生您好，欢迎您向我们分享您美好的音乐体验。"

司机大叔突然意识到现在正有无数人在听自己讲话，变得有点紧张："……呃，其实我也不是很懂音乐，就是经常跟我闺女一块儿听听。"

可能是之前的冲击过大，女主播听了这话倒像是松了一口气似的："没关系，人人都可以欣赏音乐，同样的一首曲子，每个人都会有不同的感受。正因为不同，所以我们才需要分享。张先生，请您说说自己独一无二的音乐体验吧。"

司机大叔组织了一下语言："这个……我是个开出租车的，中秋节那天也在上班。晚上回家的时候大概七点多，我媳妇儿做了一桌子菜，我闺女下楼买了一斤莲蓉双黄的月饼，一瓶红星二锅头。吃饭的时候我说看个中秋晚会吧，我闺女说老看晚会没意思，要不一家人一起看个别的，然后就给我们放了她下好的《秋风颂》视频。

"听着听着我就想啊，要是我爸能活到现在，也能尝尝带咸蛋黄的月饼，再喝一口二锅头，那多好啊。

"我再看看我闺女，看看闺女她妈，又觉得我这辈子也值了。"

钟关白抬起头，忽然看见车内反光镜上吊着的一枚挂坠，里面嵌着一张照片，是一张全家福，普普通通的一家人，笑得很幸福。

司机大叔说着说着，好像忘了自己在跟所有广播电台的听众说话，又习惯性地问坐在副驾驶的钟关白："您说说，是不是？"

女主播接道："是，您说得太好了，太令人感动了。"

"让我身边这个小伙儿也说两句。"司机大叔把手机从架子上扯下来，递给钟关白，"他也听了你们这个节目一路了，得让人说句话，别光我说。"

女主播动情道："只要是关于音乐的分享，我们都报以万分的期待。"

钟关白被迫拿着司机大叔的手机："……"

女主播："我们正在等待着您的分享。"

司机大叔鼓励道："年轻人不要害羞嘛，外向一点，当作一个历练。"

钟关白只好敷衍道："……我也很喜欢《秋风颂》。"

女主播做这期节目前是认真做过功课的，钟关白的每个访谈她都钻研了好几遍，短短几个字就已经发觉了这个声音的不同："这位听众朋友的声音非常耳熟……听起来非常像是——"

"钟关白先生？"

钟关白："……"

司机大叔："……"

司机大叔发出爽朗的大笑声："哈哈哈，你们节目组真爱开玩笑，要是钟关白就坐在我旁边我还能认不出吗——"他说着就下意识地多瞄了一眼副驾驶上戴着口罩的青年，顿觉确实有点眼熟，"……哎，这个，您这个这个……"

女主播马上从司机大叔的言语中推测出了什么，声音抑制不住地激动起来："真的是钟关白先生吗？您也一直在收听我们的节目吗？听了刚才这些热心听众的来电，您有什么想对他们说的吗？"

刚才这些热心听众的来电……

钟关白一时不知道怎么回答。

女主播："钟先生？您有什么话想对我们的听众朋友说吗？"

钟关白对着手机，镇定道："请大家少关注音乐之外的事。"

说完以后，光速挂断了电话，再光速关掉了广播。

司机大叔开始每隔几秒就朝副驾驶瞟一眼，大概瞟了好几眼之后，犹豫道："那个……"

钟关白直视前方，戴着口罩的脸看起来没有太多异样："师傅，好像快到了，麻烦您靠一下边。"

其实离家还有很长一段距离，但是他觉得已经不能再在这辆出租车上待下去了。

待车一停，他便飞速抛下两张钞票，打开车门，夺路而逃。

钟关白一口气跑到家门口，摸了半天钥匙才把门打开。

陆早秋听见声音，刚走到门口，问："怎么了？跑得一头汗。"

钟关白："……想早点回来。"

陆早秋拿了一条毛巾给钟关白擦汗："那怎么不让我去接？"

钟关白没有回答，只闷声道："早秋……我好像闯祸了。"

陆早秋安静地等着他继续说。

"早秋，我问你个事……上一次我们在尼斯机场意外的视频还有在餐厅合奏的视频被公开之后，你有没有受到影响？"钟关白抬起头仔细看着陆早秋的眼睛，陆早秋太隐忍，他担心漏掉一丝一毫的细节。

当时他们都在国外，远离社交网络，况且钟关白一颗心都悬在陆早秋的耳朵上，无暇他顾，后来回了国又在担心温月安，不是今天的事，他根本不会想起来这些。

"什么影响？"陆早秋淡淡问。

"就是……我也不知道，有没有人在你面前说什么？应如姐，或者你家的其他人，还有学院领导有没有找过你？还有网络上那些……"

"他们不会成为影响。"陆早秋的神色十分平静。

那一把嗓子低柔沉静，令人心安："所以，不要担心。"

第46章

《吉格》——约翰·巴哈贝尔

秦昭在看剧本，唐小离躺在旁边玩手机。

"这个'热搜'是什么情况？"唐小离好奇地点进去，"让我来研究一下。"

"噗哈哈哈哈哈——"唐小离一边翻一边狂拍秦昭大腿，"你快看快看，我不行了我要打电话给钟关白，他现在根本就是一个不用社交网络的'农民音乐家'，肯定不知道网上都炸了，简直笑死，钟关白在出租车上惨遭公开'处刑'哈哈哈哈——"

"哎，把你手机给我，我要把我手机上这段念给钟关白听哈哈哈，居然还有录音？"唐小离惊喜万分地打开外放，"我要买个移动硬盘把这段录音专门存起来放在银行保险柜里。"

他一边喜滋滋地播放录音，一边用秦昭的手机给钟关白打电话。

这时候钟关白正跟陆早秋一起并肩坐在琴房里讨论协奏曲的第一乐章——

正是一天里最好的光景。

与最好的友人共处一室，彼此谈论着最爱的事，同时还在一起创造着他们最爱的东西，有什么比这更好的？

陆早秋指出一处："阿白你看，按照双管的乐团建制，这一段独奏钢琴的声音将完全被乐团掩盖，无论你演奏得多用力，都不可能被台下听到。当然，如果不考虑现场，只考虑录音效果，由调音师调整比例，是可以的，但我想，那应该不是你要的。"

钟关白的创作总是像被上帝握住了手，有时写痛快了，便不那么实际。而作为足够有经验的小提琴首席，陆早秋常常可以看到钟关白作曲时没有考虑到的技术问题。

不过……

这次不是。

钟关白笑了一下："你再看一眼。"

陆早秋微微挑起眉，他在技术上从未出过错，不可能走眼，不过有时候确实有技术之外的原因，于是他又认真看起来。

钟关白站起身，走到陆早秋身后："陆大首席……"他故意在陆早秋身后这样喊，"你偶尔犯一次错的样子……真难得。"

陆早秋微微回过头，看了钟关白一眼，便又继续看乐谱。

陆早秋总是足够坦然，他极少犯错，却也不怕犯错、不惧人言，这般底气，大概来源于从小对自己足够严苛，日积月累，终于打磨成了现在的模样，笔直坚韧而纯净剔透，生平无一事不可与人说，不可为人知。

钟关白听见手机响，却并不想松动，只是怕响声打扰了看谱的人，才不情不愿地去拿手机。

如果这个电话是用唐小离的手机打的，可能钟关白就直接拒绝接听了，唐小离打电话总之没好事。但是屏幕上显示的是秦昭的名字，钟关白想可能是跟电影有关的事，便接了起来。

接通的瞬间他就后悔了，对面传来唐小离的一阵怪笑。

"钟关白你快猜猜今天的头条是什么？"

钟关白："……没有兴趣，再见。"

唐小离："你让我给你念一下目前'热搜'第一：'请大家少关注音乐之外的事'。"

钟关白："……"

唐小离假装悲伤道："今天全宇宙最悲惨的可以说就是你的粉丝了。"他悲伤完还没有一秒，声音马上又变得喜气洋洋好似过年，"不，不是，还有比他们更惨的，那就是你哈哈哈哈哈——"

钟关白："……我挂了。"

"哎，你先别挂。"唐小离的口气正经起来，"我也不是光为了笑话你来的呀。我跟你说，其实这一步走得不差。你看起来是蠢点，哈哈哈，哎哎，你别挂，别挂，我又不是只'八卦'，要从'八卦'里看到事情的本质嘛。你看这次，其实谁都没像上次那样一探究竟，大家开开玩笑就过去了。"

钟关白听到最后一句，忽然有点担心，他还没来得及告诉陆早秋这件事，不知道如果陆早秋从别的地方知道这件事，是不是也会这样想，认为他要像从前那样再错一次。

他挂了电话，走去琴房。

陆早秋已经看完了谱，他对钟关白道："这一处，你是故意的。"

钟关白笑起来。

不会的，陆早秋不会认为他要像从前那样再错一次。陆早秋那么了解他，连他那一处从天而降的灵感也能看懂。

"独奏钢琴是主角，乐团是背景。主角无论如何拼尽全力挣扎也不能与时代相抗衡，哪怕独自发出零星的声音都是困难的——这便是你此处的用意所在。"陆早秋缓缓道。

"陆——早——秋，"钟关白一字一字喊，"过来，我有一件事要告诉你。"

陆早秋走过去，低头看着钟关白，等待他继续。

206

"等我。"即便钟关白已经确认了他们之间的默契，他还是去书房拿了笔记本过来，搜了一下自己的"凄惨经历"，同时打开文字和录音，然后把屏幕朝陆早秋那边转了转，"嗯，就是这个。"

不知道爆料人是从哪里拿到的资料，录音将那档广播节目的全程全部记录了下来，一点没漏掉。

陆早秋非常好涵养地听完了全部录音，看完了全部文字，把钟关白的手拿开，看着他问："阿白，为什么你说自己闯祸了？"

钟关白还没反应过来："嗯？"

陆早秋又看了一遍屏幕上的文字："你做了正确的事，为什么是闯祸？"

钟关白看着陆早秋一脸认真的表情，嘴角一点一点翘起来，最后变成一个无比灿烂的笑脸："那，既然我做了正确的事……陆早秋，你要怎么奖励我？"

陆早秋笑问："你想要什么奖励？"

钟关白一时还真的想不出来，因为但凡他想要的，可能还没有说出口，有时候甚至在他自己都还没有意识到的时候，陆早秋就已经给他了。

"嗯，让我好好想想……"钟关白做思索状。

陆早秋人畜无害地、不经意般道："阿白，在你想出来要什么奖励之前，先回答我一个问题。"

钟关白还沉浸在可以得到额外奖励的喜悦里："嗯嗯，你说你说。"

淡淡的语气，低沉的声音，从上方传来："阿白，你来告诉我，为什么会有'钟贺'与'贺钟'这样的说法？"

那一刻，钟关白猛然醒悟过来："什么为——为什么……"

陆早秋说："你来告诉我，为什么。"

"我不知道为什么，完全不知道。"钟关白辩解道，"可能是他们自己觉得吧……跟我完全没有关系。"

"哦？"陆早秋道，"他们觉得？难道你与贺音徐看起来更像知音吗？"

"不不不，不是这样……"这种时候，钟关白总是格外弱小，"要不我把他们这些人全举报了吧……"他说着便赶紧拿起鼠标，从最热门开始一个一个举报那些消息，举报理由全选了传播虚假消息那一栏。

陆早秋看着钟关白，低低地笑起来。

钟关白抬眼觑陆早秋。

陆早秋站起来，笑着朝琴房走："别把时间浪费在这些事上。"

钟关白自知被捉弄，愤愤地跳起来从背后做鬼脸。

陆早秋转过身，道："去不去看曲？"

"去……"钟关白毫无抵抗之力，只能跟在陆早秋身后朝琴房走去。

第47章

《降E大调钢琴三重奏 [Op. 100（D. 929）：Ⅱ，有活力的行板]》——弗朗茨·舒伯特

天边还悬着白月，钟关白悄悄翻个身，用手掐着手机两侧看了一眼时间，早上五点差两分。

在一片漆黑中朝着陆早秋的方向看了一阵，便轻手轻脚地溜出去，偷偷摸摸地执行计划：从衣帽间里翻出念书时穿过的衬衫、针织衫和牛仔裤，对着镜子把自己收拾得像好几年前般（带着回忆滤镜的、过度自我幻想的）阳光帅气，然后在桌上留下一张纸条：早秋，我有点事先出门了，晚上才能回来。

写完之后总觉得缺点什么，想了想，又在下面补了一句：到时候一起弹琴！

这才满意地落了个款：钟。

出门，打车，大约是饱受心理阴影折磨的缘故，钟先生上车报了目的地后的第一件事就是告诉司机："您好，我想休息一会儿，路上不想听广播，谢谢。"

司机："……好的。"可是车上并没有开广播。

钟关白靠在座位上，看着依稀的白月穿行在一栋栋不断变化的高楼之中。白月越来越矮，渐渐落下。天色慢慢变亮，某一瞬间，金光忽至，从后排的车窗进来，洒了钟关白半个肩膀。

真美，钟关白想，有一些东西总是特别有力，比如阳光，它无论是落在一座都市，一块山林，还是一片废墟，都永远是美好的。

再比如陆早秋，无论他是坐在国家大剧院的舞台上，站在硝烟火海里，还是躺在病床上，都永远是美好的。

司机开着车，发现身边这位说要休息不想被打扰的先生竟兴致勃勃地、旁若无人地哼起不知名的小调来。

车开进了一条两旁栽满银杏树的街，树梢绿色扇形叶子的边缘已经开始泛起一点黄。

"就是那里。"钟关白指给司机看。

他所指的街的一侧就是那所特殊教育学校。本市有多种银杏，不仅是这条街上，连学

校里也栽满了银杏。记忆中那些深秋里，总有枯叶被踏碎发出的窸窣声响。他想起来，那是一些孩子在金色的落叶上游戏奔跑发出的声音。

可能对钟关白这样的人来说，声音远比画面留存得更久些，更深些。

司机把车停在校门口，戴着隐形眼镜的钟关白清楚地看见保安已经坐在门卫室里就着豆浆吃鸡蛋灌饼了。

还是当年的保安，还是当年的鸡蛋灌饼。

"哎，您这鸡蛋灌饼哪儿买的？"钟关白跑过去半开玩笑似的问。

"就往南走两百来米。"保安指了一下，"您往那儿瞅，对，就那儿。"

钟关白已经很多年没吃过这种东西。他是那种胡乱吃喝不运动就会过瘦的人，在音乐学院上学那阵又特别高调，追求穿衣显瘦，脱衣有肉，所以饮食运动都是健身标准。后来工作了也没机会吃路边摊，现在一看见，就有点像个执念似的，明知以前也没有多喜欢，但还是想要买来吃一吃——

来个故地全套体验。

等他拿着热腾腾的鸡蛋灌饼，摘了口罩边吃边走回学校门卫室的时候，保安惊讶道："哎，是你，我说怎么这么眼熟呢。"

"那您给我开个门呗。"钟关白笑眯眯地说。

保安说："行，那先登记一下，这儿，签个名。"

钟关白拿着笔，正准备签，突然想到什么似的，笔停在空中。

"怎么了？"保安斜眼瞅钟关白，笑着揶揄道，"大明星，您放心吧，这人员进出登记簿是要存档的，我不能拿去卖钱。再说，我也干不出这事儿来。"

"……那倒不是。"钟关白略微羞窘。

他是在想在他还没有出名，还没有刻意为"钟关白"这个品牌练出一手商业性的特殊签名的时候，他是怎么签下"钟关白"三个字的。

大概是温月安要求他从小练字的缘故，从前写字是有魏风的。

钟关白想了一会儿，便在登记簿上认认真真地写了自己的名字，三个字写得谨、沉、正，自己看着，竟都觉得有些不像他写出来的。

写完，走进学校，教室里都还没有人。

他在学校各处转了转，再凭着记忆走到从前老教学楼的音乐教室里，发现他弹过的那架旧钢琴还摆在原处。

倒是很奇妙，因为学校建了新教学楼，老教学楼的内部设施也已改进了许多，不少老旧的桌椅、教学设备都换了，唯独这间音乐教室一点也没有变。

老旧低矮的立式钢琴，钢琴边放乐谱的柜子，支在架子上不太大的黑板，布满各色涂鸦的木头椅子，浅色的窗帘……

真的一点都没变。

钟关白坐到琴凳上，揭开琴盖，发现琴键被保养得很好。他随手弹了一首多年前作的曲，发现这架钢琴的音准也极好。爱琴之人都知道，养琴要靠弹。像陆早秋那般家世的人，要将任何一间屋子当作博物馆般封存收藏起来，不是难事，难的是让这架钢琴永远发出当年的声音，让这间教室里永远有一群喜欢音乐的孩子。

　　弹完一曲，钟关白又走到放乐谱的柜子边。

　　他只看一眼就知道这柜子是陆早秋整理过的。钟关白自己作的曲都懒得整理，更不要说别人的。而陆早秋不同，陆早秋不能接受巴洛克时期的亨德尔混在古典主义时期的海顿里。看着他整理出来的一柜子的乐谱的书脊，就像直接在看一根古典乐史的脉络。

　　钟关白从上至下一排排看下去，发现这个柜子最下方的最后一册，放的是一本《钟关白作品集》。

　　一柜子琴谱，没有一册是全新的，看起来都被翻过很多遍，而最后这本，看起来最旧。

　　钟关白把那本作品集拿起来翻开，里面有一些标注。钟关白不是那种会把装饰音与情感要求全写在琴谱上的作曲家，所以那些标注，大概就是陆早秋自己的解读。

　　他对着陆早秋的标注弹了一曲，觉得很有趣，仿佛可以听见陆早秋是如何弹他写的曲子的。一曲一曲弹下来，每一曲弹罢，好像都又离陆早秋更近了一步。

　　教室外传来了说笑声和脚步声，快要到上课的时候了。

　　钟关白正弹着琴，忽然听到有一个童声喊："陆老师好！"

　　片刻后，他便听到了陆早秋的声音："早上好。"

　　另一个童声响起来："咦？里面弹琴的不是陆老师吗？"

　　钟关白没有听到陆早秋的回答。

　　他只听见熟悉的脚步声，像从前每一次朝他走来的时候一样。

　　钟关白坐在钢琴后，弹着琴，在脚步声停下的时候抬起头，给了教室门口拎着小提琴盒的男人一个笑容。

　　陆早秋久久地站在门口，没有进去。

　　钟关白从《遇见陆早秋》开始弹，弹到《和陆早秋的第一年》《和陆早秋的第二年》……一直到最后，他看着陆早秋的眼睛，弹下了因为那次演奏事故而没来得及弹给陆早秋听的《和陆早秋的第六年》。

　　上课铃早就响过了，他们身边已经没有任何其他人。

　　钟关白站起来，想要走向陆早秋。

　　"别动。"陆早秋说，"你坐在那里。"

　　钟关白又坐下来，陆早秋大步走到钟关白身边。

　　陆早秋轻叹了口气，把钟关白按到琴凳上，再从柜子里拿出一本李斯特，翻到 *Rondeau fantastique sur un thème espagnol 'El contrabandista'*, *S252*（《"西班牙走私贩"幻想回旋曲》）这一页摆到琴谱架上："弹琴。"

钟关白望着琴谱，瞬间回忆起小时候练这首时的惨状。

等一下有一节音乐课，钟关白饶有兴趣地搬了一把小椅子坐在教室最后一排，欣赏陆早秋讲课。

孩子们陆续走进来，年龄有大有小。特殊教育学校的规模不很大，年级也并不像普通中小学那样分明。

在这里讲课和在音乐学院讲课是不一样的，在这间教室里，陆早秋并没有人师的样子，他不讲艰深的乐理，不讲演奏的技巧，也并不喜欢叫人回答问题，因为有些敏感的孩子光看着他就会紧张。他总是演奏多于言语，单纯像个诞生于音乐中的赤子，手里捧着他觉得美的东西献给所有人。

许多类似的特殊教育学校会想方设法教这些特殊的孩子一些技能，努力让他们成为"有用"的人。

这很好，但他们其实也需要一些"无用"的东西，因为有时候，就是这些"无用"的东西，给了他们辛苦的人生一点热望与暖光。

今天这节课陆早秋讲克莱斯勒。钟关白想，大约他来上过许多次课，所以现在已经讲到了当代的小提琴家。

陆早秋先拉了《爱之忧伤》，然后就有小朋友问，能不能用钢琴也弹一遍。

往常也常有大胆的孩子提这类要求，陆早秋有时候会弹，有时候则会坦然承认，他不知道或者不会钢琴版本。

跟其他小朋友一比，大只得非常显眼的钟关白在最后一排高高举起了双手，自告奋勇："陆老师，我会！"

小朋友们集体朝身后看去。

有大孩子认出了他，喊："阿白哥哥！"

随着几声"阿白哥哥"，钟关白已然成了这些孩子的同辈。在这个神奇的情境里，他完全把自己当成了陆早秋的一个学生，乐颠颠地上去炫耀他会弹一首其实毫无难度的曲子。

明明是一首忧伤的曲子，钟关白却把它弹得像一件带着阳光味道的白衬衣，温暖而干净。

等他弹完了，一个看不见的小男孩说想知道弹钢琴的哥哥长什么样子。

钟关白走过去，蹲下来："你摸摸看。"

小男孩摸了摸，笑起来："真好看。"

钟关白把陆早秋也拽到身边："你再摸摸陆老师。"

小男孩摸了摸，又笑着说："真好看。"

钟关白起了坏心眼，清了清嗓子，故意问："咳，那，谁更好看？"

"我……"小男孩不知所措。他不自觉地朝钟关白那边靠了靠,本能地畏惧对陆早秋发表任何意见。

陆早秋对小男孩说:"阿白哥哥更好看。"

小男孩点点头:"陆老师肯定不会骗我。"

下了课,钟关白拉着陆早秋在校园里散步,边走边问:"今天还有没有课?"

陆早秋:"只有刚才那一节。"

钟关白:"那你本来打算上完课去干什么?"

陆早秋没说话。

钟关白看了看四下无人:"告诉我。"

陆早秋:"……医院。"

钟关白:"我要陪你去。"

陆早秋:"只是去复查。"

钟关白:"我要陪你去。"

陆早秋:"……好。"

两人走了一会儿,钟关白突然停下来,踢了一下地面的小石头:"陆早秋,我很生气。"

陆早秋不明所以:"生什么气?"

"你什么事都自己偷偷做,从来不告诉我。去医院也是,来学校讲课也是,还有……"他指着陆早秋指间的疤痕,"这个也是。我并没有你那么聪明细心,很多时候我都后知后觉,总是让你一个人。

"你背着我准备飘浮着钢琴的礼物,背着我去做手术,背着我去找老师,背着我捐款,替我做我本该做的事,背着我去看病……

钟关白直视着陆早秋的双眼,缓缓道:"陆早秋,你怎么可以这么多事都要背着我做?"

"阿白……"陆早秋轻轻喊出的两个字像一声叹息。

"陆早秋,接下来的日子还很长。"钟关白一边暗中看着陆早秋的眼色,一边努力气鼓鼓道,"如果你不尽快改正,那么,我将反抗你偷偷摸摸的行为。"

第48章

《悼念公主的帕凡舞曲》——莫里斯·拉威尔

两人走出校门的时候,陆早秋的表情极细微地变了变,蹙起眉,望向远处。

钟关白也朝那个方向看去,没看出有什么奇怪的:"怎么啦?"

陆早秋有些疑惑地朝远处走去,钟关白不明就里地跟着。

走了一阵,他发现陆早秋停在他早上买鸡蛋灌饼的摊前。

钟关白心想:陆早秋什么时候也开始吃鸡蛋灌饼了?

陆早秋的车就停在附近。但凡钟先生没病没痛没喝酒,总是十分乐意当陆早秋的司机,此时更是殷勤万分,拉车门系安全带做了全套,这才老实地坐上驾驶座开车去陆家新收购的一家私立医院。

钟关白说:"等一下我要一起进去。"

陆早秋说:"在诊室外等我。"

钟关白伸出一根手指,摆了摆,并坚决抗议道:"我不接受。"

陆早秋低声说:"阿白,其实我……"他一向坦然,此时却像有了难言之隐,"你在外面等我。"

"不行。"钟关白说,"我要知道你的情况。"

他一边开着车,一边自然而然地说出这番话,倒像是在平平淡淡描述自己已经在做的事。

陆早秋终于妥协道:"好。"

他们到的时候刚好是预约的时间,护士来门口接陆早秋,说医生已经在诊室等了。

这时候,钟关白的手机振了起来,一看是贺玉楼的号码,不能不接。

钟关白对护士说:"我在外面接个电话先,我是陆先生的朋友,一会儿一定要放我进诊室,我要陪他。"

护士认出了钟关白,但还是非常专业地看向陆早秋,询问意见。

陆早秋点点头。

护士引着陆早秋去了诊室，钟关白在外面接电话："贺先生？"

电话那边响起少年的声音："钟老师，是我，贺音徐。"

"咦？小贺同学，你是不是偷拿你爸手机了？"钟关白简单粗暴道，"我有事，你现在有一分钟时间把事情讲清楚，计时开始。"

贺音徐的声音听起来有些难过，和平时不太一样："……这是我的号码，只是以前手机一直由我父亲保管。抱歉，打扰钟老师了。"

钟关白："五十五秒。"

贺音徐："我还是下次再打给您吧。"

钟关白："四十九秒。"

贺音徐："……"

钟关白："四十五秒。"

贺音徐："钟老师……"

钟关白："四十二秒。"

贺音徐："我知道，温先生是很好的人，在我的记忆里，我父亲几乎没有笑过，哪怕我琴弹得再好，他也不会很高兴。我一直很想被他认可，一直努力不辜负他的期望……可是他跟温先生在一起的时候，总是很高兴，有说不完的话……钟老师，我以前以为，父亲就是那样不苟言笑的性格，可是我现在发现，不是的，他其实也会高兴，只是可能……"电话那头的少年像是哭了，"我并不是父亲喜欢的儿子……对不起，钟老师，我也不知道为什么要说这些话给您添麻烦，只是……莫名就很相信您……"

钟关白听到前半部分已经觉得头大，听到后半部分想起来唐小离说自己招小朋友喜欢，头更大了："你现在在哪里？"

贺音徐报了地址，是一家酒吧。

"现在才几点就喝酒？"还是上午，怪不得对面很安静，钟关白突然想起来就算是半夜贺音徐也不能喝酒，"再说你还没到法定饮酒年龄吧，小朋友？"

十分守法的贺音徐小朋友答道："……我点了一杯可乐。"

钟关白："你听着，我现在有事，你，原地坐着喝饮料，等我办完事来接你。带够钱了吗？如果要我来给你结账的话，我建议你不要点超过五十块的饮料，我现在很穷。"

贺音徐："带了我父亲的卡。"

"那好，无酒精饮料随便喝，不要搭理陌生人，等我去接你。"钟关白挂了电话，去找陆早秋。

护士看到钟关白，没等他开口，就直接领着他往诊室走。快到的时候，护士低声介绍道："陆先生已经复查完了，现在应该在进行鼓室注射，您可以等注射完陆先生休息的时候再进去。"

"鼓室注射是什么?"钟关白一边问一边轻手轻脚地跟着护士走到诊室门口,准备做一个高素质病人家属。

"鼓室注射是一种微创的治疗手段,刺破鼓膜,将药物送入中耳腔……"

钟关白隔着透明的窗户看到了陆早秋,护士的解释像某种正在被调小的背景音,渐渐地听不到了。

陆早秋躺着,整张脸,甚至嘴唇都被医用强光灯照得过分苍白。医生正将一根注射器慢慢伸入陆早秋的耳内。钟关白看着那根金属针头一点一点消失在陆早秋的耳朵里,陆早秋闭着眼,神色仍是平静的,只是眉心有一道极浅的皱褶。当医生将注射器的液体全部推入他耳内时,纤长的睫毛不受控制地抖了一下,一滴眼泪忽然流了出来。

只是一边眼睛,只是一滴眼泪。

钟关白看着那一幕,感觉好像亲眼看着一棵自己仰望多年的松树突然死了。总觉得那棵树很坚韧,会永远站在高山之巅,在风雪之中开出花来,永远不死不败不朽。

"很……痛吗?"钟关白问。

可是问出口,又觉得自己问了个蠢问题,刺破鼓膜,当然很痛。

护士在一旁轻声道:"第一次比较痛,这是陆先生第二次做鼓室注射治疗了,应该疼痛感比较小。"

"那他……为什么哭了?你可能不知道,他不像我……"钟关白一时不知道怎么形容,"他就像一个……我不知道怎么说,他就像一个神仙,像一个不属于这个世界的存在,他怎么会哭呢?"

"应该是生理性的流泪。鼓室注射的时候,病人会感觉液体从耳朵流向鼻腔与口腔,且不能吞咽,可能对于陆先生来说,这样的感觉比较难以忍受。"护士小心地措辞道,"而且……陆先生是病人啊。"

神仙的话,应是不会生病的。

可是陆早秋总是完美而强大,似乎永远没有脆弱的时候,就连失去听力的时候,他都没有失控可能只有刚刚发现听不见的那几秒不那么冷静,之后便开始安抚钟关白,与陆应如沟通,开始接受听不见的事实,接受治疗,学习手语,尝试用手指来控制小提琴的音准,像从前一样拉小提琴……

钟关白觉得自己犯了一个大错。

因为陆早秋实在太好了,他便真把陆早秋当作了神仙。

可是陆早秋不是大理石上一座完美无缺的、不知冷暖悲喜的雕塑,他是一个活生生的人。人会失望,会生气,会犯错,会笑,会哭,会拿别人没有办法,会遇到一只乱跑的螃蟹不知该如何处理……

此时的陆早秋正按医生的要求侧卧着,让刚送完药的那只耳朵处于上方。这样侧卧的姿势让他看起来不那么有安全感,也不那么强大,孤零零的,像个没有人关心的孩子。

医生从里面打开诊室的门，对钟关白道："需要侧卧休息三十分钟。"

钟关白小声问："复查的情况怎么样？"

医生说："从这次的结果来看，上一次接受鼓室注射的效果不错。如果是普通人，其实这样的听力已经足够了，只是陆先生想恢复到以前的听力水平，除了小提琴的音域上限，他还需要听到所有乐器的泛音。古典乐演奏家，像长笛手或者小提琴手，其实常有听力劳损的问题。而且，随着年龄增长，渐渐损失部分高频听力，也是人类的一种必然发展倾向。很多时候面对这类问题，现代医学也非常无力。"

钟关白沉默地点了点头，走进诊室。

他守在床边，等着这三十分钟过去。

陆早秋一直没有睁眼。

休息完，医生来对另一只耳朵进行注射。

钟关白全程在旁边守着，陆早秋仍旧只是闭着眼睛静静地接受医生的指令。

钟关白近距离地看着医生操作，看着陆早秋轻蹙眉心，看着同刚才一样的一滴泪水从陆早秋的睫毛根部浸出来。

当那滴泪水控制不住地流过脸颊时，陆早秋终于像是不堪忍受一般说了一句："阿白，出去。"

"现在不能说话。"医生收起注射器，提醒道。

钟关白难受得要死，但还是逼着自己做了一回坏人，趁着陆早秋不能说话，强硬地留在诊室里守着陆早秋。

他都可以感觉到陆早秋在发抖。钟关白想，陆早秋肯定很生气。

一直到第二次休息结束，陆早秋都没有睁眼看钟关白一眼。

等医生进来告诉陆早秋如果觉得没有不适就可以离开的时候，陆早秋才站起来，跟医生道谢。

医生把情况都交代好，陆早秋便朝外面走去，可能因为鼓室注射导致的轻微眩晕，他在下台阶的时候还跟跄了一下。

"要不再回去躺着休息一下？"钟关白连忙把人扶住，陆早秋却不着痕迹地把手臂抽了出来，继续朝停车的地方走。

"陆早秋！"钟关白从背后拉住陆早秋，"你答应过的，让我陪你，你不能因为这个生我的气，你不能。"

陆早秋没有说话，钟关白闷声道："好吧……你可以生气，但是就气一会儿行不行？"

陆早秋其实有些站不住，如果钟关白没有跟他一起来，就会有司机来接他回去，因为他知道治疗之后他没有能力开车。

但是在钟关白面前，陆早秋永远没有站不住的时候，他转过身，像平时那样。

钟关白仔细观察陆早秋的神色，不说话了。

陆早秋和钟关白走到车边，自己打开副驾驶的门："你来开车。"

钟关白坐到驾驶座上，一声不吭地开车。

钟关白一直绷着脸不说话，到了家门口，就把车一停，拉开副驾驶门，对陆早秋说："下来。"

陆早秋看了钟关白一阵，从车上下来。

钟关白走进家门，一脸凶神恶煞的样子。

"陆早秋，你信不信，如果可以，我现在想把这副躯壳都脱下来。"钟关白注视着陆早秋，眼底有泪光，"这样你就能看见，剥掉所有东西的我，有多纯粹。

"这个世界上有成千上万坚强美好的人，有成千上万健康的身体，甚至有成千上万的小提琴手，但是，这个世界上只有一个陆早秋。"

钟关白张开双臂，好像要把自己内里的每一个角落都打开给陆早秋看。

"陆早秋，你明白吗？你根本不必隐藏你其他样子，不必只给我看那个你认为符合我期待的所谓的永远坚强的、冷静自持的、强大到无所不能的'陆早秋'——

"你就是陆早秋。"

第49章

《爱只是一场梦》——崔宰凤

从来没有人告诉过陆早秋这些。

陆家人从不这样说话，应该说，在陆家，根本不会有人讨论这样的话题，因为连提起这些词汇都被视为一种软弱。

在陆早秋很小的时候，他父亲曾让手下带他和陆应如去佛罗伦萨美术馆，看米开朗期罗的《大卫》。去之前，父亲把他们叫到面前，说："回来告诉我为什么男人应该像《大卫》。"

当站在大卫像前时，陆应如问陆早秋："早秋，你准备怎么回答父亲？"

陆早秋注视着雕像，答道："眼神，还有，肌肉线条。"

"不。"那一年陆应如也不过十岁，她看了陆早秋一眼，又抬起头仰视着大卫像，用不属于她那个年龄的口吻说，"早秋，你是对的，但你不能这么回答父亲，你要对他说，因为《大卫》永远站在大理石底座上，供千万人瞻仰。这才是他想要的答案。"

可是当他们回到陆家的时候，陆早秋却不愿这样回答。

陆应如向前走了一步，挡在陆早秋身前，对神情不满的陆父道："父亲，并不只有大卫，我们陆家人，都站在大理石底座上，没有下来的一天，我陆应如也一样。"

像陆家的所有人那样，陆早秋从那个光着脚抱着小提琴的幼小男孩，长成坐在交响乐团第一排的首席，其间不知道有多少艰难与阻碍，二十年不曾被人询问过一句累不累。

他看着钟关白，后者的眼神坚定而灼热，像是刚刚从阳光里生长出来的。

如此直接的言语，让陆早秋有一种错觉，好像此刻的钟关白就是生命这个概念本身。

"阿白，"陆早秋说，"过来。"

可是钟关白只走了半步，他又说："别动。"

阳光只落在床边的地上，那样耀眼的光芒与屋中其他地方之间的分界如此明显。

钟关白只顿了一下。

"阿白，"陆早秋想了许久，眉间染上一丝从不曾有过的茫然，"我……习惯了。"

那是一种习惯，同样也伴随着一种需要。陆早秋需要随时随地被索求，被依靠，让别人觉得安心，满足别人的所有期待。

他这样说的时候，低沉的声线像黑夜中映着星子的水面，似乎是平静的，可水里却带着一点光晕，好似希冀。短短几个字说出口，内里不知道还留了多少思量是不肯说出来给人听的。

钟关白一下子慌乱起来："早秋，早秋，我不是觉得你现在这样不好，其实，其实只要是你，怎么样都好，只要你觉得好，就……怎么样都好……真的。"钟关白发现自己又一败涂地了，刚才那种给陆早秋讲道理的气势汹汹瞬间消失不见，他是真害怕。在医院受了刺激，一鼓作气，叉起腰就想教陆早秋做人，现在回过神来，自己差点吓死。

"那就是了。"陆早秋轻声说，"阿白，我很难过。"

钟关白动作一滞，生怕陆早秋不高兴，连忙去看他的神色。

陆早秋眼底一片幽深，那哪里是难过，明明是在医院被欺负了一把，现在想欺负回去。

钟关白的一颗心这才放下。

沙发很大，足以让两个人都躺在阳光里。

钟关白轻轻在陆早秋身边哼着他为陆早秋写的曲。

"阿白，"陆早秋说，"我可以学着改变。"

"你不用做任何改变。"钟关白的声音有些哑，"我不想改变你，一点儿也不想。陆早秋，我想清楚了，你不想让我看的，我都不看……可是你记住，如果你有那么一点点，嗯，想让我看到，我就在你身边……"

钟关白说着说着，侧过头看见陆早秋就在他身边那样安静地睡着了。

那不太像是陆早秋平时的样子，那么放松与安心。

他是真的在学着展示自己柔软的那一面，学着去依靠别人，因为他知道，那也是钟关白的需要。

许多人做出改变与牺牲，于是被歌颂，有时候人们歌颂的，竟是那种令人感动的舍己为人，有如歌颂道德。

可那只是表面的样子。

人与人相处不是一种感人的献祭，不是拿自己的某一部分去填补对方的某一部分；它只是一种太幸福的感觉，是在填补对方的同时，自己缺乏的那一块也被填满了。

陆早秋醒来，已经过了中午，太阳偏到了另一边。

陆早秋刚睡醒，看着钟关白，声音低哑："为什么没有太阳了？"

钟关白一听，几乎觉得自己或者太阳本身犯了错，他立刻就想要纠正这个错误，把陆早秋的太阳弄回原处。但他手上没有一根牵着太阳的绳子，没法把已经偏转的太阳拉回来，只好对陆早秋说："我们出去晒太阳吧。从这里走出去，一边散步，一边找一家餐馆吃午餐。我保证，一路的太阳都是你的。"

钟关白描述着那幅美好的场景，忽然觉得好像有哪里不对。

"等等。"他看了一眼手表，惊觉，"现在已经过了吃午饭的点了……"

陆早秋问道："是不是饿了，为什么不叫醒我？"

"不不不……"钟关白说，"陆首席，是我……把一位小朋友忘在酒吧里了。"

第50章

《三首钢琴曲（D.946：No.2降E大调，小快板）》——弗朗茨·舒伯特

当钟关白和陆早秋走进酒吧的时候，贺音徐小朋友正坐在吧台上，连他那一头标志性的黑长直都强烈地散发出"今天我并不是很开心"的气息。

钟关白于心有愧，便十分不舍地掏出陆早秋的银行卡，决定帮小朋友结一下账。

哪知道当他走过去，发现根本不用他结账，贺音徐小朋友面前摆着的各色饮料全是其他客人请的，一杯杯都是满的，喝都喝不过来。

钟关白随口感叹了一句："想当年，小爷我往吧台一坐，也有这个效果。"

陆早秋淡淡道："阿白，你好像很怀念。"

"咳，不。"钟关白严肃道，"我当年就十分痛恨这种轻浮的做派。"

陆早秋看他一眼："是吗？"

突然间，钟关白依稀想起一幅模糊的画面，好像在巴黎的时候陆早秋也这样请他喝过一杯矿泉水。

"陆首席你听我说，是这样的……有格调的正经人都是请人喝矿泉水的，有着低级趣味的人才请人喝这些颜色奇怪的饮料。"

陆早秋挑眉："原来是这样。"

钟关白为自己捏了一把汗：绝处逢生。

贺音徐听到两人的声音，转过头来，眼睛微微一亮，马上站起来问好："钟老师，陆老师。"他大概是那种从小就习惯于在家里等大人回来的小孩，听到钟关白有事要处理，于是一等好多个小时也没有再打一个电话。

钟关白斜眼瞄了下那一排饮料，调侃道："小贺同学你今天日子过得很滋润嘛。"

"我没有喝。"贺音徐看了一眼酒吧内的钢琴，"我觉得他们请我喝饮料是想让我弹琴，可我今天不想弹。"

钟关白想，没有人在酒吧请喝饮料是为了让人家卖艺。

"小贺同学，你可能得想想怎么跟你父亲解释。"钟关白瞥了瞥四周，于是用一种

极度讨人嫌的口气感叹道，"你看，这是公共场所，你现在又有点小名气，肯定被人拍了照片，要是打开手机，说不定已经能看到'某H姓少年钢琴家竟独自在酒吧买醉'的新闻了呢。"

"阿白。"陆早秋看钟关白一眼，眼神里带着"不要皮"的意味，钟关白立即摆出一副积极向上的优秀姿态，对贺音徐说："贺音徐小朋友，你饿吗？我们找个适合青少年儿童的地方吃午饭吧。"

两大领一小上了车，贺音徐一个人坐在后排，闷声道："钟老师，其实就算有负面新闻，也不用想该怎么对我父亲解释，他现在……应该没有时间管我。"

钟关白从后视镜里看了贺音徐一眼，发现后者看着窗外，很落寞的样子。

哎呀，小朋友总是需要很多爱和关注。

"小贺同学啊，"钟关白一边开车一边当心灵导师，"你看，贺先生现在每天都比从前高兴，这不是很好吗？"

"是很好，可是……"贺音徐有些难堪道，"钟老师，可能是我太自私了。"

"你希望他的高兴是因为你，是吧？"钟关白一脸了然道，"可是小贺同学，你要知道，每个人对不同感情的理解和表达都是不一样的，你不能这么去比。贺先生对你，那是父亲对儿子的方式，贺先生对老师，那是……"

钟关白一时没找到一个合适的词去形容贺玉楼与温月安的关系，那太复杂。他从后视镜里看了一眼，发现贺音徐正眼巴巴地等着他的后文。显然，贺音徐也很关心这个问题。

"他们那是亦师亦友，亲如兄弟，是知己……嗯……"钟关白想到那本回忆录，心下有些闷，大约也是敬畏，便不敢继续用寥寥数语论断两位先生的一生。

他自觉不是当导师的料，便赶紧以眼神示意坐在副驾驶的陆早秋：陆首席，救救孩子。

陆早秋想了想，说："小贺，是这样，分类与概念的提出，总有一些局限。"

贺音徐不太明白，陆早秋便举了个非常浅显的例子："学界普遍把莫扎特看作古典主义音乐的代表，但不能说他的音乐里没有浪漫。"

这是很好理解的，贺音徐点点头，说："我明白。"

陆早秋继续道："小贺，类别划分的目的是找到一些共性，帮助一个人更快地认识事物。它到底是一种主观认知，太过根深蒂固，便成了傲慢与轻率，以为所有的一切都在人类的分类之内。父母子女、老师学生、配偶伴侣、兄弟姐妹、亲戚朋友、陌生人……如此种种关系，也都是主观分类，有分类便有边界限定，而真实的人、真实的人与人之间的关系是不能被限定的。"

"对对对。"钟关白十分不要脸地补充了一个他自己的例子，"没错，小贺同学，你看，比如我吧，就是陆首席的知己、朋友、校友、伴奏、学生……"

他说完，还得意扬扬地反问陆早秋："陆首席，我说得对吧？"

陆早秋淡淡道："下次发言前先举手。"

嘴上这样说，眼中却满是笑意。

贺音徐低着头，抿唇不说话。

陆早秋极有耐心，接着道："小贺，我对你说这些，不是为了与你讲对错，你可以不认同。我只是想告诉你，贺先生与温先生，没有选择任何一种分类，他们一生过得辛苦，归属不过彼此，你若能体谅，他们也会轻松些。"

陆早秋并不喜欢说教，他在学院也是那种专业精深的硬派教授，评价学生只看实力。

此时说了这么多，也是因为这些人、事都与钟关白有关。

这么多年，但凡与钟关白有关的，陆早秋都亲力亲为，看得比自己的事更重要。

贺音徐认认真真听了，想了许久，眼睛便慢慢红了："我觉得，我是个很糟糕的人。"

钟关白由衷地安慰道："你只是琴弹得有点糟糕，人不糟糕。"

陆早秋平静地指出一个事实："阿白有时候也弹得糟糕。"

钟关白："……"

是的，论琴技，现场大概只有陆早秋是真的没有人敢说一句糟糕。唯一算例外的，也不过是陆早秋听不见的时候，但钟关白不会说，当玩笑也不行。

"陆老师说的，我没有想过，我该想到父亲很辛苦。"贺音徐想起他小时候，贺玉楼是亲自教他中文的，一遍一遍地教，把他教到像在中国长大的孩子那样，说起中文来不夹一个英文单词，写得一手比学校中文老师更好的字。

其实不用贺音徐说，任谁看一眼贺音徐这小孩，都会知道贺玉楼曾在教养上下了多大心力。那不是朝夕之功，势必言传身教，十六年如一日地做一个足够成为任何男孩榜样的严父才行。

"一直以来，我都很想听父亲说一次，说我琴弹得也算……不错，说他其实对我也算……有一点满意。所以，这几天就只顾着自己难过了……却没有想过，他一直想过的都是现在的生活。"贺音徐孤零零地坐在偌大的车后座上，声音越来越低。

"其实，"钟关白把车停到一家餐馆门口，"老师也不曾对我说过'满意'两个字。现在回想起来，说得最多的……是'再来'。"

贺音徐微微一怔："父亲对我说得最多的，好像也是……'再来'。"

他说完，更加难过："可是，再来的意思……不就是并不满意吗？"

"不。"钟关白说，"不是这样的，那不是评价的话。"

曾经，在他走错路的时候，在他想要走回来却感到阵痛的时候，在他的记忆与手指都不受自己控制的时候，在他毫无灵感觉得自己写不出一行旋律的时候，在他与陆早秋合奏感到幸福的时候……陆早秋也说过："再来。"

曾经，在陆早秋听不见并决定训练用手指调音的时候，在陆早秋刚刚恢复听力喜悦到无以复加的时候，他也说过："再来。"

所有的艰涩幽暗处,所有的繁花征途,都有这两个字。

钟关白转过身,对贺音徐道:"再来,是希望,是有人对你心怀期待。"

他说完,下车为陆早秋开车门,等陆早秋出来了,发现贺音徐还没有下车。"咦,我是不是不小心把小朋友反锁在车里了?"

一拉车门,发现并没有,是小朋友自己不肯下车。

"小贺同学,你自己下来。"钟关白把头伸进车里,严正声明。

第51章

《乔治的华尔兹（I）》——梅林茂

贺音徐从车上下来，一头长发垂在腰际，鬓角还有一缕稍短的，被眼泪打湿了贴在脸颊上。他刻苦练了这么多年琴，就是希望得到父亲的认可，听说父亲要去跟别人一起生活，原本有种深深的被抛弃感，觉得好像已经没有弹琴的意义了，可是钟关白却说，他父亲其实也对他心怀期待。

贺音徐属于家长严格而自己又比较懂事的小朋友，这种小朋友通常都有一个特点，被严厉批评的时候能强忍住难过的情绪认真反省自己，被温柔以待的时候反而哭得稀里哗啦。

何况，他之前还一时冲动做了件反抗父亲的事，本来在酒吧时就是伤心失落夹着不安，听了一番教导后失落是少了些，可是愧疚却要把他淹没了。

小朋友今天穿了一件连帽衫，钟关白看他那一副哭得惨兮兮的样子，便走过去，拉起那个大帽子一盖，把贺音徐红着的眼睛连带着半边脸全罩在帽子里，免得被人看见。

"走，陆老师请吃蟹粉小笼包。"钟关白走在贺音徐前面，并在背后十分潇洒地比了个"跟我来"的手势。

贺音徐跟在后面，小声道："谢谢陆老师。"

钟关白头也不回地说："不客气，主要是我想吃。"

进了包厢，服务员熟门熟路，上菜单之前先上了一笼蟹粉小笼包，这是钟关白来此处的必点，一进来就要吃，等不得。

小笼包极薄，一筷子夹起来便能感觉到里面裹着的汤汁在流动。

钟关白曾像一只深山老妖似的评价道："咬下一口，再吸食之，有如吸食天地精华。"而精华的热量，他并不想知道。陆早秋也比较喜欢来这里，但他对食物没有什么爱好。

上了菜，钟关白吃了一会儿，抬起头看见吃相优雅的陆早秋和乖巧听话的贺音徐，突然有种人生圆满的错觉。

"小贺同学，吃完饭我送你回家，我和你陆老师还有事要做。"钟关白摆出一副成年人的嘴脸。其实哪有什么要紧事，不过是想支开小朋友和陆早秋单独出去玩罢了。

贺音徐一听"回家"二字，便闷声道："我不想回去。"

善良的钟老师拿出一颗定心丸："小贺同学，这是跟陆首席出来，不是跟我，所以你放心吃，管够，不会被抵在这里给人洗盘子。"

"不是……"贺音徐犹豫了很久，才决定告诉钟关白自己真的做了一件很糟糕的事，"钟老师，父亲这些天一直住在温先生那里，没有回来过。所以……我这些天很排斥练琴。"

钟关白觉得不是大事，便指示道。"那你正好吃完饭回去练，以后每天多练两个小时，补回来。"

贺音徐又迟疑了一阵，才继续说："……可是，家里已经没有琴了。因为排斥……前两天，我找了一家装修公司，刷父亲的卡让他们把琴房改成了……"

说到后面，他声音小得钟关白听不见："改成了什么？"

贺音徐低下头，像小学生承认错误那样说："……电玩室。"

钟关白其实脾气并不太坏，尤其是对小朋友，可他听了贺音徐的话，愣了两秒，突然就站起来摔了筷子。

镶了金边的桃木筷子砸在桌边，摔到地上，发出几声脆响。

贺音徐被吓了一大跳。

那根本不像钟关白平时的样子。

贺音徐知道如果是贺玉楼的话，听了这事肯定是会生气的，但是贺玉楼从不动手摔东西，贺玉楼生起气来，会花很多时间跟他讲道理，然后让他自己待着把错误想清楚。

钟关白前一刻还在跟他开玩笑，他没想到下一刻钟关白就会生气，更没想到钟关白生起气来这么可怕。

陆早秋站起来，把钟关白拉住，声音低沉冷静："阿白，不许动手。"

钟关白仍盯着贺音徐，对陆早秋说："他稍微有点不满意就可以干这样的事，却不知道老师与贺先生当年为了保住一架钢琴付出了多大代价，他……他哪里像个弹琴的人……"钟关白气得说不出话。

"小贺，我和阿白需要一点时间。"陆早秋对站在一边不敢说话的贺音徐说完，便叫了服务生带贺音徐先去另一个包厢。

待房内只剩了他们两人，陆早秋转过钟关白："阿白，现在与当年已经不同。况且，他确实不知道那些事，你不能怪他。"

"他是不知道……"钟关白看那份回忆录的时候有多痛苦现在就有多愤怒失望，即便理智上知道贺音徐什么都不知道，却仍旧意难平，即刻便要去找贺音徐，"那他今天就得知道。"

陆早秋把钟关白拉住："冷静一点。"

"早秋，别拦着我，他今天就是得知道。"钟关白挣扎了一下，却没挣开。

陆早秋重复道:"阿白,冷静,前后有太多事,先想清楚再说。"

钟关白怎么用力都没法挣开陆早秋,更愤怒了:"陆早秋,你放开我。"

那份愤怒当然不只来自没法立刻冲过去教训贺音徐的无力感,更强的无力感来自当年的所有事都已经发生了,再如何努力也不能改变任何东西。

"阿白——"

"这件事你不要管。"钟关白说,"我来处理?"

陆早秋眼底一黯,问:"你要怎么处理。"

钟关白气没消还被陆早秋一直拦着,语气里便带了一丝不耐烦:"反正我没法冷静处理。我是什么人你又不是不知道。"

陆早秋说:"因为知道,才不许你冲动。"

"陆早秋,我不是机器,我一直就不能像你那样冷静克制……弹琴的人怎么可能没有冲动?怎么可能没有愤怒?《秋风颂》最后那段即兴是怎么来的?他们就应该被记住,尤其是,我要记住,他贺音徐也得记住。他得知道自己是从哪来的,得知道自己要往哪去;他得知道他自己在干什么,要干什么,那太重要了……他现在根本就不知道自己在干什么。"钟关白越说越激动,也越说越远,说到后面已经不知道自己到底在气什么了,甚至有些语无伦次,"陆早秋,你知道的,我靠什么弹琴,我为什么弹琴,我受不了什么。你可以冷静地练习技法,不管发生什么,演奏起来永远正确,像个精密的仪器。我不行,我一直就不行……"

陆早秋慢慢松开禁锢钟关白的手,沉声道:"阿白,你觉得我是机器?"

钟关白一滞,立即否认道:"我不是这个意思。"

陆早秋注视着钟关白,没有说话。

"我就是……我就是受不了他做这样的事。我弹完《秋风颂》之后,那些事就像治不好的疮一样长在我身上……"钟关白看着陆早秋发沉的眸色,焦急地解释道,"早秋,我敬佩你的演奏技法和音乐诠释,于你而言,音乐可以只是音乐,是简洁流畅的旋律线条,背后没有其他东西。你可以研究录音时代之前的大师如何诠释他们的音乐,然后便同他们一样地去诠释。"

这么多年,钟关白当然知道陆早秋是如何工作的。陆早秋并不像钟关白那样自由随意,那样天马行空,想写什么便写什么,想弹什么便弹什么,可以不拘其他,全然把自己的感情表达放在第一位。他需要研究那些大音乐家的曲目、音乐诠释,弦乐的弓法指法,乐团的各部配合,当时的乐器与现在的区别……甚至乐器摆放位置的设计,然后将整个乐团协调好,并非只需要坐在乐团最显眼的位置把自己的琴拉得动听而已。

陆早秋从来都如教科书般标准,让所有人都觉得正确、完美,那早就不是一种对自身实力的证明——他从少年时起就不再需要证明这一点了——那是任何一个顶级乐团的需要。

"我——"钟关白极其郑重地、虔诚地说道,"非常尊敬这一点,非常、非常尊敬。"

陆早秋，你是我最尊敬的小提琴家与乐团首席，没有之一。"

"……但是我自己，不行。你知道的，我需要刺激，需要在意，需要冲动……我连痛苦都需要，我需要把很多音乐附带的东西都装在肚子里重新活一遍。哪怕其实我的身体想要呕出来，我也得吞回去……所以，我现在真的……"钟关白望着陆早秋，像望着能够救赎自己的人，"真的非常难过。老师和贺先生当年……如果他早一点知道，必不敢做这样的事……如果他早一点知道……"

说到最后一句，已经有些不对劲了。

可能连钟关白自己都没有发现，他说到此时的贺音徐就好像说到了之前的自己。虽然两人所做之事不尽相同，做错事时也什么都不知道，可在他内心深处，那就是同样的软弱，同样的不坚定。这样的意志不坚暗地里狠狠戳中了他最懊悔的那个痛点。

可是人大约没法直接痛恨过去的自己，于是只好痛恨别人——

恨不能冲出去拎起外面那个小孩，把他按在钢琴前，告诉他那到底意味着什么，让他免受自己昨日追悔莫及、连皮带肉撕去外衣的重生之苦。

在钟关白那句"他哪里像个弹琴的人"与"我要记住，他贺音徐也得记住"脱口而出时，陆早秋就隐约察觉了钟关白的那份不理智是由何而来，此时隐约的察觉也已经变得明晰了。说到底，钟关白还是在痛恨自己，只是他不自知，以为自己满肚子火气只是对后辈的怒其不争。

"阿白，"陆早秋懂了，声音低柔得像是一片羽毛，"阿白……"

钟关白发泄了许久，陆早秋一直静静听着，钟关白心里那把火烧到现在已经烧得差不多了，他听着一声一声的"阿白"，内里最后一阵沸腾也渐渐平息下来。

"阿白，"陆早秋对钟关白说，"有一点，你讲得不对。"

钟关白生完气，其实不能完全想起来自己到底都讲了些什么，于是偏头，从善如流道："……嗯，我听着。"

"阿白，你总是太怕别人失望。温先生对你说'再来'，我也对你说'再来'，是因为对你有所期待，这没错。但温先生不是期待你承担什么责任，也不是期待你变成贺先生。他从你小时候就看出了你爱琴，便期待你能做自己真正喜欢的事，期待你能快乐。温先生是通透人，也把你看得很重，他那样怀念从前，要你去弹一首《秋风颂》都思虑再三，你若能接过他想传下来的东西，当然是好的，可若你真正爱的不是琴，他哪里会要求你一弹二十年？"陆早秋站在钟关白身后，"阿白，我也对你说过，从前的，不是失望，只是怕你弄丢了最爱的东西。"

"早秋……"钟关白心中一软，"你怎么跟我说这个……"

"你不知道？"陆早秋反问道，"那你说说，为什么刚才发那样大的脾气？"

钟关白闷闷道："……我已经说过了。"

陆早秋说："我没有听到，再说一次。"

"因为贺音徐那小子……"钟关白忽然不知道该从哪儿说起,刚才怒火烧起来的地方一片平静,连火星也没迸出来一颗,他突然就懂了,"……我怕他变成我。"

陆早秋沉默了一会儿,道:"一个你尚且顾不过来,两个你便不知道该怎么办了。"

钟关白脸涨红起来:"他……他敢,贺音徐那小子怎么会变成我?"

陆早秋的嘴角浅浅扯起,看着钟关白的眼睛低低道:"你看,他不会变成你。

"小贺现在年纪小,哪怕爱琴,也不自知,全然以为是为了贺先生的期许才弹琴。阿白,你若告诉他那些往事,不过更添他愧疚,让他继续为父亲弹琴,那他什么时候才能知道自己到底是不是真正喜欢钢琴?"

"也是,有道理。"钟关白点了两下头,又觉得很替贺音徐的家长着急,"可是……要是他真的不喜欢,那怎么办?"

"如果他真不喜欢,我想就是贺先生,也不会勉强他。"陆早秋说,"人生苦短,做什么,只讲一个心甘情愿。"

钟关白听了,然后趁着陆早秋没注意,便挽起袖子,露出相当不容忽视的手臂肌肉,打开包厢门:"那什么,陆首席你等我一会儿哈,我现在就去让小贺同学感受一下什么叫心甘情愿。练琴这事嘛,挨几次揍就心甘情愿了,真的。"

第52章

《空中华尔兹》——乔纳森·埃德尔布鲁特

贺音徐正一个人坐在桌子旁边食不知味地吃着玉兰饼，看见钟关白开门，立即站起来。他有许多事想问清楚，可是却连上前打一个招呼也不敢，怕钟关白发脾气。

露着修长有力漂亮胳膊的钟先生靠在门边，冲小朋友招招手："过来。"

贺音徐听话地走过去，没有站得太近。

"服务员，麻烦把桌上的点心打包一下，再来两份梅花糕一起带走。"钟关白喊完，便对贺音徐说，"小贺同学，你陆老师吧，是正经教授，传道授业解惑的正派人。两分钟以前，他把我训了一顿，不允许我对少年儿童使用暴力，并让我为刚才的行为跟你道歉。"

贺音徐没想到钟关白态度这么好，还没来得及高兴一下，便听见钟关白压低声音快速道："梅花糕是请你吃的，等下陆首席进来你就说你原谅我了，要不咱们没完。"

等陆早秋进来，钟关白一脸诚恳地禀告道："我跟小贺同学道过歉了。"

陆早秋看贺音徐，贺音徐看钟关白，钟关白露出一个标准的微笑："难道不是吗？"

贺音徐看见钟关白那一排整整齐齐并反着危险白光的八颗牙，回答道："……嗯，是的，钟老师……很好。"

钟关白听了，一脸跟陆早秋邀功的得意神色：你看吧，我也是正经老师。

"小贺同学，我和你陆老师送你回家。"钟关白说。

贺音徐："可是家里……"

钟关白大手一挥："今天就去你家打游戏了。"

钟关白嘴上一向不算仁厚，贺音徐以为这话只是另一种形式的嘲讽，可是钟关白说完，真的就往驾驶座上一坐，像带一家人出去郊游似的把车开到了贺音徐家楼下。

这是贺玉楼买下的一套复式公寓，从他带贺音徐回国起就住在这里。吊顶极高的二层全部打通，贴了隔音砖，却只放了一架斯坦威大三角钢琴，四面的墙壁完全是内嵌的书架，里面放满了琴谱——

这是这间琴房几天前的样子。

现在，原本设计古典的琴房完全变成了现代科技的产物：房间四角安装了小型激光基站，数台实现强大移动计算渲染功能的主机隐藏在墙边，拥有大量精密传感器的VR装具摆了一整排架子。

当时接这个改装活儿的公司直接把贺音徐当作那些今天一个爱好明天一个爱好的富家公子哥了，一切配置都按最高的来做，一切设备数量也都按一个不学无术的公子哥可能有的狐朋狗友数来购置。

钟关白打量了眼前的房间许久，说："小贺同学，你有这身家，居然让我请你吃东西？"

贺音徐说："我……现在就去让他们改回来。"

"别呀。"钟关白摆出一副饶有兴趣的样子，"你玩过吗？好玩吗？"

贺音徐："没有。其实……钟老师，我看着他们进进出出，把钢琴搬出去，把这些东西拿进来，听见他们安装的声音……觉得不太舒服，所以之前都没有上过楼。"

钟关白故意说："是你自己要改的，有什么不舒服？我看倒是舒服极了。"

贺音徐极度羞愧："我知道这样不对。"

钟关白反问："为什么不对？"

贺音徐不假思索就脱口而出："那样对不起父亲。"

钟关白想，果然被明察秋毫的陆首席说中了，为了父亲。

"贺先生说过不让你打游戏吗？"钟关白问。

光是为了得到贺玉楼的认可就已经花费了全部的时间与精力，哪里有工夫想别的。贺音徐从小时候起就在做贺玉楼要求的事，所以根本不知道贺玉楼不许他做什么。

"没有是没有，可是……"虽说没有明令禁止，但是贺音徐知道，贺玉楼一定不会喜欢他打游戏的。如果不是知道这一点，他也不会一时冲动叫人把琴房改得面目全非。

"没有不就行了。"钟关白拿起一套VR装备，"戴上，开打。"

他叫贺音徐打游戏，有他的目的。小朋友有陆早秋看着，揍是不能揍了，但是让小朋友感受一下游戏里的痛苦还是可以的。很多时候，人不是因为喜欢什么才擅长什么，而是擅长什么才会觉得喜欢什么。钟关白笃定贺音徐一个新手，在游戏里被"虐"几把就会知道弹琴是多么快乐的事了。

钟关白前后差别太大，贺音徐有一肚子的疑惑，不想打游戏，只想把事情弄清楚。但是钟关白一副"你敢不过来试试"的架势，强势得像带他在剧院吃冰激凌的季大院长，让人根本无法拒绝。

其实VR游戏钟关白自己也没玩过，他只听唐小离说过多么有趣。

启动软件，有不少种类的游戏可选。

钟关白随手选了个射击类游戏，一看有"3V3"模式，便撺掇陆早秋也一起来打一局。

在陆早秋近三十年的生命中，游戏这个概念就只是个理论概念，从来不曾实际操作过。

于是他非常坦然地承认："我没有玩过。"

钟关白一边帮陆早秋戴装备，一边非常膨胀地说着"不会没关系""等一下就跟着我"这样充满保护欲的话，然后才心满意足地宣布："进入游戏。"

游戏任务很简单：跟另外一组人争夺一份绝密档案。

进去了之后，钟关白研究了一下地图，开始自认为英明神武地组织路线："我们进去，沿着这里上顶层。"

贺音徐和陆早秋跟在钟关白身后，进入大厦。

遭遇战来得太快，不过上到第三层，两队人就碰面了。

狭路相逢勇者胜，拔枪！

"……这？"钟关白拔是拔了，拔出来却发现根本不知道怎么用手里那玩意儿，"这玩意儿怎么——"

没等他弄清楚怎么操作，对面已经开枪了。

电光石火之间，陆早秋将他护在身后，并一个点射击毙了朝他开枪的敌人。

同样是眨眼间，贺音徐小朋友利落地抬起手，干掉了另外两个敌人。

钟关白："……"

贺音徐见钟关白呆立原地，便提醒道："钟老师，我们可以去拿档案了。"

一直到爆破保险箱，拿到档案，钟关白都没有说话。

忍到游戏结束，钟先生终于忍不住，愤而摘掉装备提出指控："你们！你们肯定背着我偷偷玩过！"

陆早秋："没有。"

贺音徐："钟老师，我没有。"

钟关白一脸不信任，陆早秋说："阿白，我中学时被要求修射击课，难度比今天的游戏大一些，但操作类似。"

贺音徐点点头，道："我也是。"

钟关白："……"

钟先生极度不爽，然后再次打开游戏列表——

"我不喜欢刚才那个游戏，换一个。"

钟先生一心想找回面子，便一边选游戏，一边若无其事地问："哎，你们修不修高尔夫课的？"

陆早秋："嗯。"

贺音徐："修的。"

钟关白："……赛车的话，小贺同学你有驾照吗？"

贺音徐："没有，我年龄还不够，但我参加过赛车培训。"

钟关白非常不高兴地持续大力虐待选择游戏的装置："这个不好玩。"

"这个不要。"

"丑。"

…………

贺音徐提议道:"不如我们不玩了吧?"

"不行。"钟关白一口回绝。

第53章

《在银色的月光下》——吕思清

在钟关白倔强地选游戏的同时,一辆车正缓缓朝这栋楼开来。

副驾驶上,穿青衫的人头发全白了。开车的人穿了许多年西装,如今也换成了黑色长衫。几十年后,两人坐在一处,身体里竟像坐着两个少年。

"到了。"贺玉楼说。

贺玉楼把温月安抱下车,温月安问:"师哥,这是来做什么?下了车也不肯告诉我?"

贺玉楼推着轮椅向楼内走去,进了电梯才微微倾身对温月安道:"月安,这些年,我写了些曲子,都放在这里。明天就要南下了,我想先带你来看看。你若有喜欢的,拣些我们一起带走,不喜欢的,就留在这里。"

温月安听了,垂下眼帘,淡淡道:"这次不知又是为谁写的。"

贺玉楼望着温月安的模样笑起来,温月安都像是要瞪他了,才说:"还能是为谁?"

温月安说:"我哪里知道?"

贺玉楼不笑了,轻轻说了两个字,"为你。"

"曲里都写了些什么?"一抹带着柔光的浅浅波纹从温月安眼底漾开。

贺玉楼想了片刻,答道:"故国明月,残破山河。"

温月安轻轻道:"师哥,从今往后,你若不想,便不必再写这些了。你的故国明月仍在,残破山河也已收拾。"

贺玉楼伸手理了理头发,道:"好,不写。"

电梯到了,贺玉楼推着温月安到门前,发现门口有三双鞋。

"好像是阿白与早秋也在。"温月安说。

开了门,一楼没有人,贺玉楼说:"他们应该是在二楼弹琴,琴房隔音好,楼下听不见。"

温月安点点头,问:"上去看看?"

"好。"贺玉楼应道。

温月安浅浅笑着,声音里竟带了一丝小小的炫耀语气:"这个轮椅可以自动上楼梯,是阿白送的。"

"不走楼梯。"贺玉楼一指,温月安便看见公寓内居然也有一台电梯。

贺玉楼解释道:"当初买下房子装修时就安着。"他没有说,后来,他已经可以在各地购置房产时,买下的每一处都要有电梯,诸如洗手台、柜子等所有设备都要是坐在轮椅上能够到的高度,就是因为心中隐隐有一个奢侈的念想:来日当有相见时。

二人进电梯时,都怀着"好好看看三个孩子弹琴"的心情,然而当电梯门打开的一刹那——

钟关白头上戴着温月安根本不知道是什么的东西,手上比着温月安看不懂的手势,正在大喊:"完了完了那边来了一个僵尸,对,就在你左手边,小贺同学你快砍一下!"

贺玉楼看向贺音徐——

贺音徐也戴着同样的装备,一手劈掉左侧的空气,并开心地禀报:"砍掉了!我们现在进到前面那个旧仓库里去吧!"

"好,前进!"钟关白一边点头一边朝右侧看了一眼,大喊,"陆首席,你那边又来了一个!"

贺玉楼和温月安朝陆早秋看去——

连身为"别人家的小孩"的陆早秋都戴着那种设备,一双大部分时间都在拉小提琴的手竟然也在劈空气,劈完还如同做专业学术报告那样认真地说:"目标清除。"

三个人就这么在偌大的空旷房间里,一会儿砍空气,一会儿压低身子小心翼翼地摸索前进,一会儿呼叫救援……

贺玉楼环顾整个房间,找到所有设备的总电源,按了关闭按钮。

三个人同时停止动作,然后便看见钟关白一边摘掉脑袋上的装置一边大大咧咧地说:"怎么没了?小贺同学,是不是你们家停电了?我说,你们最近交电费了吗?"

"交了。"贺玉楼说。

耳机离开耳朵的一瞬间,钟关白就听见这句"交了",然后马上反应过来这个声音的主人是谁,那种吓破胆的感觉让他瞬间穿越回小时候练琴偷懒被温月安发现的时候。

"贺……贺先生……"钟关白拎着他的游戏装具,非常僵硬地招呼道,"……您好,您吃……吃了吗?"

下一秒他发现温月安也在,瞬间再次吓破胆:"老师……老师也吃了吗?"

没有人回答他关于吃没吃的问题。

贺玉楼扫视一圈四周,最终视线落在跟着摘掉游戏装置的贺音徐身上,问:"Ince,这里是怎么回事?"

贺音徐不知道该怎么解释,贺玉楼等了一阵,没有等到回答,于是说:"跟我出来。"

贺玉楼是那种不会当着旁人的面教育小孩的父亲,贺音徐低着头跟着贺玉楼去书房,走之前还非常可怜地看了钟关白一眼,但是钟关白也救不了他,因为下一刻温月安便说:"阿白,你们在干什么?"

"我们，呃……"钟关白支支吾吾，可是怎么都没法把在一个原本是琴房的地方聚众打游戏这件事说得理直气壮。

他是抱着非常高尚的意图带小朋友来打游戏的，但是后来一个不小心，不仅没让小朋友感受到被虐的痛苦，还连带着自己都一起沉迷游戏无法自拔起来。

温月安看着并肩站在自己面前的两个孩子："早秋，你来说。"

陆早秋从身后悄悄拍了拍钟关白，然后便将前因后果如实道来。

钟关白对陆早秋使眼色：陆首席你就这么把小贺同学卖了？

温月安沉吟了一会儿，才道："我明白了。阿白，你不要急，师哥教出来的小孩，不会不爱琴的。只是，师哥这么多年过得苦，贺家现在又只剩了小贺一个孩子，师哥教起来可能太严厉了。喜欢这事……有时候一开始并不长成喜欢的样子。说喜欢的，并不一定真心，说不喜欢的，也不一定就真正不喜欢。很多事都要回头看，看到自己将所有时间都花在一样东西上，才知道那就是喜欢……阿白、早秋，我去同师哥说一说这事，你们带小贺一起把这里恢复原样，莫要让师哥生气。"

温月安说完，便去书房找贺玉楼，钟关白与陆早秋跟在后面。书房外很安静，听不到说话的声音。温月安轻轻敲了两下门，在门外喊了声"师哥"。

贺玉楼开门的时候还沉着脸，见到温月安稍稍缓和了神色。

温月安说："师哥，我有话同你讲。"

贺玉楼关上书房的门，应道："嗯。"

关门的瞬间，温月安瞥见了站在书桌前的贺音徐："师哥，我先进去同小贺说两句话，你在这里等我出来，我们再讲。我在里面的时候，你要是想自己教训阿白和早秋，我不答应。"

贺玉楼忍不住勾起嘴角，点点头："好。"

等温月安进了书房，钟关白非常尴尬地站在贺玉楼面前，主动请罪道："那个，贺先生，您要是想教训我也是应该的，我保证不跟老师说。"

贺玉楼好笑："我看还是算了，你是月安的宝贝，说不得。"

钟关白极其不好意思地低下头，老老实实等温月安出来。

过了一阵，温月安开了门，让贺音徐出来，然后便把贺玉楼叫了进去。

贺音徐出来的时候眼睛微微红着，钟关白好奇地问："老师跟你说什么了？"

"……没什么。"贺音徐抿着唇，不肯说。

钟关白觉得十分新奇，贺音徐小朋友通常不太敢反抗他，现在居然也学会拒绝了。他想起这位小朋友好像挺喜欢吃甜食，便凑过去一点，哄劝道："说说嘛，说说。小贺同学，你吃不吃蛋糕？抹茶口味的哟，你想象一下，醇厚的茶香在嘴里散开，啊——每一个味蕾都得到了绽放。"

贺音徐犹豫了一下，还是摇了摇头。

他不想说。

刚才在书房里，他跟贺玉楼认了错。贺玉楼听了果然脸色不好看，告诉他贺家的孩子不能这样做事。

温月安进去的时候，他正站在书桌前反省。

"坐。"温月安说。

贺音徐不敢。温月安说："你要站在那里，看我的头顶？"

贺音徐听了，连忙找了把椅子，坐在椅子边。

温月安看着他，说："不敢辜负他人的人，是很苦的。这个苦，大多数人都是要吃的。"

钟关白不敢辜负所有靠他生活的人；陆早秋不敢辜负钟关白的期待；贺玉楼不敢辜负母亲的嘱托；温月安自己，不敢辜负贺玉楼临走前的要求……

贺音徐也不敢辜负父亲。

"只不过，有的人吃得高兴，有的人吃得不高兴。你过来些。"温月安看着贺音徐的眼睛，那眼睛同贺玉楼实在很像，"小贺，我问你，你吃这苦，高不高兴？"

贺音徐想了想，疑惑地问："什么苦？"

温月安淡淡笑起来，说："那看来是吃得高兴的。"

有时候，那不敢辜负的与自己喜欢的根本是同一件事，苦吃起来，甘之如饴，也就是高兴的了。

"小贺，你知不知道，师哥这几日常跟我说到你？"温月安问。

贺音徐有些紧张道："父亲说我什么……"

温月安："说你像他。"

贺音徐不自觉将身体向前倾了倾，重复道："父亲说我像他？"

"嗯。你确实像他……长得本就像，弹起琴来更像。我是同师哥一起长大的，自然记得。"温月安唇角漾开的笑柔和得像傍晚的一抹浅色云霞，"不过，你比他当年，讨人喜欢得多。你莫要看他现在这个样子，当年他也有不挨打便不肯练琴的时候。后来弹得好了又总是炫耀，生怕别人不知道他的大跳和双音颤音弹得好……不知道有多可恨。"

贺音徐乖乖听着温月安讲父亲从前的样子，倒是一点可恨的意思也没瞧出来。

温月安："这几日，师哥还同我说，他觉得你有天赋，也刻苦，贺家有你这样的孩子，他觉得很放心。"

贺音徐突然就红了眼睛："那他为什么从来不对我说……"

温月安说："师哥这个人，有些话是不说出口的。他就是对你放心，觉得你能独立把事情都做好，才决定去做自己的事。

"师哥当年……也是十几岁便独自生活，因为那时候他背后已经空无一人。小贺，不管你想如何生活，背后还有师哥，有阿白和早秋，如果你愿意，也有我。

"我和师哥不是要去什么你到不了的地方，你想师哥了，便过来，我们家乡有许多桂树，我给你做桂花糕。"

第54章

《夕阳山顶》——李戈

家长在书房谈话，贺音徐小朋友则打电话紧急联系装修公司把琴房恢复原状，好在那架斯坦威和所有琴谱他全数让施工的人放在了空置的车库里，保存完好，否则他今天可能真的会挨揍。

钟关白一脸可惜地看着那些游戏装备，嘴上说："拆得好，就该拆了！"过了一会儿又忍不住说，"那个，拆之前要不我们再来一局吧？我还没看到那个旧仓库里面长什么样。"

陆早秋说："阿白，非要温先生与贺先生出来，你才知道害怕？"

"哪须他们出来？光是你……"钟关白声音渐渐变小，"我就怕得不行。"

陆早秋："我怎么？"

"你特别好。"钟关白赶忙说完，小心思又动到那些游戏装备上，"哎，陆首席，这些装备都用过了估计也退不了了，扔了也可惜，要不我们买下来，在家里装上一起玩吧？你不是也玩得很开心吗？"

"不行。"陆早秋说，"这个月已经给你买过玩具了。"

"什么时候的事？"钟关白像受了天大冤屈般申辩道，"我这个月勤勤恳恳，辛苦工作，没有进行任何娱乐活动。"

陆早秋提醒道："绿豆。"

钟关白："……"

是的，那是他跟陆早秋申请买的，也确实是用来玩的。在一堆凉爽的豆子里拨来拨去的感觉实在非常好，好到钟先生立马放弃了那些游戏装备。

等贺音徐打完电话，钟关白又跑过去使坏："哎，小贺同学，这些东西以后就玩不到了，会不会舍不得呀？"

贺音徐摇摇头，不但没有不舍，他整个人看起来都是一副精神满满的样子，一头长发好像都有光泽了不少，恨不能立刻坐下来把肖邦练习曲目全弹一遍。

温月安与贺玉楼讲完话从书房出来，留钟关白和陆早秋一起吃饭。

毕竟第二天就要走，东西虽都收拾好了，要交代的事还不曾好好说一说，即便不在这里遇见，温月安也是要去找他们的。

贺玉楼找了个安静的地方，几人坐在一处吃饭喝茶。

这地方的杯碗是月白色的，内里底面有青色鲤鱼，模样可爱，与温月安很相衬。

要交代的并不多，温月安把回忆录留给了钟关白，说不管做什么都好，不必再过问他。毕竟回忆录是为了回忆，如今他自己打算再次走进那本回忆录里去，与回忆里的人一同生活，便也不需要回忆录了。

"师哥，连带那本《秋风颂》曲谱我也交给阿白了。"温月安说，"算是你给阿白的见面礼。"

贺玉楼点点头，说："好。"

京郊的那栋小楼也交给钟关白，那是温月安为自己仿造的童年故乡，却也是钟关白一直练着琴真正长大的地方。温月安说："阿白若想过几天小时候的日子，便同早秋回去住住。"

钟关白有点难过，因为就算回去住，那里也没有他的老师了。

"若不想，也记得偶尔去看看，我怕没人去看，阿白胡乱放生的螃蟹泛滥成灾。"温月安说罢，又将一把钥匙给陆早秋，"这是书房柜子的钥匙。里面都是阿白小时候的东西，阿白粗心大意，早秋，你替他收着。"

陆早秋应了，温月安才继续道："屋中还有一幅我新写的字，早秋，你替我交给文台。当年他出国前给我写了一幅'志合者，不以山海为远'，如今我要离开这里，也写一幅同样的给他。"温月安与季文台是真正的君子之交，两人于对方皆是全无所求，不过一道谈论音乐见解，竟也一谈就是几十年。"我几十年受他照顾，许多年前在学院偶尔讲学也受众多学生照顾，要走了，没什么好留的，只有一些书籍、琴谱与一笔存款，便都捐给学院吧。"

钟关白见温月安越说越像是留遗言，险些就要跪下来求温月安不要走。

温月安察觉，看着钟关白道："阿白怎么还没长大？"

钟关白从来不轻易顶温月安的嘴，此时却梗着脖子硬邦邦地说："如果长大就是……就是……那我不长大。"

温月安柔声道："好，阿白不长大。"其实在温月安心里，钟关白也是不会长大的。他一眼看过去，看到的不是二十来岁的钟关白，而永远是当初跑到舞台上与他分坐一张琴凳的小男孩。

钟关白听了，像是得到了一个承诺，温月安就算走了也会一直平平安安地坐在南方的那座小楼前晒太阳，只要他去看，温月安就会在。

"小贺，书房里的桌上还有一方瓷镇纸。"温月安对贺音徐说，"是师哥的父亲贺老师亲手制的。那方镇纸，贺老师与顾老师夫妇用过，师哥用过，我用过，阿白也是用它学的字。我同师哥说，当年的东西，现在仍旧完好的所剩无几，在三代人手上流转过的只有那方镇纸了，现在交给你，也算它的一个好归宿。师哥也觉得很好。"

贺音徐连忙看向贺玉楼，贺玉楼对他点点头，说："收着。你是贺家的儿子。贺家的儿子，没有差的，也没有什么接不起的东西。"

一句"贺家的儿子没有差的"让贺音徐的嘴角难以抑制地弯起来，太过激动，眼底盈满了泪，哽咽着不停地说："谢谢温先生……"

温月安把一些旧物的去处都交代了，钟关白忍不住难受地问："……老师，什么都不要了？"

温月安笑着说："阿白的照片、录像、曲谱，还有给我写的字，我都是要带走的。老人家，总是要翻翻从前的东西。"

把一切说完，温月安有些疲倦，他一一看过面前的三个孩子："阿白、早秋、小贺，都很好，我也没有什么要教的了。"

温月安说罢，微微侧过头，看着站在自己轮椅后的贺玉楼："师哥，我们去看看你写的曲，取了谱，便回去吧。"

公寓里的施工还未结束，游戏设备都被清理了，可装潢没有恢复，琴谱与钢琴都暂时摆在客厅里。

贺玉楼将自己作的曲都收在一起，拿给温月安。

钟关白见温月安精神不大好的样子，便说："老师别看了，我来弹，老师听就好。"

他视奏能力极好，就那么一曲一曲地弹下来，弹给温月安听。

贺玉楼作的曲里，其中有一整本都是四手联弹，显然是贺玉楼为温月安与他自己所写，其中复杂的情义钟关白未读谱便可料想。于钟关白而言，表情之重要不比技法轻，他觉得这些曲目不适合他与贺音徐联弹。

钟关白本是想与陆早秋合奏的，陆早秋自从与他相识，练钢琴也很频繁，足够将这样并非为了炫技的曲目弹下来。可是当他翻开琴谱一读，发现这本四手联弹写得奇怪，钟关白看了一眼贺玉楼垂在身侧的手，一如他第一次见时那样戴着白色的手套，是了，这四手联弹不是为两个双手完好的人写的。

钟关白不敢再弹，只能将那本琴谱拿到温月安面前。

温月安看了看，对贺玉楼轻声道："师哥，我们合奏一曲。"

贺玉楼将琴凳移到旁边一些，再推着温月安到钢琴前，这才自己坐到琴凳上，在谱架上摆上琴谱。

贺音徐走近两步，帮他们翻谱。

贺玉楼侧头看温月安一眼，两人同时抬起手，时隔几十年仍默契如初，不用任何言语与多余的动作便可通心意。

钟关白与陆早秋站在他们身后，看着两人的背影。

两个身影都已经不年轻了，发染霜雪，肩背也支撑了整个身体太久，显出并不十分强健的样子。

可当琴声响起时，其余听着琴的三个人却都觉得，那分明还是少年人才能弹出的琴音，里面带着仿佛不曾经受过苦难的光亮，与年少时同门并肩的信任与情义。

琴声是不会骗人的。

如果他们静静地坐在某一处，或许看起来只是两位气度高华的老人，但是当他们的手指触上琴键的那一刻，他们就是一个一去不复返的时代。

第55章

《秋（Ⅰ．快板）》——安东尼奥·维瓦尔第

温月安与贺玉楼走的时候没有让任何人去送。

他们走后，钟关白连着好几天都窝在温月安的那栋京郊小楼里弹琴作曲，有时候还跑到书房里一遍一遍地写"静心"二字。

他在书房的柜子里找到了温月安留给他的一袋话梅糖，袋子里有一张纸条，墨迹还是新的："阿白不长大，可以吃糖。"

温月安走后的这几天，钟关白一滴眼泪也没有流，只是把自己闷在房里不停地工作。但是当他坐在地上剥开糖纸吃下第一颗糖的时候，突然就号啕大哭起来。

哭了半天又跑去练琴，像小时候那样，从《哈农钢琴练指法》一个一个抬手指开始，整本整本地练，不知疲倦饥饿。

陆早秋没有阻止他做这些事，只在他不小心趴在钢琴上睡着的时候把人挪到床上去。

钟关白一直重复着从前在这栋房子里做过的事，说什么也不肯出院子一步。

直到李意纯打电话过来，说阿霁康复了，问他有没有时间去看看，钟关白才想起来，他答应过要去接阿霁出院的。

他打起精神，拿了一张自己的专辑去医院接人。

专辑上的签名是用美工刀刻的，阿霁摸着凹进去的"钟关白"三字，一脸期盼地说："阿白哥哥，我想听你当面弹给我听。"

钟关白说："好啊，等李老师办完出院手续，我们回学校弹琴，阿霁想听什么我就弹什么。"

回学校的路上，钟关白问："李老师，肇事司机找到没有？"

李意纯说："找是找到了，但他不承认是自己的责任，先是说阿霁自己不小心，后来又说盲道设计本来就不合理，离停车位太近。"

钟关白一听就觉得恼火，但这些跟法律和追责有关的事让他本能地觉得头大，他一向连自己的法务问题都搞不定，只好打电话叫陆早秋那边的律所处理。

车到了特殊教育学校。

钟关白心情本就不大好,同阿霁与李意纯一起进学校的时候又看见一个坐轮椅的小孩坐在教学楼前的树下,情绪更加低落起来。

阿霁虽然看不见,可不知怎么却像是能够感觉出钟关白的心情似的,拉着钟关白的手说:"阿白哥哥,你是不是很忙,没有时间陪我?"

"不是……就是有点……"有点觉得这个世界太苦了。

他自己是很幸福的,但是这个世界真的挺苦的。

"有点什么?"阿霁扬起头问他,她脸上还带着结了痂的伤痕,嘴角却弯弯的。

"没什么。"钟关白笑着摇摇头,他在这样的小姑娘面前,说不出世界太苦这样的话,"我们去弹琴。"

并没有选什么有难度的曲子,弹的都是大家耳熟能详的,从施特劳斯的《蓝色多瑙河》到帕夏贝尔的《卡农》,再到莫扎特的《土耳其进行曲》。还弹了几首自己作的曲。

弹到最后,便开始即兴演奏。一些钢琴家把即兴当作一种考验,总要提前准备很多乐段,随时准备在即兴演奏时拿来用,但是钟关白从不,即兴只是他表达的方式,那只代表他那一刻的感受,所以即便有人将他即兴的曲子记下来了,后来再弹也与当时不同了。

一期一会,乐过无踪。

钟关白弹完,又答应下一次与陆早秋一起来合奏,阿霁才同意放他离开。

走的时候阿霁说:"阿白哥哥今天的琴声像在哭。"

钟关白不知该说什么,阿霁等了一会儿没等到对面的反应,便换了个轻松的话头:"阿白哥哥,能不能再给我一个签名?教我钢琴的姐姐是阿白哥哥的同校师妹,她很喜欢你,我想帮她要一张。"

钟关白问了名字,提笔的时候说:"要写什么?"

阿霁说:"阿白哥哥写几句勉励和祝福的话?"

钟关白认真地思考了一下,在纸上写上七个大字:"好好弹琴,别学我。"

然后非常谦虚地落款:"钢琴系学生　钟关白。"

写完,他突然非常想念在音乐学院念书的时候,于是出了特教学校便往学院跑。

一进学院,钟关白就去院长办公室骚扰季文台,赖着不肯走,东看看西看看,好茶让他喝了三壶,橘子也剥了六七个,吃得干干净净,扭捏了半天就是要让季大院长批张条,好去借学院不对外开放的琴房的钥匙。

季文台被烦得不行,一批就批了一年,只要有空琴房,钟关白就可以借。

钢琴系的学生练琴刻苦,钟关白生怕等不到空琴房,便指着那批条,厚着脸皮说:"季老师,您不如再多写两个字,直接把001琴房批给我吧,我以前就是用那间的。"

"001都是给以第一名成绩考进来的学生用的,早就有人了,一学期里没有一天是空着的。现在你往我这儿一站说想用就能用?还多写两个字……"季文台嫌弃道,"你看用过

001的人里，哪个不比你强？"

钟关白分辩道："那——那至少说明我是我们那一届最好的。"

季文台气得大骂："你们那一届就是最差的一届！"

钟关白："可是现在我们那届的那谁不是也在世界巡演了吗，还有那谁谁跟柏林爱乐合作效果也不错，我前段时间翻乐评杂志还看到那个——"

季文台："钟关白，你知不知道什么叫适可而止？"

钟关白拿起那张批条往外走，季文台还以为这小子消停了，拿起茶杯刚想喝口舒坦茶，没想到等钟关白走到门口的时候，委委屈屈地回过头看着季文台说："要是老师在……肯定不会看着我被这么欺负。"

"咳，咳……"季文台被呛了一大口茶，剧烈地咳嗽起来。

咳了好一阵，季文台咬牙切齿地指着假装要失落离开的钟关白："钟关白，你给我回来。"

钟关白走过去，季文台怒气冲冲地在批条上加了一行字，掏出一串钥匙来取下一片扔在批条上。

钟关白拿起批条一看，好嘛，001有人不能批，季大院长把院长专用的琴房批给他了。

"谢谢季老师！"钟关白收好批条和钥匙，受宠若惊地连声感谢。

季文台说："钟关白，现在，你给我以急板的速度滚出办公室。"

"急板哪够，必须是最急板。"钟关白兴高采烈地滚了，出去的时候还顺走一个橘子，季文台刚要骂，便听见钟关白说，"我这两天就给老师打电话。"

季文台被噎了一下，只好把他原本要骂出口的话全吞回肚子里，悻悻道："你在我这里可一点委屈没受，别让老温来训我。"

学院琴房的装潢是统一的，钟关白一走进那栋楼就觉得回到了学生时代。

季大院长的琴房是双钢琴琴房，钟关白选了一架近的来弹。近日来逐渐完成的钢琴协奏曲的独奏钢琴部分自然而然地从指尖流泻而出。

伴随着钢琴独奏，钟关白脑海中也自动交替着交响乐的各个音部的乐声来去。

弹了一阵，可能是旁边的管弦系同时有几个学生在练圆号，传来的声音一下子盖过了一部分钢琴声，不过应该是院长琴房的位置好，干扰并不严重。

钟关白的手指一顿，再看向琴房中的另一架钢琴，仿佛受到了什么启发般，猛地站起来，冲出了琴房。

他生怕迟到似的一口气跑到了旁边管弦系的琴房，也不顾一路上旁人的眼光。

跑到记忆中那个最熟悉的琴室，发现门是关着的，里面没有琴声。

钟关白都来不及调整呼吸，只随手整了整上衣，就敲起门来，边敲边说："我想到了，陆首席，我们用双钢琴！《秋风颂》可以用双钢琴，协奏曲也可以用双钢琴，你看，当我一个人的时候，钢琴声就被整个乐团盖住了。是根本听不见的，可是，如果我们一起弹，双钢琴的声音，就不会被整个乐团盖住，现在乐段甚至都已经出现在我脑子里了，我弹给你听……那声音就像，就像……"钟关白灵感忽至，从头到脚都透着疯狂的味道，"对这个时代发出的呐喊，如果一个人是非常艰难的，那两个人，是不是或多或少就可以留下一些痕迹？就像老师遇见贺先生，也像我，我遇见你——"

琴室的门开了一条缝，里面的人可能被外面钟关白疯子一般的行为吓到了，说话的时候门都不敢全打开："你是不是找错琴房了？"

钟关白愣了好一阵，然后问："你在里面怎么不练琴？"如果里面有小提琴声传出来的话，他一定能分辨出那是不是陆早秋。

这段时间钟关白弹琴作曲的强度大到几乎要疯魔，刚才还一直沉浸在音乐里，他一瞬间太过兴奋，那种灵感降临的感觉，让他忍不住去找陆早秋分享。他坐在学院的琴房里，一时间生出了错觉，以为他还在这里念书，而只要一直跑，跑到管弦系，就可以找到每天准点在固定琴室练琴的陆早秋。

里面的学生听了钟关白的问句，又反应过来他是谁，怕他以为自己占着琴房不用，连忙解释道："我练完了，正在收拾东西准备去吃饭。"

钟关白随口就说："你练多久了？"

学生答："三个小时。"

钟关白下意识地就拿这个学生跟学生时代的陆早秋做比较："才练三个小时就要走？"

这话听起来太像批评，那学生犹豫道："那……我再练会儿？"

钟关白背着手，威严道："赶紧的，练满六个小时再去吃饭，食堂开到十点半，够你吃了。"

他说完，趁这位学生还没反应过来赶紧大步离开，免得有其他教过他的老师经过，让他当场现出原形。

回到季大院长的琴房，钟关白就给陆早秋发语音消息，一条一条全是五十九秒的，把所有乐思全讲了一遍，才请求道：陆首席，你来学院陪我弹琴好不好？

过了好一阵，大概是将那些语音消息全听完了，陆早秋才回：我就在学院。

钟关白：啊，你在学院干什么？

陆早秋：备课，还有，定下次演奏曲目的弓法。

钟关白从琴凳上弹起来，一个电话就打了过去："早秋，你，你备什么课？演什么奏？我是说，那，那你的意思就是你销了假，开始工作了？"

陆早秋在电话那边笑了一下，说："阿白，你是不是想问——"

"是的是的是的。"钟关白迫不及待地应着，激动得说起来都有点卡壳，"可是我有点……有点不敢问。我……我这么问吧……陆早秋，你是不是又偷偷背着我……背着我去看医生了？"

大概是钟关白的语气太紧张，陆早秋又笑了一声，才道："做了复查，痊……"

"先别告诉我结果！"钟关白在琴房里团团乱转，转了好几圈才像能控制自己的腿似的向外走，"我来管弦系，你在办公室等我，别挂电话，我跑步前进。"

"不是说要我来陪你弹琴吗？"陆早秋的声音低低的，带着无限的纵容，"我朝你那边走。"

钟关白跑得太快，顾不上说话，电话里只有他喘气的声音。

金色的银杏叶铺了满地，钟关白一路跑着，脚下扬起一片片碎叶。

然后便看见陆早秋正拎着小提琴盒，踏着落日余晖，阔步朝他走来。

第56章

《浪漫曲（Op.75：Ⅰ.温和快板）》（小提琴与钢琴）——安东宁·莱奥波德·德沃夏克

见到那身影的时候，钟关白就放慢了脚步，屏住呼吸，一步一步走上前去。

自动接过陆早秋的小提琴盒，站在他面前，端详了好久，钟关白才磕磕巴巴地说："告诉我结果——不，你点一下头，点一下头就行了。"已经默认没有别的结果，别的他一概不接受。

陆早秋笑着点点头。

钟关白很慢很慢地呼出一口气，然后看着陆早秋的眼睛。那不只是普通的对于友人疾病康复的喜悦，那更是一个音乐家对另一个音乐家的敬重与惺惺相惜，没有人比钟关白更明白，如果陆早秋不康复意味着怎样的损失，康复又到底意味着怎样的失而复得。

其实纵观着乐史星河，即便陨落一颗星辰也绝不掩其浩瀚壮阔，可是两颗星辰交相辉映时，若一颗星辰湮灭，与其并肩的另一颗星辰大约会觉得整条星河暗淡了一半。

这一刻，他们在彼此眼中熠熠生辉，于是这世界也跟着如星河般灿烂起来。

两人站在人来人往的校园里，晚风吹落了一片片金黄的银杏叶。

陆早秋从钟关白头顶拂落一片叶子

忽然听见一声："陆老师好。"

是一个跟陆早秋打招呼的学生。

管弦系是大系，陆早秋又是全校知名的大教授，几乎没有学生不认得他，自陆早秋从办公室出来，这已经不知道是路上遇到的第几个主动跟他打招呼的学生了。

陆早秋对学生点一下头，说："你好。"

钟关白规矩万分地走到陆早秋身侧。

自从他们从法国回来，他还没和陆早秋同时出现在学校里过。

钟关白一边一本正经地向前走着，一边非常不正经地说："等到了琴房，你看我怎么念诗给你听。"

往钢琴系琴房走的一路遇到不少跟陆早秋打招呼的学生，钟关白好奇地观察了一会儿，说："陆首席，我以前也没注意，现在突然发现这些学生都随你，打起招呼来也板着脸。"

陆早秋低笑一声,刚好遇到下一个学生的时候,这个迷人的笑容还没有结束,就那么清浅地浮在嘴角,眼角眉梢都是温柔。

那学生呆立两秒,脸上也渐渐化开一个喜悦的笑容。

钟关白加快脚步向前走去,等走到那学生应该听不到的距离,便对陆早秋说:"刚才那学生修你的课吗?这学期你最多给他一个C就行了,让他知道什么是尊师重道。"

陆早秋眼底带着笑意:"阿白,你想不想来修我的课?"

钟关白仿佛受到某种特殊的邀请似的,惊喜道:"我觉得很荣幸。"

陆早秋点点头,道:"照你平时与我打招呼的样子,到时候我便给你一个D。"

钟关白:"……"

钟先生又委屈又气愤地大步向前走,走了几步偷偷往后一看,发现陆早秋并没有上前挽留他,于是赶紧溜回去,走在陆早秋旁边,情真意切地说:"我想了想……其实D……D也不错……"

走到琴房,钟关白:"……那个,陆首席,我觉得我们占着琴房不用是不道德的。先不要说别的了,陆首席,你过来,我再给你讲讲刚才那个协奏曲的想法吧,我怕一会儿忘了……你坐到对面那架钢琴那里去,对对对,你看过我的总谱,我们可以试着一起改编一下独奏部分。"

真说到曲子,陆早秋便不再玩笑,坐到另一架钢琴边,说:"阿白,你先来。"

钟关白将第一乐章的独奏钢琴拆作双钢琴的两部分,用第一钢琴第二钢琴各弹一遍,陆早秋听了,便从小提琴盒里拿出琴来:"阿白,你弹第一钢琴。"

钟关白立即明白了陆早秋的意思,等陆早秋调好琴弦便重新开始弹奏。

两个小节后,小提琴声与钢琴声交织在一起。

陆早秋即兴改编了钟关白的第二钢琴,效果比钟关白预想的更好。尤其是第一乐章的发展部,小提琴的婉婉道来,将他作曲时的心情一一说尽。

"让我想想。"钟关白闭上眼,久久回味刚才的合奏,然后在季大院长的琴房里找了一沓空白五线谱、一支写谱笔,提笔就写,一连写了好多页。

钟关白是太过恣意的作曲家,规则是被他放在很下面的东西,而且他也不同于很多钢琴家,虽然他与当代的大多数钢琴家一样受正统教育学习钢琴。跟随温月安,耳濡目染之下他当然尊敬钢琴,但温月安从来没有让他把乐器放在比音乐更高的位置。

后来钟关白想,也许那是从贺先生,甚至贺老先生那里留下来的东西:音乐是最简单的,随时随地随心,哪怕只有一竹一叶。

笔随心动,钟关白写,陆早秋站在他身后看。

一开始还是写的双钢琴,写到第二主题时就变成了钢琴与小提琴,几乎没有人这样写过协奏曲，钟关白这是完完全全还原了贺玉楼与温月安代表的第一主题，还有他自己与陆早秋代表的第二主题。

钟关白写完，把琴谱往陆早秋那架钢琴上一放，满眼满心都是期待地对陆早秋说："再来。"

陆早秋点一下头，两人这便分坐两架钢琴，琴声响起。

钟关白自己作曲，曲谱自然烂熟于心，不必看谱也不必看琴键。他看着陆早秋的睫毛微微低垂，视谱而奏，随着他一起用钢琴声讲出当年的故事……

第二钢琴渐渐弱去，第一钢琴风格一转变得悠扬轻快，陆早秋站起来，拿起小提琴与琴弓，长长一弓拉出一声入人肺腑的颤音，恰如他第一次遇见如同阳光般的钟关白的时候，像一束光照进了他的生活。

整首曲子都在第一主题与第二主题间交错，于是双钢琴的形式与小提琴加钢琴的形式也跟着一起不断变换。

陆早秋从钢琴凳上站起来，拿起小提琴，侧过下颚，再扬起琴弓的瞬间实在太过迷人，那侧影线条如此美好纯净，没有人比他更适合这个姿势，仿佛他就是为了拉小提琴而生。而且大概是听力完全恢复的缘故，那种绝对的自信让他自内而外散发着一种旁人不可能有的光华，如谪仙般遗世独立。

"再来。"钟关白说。

陆早秋先提了建议，拿起笔稍稍修改了几处，再同钟关白合奏了第二遍。

这一遍，钟关白的注意力全放在了陆早秋身上，他修长美好的侧影，在琴弦上移动的指尖，随着动作而微微飘动的额发……

"阿白，你在想什么？"陆早秋拎着琴与琴弓走到钟关白身边，"这遍弹得不如上一遍好。"

钟关白挨了批评，自知今天很不专业，只好解释道："……我有点累，想休息一下。"

陆早秋点点头，说："最近你有点透支身体了，回去休息吧。现在这版还有诸多需要改进的地方，不急于今晚。"

钟关白才不是真的觉得累："我在这里休息一下就好……早秋，我想听你拉琴。"

陆早秋道一声"好"，便十分体贴地站在他面前拉起舒伯特的《摇篮曲》。

这是一首几乎没有人不知道的曲子，被填了词后更是版本无数，在他们学院的琴房里绝不会有人练这样一首简单的曲子。也没有人会选择这样的曲子比赛或考试，甚至仅仅是在这个高手如云的地方练习，都会让人觉得脸红。

只有陆早秋这般实力强到根本无须证明的人才能如此坦然地在这个地方拉这样的曲子，而这样的行为，不过为了哄朋友休息一小会儿。

钟关白看着陆早秋极尽温柔地拉一首《摇篮曲》，简直宛如看见一位长着钢筋铁骨的战神小心翼翼地捧着一个刚出生的柔软婴儿。

这样巨大的反差让他觉得感动，忍不住也跟着那简单的旋律弹起钢琴来。

"不累了？"陆早秋问。

"不累了。"钟关白的手指触在琴键上，同样极尽温柔。

他想赋予陆早秋同样的温柔与包容。

舒缓的小提琴声与钢琴声交织，钟关白甚至觉得那声音是有形的，因为他好像看见了柔软的水云与星光在他们周围飘浮。

一曲还未弹完，不远处忽然传来一阵钢琴声，弹的是李斯特《十二首超技练习曲》中的第一首，不仅速度快，力度也大，一听就知道琴声的主人用了十分力气，似乎是故意要让周围的人听到。

那琴声一传来，钟关白眼前梦幻的水云、星光瞬间消失殆尽，手下的曲子便也跟着停了。

陆早秋未受影响，仍在为钟关白拉着《摇篮曲》。

"陆首席，你等等。"钟关白扳了扳手指，皮笑肉不笑道。

陆早秋放下琴弓，看着钟关白的架势便觉得好笑："琴房都是挨着的，这样的情况很常见。你在这里练了好多年琴，又不是不知道，还要和学院的小孩过不去？"

"我没有要和小朋友过不去。"钟关白不怀好意地等着那小孩把一曲弹完，微笑道，"哦，是这样的，我突然也想练这一首。"

对方还没有来得及弹第二首，钟关白就用更快的速度、更高的技巧将同一首曲子演奏了一遍，他弹得极其精准，每一个音都干净利落，如同诗句"大珠小珠落玉盘"，顺畅得又像莫扎特所说的"有如油在流动"。

在音乐学院的琴房里，这种行径绝对能排进最招人讨厌行为的前三名。

果然，钟关白弹完之后，对方很久都没有动静。

陆早秋好笑又无奈地看着钟关白，后者正在兴致盎然地等待对方再弹点什么。

陆早秋是从不做这种事的，而钟关白则是从小就爱干这种事，只不过他小时候干这事被人告状到温月安那里去过，温月安当着人家的面没教训他，等回了家便将钟关白对人家小朋友做的事全部对钟关白做了一遍。

小钟关白被温月安打压得觉得自己此生弹琴绝没有出头之日，哭了一个晚上，还是被温月安用一罐子点心哄好的。

从此他便不太干这种事，今天大概是真的觉得和陆早秋的弹琴氛围被打破了，非要教外面那个小朋友做人不可。

等了半天，对方才试探着弹起《超技》第四首，不过这首大约没练多久，弹得不如第一首好，弹起来明显也不如第一首那样有底气。

钟关白伸了个懒腰，等外面琴音一落便将刚才的可恶行径又重复了一次。

他弹完，心想对面的小朋友应该老实了，没想到不一会儿就听见一个男生愤怒地在走廊上喊:"刚才是谁在弹《超技四》?"

钟关白考虑到自己的身份,决定装死。

"哎,你别喊了。"另一个声音说,"我发现两首好像都是院长专用琴房里传出来的。"

"季院长怎么干这种事?"被欺负了的男生压低声音愤愤不平道,"再说,他不是学指挥的吗?"

"这谁知道……老艺术家不很多都是什么都会嘛……哎呀,走啦走啦……"

"哪个老艺术家会干这种事……"

钟关白的肩膀一直不停抽动,好不容易等到走廊外面彻底没有声音了,他才捂着肚子大笑起来。

陆早秋十分无奈地摇头,眼里却都是笑意。

钟关白笑着笑着,突然想起什么似的,从口袋里摸出一个橘子,高兴道:"一起吃。"

琴室的窗帘被晚风吹得轻轻晃动,两人站在窗边,并肩看着校园的夜景,在深秋的星空下共同分食一个橘子。

钟关白把橘子瓣塞进嘴里,过了一阵,他忽然感觉到有什么东西在振动:"早秋,好像是你的手机。"

陆早秋拿出手机,看到屏幕上的号码,眼底的笑意便渐渐消失了。他注视了那个号码许久才接起来,接通后也没有说话。

"你的医生已经跟我汇报过了,说你病好了。你也快三十了,该回家做正事了。"

陆早秋不带一丝情绪地说:"不可能。"

对面的男人像是听到了一句童言似的,笑了一声:"我们家不需要艺术家,喜欢什么,买下来就是了。"

陆早秋一言不发地挂断了电话。

钟关白也听见了那些话,于是拿过陆早秋的手机,关了机放到一边。

第57章

《天鹅》——夏尔·卡米尔·圣-桑

窗外飘着小雪，室内很暖和，桌上摆着数小碟精致吃食，还有一只被支在蜡烛上暖着的透明矮茶壶，壶底泡着各类水果，甜香散了一室。

钟关白随意套着一件宽松衣服坐在榻榻米上，灵活的手指发挥了最大的作用——拿着筷子不停地夹东西吃。

"钟关白，我请你到这里来不是让你光吃饭不干活的。"唐小离把剧本往钟关白眼皮子底下塞，"我命令你通读全文，过两天再跟秦昭具体谈。"

钟关白现在是个光杆司令，上次和秦昭谈的时候就已经说好，配乐工作的团队由秦昭工作室来负责接洽，从前期谈合作到后期录音、混音都不用钟关白操心，他只需要拿出每一个配乐节点的乐谱，坐在录音棚里指挥交响乐团演奏出电影需要的音乐效果就行。

"我才不看你写的东西。"钟关白继续吃饭，光拣高蛋白的吃，他发现前段时间老跟着小贺同学吃甜食吃得腹肌好像有点不够明显了。

"你给我看看署名。"唐小离强按钟关白的头，"专业编剧写的。秦昭跟我关系好是一回事，拍电影是另一回事，才不像你，作了曲就只找陆首席合作。"

"我告诉你为什么，因为早秋就是最好的小提琴家，而你——"钟关白斜眼看了唐小离一眼，"相信你有自知之明，不用我说出真相。"

他说完才低头看了一眼剧本封面，发现电影名叫作《手指》，下面标着"根据钢琴家温月安回忆录改编"的字样。

翻了翻剧本，钟关白发现整部电影是由三段故事组成的，一家三代人，两头略，中间详。跟着剧本的叙述一路看下来，他竟然在第三段故事里看到了自己和陆早秋的影子。

这与他写协奏曲时的想法不谋而合。

唐小离也跟着看到了那部分，便解释道："回忆录里当然没有你，但是贺先生知道你要为这部电影配乐后，联系了秦昭。他在电话里说，历史永远会往更好的方向走，不必过分强调苦难与伤痕，应看到希望，而年轻一代，就是希望。"

唐小离顿了几秒，才感叹道："很难想象有他这样经历的人会说出这样的话。"

"其实……我觉得真的能从那些地方走出来的人，反而就会这样说话，也……有资格这样说话。"钟关白说完，闭了许久眼才继续往下看。

唐小离叹了口气，说："你这两天仔细看一下，等面对面开会的时候效果比较好……唔，这次不是以前那种商业模式，让你对着剧本或成片作曲，你得在拍摄之前把主题旋律给弄出来，拍摄现场就要用，算是初步创作的一部分吧，你要是对剧本有意见也尽管提。"

钟关白把剧本全翻了一遍，才点点头，道："我知道了。主题音乐已经写得差不多了，其他地方还要考虑一下，剧本问题我到时候直接跟秦昭说。开会时间定在两周之后吧，这两周我有事。"

唐小离好奇："你一个落魄卖艺的，能有什么事？"

钟关白："虽然我是个落魄卖艺的，但是我也是个顾家的落魄卖艺的。"

唐小离："我觉得你现在的顾家程度已经很高了，又不是不放你回家，你老实说，是不是无心工作了？"

"是有这种情况。"钟关白见唐小离一脸"果然如此，乐界败类"的嫌弃表情。

唐小离竟然破天荒地没有嘲讽他，反而点头说："我懂。"

钟关白沉默了一会儿，拿起茶壶，往两人面前的透明小杯里各添了半杯果茶。

他们就那样捧着茶杯坐着，像从前他和唐小离全部的资本仅仅是足够年轻的生命与尚未被太多人知道的才华时一般，定期找一个环境不错的地方待一会儿。那时候他们活得特别野，恨不得把整个世界全尝一遍，尝完说不定还要互相比一比，看谁过得更有滋味点。

"这几年，可能很多人都觉得我是个特好的朋友，恨不得把早秋供起来的那种好……其实你们都没看到，他付出得特别多。早秋和很多人都不一样，他是那种会在别人看不到的地方付出的人。"钟关白喝了一口茶，柚子与橙子的微苦与酸甜在口中化开，有些像他此时的心情，"我以前在外面喝酒回家晚，把他吵醒了，他只是问我过得高不高兴，我回答高兴他就会冲我笑，我说喝多了头很痛他就会难过……

"小离，我们都知道，时间是过得很快的，但是今年我才发现，它过得到底有多快，除了实实在在留下的作品、开过的演奏会，我甚至想不起来这几年我到底干了些什么……最让我难受的是，我连早秋都没有好好了解。前段时间早秋拿到了我小时候的东西，他一样一样地问我那些东西的来历，好像那些乱七八糟的字和破破烂烂的老旧玩具真的是什么价值连城的东西。

"我一直以为我是最懂早秋的，但其实我只了解那个拉起小提琴来和神没有区别的陆早秋，我根本不知道他怎么变成了这种无所不能的样子，也不知道在我看不见的地方，他一个人跨过了多少阻碍。"

钟关白说了半天，越说越觉得难受。

"这段时间早秋特别忙，他之前在法国陪我，后来又出了事，不知道积攒了多少工作。我就想趁着这段时间，去看看……他以前是什么样的。"

钟关白没有说，其实他一周之后还要去见陆早秋的父亲，毕竟从前陆早秋也是独自去见温月安的，大约现在，陆早秋为他做过的，他也都想为陆早秋做到。

唐小离听了，没有像从前那样发表什么恶评，只问了句："两周时间不会太短吗？"

"两周只是一个开始。我从前比较急躁，做什么事都希望可以立竿见影，早秋总说不要急，慢慢来……"钟关白摩挲着温暖的杯壁，脸上露出一个期待的笑容，"他那样从不浪费时间的人说慢慢来，是因为他知道，我和钢琴之间是有一生要过的，他也是。"

钟关白第二天便去了南法，他跟陆早秋说不放心国际快递，要亲自去Lance那里取首饰。他特意订了下午的飞机，这个时间陆早秋要在学院工作，不必辛苦开车送他。

飞机降落的时候已经是深夜，Lance开车来接他。

"嗨，海伦。"Lance扬起手臂表明自己的存在，等钟关白走过去，他眨着翡翠色的漂亮眼睛说，"你要是再不来，我就决定带着你的首饰去中国旅游了。你知道的，你们中国的官方社交媒体账户总是发一些好看的长城或者熊猫照片引诱我们，当然，最重要的是，那里有迷人的墨涅拉奥斯，谁也比不上他。"

上了车，Lance交给钟关白两个首饰盒："海伦，你说要订一个小提琴首饰，还要赶在秋天到来之前，当时时间不够，就只做了一个，后来你太久没来拿，我想还有时间，于是叫朋友再做了一个钢琴的，正好一对。"

钟关白打开首饰盒——

一把极小的小提琴与一排极小的钢琴键盘分别安静地躺在两枚银色的细指环上。

Lance把车内的灯调到最亮，然后体贴地从车里的某个小储物柜里摸出一把放大镜递给钟关白："赠品。记得把另一只的钱付给我。"

钟关白拿着放大镜细看，果然手艺高明，细节精致完美，无一处疏漏瑕疵。他想，就是这样才与陆早秋相衬。

"现在我非常穷，没钱给你。"钟关白赶紧把两个盒子都收到自己口袋里，以防Lance后悔，"这样吧，等墨涅拉奥斯收了我的礼物，我跟朋友们借一些钱再付给你。"

Lance："好的。海伦，我必须告诉你，我不是你的朋友。"

钟关白掏出手机转账。

Lance分外真诚道："海伦，我们现在又是朋友了。

"海伦，你要在这里停留几天？需要我做你的向导吗？也许过几天你就会改变你的想法。"

钟关白倒是真的想让Lance帮个忙，他来法国，取东西是一个原因，更多的却是想了解从前那个会特地去买两件手工艺品的陆早秋。而且，如果可能的话，他想买到那位已经去世的老人生前留下的工艺品，弥补当年打破那个透明立方体的遗憾。

"我预留了一周的时间。"钟关白说。

Lance做出惊讶的表情："海伦，你居然愿意离开墨涅拉奥斯一周？"

钟关白笑了笑："现在的墨涅拉奥斯非常忙碌，我不想打扰他。这一周，我想和过去的墨涅拉奥斯待在一起。"

第58章

《卢卡奏鸣曲（Op.3）》——尼科罗·帕格尼尼

过去的陆早秋是什么样的？

那像一个未知的花园，等着钟关白走进去看一看。而只要一想到如此探寻，像是认识陆早秋两遍，他就已经迫不及待。

钟关白将来意一说，Lance在方向盘上敲了半天手指，可惜道："但是那位老先生已经不在了。如果你想要他制作的工艺品，我可以帮你问问我的朋友们，也许有人愿意把自己的收藏卖给你。但是墨涅拉奥斯的故事呢？当然，我们是可以去那位老先生的故居看一看，可是我不认为还有人能说给你听——除了墨涅拉奥斯他自己。"

Lance说完，见钟关白一个人在沉思什么似的，又道："我觉得很奇怪，海伦，你为什么不自己去问墨涅拉奥斯呢？"

钟关白说："Lance，也许你不明白，东方人有一种含蓄，那就是不对别人诉说自己的付出，而我的友人，大概是最东方的那一种。他的言行遵循着某些传统的做派，有如千年前的贵族，我们称之为——风骨。"

最后两个字用了中文，Lance没有听懂，但是这不妨碍他理解钟关白要表达的含义。

"墨涅拉奥斯看起来就像那样的人。"Lance点点头，"那我们明天就去那位老先生的故居。但是你做好心理准备，很大可能我们连他的院子都进不去。"

钟关白说："就算只能站在外面，那也是他到过的地方。"

Lance抖了抖，假装抖落一身的鸡皮疙瘩："海伦，你可真不像含蓄的东方人……说到东方，海伦，在认识你和墨涅拉奥斯之后，我发现了一件有趣的事。"Lance打开音响，"如果仔细听的话，从琴声里就可以分辨出演奏家来自东方还是西方。比如这个，你能听出来吗？"

钟关白听了一会儿音响中传来的钢琴独奏，笑起来："当然。这是俄罗斯的钢琴家，非常明显，他们的训练体系就是不一样的。"

Lance夸张地赞美道："海伦，你真厉害。再猜猜看。"说着换了一张CD。

钟关白瞥见CD的封面，调侃道："你居然买了我的专辑，早知道我就送你一张了。"

Lance把那张CD收起来,并抗议道:"海伦,你这种作弊行为是不对的。"

　　钟关白笑着闭上眼,片刻后便听见了换CD的声音,然后是按键声,接着一缕小提琴声缓缓而起。

　　"你知道吗,"钟关白仍闭着眼睛,去感受那沉静如水的琴声,"在这个大多数演奏家都趋向于把音调得超过442以求琴声更明亮、听觉更刺激的年代,只有他会调得略低于440。音频越来越高,大概所有人都忘记了几百年前的大师时代也是用着较低的频率。"钟关白睁开眼看向Lance,"不过,你居然买到了这一张,不容易。现在市面上已经很难买到他的独奏专辑,大多数都是和各大乐团合奏的现场演奏录制。这张,你是今年买的?"

　　钟关白问完,发现车里的气氛有些不对,Lance盯着那盘CD的盒子,不知道在想什么。

　　"不是今年,也不是我买的。"过了许久Lance才说,"钟,"这一次他没有用"海伦"这样一个戏谑的称呼,"有些事情非常奇妙……我清理柜子的时候发现了一些旧CD。它们大概是被遗忘了,没有被一起带走。我一张一张地听,居然在里面发现了陆。"

　　钟关白想到那个"爱不到的人":"她是……"

　　Lance耸耸肩:"她是例外。很难理解吧?"

　　钟关白想了想,摇头:"不,很好理解。总有一些特别美好的……人或者东西,会超过你对自身的认知与预设。"

　　"比如你和墨涅拉奥斯?"Lance笑着调侃了一句,马上又恢复了那副乐天的样子,"好了海伦,不要说这些让人难过的事了。我们快到你订的酒店了。明天我再来接你。"

　　钟关白到酒店洗漱完躺到床上的时候已经是东八区的上午,他算了算时间,这个时候陆早秋应该已经在办公室了。自命体贴模范友人的钟先生觉得不应该去打扰,可按捺了半天还是没按捺住,一个手快就把消息发过去了:我到酒店了,你在干吗?

　　没想到陆早秋直接发了一个视频请求过来,钟关白喜滋滋地点了同意。接通之后的视频画面上只有一截天花板,钟关白正想说要陆早秋露个脸,不露脸露个手也行,没想到下一刻便听到手机里传来季文台的声音,差点没把他吓软了。

　　钟关白一声也不敢出,立马最小化视频,打字过去:陆首席,现在什么个情况?

　　过了一会儿,陆早秋那边回复:学院开会。

　　钟关白一边抱着手机笑一边假正经地批评道:陆老师您这样不行啊,公然开小差。

　　陆早秋回了四个字:事出有因。

　　钟关白假装严肃地回:念你初犯,便从轻处罚吧。

　　陆早秋坦白:不是初犯。

　　钟关白正寻思着怎么回,忽然发现手机那头季文台千篇一律的思想工作讲话停了,季大院长提高声音道:"陆老师,我的讲话内容有那么好笑吗?"

钟关白突然有点担心陆大教授在学院会议室里当着众多教职工的面被当场抓包。

陆早秋说:"抱歉,心情太好。"

在这个场合,这话要是从别人嘴里说出来,肯定极不严肃,可是陆早秋这样平时完全不苟言笑的人说起来偏偏就显得无比诚实,一点儿不正经的意思都没有。季大院长一听,再不爽也不能阻止人家心情好,只好继续往下念他自己也不怎么感兴趣的讲话稿。

钟关白又好笑又是松了口气,连忙打字:别摸鱼了,要是被抓包多丢脸啊。

过了一阵,陆早秋回:有什么丢脸?

钟关白还没来得及再说点啥,陆早秋又发了一条:不过你那边太晚了,睡觉。

第二天Lance接到钟关白,便开车往南法海滨某座不知名的山驶去。

"我出门之前打了好几个电话,没有人愿意出售那位老先生制作的任何工艺品,因为那是绝版。不过有个好消息,一个朋友告诉我,老先生的遗产由他的一位侄女继承了,那位女士是一位富商,她将老先生的故居建成了一座小型的纪念馆,据说那里有他的札记,记录了每一位去他那里购买工艺品的人的故事。"Lance说,"说不定今天你就能看到墨涅拉奥斯的故事了。"

钟关白突然感觉像是有一场重要会面即将到来。

Lance:"海伦,你好像不是很高兴?"

钟关白:"我很高兴,只是有点紧张。"

Lance不解:"紧张什么?"

钟关白理所当然道:"和七年前的朋友见面,你不紧张吗?"

Lance皱着眉头反应了好半天,才明白过来:"好吧,你的说法也可以成立。"

钟关白永远有这样一份纯情与天真,许多时候旁人都不会理解,可是正是这些别人认为幼稚的东西让他成了那个写下无数乐曲、诠释了无数乐曲的钟关白。

车一路开进山里,开到半山腰的时候钟关白隐约看见了一点房顶,是浅浅的灰蓝色。这次再回来,欧洲已从盛夏到了冬天,南边虽然不像北边那样过分萧条,然而草木也远不如几个月前繁盛。等车开到了院前不远处,钟关白便看到了房子的全貌:灰蓝顶、黄白的墙,黑色金属的院门周围的护栏被藤蔓缠绕着,藤蔓上开着不知名的花朵,这个季节竟然还没有败。

Lance停好车,和钟关白一路走到院门口,发现上面贴着牌子,说纪念馆还未正式开放。

"啊……"钟关白看起来像是一个被剥夺了本应得到棒棒糖的小孩,整个人一副极度失望的样子。

"我看看。"Lance绕着院子找了一圈,也没有看到其他公告,"没有说什么时候开门。"

钟关白失望了几分钟,然后便振作起来:"没关系,以后我会经常来。"

一帆风顺只是偶然，曲折才是常态。

"Lance，你能不能等我几分钟？我想在这里站一会儿。"钟关白说。

Lance点点头："不用担心时间，你尽管享受墨涅拉奥斯到过的地方，我去车里睡一觉，你好了直接喊我。"

钟关白一个人站在院子前，想象着七年前的陆早秋就站在他身边，拎着小提琴盒。那时候的陆早秋大概是一个人来的，他究竟说了什么，或者拉了一首什么曲子才打动了那位老人？

是克莱斯勒的《爱之喜悦》《爱之忧伤》？还是舒曼的《三首浪漫曲》的第二首？或是德沃夏克的《幽默曲》？说不定只是一首简单的法国情歌……

想象不出来。

钟关白回到车上，叫醒Lance，问："你也有一个那位老先生制作的工艺品，你是怎么买到的？"

Lance还没睡醒，苦着脸说："海伦，你太残忍了。你明知道我们的故事没有一个幸福的结局，为什么总是问起它的过程呢？"

钟关白于心有愧，举手投降："好吧，我不问。我想，我去租辆车吧，这几天我都要来这里看看，这样比较方便。"

接下来的几天，钟关白都自己开车到这座山上来，望着那些植被，想象陆早秋当年站在繁花中拉琴的样子。

他带了正在修改的协奏曲曲谱以及不少空白五线谱来，有时候就靠在车的引擎盖上，反复修改他内心关于陆早秋的乐段，从清晨到傍晚，夜幕将至了便开车回去。

晚上在酒店里，拍下新写的乐谱，发给陆早秋，每一张乐谱都签着自己的名字和日期。

陆早秋只当他在法国有了作曲的新灵感所以不愿回家，也不催他回去，只将那些乐谱演奏出来，将录音发给他听，最多再在录音里加一声"阿白"。

临回国前最后一天，钟关白照常去了老先生的故居。

冬日的太阳挺暖和，钟关白穿着一件高领毛衣懒懒地坐在车顶上，一边哼着他脑海里的旋律，一边在纸上写写画画。

午后的时候，一辆货车停在了他的车旁边。

一个穿工作服的男人从车上下来，看见钟关白，打了个招呼便问他在这里干什么。

钟关白想了想，说："来圣地感受一下。"

男人哈哈大笑，扬了扬手说请随意。

钟关白问："请问圣地什么时候对公众开放？"

那人应该并不负责纪念馆的管理，摆手说不知道，然后便同其他工人一起卸起货来。

钟关白多看了两眼，发现他们准备把一架钢琴抬进院子里，于是从车顶上跳下来，问:"这些也是纪念馆的一部分?"

"没错,还有其他乐器,一切按照Galois女士的吩咐。"

钟关白问:"这位Galois女士会来吗?"

对方看了一眼手表,说:"大约一个小时之后,她要亲自确认这些乐器都摆在了她指定的位置。"

钟关白便坐在车顶等。一个小时之后,他远远看见一个穿着灰色斗篷大衣与黑色高跟鞋,戴着与大衣十分相称的同色系帽子的女人走过来。山路这么远,她竟然没有开车。

大约是因为身材太好,等女人走近了,才能看出年纪像是过了四十。其实她保养得宜,只是身上有种年轻女孩不太可能具备的成熟气质与温和优雅。

钟关白拿起陆早秋或者陆应如说法语的那种腔调,上前去搭讪。说话内容倒是十分实诚:想看老先生的札记。

他说话细微处免不了语法错误,Galois也不介意,只笑着说:"我明白了。但是在获得所有购买者的许可前,我们不会公开那份记录着他们故事的札记,请您谅解。"

"我,只想看我的朋友的故事。"钟关白怕对方不理解,索性将事情原委全部道来,"……如果这些无法打动您,我希望能在这里弹一些我为他作的曲,我想也许能够改变您的想法。"

Galois听到钟关白的叙述就已经知道他的朋友是谁,那本札记中有很多人,只有一位是一个人来的。

她还记得自己第一次翻看那本札记的时候,看到了一页非常平淡的记叙。

他是一个人来的,带着小提琴。
他冷冰冰地拉着帕格尼尼最难的随想曲,像个演奏机器。
我请他离开。
…………

Galois看着钟关白,说:"跟我来吧。"说完便领着钟关白向院内走去。

这院子与房子大概都被小心呵护着,一路走进去,所有植被都被精心修剪过,每个角落、每件摆设都被打扫得一尘不染。

屋内的最显眼处,便是那一排透明立方体,统一摆在一个看起来硕大而厚重的架子上,每一个里面都飘浮着一种不同的乐器,每样乐器都只有一个。

再走几步,便看见放在窗边的钢琴,Galois做出一个"请"的手势。

钟关白试了试,钢琴是调过音的,但基准不是他最中意的那个,再调音也费时,于是自行手动降调,这样与他心中的陆早秋更契合。

他坐在琴凳上,默默按照他与陆早秋相识后作曲的顺序,一首一首地弹下来。

春夏秋冬，一载接一载，同尝甘苦，共见人间。

等他弹完了，Galois静静等了一会儿，等到整室被琴声染上色彩的气氛渐渐散去，才说："抱歉，这些曲子太美了，我不舍得让它们这样流逝，也不想打扰您，所以没有问就录音了，如果您不同意，我现在就将它们删掉。"

钟关白摇摇头："没关系。"

"谢谢。"Galois说，"我还是不能将札记给您。但是，我可以为您读那一页，记录那位独自前来的年轻人的那一页。"

钟关白站起来，说："谢谢。"

Galois从包里拿出钥匙，再戴上一双可以将她的手细致包裹的薄手套，然后从一个柜子里取出了一个厚厚的本子，小心地翻开。

翻到她记忆中的那一页，便开始读，她吐字缓慢而优雅，语调平和，声线有恰到好处的一点沙哑，就像风轻轻吹动纸张的感觉。

"他是一个人来的，带着小提琴。

"他冷冰冰地拉着帕格尼尼最难的随想曲，像个演奏机器。

"我请他离开。"

钟关白的手指捏紧了。

"他没有说话，也没有离开。

"他又开始拉，还是帕格尼尼，《卢卡的奏鸣曲》，整整一组，没有吉他，只有小提琴。这组曲目一点也不'帕格尼尼'。"

Galois顿了一下，抬眼看了钟关白一眼，后者正在发怔。

Galois垂下眼帘，继续慢慢念道：

"他拉着这组曲子，院子里的花忽然全开了。

"曲子结束了，一只蓝翎白腹的鸟停在他拿琴弓的那只手上，看着他。

"我询问他，为什么两次的帕格尼尼，有这样大的区别。

"他一边小心翼翼地蹲下来，笨拙地将那只鸟放到地上，好像不知道鸟会飞，一边对我说，因为遇到一个人。"

第59章

《牧神》——奥拉佛·阿纳尔德斯

Galois念完最后一个单词,轻轻合上札记。

钟关白站在原地许久,才说了一句:"……我不知道该说什么。"

文字大概是一种奇妙的东西,几个单词就让那些画面——呈现在他眼前,当年的陆早秋似乎现在就站在开满鲜花的院子里,触手可及。

"我真的不知道该说什么,真的。"钟关白自顾自地重复道。

"那就不说。"Galois笑了笑,十分体贴。她觉得钟关白此时的样子和札记中不知如何对待一只鸟的男孩一样,有些笨拙。这种一时间的不知所措,在她身边已经不太常见,那倒并不为年轻人所特有,只是内心已经老去的人很难对某些美好的事物保持一份惊奇与小心翼翼。

Galois收好札记,思考了一阵,便从架子上拿下那个飘浮着三角钢琴的立方体:"我觉得您会想要它。"

"能听到札记的内容,我已经很高兴。"钟关白摇了摇头,没有接,"每样只有一个,少了一样,对纪念馆来说是一种遗憾。"

"不是遗憾。"Galois说,"我的叔父非常爱音乐,却没有演奏天赋。他的妻子年轻时曾是一个交响乐团的长笛手,后来因为疾病退出了乐团。他做这些的初衷,是为了让他的妻子开心,也是因为对音乐的热爱。我想,对于他而言,最重要的,是爱与音乐。这里已经有了您的琴声,而它,"Galois看了一眼那立方体中的钢琴,"也可以由最合适的人保管着。"

钟关白想了想,还是没有接:"如果它现在是我的了,那么,我决定将它永远放在这里,让更多人看到。因为,爱与音乐,应当属于所有人。"

Galois被这个决定触动了一下,点了点头。

两人告别的时候,钟关白说想一个人在院子里再待一会儿,Galois笑着说,走的时候将院门带上就好。

有风吹来,钟关白似乎闻到了一丝海水的味道。在被各色植物环绕的院子里,他忽然想起了那片与陆早秋一起走过的玫瑰花田,那座多肉植物园,还有那个"根在土壤,头在天堂"的短句。

其实那说的就是陆早秋，他想，被拘禁在平凡人间的陆早秋。

当初说什么心酸，现在想来，那简直是他钟关白一生可遇不可求的幸运。

欧洲冬季的黑夜来得早，等夕阳快要下沉时他便锁了院门开车回酒店。一路海滨山城的景色，手机里的小提琴曲通过蓝牙从车载音响里传出来，那是陆早秋只为他一个人演奏的乐曲，没有第三个人听过。那些曲子中的情感如此厚重，若不是极其细致而完整地研究过陆早秋整个演奏生涯的乐评人或研究者，大概很难相信是出自陆早秋之手。

车大约行了一半路，小提琴声忽然被打断，钟关白朝手机屏幕瞥了一眼，是陆应如的电话。此时国内已经很晚了，应该是要紧事，钟关白想到与陆早秋父亲约定的见面，心里微微发沉。

"应如姐。"钟关白按下接通键。

"钟关白，我刚听父亲说，你要去见他。我建议你不要去。"陆应如的声音没有什么情绪，就像某种付费的高级专业顾问，"也许你觉得事情严重紧急，但是你应该能想到，如果父亲真的非常坚决，像他那样的人，多的是手段。这么多年他都没有采取什么真正能称得上'彻底禁止拉小提琴'的行动，只是偶尔对早秋……"陆应如顿了一下，选了一个她几乎不会使用的难听词语，"发疯，说明他并不十分坚决。你不必多做什么，万一真的有事，这里也有我。"她没有直接说出口的是，那个身居高位、习惯掌控一切的男人正在老去，也正在逐渐丧失对陆家的掌控。

"应如姐，你……"钟关白说，"我没有责怪你的意思，可是我不能接受有一个人不定期地对早秋发疯，就算那个人是他父亲。早秋以前从不让我知道这些事，现在他好不容易愿意让我知道了，我不可能什么也不做。"

"你打算做什么？"陆应如倒没有生气，即便她与钟关白观点并不一致，可她能感觉到钟关白与从前的不同，那个在她看来软弱、毫无担当的钟关白似乎已经成长了起来，尽管速度并不快，但这样的成长仍让她有了一丝好感。

"说服早秋的父亲，用尽一切方法。"钟关白说，"当然，我知道这件事你们一定都尝试过，可我还是想试一试，我相信没有人比我更了解身为小提琴演奏家的陆早秋。万一我真的无论如何也不能说服他，至少我希望以后他不要再打那样的电话给早秋，任何时候，他有任何不满，对我说就好。"

对陆应如而言，钟关白这番话仍然非常天真，可她没有再阻止，只是说："你不要太乐观。"

"一直到现在，我还是觉得乐观是件好事，我也还是相信如果我足够真诚、足够努力地去沟通，就有撼动一些根深蒂固的成见的希望。改变当然很难，但只要开始做了，改变就是可能的。应如姐，你也说了，早秋的父亲并不十分坚决，可我，"钟关白看着道路前方的一抹霞光，笑着说，"非常非常坚决。"

"钟关白，"陆应如非常难得地笑了笑，此时她忽然发觉其实钟关白和陆早秋有某种本质上的相似之处，"你过五分钟查收一下邮件，如果与我父亲见面时有难处，打电话给我。"她转头对秘书说，"Abe，把我父亲的资料发给钟关白。"

钟关白听见那个名字，稍微好奇了一下，在中国应该很少有人取这个英文名。不过对方是陆应如的人，他也没有多问。

陆应如挂了电话，Abe很快便说："陆总，已经发送了。"

陆应如应了一声，过了一会儿，她绷得有如钢板的背脊慢慢放松下来，靠在椅子上，闭着眼睛说："放一下早秋小时候参加比赛的视频。"

陆早秋在成长期间参加过不止一次重大比赛，每次比赛又有一系列赛程。Abe问："陆总，请问是哪一次比赛的视频？"

陆应如说："帕格尼尼，决赛。"其实不是什么小时候，那时候陆早秋已经念中学了，只是对陆应如来说，除了现在以外的过去，都可以算作陆早秋的小时候。

Abe在用于视频会议的显示屏上播放出比赛视频，便站到一边，陪陆应如看。

屏幕上的东方少年琴技精湛，表情也毫不逊色，任谁看了都会被吸引，并非后来的样子。确实，如机器一般演奏的人就算有再高明的技法也不可能进入帕格尼尼国际小提琴大赛的决赛。陆应如记得，那是陆早秋罕见的一个时期，快乐得像最初他们的母亲还不曾离开的时候。那个时期来得突然，也非常短暂，从那个时期结束之后，陆早秋便陷入了长时间的抑郁，不停地吃药，在严重的副作用下不断胃痉挛、呕吐，变得更加消瘦，同时像机器一样不分昼夜地拉小提琴，在遇见钟关白之前都几乎再没有过笑容。

"Abe，找一下早秋最近的演奏视频。"等比赛视频放完了，陆应如又说。

第一秘书发挥了专业的搜索能力，立即给出了本年度陆早秋的所有公开演出视频与一系列视频以供挑选。

陆应如说："都放一遍。"

当她看到不知道是谁偷拍的钟关白与陆早秋近日在学院里合奏的视频时，渐渐露出一个比平时柔软得多的笑容："年后休个假吧。"

陆应如难得这样放松，Abe已经觉得有些稀奇，不过毕竟是第一秘书，这样的稀奇还是可以掩饰的。而且自陆早秋康复后，陆应如看起来也比之前要平易近人些。可是听到"休假"二字，第一秘书先生差点没有控制住面部表情。别说在他的任期内，哪怕是他和上任那位也被陆应如叫作"Abe"的秘书交接时，都被告知陆总从不休假，陆总聘用多位秘书的原因之一就是确保秘书们合法休假的同时她仍然可以工作。

"陆总，您要休假？"Abe确认道。

"有什么问题吗？"陆应如微微抬眼，反问道。

"没有。"Abe迅速将陆总年后要休假一事记录下来。他记录的时候忽然想起了陆应如

264

上一次的话，陆应如应该是不喜欢她的工作的，可是不知为何却从不休假，而且总能将工作做到无可指摘。

"有问题就问。"陆应如看了一眼Abe。

Abe低下头："不算工作上的问题。"

陆应如站起来，说："今晚我住在这里，不用送我回去。"她惯于工作到深夜，多处办公室设计之初就都备了套间，所需物品一应俱全，"你现在下班了。"

Abe斟酌了半天语句，还是觉得不该问，于是低声说："陆总，那我先走了。"

陆应如微微颔首，没有再说话。

与此同时，回到酒店的钟关白点开了那封邮件。

附件大得吓人，比他在网上搜到过的结果都要详细得多。他抱着手机躺在床上，打算先粗略浏览一遍这位陆先生的生平。

当滑到某一页的某一行字时，钟关白突然坐了起来。

第60章

《危机》——恩尼奥·莫里科内

一座方形的建筑落在中央公园的内部，四周被如同护城河般的树海包围着。若从城市顶空向下俯瞰，树海的一侧有练太极剑的老人、带着孩子散步的夫妻、写生的艺术生，还有各色男女聚集的相亲角；而树海的另一侧全然是寂静的。

此时树海外围的某张长椅上坐着一个正在安静地阅读报纸，身上似乎带着古典时期贵族气息的男人。

男人的头发梳在脑后，有两缕微卷的发丝垂在额头边，穿着一套定做的西装，羊毛大衣松松地搭在肩上。粗粗一眼扫过去，全身上下不过极简的黑白两色，只有一根别在白衬衣两边领子上的领针是通体金色的。领针下方垂着两缕细链，下方那缕上坠着一朵开得刚刚好的浅蓝色五瓣花，如果走得足够近，便能看见那朵花中央镌了两个大写字母：LU。

"咳咳咳——"钟关白看了一眼手表，毫无气质可言地把报纸一扔，赶紧裹上大衣，"姑娘，您这人物速写也太久了，大冬天的冻死我了，我还有事就先走了，剩下的您就自行发挥想象吧。"最后还回头朝人家眨了眨眼，"记得胸肌可以再大一点。"

钟关白理了理领口，大步朝那片树海走去。

他自然不是来给人家做模特的，只是来之前考虑了路上各种可能的突发情况，所以预留了足够的时间，没想到一切非常顺利，连红灯都没有碰到一个。提早到了将近两个小时的钟先生先是在中央公园指导一群小朋友玩了两把飞盘，又抱着助人为乐的心情供一位大学生画了一幅（准确地说是大半幅）人物速写，这才将多余的时间与即将见朋友家长的紧张情绪一并消磨掉。

当钟关白走到那片树海内外侧的交界处时，便感觉到了不同，比起他来时的那片喧嚣尘世，前方的世界安静得像是假的。

安静，本身就是一种门槛，尤其是在这种地方。这种刻意的人造完美让钟关白踏进的第一步就不自觉绷紧了身体。

"先生，请出示您的会员卡。"门童微笑道。

其实这地方并不需要什么会员卡，记得每一位会员的脸是门童最基本的要求，这是"请勿入内"的同义句，因为钟关白的脸不在他的记忆范围内。

钟关白不算远离这类地方太久，很明白是怎么回事："陆怀川先生约我在这里见面，我姓钟。"

门童的微笑不变："抱歉，我们没有收到陆先生的通知。"

钟关白一听就知道陆早秋的父亲在暗示，他们之间的门第差距足以让见面都成为一道无法跨过的坎，哪怕他们此时在地理位置上相距可能根本不到五百米。

"我打个电话。"钟关白说。

门童微笑不说话。

钟关白料想现在报陆应如或陆早秋的名字肯定都没用，他也没有打电话给陆怀川，而是直接打给了贺玉楼。

贺玉楼接了电话便问是不是找温月安，他们正在画杯子。"月安嫌我画的月亮不够大，说要我再画一只。"钟关白隔着电话都能听出贺玉楼的心情有多好，也跟着高兴起来。贺玉楼开了免提，钟关白忙问这几天温月安身体好不好，听了温月安的一个"好"字他才放心地开始吹嘘自己最近练琴有多刻苦，作曲有多认真。温月安才夸了一句，他就翘着尾巴说自己现在特别想喝某个会所的茶，"那里的茶最像老师从前给我泡的，别家的茶没有这个味道"，最后委屈地告状：可是门童偏不放他进去。

温月安是看着钟关白长大的，一听就知道那话里十分至少有七分是鬼扯，可是钟关白电话都打到他这里来了，想来必有缘由，他也不多问，只有向贺玉楼。

贺玉楼故意不咸不淡地对电话那头的钟关白说："想喝月安泡的茶，自己过来就是。"

说完便挂了电话，贺玉楼瞧见温月安拿着笔像是要瞪他，便笑着举起双手做出投降的样子："我马上叫人去办。"

钟关白被贺玉楼最后一句话噎了半天，正想着要不要打个电话给秦昭试试，没想到只一会儿就有个姓平的经理出来接他，递了名片，说是贺先生的人。

平徽远领着钟关白往里走，边走边笑着说："久闻钟先生大名，没想到钟先生与贺先生还有这样一层关系。"

"什么关系？"钟关白问道，他走进楼内觉得温度很高，便脱了大衣和西服外套，剩下一件衬衣与一件马甲。

平徽远想到那句不太符合贺玉楼一贯语气的"家里有位小朋友被关在外面了，来我这里闹"："咳，很好的关系。钟先生具体是要去哪里？喝茶的话，我带钟先生去个安静的茶室。"

"是这样的，陆怀川先生约我见面，应该就在——"钟关白突然看见远方略高处设计感很强的曲折回廊上，出现了一个穿对襟白衣的男人和几个穿制服的保镖，"在那里。"

同时，对方也看到了他。

跟资料上的照片几乎长得一样，是陆怀川，而且比照片上看起来更年轻，大约是因为照片并不能显出他身姿的高大挺拔，陆早秋的好相貌大概有一半自他而来。但是资料上没有说，陆怀川看人的时候，眼睛是半抬的，好像有种过分的轻忽感，不知道是不是居高临下的缘故。

平徽远说："那我现在送钟先生上去。"

等他们与陆怀川隔了几步远时，平徽远便停下来，先是不卑不亢地喊了声"陆先生"，然后对钟关白说："钟先生，贺先生说了务必送您回去，您走之前记得打名片上的电话，否则我不好向贺先生交代。"

这话一半是说给钟关白听，一半是说给陆怀川听。平徽远在这里许久，自然对里面的人物都有几分了解，贺玉楼虽不曾交代得这么仔细，他办事却不能不小心。

钟关白点点头，说了好，平徽远又替他把外套收好才离开。

"差一点没有认出来。"现在两人已经站在同一高度，陆怀川仍然是半抬着眼睛打量了一眼钟关白的衣服，他都没有继续说话钟关白就意识到有什么不对劲。果然，陆怀川又看了路过的一个服务生一眼，后者也穿着衬衣和马甲，虽然颜色与材质都和钟关白的完全不一样。

钟关白告诫了自己三遍"对方是陆早秋的老爹，我是个心理成熟的成年人"，以及"我可以用足够漂亮的胸肌撑起白衬衣"，便特别好脾气地把马甲脱了下来搭在左臂上，然后上前两步，诚恳地伸出右手，说："陆先生，您好。"

陆怀川瞥了一眼钟关白的手，根本没有握手的意思："没有人教过你，跟长辈见面不能迟到吗？"

钟关白一向特别反感所有以"没有人教过你"或者"你爸妈没有教过你"这类话开头的问句，而且他不信陆怀川没有调查过他的背景，这时候虽然没有表现出不高兴，但是也没有了一开始的主动，收回手便摆出一个抱歉的笑："您说的是。您是早秋的父亲，当然也就是我长辈。实在是我考虑不周，我不是这里的会员，以为准时到门口就行了，哪里知道这个地方报陆先生的名字不管用，还要麻烦别的长辈。"

陆怀川半抬的眼皮微微往上掀了一分，看钟关白的眼神好像与方才有了一点区别，好像又没有，钟关白仍然看不透那双并未完全睁开的眼睛里到底有什么东西。

"要是知道'陆怀川'三个字的人都能进来，那这里跟外面有什么区别？"陆怀川笑了一声，像是发自内心地觉得好笑，"不过，我倒是不知道进门这样简单的事也要靠别人才能办成。走吧，钢琴家——"陆怀川不再提"长辈"二字，选了这么个称呼便转过身，"我还有不少人要见。"

钟关白跟在陆怀川身后，同那几个保镖一起消失在回廊一角。

没有一丝拼接缝隙的巨大镜面地板倒映出一张张铺着精致桌布的长餐台，举着高脚杯的形形色色身着华服之人，演奏着宴会音乐的管弦乐队，白色的三角钢琴……

此时，也倒映出刚走进宴会厅的陆怀川。

乐队里大提琴正在拉的那一弓都没有拉完，琴弓便直接离了琴弦，乐声戛然而止，那些交谈的宾客不管身处厅中的哪个位置，哪怕是背对着大门的都同时安静了下来。

所有目光都朝同一个方向聚拢过来，钟关白站在陆怀川身后，虽然这些面孔里没有一个是他熟悉的，可是对于这样的场合他并不感到陌生。

陆怀川没有向任何人介绍钟关白的意思，他只是朝大厅一角的三角钢琴抬了抬下巴："去吧，钢琴家，结束以后会有人结算你的演出费，如果能够弹得让每一位客人都满意的话，今天你会比以往开过的任何一场音乐会都赚得多。"

全场太过安静，这番话落入了每一个人的耳朵里。

钟关白看着陆怀川，他知道陆怀川并不尊重音乐，但是一瞬间仍然不太愿意相信陆怀川会做出这样的事："陆先生，您答应与我见面，就是为了让我……在这种场合弹琴？"

"你不就是弹琴的吗，不过，以后这种事，还是联系宴会策划比较合适。哦，对了，那边还有一些艺术生，说不定是你的校友，可以去打个招呼。"陆怀川随意看了一眼宴会厅中几位穿着如出一辙的紧身短裙的年轻女子，便走向了几位聚在一起交谈的宾客，没再理会钟关白，好像他真的找不到其他与钟关白共处一室的理由。

钟关白站在大厅的入口，看着那些项链、裙摆、高跟鞋，还有领带、西裤、皮鞋，突然觉得十分荒谬。可能在这个奢华的房间里，除了他自己之外，没有人会觉得陆怀川的提议不合适。

大概所有学琴的人都会有这样一种经历，就是总被人不分场合地要求：你不是会弹琴吗？给大家弹一个听听。而旁观者永远将这事视为理所当然。

钟关白还记得温月安教他琴时，对他说过："阿白，出了我的门，弹不弹，弹什么，都由你自己说了算，莫脏了这双手。"

白色的三角钢琴离他不过大半个宴会厅的距离，这距离不算长，只是在这个地方，或者说在这世界上的许多地方，从宴会厅入口到宴会厅深处的距离，有些人需要花上几十年来走。

钟关白穿过人群，一步一步朝那架钢琴走去。

周身的一切显得光怪陆离起来，好像每走一步都有什么在发生变化，人群的交谈声像潮水，在他耳边不断涨起又落下。

突然地，过往记忆的片段仿佛都被包裹在周围的交谈声中，此起彼伏地钻进钟关白耳中——

"陆首席，这把是斯特拉迪瓦里琴，我认得，你第一次跟我合奏就是拉的这把琴。那，另一把呢？"

"我母亲的。"

"她也拉小提琴？等你……那个……什么时候带我去你家的时候，我们一起——"

"她走了。而且，我不回家。"

…………

"我们家不需要艺术家，喜欢什么，买下来就是了。"

…………

还有资料上的那行字，一遍一遍地随着四周的声音涌了上来——

"叶虞，陆怀川前妻，国际著名小提琴演奏家；现任配偶从羽，同为国际著名小提琴演奏家。"

…………

离那架钢琴不过十几步的距离了。

钟关白看向远处的陆怀川，陆怀川也半抬着眼朝他那边瞥了一眼，又侧过头对身后的助理说了几句什么，那姿态与陆早秋并无一分相像之处。陆早秋的气场大多数时候都是内敛的，拒人于千里之外，容不得有人多做探究，而陆怀川哪怕只是吩咐身边的人去倒杯酒，都自带着让全场关注的外压。

这次倒不是倒酒，陆怀川对助理说的是："把监控视频发给陆早秋，让他看看他好朋友是怎么给人表演的。"

第61章

《灵魂冲刺》——佐藤直纪

笔记本屏幕上有一条带着钟关白名字的视频链接。

陆早秋拿出手机，点了一下屏幕上的"阿白"二字。话筒中响起机械的"嘟"声，一遍又一遍，没有人接，陆早秋一直听到"您拨打的电话暂时无人接听"才微微蹙着眉心按了挂断键。

钟关白鲜少有接不到他电话的时候，即便在公开演出的前几分钟，哪怕他就坐在观众席中，钟关白也会发消息说一句"陆首席，等下请多指教"。

陆早秋看了一会儿手机锁屏上钟关白的笑颜，然后点开了视频链接。

清晰度极高的视频画面，陆早秋在整个宴会厅的人群中一眼看到了钟关白，还有站在钟关白身边的陆怀川。

若是旁人远远隔着镜头看到这一幕，可能不知道陆怀川要干什么，但是陆早秋不会不知道。他很小的时候就因为在举行宴会时拉小提琴而差点被父亲砸了琴。可能天下绝大多数父亲都会为年幼的儿子能把小提琴拉得那样好而骄傲，但陆怀川不会，陆怀川只会说，陆家人从来都只能被别人取悦，不做这般供人取乐的事。

陆早秋看着屏幕上的钟关白，后者像一个突然掉进大人世界的孩子。他的真诚、他的音乐、他珍惜的一切在屏幕那一端的世界里全部变得一文不值，不过是供人取乐的小玩意儿。

钟关白一步一步朝钢琴走去，周围的人自顾谈笑，并没有什么人注意他的存在，偶有看向他的，也不过是曾在媒体口中听过他的名字，此时想看场好戏。这是钟关白成名以后第一次以这样的方式走向一架钢琴，既没有任何鲜花与掌声，也没有被任何人期待。

其实钟关白有无数个理由转身就走，可只有一个理由能让他留下。

离开是如此轻而易举，而他偏选了个最难的。

陆早秋目光发沉，右手不自觉在左手小指的第二根指节上重重捏了一下，然后便迅速拨了个电话叫人订机票。

对方虽然是常年为陆早秋处理事务的人，但听到地名依旧愣了一下："陆先生，您现在终于……决定回去了?"

陆早秋有无数个理由远离那个地方,可只有一个理由能让他回去。

陆早秋低低"嗯"了一声,又看回笔记本屏幕——

那里站着孤身一人的钟关白。

离钢琴不过十步的距离了,钟关白微微抬起下颚,闭了闭眼。

微卷的额发垂到耳侧,被他随手拂到耳后。修长的手指移动到领口前,单手取下领针收到西裤口袋里,最后解开衬衣最上面的两颗扣子与袖扣,露出笔直的锁骨、一小片胸膛,还有暴起了青筋的手臂。

童年记忆里第一次听见歌声,只是没有歌词的浅浅低唱,就让满是灰尘的阴暗房间里照进了一点阳光。

第一次听到钢琴声,全世界都跟着亮了起来,从此以后涓滴、馥郁、光华、壮阔、温柔……甚至是早秋,所有他学习到的美好词语都有了对应的声音。

第一次摸到琴键,觉得不可思议,连带着触碰到琴键的手指也显得不可思议了起来。

第一次央求温月安弹琴给他听,是拉威尔组曲《镜》中的《海上孤舟》。

第一次听《安魂曲》,想象着三十五岁的莫扎特全身浮肿,捧着《安魂曲》的手稿躺在床上唱女中音部,唱至"落泪之日"痛哭失声,放下手稿后不久就与世长辞,于是也跟着落泪。

第一次写下自己的曲子,此后每一寸特殊的记忆与心情都被留在了一张张乐谱上。

第一次在图书馆里读音乐史,想象某根遗留在原始洞穴中,万年后再次被人类发现的骨笛,曾经如何在远古山河中回响。

骨笛的主人早不知身在何处,没有人知道它是用于哄婴儿入睡、祭祀,还是用于狩猎后的庆祝、躲避猛兽时的警示,又或者只是在某次残酷的部落战争后由某个活下来的人对着战场遥遥吹响……

从一支简陋的骨笛到面前这架复杂的三角钢琴,其中相隔的岁月太长,数不尽的生死,即便是后来多如星辰的音乐人与可填山海的乐谱,也不过其中一隅。

从这历史长河中掬一把河水捧在手掌中,可能是几十年,可能是一首《秋风颂》。

万年时空变迁,不同文明涨落,无数的人生,浩如烟海的故事……若真的有角度可以窥见这一切,音乐应是其中一个。

等钟关白再睁开眼时,没有再看任何人,径自阔步走到钢琴前,先盯着自己的十指看了一阵,再转向了琴键,他的目光自钢琴最左端的那个白键开始,跨越一片片交错的黑白,最后停在最右端的那个白键上。八十八个琴键,一一看过,又敬又爱,有如一位儿子看着他的父母。

这些琴键供养他的十指已有二十多年。

忽然，他的双手砸下两个力度极大的低音和弦，那一瞬，强烈的震动几乎将整个宴会厅都撼动了一下。

有个离得较近的服务生吓得将托盘里的香槟洒在了一位女士的裙子上，那女士捂着自己的胸口斥责了一句，惊疑不定地看向钟关白。

四面八方不满的目光朝同一个方向汇聚。

钟关白几个大步走到管弦乐队前，对坐在最前排不知所措的小提琴手说："借我用一下你的小提琴。"

小提琴手犹豫了一下，钟关白盯着琴上未被擦干净的松香痕迹，沉声道："放心，我比你更爱惜它。"

那位小提琴手面露难色，旁边另一位小提琴手站起来，认真地看着钟关白，递过小提琴与琴弓，朗声道："用我的。"

钟关白朝她点了下头，接过琴，缓缓扫视整个管弦乐队。

"你们……"钟关白说，"现在可以选择保持安静，以后继续给他们表演，或者——"

铮的一声，钟关白侧着头，扬起琴弓，极快地一弓拉到底，琴声如破空之箭，似乎要将一切穿透。

那在人群中孑然而立的坚定姿态，和陆早秋一模一样。

惊醒所有人的一声琴声戛然而止，拿琴弓的手停在空中，钟关白再次俯视乐队里的所有人，目光如炬："趁还活着，跟我一起干点真正的乐手该干的事。"

他说完，没有等待任何人的反应，直接拉出一段磅礴肃穆的小提琴前奏，仿佛有不容忽视的力量在缓缓推动一张巨大的卷轴。

整个宴会厅静极了，没有人能在这样的背景音乐下自如谈笑。

乐队成员面面相觑，刚才递小提琴的姑娘看着钟关白，眼皮微微一跳："这是……《巴黎圣母院》……"

但是又不完全是。

《巴黎圣母院》音乐剧的序曲不是这样开始的，他是将最高潮时的那段旋律改成了前奏。

小提琴的最后几声颤抖着，一直到钟关白将琴递还回去，仍有余音。

任谁都看得出来，那样极尽自我的宣泄，不是在为任何人表演。

余音尚未落，钟关白已经坐回钢琴凳上，所有人都知道他是要弹琴，可是没有人想到在钢琴声响起的同时，低沉的男声也跟着响起了。

C'est une histoire qui a pour lieu…（故事发生于此地……）

刻意压低的苍凉男声，吟唱 *Le Temps des Cathédrales*，即《大教堂时代》。

当钟关白唱到那句"我们这些无名的艺术家,用意象与诗韵,试着赋予它生命"时,忽然有一把小提琴试探着加入了进来。

钟关白向乐队瞥了一眼,是那位给他递琴的姑娘。

接着,第二把小提琴也奏响了。

"人类企图攀上星辰,镂刻下自己的事迹……"

他每唱一句,便更大声一分,手指也多用上一分力;每唱一句,便多一把琴与他共鸣。小提琴、中提琴、大提琴、长笛……当将唱至最高潮那句"现在已是大教堂的时代"时,几乎整个乐队都在与他合奏了。就连方才那位不曾借给他琴的小提琴手也跟着站了起来,站得笔直,面色肃然,面向钢琴扬起琴弓。

那已不只是在唱歌词中那座一砖一石所建成的、拔地而起高耸入云的大教堂与信仰大教堂的时代。

汗水不断滴落下来。

衣背湿透。

额头上的青筋也已经暴起。

渐渐地,歌声再次轻了下来,十指放在键盘上一动不动,所有乐器也都随着钢琴一起停了下来,整个宴会厅中鸦雀无声。

钟关白低着头,嘴角带着一丝谁也看不到的笑,如发问般低唱——

Qui promettaient au genre humain.

De meilleurs lendemains.

(谁向人类许诺,明天会变得更好?)

没有人回答。

只有一把金属叉子落到地上,发出叮的一声。

就在所有人都以为音乐已经结束之时,钟关白抬起头,给了乐队一个眼神,同时再次抬起了手。

钢琴声如暴风雨般席卷而来,恢宏的管弦乐跟着奏响。

就在众人目瞪口呆之时,钢琴声蓦然一顿。

钟关白双手撑在钢琴上,站了起来。他就像在往常指挥那些与自己合作过的乐团一般,背对着乐队给了他们一个手势:继续。

钟关白的前方有无数的人,他们都搞不清楚这究竟算是什么,既不像提前安排好的特殊演出,也没有人能相信这可能是即兴发挥。

在交织成一片壮阔背景的管乐与弦乐中,钟关白一步一步走向了人群。

他发现他的音乐中,缺乏打击乐,他需要定音鼓、大鼓、小鼓、铃鼓、三角铁……或者，刚才那把与地面撞击的叉子。

只是要再响一些，再剧烈一些。

钟关白的步伐有些急，可是每一步又如此坚定有力。他看起来像是在直奔某个明确的目的地而去，所有人都不自觉地为他让开了一条道。

钟关白停在了长餐台的一角，修长的手指从桌布上轻轻拿起了一个白瓷盘子。

他缓缓高举起盘子，耳朵随着旋律的变化微微动了一下，然后在某一刻，在恰好最需要一声惊雷般的锣声时松开了手指，白瓷盘落在地上摔得粉碎，同时爆发出的清脆响声也在那一瞬间与管弦乐交相辉映。

场面一时间突然混乱了起来，这简直像某种以摔杯为号的暗杀，陆怀川身边的保镖瞬间全部进入警戒状态。

可是什么也没有发生，连管弦乐队都没有停止演奏。

钟关白根本没有管周围发生的事，他沿着那张长长的餐台走过，一个一个盘子、杯子、刀叉……一切他需要的物品都——从他的手指间辗转经过，最后按照他想要的样子发出声音。

凡经他手之物，都是乐器；凡他所到之处，都成交响。

如果说之前的行为只是有些不像普通人，那么现在所有人都已将他看作一个疯子。

这一刻，他也的确是。

当那张餐台的最后一个高脚杯落下时，钟关白转过身，看向了众人。

他一步一步踏过那一地如金玉般璀璨的粉碎再次向钢琴走去，同时有如实质的目光从那一张张震撼、惊讶、恐惧、厌恶或者迷惑不解的脸上扫过。

歌声再次响起，只有最后这几句，就是为这一张张面孔而唱，为所有人而唱。

Il est foutu le temps des cathédrales.

La foule des barbares.

Est aux portes de la ville.

Laissez entrer ces palrens' ces vandales.

（大教堂的信仰时代已成云烟，野蛮的人群聚集在城门，异教徒与破坏者纷纷拥入……）

当钟关白的目光落到陆怀川脸上时，缓缓吐出了最后一句——

La fin de ce monde.（世界就此终结。）

唱完这句时，最后一步刚好也已走完，钟关白不疾不徐地坐回钢琴前，抬起手腕。

全曲已至尾声，钢琴声伴着管弦乐摧枯拉朽般推碾而过，将那张卷轴重重合上，仿佛激起了滚滚尘埃，最后又烟消云散。

在一片寂静中，钟关白低着头，指尖轻轻从琴键的最左端拂到最右端，八十八个琴键，一一抚摸，有如君王抚摸他的臣民。

这二十多年里，他也曾怠慢它们，于是摔下王座。那时候，随便一个不相干的人隔着屏幕对他做出的恶评都是巨大的羞辱，有如被迫赤裸着跪在众人面前。可是当他自己一级一级台阶爬了回去时，当他一次一次重新感受到掌握自己十指的力量时，无论是谁都不能再使他头上沾染灰尘、尊严受损。

啪……啪……

几声孤零零的掌声在宴会厅里响起，是一位面向钟关白的方向起立的大提琴手。

接着，所有的乐手都陆陆续续站了起来，掌声越来越密集，一直持续着，像是永远不会停下来。

钟关白站起来，朝那些乐手鞠了一躬，再不紧不慢地将自己的衬衣袖口、领口的扣子全部扣好，将领针重新别回衣领。

待他将自己整理好，唇上便扬起一个笑，朝陆怀川走去。

"陆先生，"钟关白问，"刚才的演奏，您还满意吗？"

陆怀川的眼皮掀起来，好像与初见面时有了一丝不同，好像又没有："做这样哗众取宠的事有什么用？"

钟关白说："没有任何用。"

即便在这个时候，钟关白仍然保持着他的真诚和傻气，大概是因为刚弹完了琴，他全身都是浓烈的朝气，那样蓬勃旺盛，觉得一切都有希望，连之前的一点愤怒都没有了。

"这个世界上有千万个可以为您所用的人，却只有一个钟关白。"钟关白笑了笑，"我生来就不是为了有用的，也不会按照任何人的要求演奏……可能这么说显得不太谦虚，算了，反正也没几个人觉得我谦虚，我就直接说了吧——"

钟关白突然收了笑容，神色变得严肃："陆先生，我一向凭直觉弹琴，不敢以艺术家自居，但音乐一定是艺术的一种。从来都是艺术引着大众向上探索，万没有艺术低下头颅俯就大众与潮流的道理。一旦艺术开始尝试屈就服从，它就不再是艺术。公众可以不理解音乐，这不要紧，要紧的是，音乐还是会继续向前走，它一向走在大多数人的前面，有时还留个几百年给后人追，毕竟，最伟大的手，有时确实几百年才能出一双。"

说着，钟关白的手指不自觉摩挲了一会儿领针上的浅蓝色五瓣花，摸着摸着便又恢复了笑容，那笑容还带着温度，像是冬日里的一朵太阳："其实我平时不跟别人说这些，和早秋也不太说，但是我知道这些东西对他来说有多重要，可他是不会说的，那么我来说。您可以不理解，我会一遍一遍地说；您也可以不相信，我会一遍一遍地证明。"

第62章

《镜子（M.43：Ⅲ.<海上孤舟>）》——莫里斯·拉威尔

"陆先生，陆先生……喂！"钟关白用力拍了两下被锁上的大门，无果，他一个人站在空荡荡的宴会厅里，不敢相信世界上竟有心胸如此狭窄的人。

陆怀川不但没有被他说服和打动，而且说到后面不知哪一句惹他不高兴了，陆怀川居然一言不合就直接让保镖把他关在里面了。

喊了半天也没有人应，钟关白准备给平徽远打电话，掏出手机却发现正处于无服务状态，而且快要没电了。他气呼呼地来回走了半天也没想出什么有效的自救方法，最终决定去某张还没被他破坏的餐台上端一碟子水果吃。

总不至于饿死，钟先生乐观地想。

吃了水果，弹了会儿琴，又枕着自己的手臂在地上躺了好半天。在钟关白困倦到快睡着之前终于意识到一件事：他可能真的要在这个鬼地方过夜了。

等他被冻醒的时候发现连电都被断了，四周一片漆黑，原本维持恒温的室内冷得和室外一样，他不仅没有被子，连一件外套都没有。

钟先生需要维持体温，只好开始做俯卧撑，做了一会儿又在黑暗中寻找食物以提供热量。正一边走一边摸索着餐台上的食物，钟关白忽然看见远处的角落有一小块泛红的光源。

等走近了才发现，是一个火警按钮。

虽然没有火情，但是钟关白想到连手指被卡在戒指里拔不出来这种事都可以找消防员，就觉得自己这情况也不能算浪费警力，便将手伸向了火警按钮。

在他按下的一瞬间，整栋楼里都响起了刺耳的警报声。

几秒后，火警确认灯亮了。

钟关白隔着厚重的大门，听见隐隐约约的喊叫声与奔跑声，可是很快就消失了。

"哪儿着火了？"

"快，快点出去。"

"烦死了……"

不断有骂声从不同的房间里传出来，然后很快就有衣衫不整的男女从那些房间里冲了出来，有些人甚至只裹了一条浴巾。

……

当陆早秋到门口的时候，正看见有人接连不断地从楼内跑出来。

一看就是里面出事了。

陆早秋还没开口询问情况，就听到了远处响起的消防车声，这下连问都不用问了。钟关白的手机一直打不通，从陆早秋上飞机到下飞机，听筒里的女声从暂时无人接听变成了暂时无法接通，陆早秋站在门口打了最后一个电话，这时候听筒里的声音已经变成已关机了。

人流从陆早秋的左右擦过。

高音喇叭里传出的警告声从身后传来，请所有人不要恐慌，保持镇定。

这里可能马上就要被封锁了。

陆早秋拔腿逆着人流向里走去。

里面已经改了装潢，陆早秋太多年没有回来过，不知道视频里那间宴会厅到底在哪里。他只能一层一层地找，不断打开一扇又一扇门，按摩馆、泳池、酒吧、茶室、餐厅……错落的设计让人找不到任何规律。这地方本就不是为了吸引更多客人建造的，它只为一些不太会变动的人群服务。陆早秋的方向感已经足够好，也只能保证不重复走进已经检查过的地方。

"钟先生——"在一阵一阵刺耳的火警警报声中，远处突然传来一声呼喊。

陆早秋立即向声音传来的方向跑去。

是平徽远，他正在一间一间包厢地找人，听见脚步声便抬头望去。可能不在古典乐圈内的绝大多数人都是因为钟关白才认识陆早秋，但是平徽远不是，他能认得出陆早秋，先是因为陆早秋是陆怀川的儿子，然后才是因为陆早秋是钟关白的好友。

当年陆怀川的老婆跟别人跑了一事成了这个圈子里的年度最大笑柄，平徽远还记得当时有一次，一群阔太太打牌聊天，牌桌上便纷纷笑陆怀川蠢，说砸钱捧的女人和娶回家做太太的女人都分不清，这不，现在头上一片惨绿，一儿一女都不知道是不是亲生的。从此之后陆怀川性情大变，喜怒无常，明里暗里都动了手段。再后来便没有任何人敢公开提起叶虞，一直到现在在网上都找不到任何当年的新闻。但是知道当年那事的人私下也会交换一个猎奇的眼神，说不知道陆怀川看见他儿子也拉小提琴是个什么感觉，会不会觉得越拉越像他老婆的情夫。

陆早秋一眼看见平徽远手上的外套，眉心蹙起，那是钟关白的，他认得。

平徽远察觉陆早秋的目光，赶紧主动上前跟陆早秋打了招呼，把贺玉楼叫他安置钟关白的事简要一提，然后便说："我不知道陆怀川先生把钟先生带去哪里了，现在找不到人。不过，我已经让人调了入口的监控，现在可以确认的是，钟先生没有走出这栋楼。"

陆早秋从平徽远手里接过钟关白的外套，眸色发沉："他之前在一间宴会厅里，有钢琴，地面是镜面。"

平徽远回想了一下，他的记忆中没有去过这么一个宴会厅："宴会厅太多了，也不集中在一起，我也只能挨个找。"

陆早秋的眸色沉得更厉害："就算一时找不到，但是有警报声应该就可以查到是哪个报警器被触发，找到起火点的大概范围，我要先确认钟关白不在那里。"

陆早秋把自己的手机号给了平徽远，说："分头找，找到了麻烦您给我电话。"

说完，陆早秋便向另一个方向大步走去。

寻找是一件痛苦的事。

小时候的陆早秋也这样找过，推开一扇扇门，永远希望能在门后看到一个拿着小提琴的身影。

他从小便执着，不断失望又不断地重新推开下一扇门，和现在一样。只不过现在一边推门一边喊出的两个字，已经变成了阿白。

走到某一处时，陆早秋突然停下了脚步，伸向某扇门的手也顿住了。

他凝神细听，在尖利的警报声中有一抹钢琴声，像是被烈火包围的平静水面，那琴声极轻微隐约，如果此时换作他人必定是听不见的。

一点怀疑也没有，陆早秋仔细辨别着声音的来处，那就是钟关白的琴声，《镜》组曲中的《海上孤舟》。大概只有钟关白有这个兴致，就算被困在四周都是扰人心神的警报声的地方也能自如地弹他喜欢的拉威尔。

循着逐渐变强的琴声，陆早秋走到了两扇相对而合的大门前。

门不仅锁了，一双把手上还另加了一把金属大锁。

陆早秋敲门，提高了声音喊："阿白。"

隔着门的琴声骤然一顿。

钟关白怀疑自己在黑暗里待了太久，有点幻听了，等他听到第二声"阿白"的时候才猛地站起来，一边应着"我在里面"一边朝门口跑。

"早秋。"钟关白朝外面喊。

陆早秋问："里面是什么情况？"

钟关白把前前后后一说，让陆早秋知道自己很安全："……反正除了有点冷，没别的。我刚才还吃了不少海鲜呢……就是不知道为什么按了火警按钮也没人来这里看一下，我还以为很快就有保安来救我出去了。"

"阿白，"陆早秋的声音像从前一样沉着，"你在里面等我。"

"你要去找你父亲吗？我觉得还是……"

"等我。"陆早秋留下两个字，便离开了。

"早秋你别去找他——"钟关白话没说完，外面已经没有了反应，只能对着自己小声说完后半句话，"……他真的脾气很差，而且很小气……"

钟关白不知道陆早秋去干什么了，干等了几分钟也没等来什么，便继续去弹琴。

弹了许久，忽然听见好像在不远处的上方传来什么声音，可是四周一片黑暗，看不清到底发生了什么。钟关白心怀戒备地去餐台摸了一把长餐刀，还没等他找到方才声音的来处，便突然听到一声巨大的撞击声，比警报声还要响。

那是天花板上连接通风管道的那面巨大的送风口外壳轰然砸落地面的声音。

钟关白站在下方，瞠目结舌地看着那一幕——

一束光从天花板上洒下来。

光的来处是一只拿着手机的手，皮肤表面有被利物划破的细小血痕。

顺着那只手，能看到沾了污迹的手臂与衣袖，再然后，便看到了那张棱角分明的、蹭了灰尘的脸。

陆早秋什么也没说，就那样从高处跳了下来。吊顶太高，他趔趄了一下，可很快又站好了。

钟关白朝那跑去，快要跑到陆早秋跟前的时候才想起来把手里的餐刀给扔到一边。他看着陆早秋，并没有上前，反而突然停了下来，有些不知所措地伸出手，又不太敢碰陆早秋。

陆早秋并不催促，只静静地看着钟关白。

"那个……"钟关白看了看缺了一块的、黑洞洞的天花板顶，又看了看面前的陆早秋，再看了看地面倒映出的身影，根本无法相信刚才发生的事，"这个……你怎么可能……"

"难道除了修射击课，你还要学……通风管道检修？"

钟关白说了两句又觉得这时候根本不该问些有的没的，只是他一向认为陆早秋十指从不沾这些东西，从他们认识开始，他便觉得诸如开车门、当司机以及干各种粗活儿的事儿都该是自己来的，所以此时太过震惊。

陆早秋听了那句"通风管道检修"，先是被逗得低低笑了一下，然后便想到了什么，眼神变得有些复杂。

"等一下……"钟关白光注意着陆早秋脸上的污迹了，也没看到对方的变化，就借着陆早秋手里昏暗的手机光线，去找了一壶矿泉水与一条没被用过的餐巾，然后将餐巾打湿，递给陆早秋擦脸。看着那些灰尘一点点被擦拭干净，钟关白才突然发觉，方才的不知所措、不敢置信、震惊……其实不过都是感动的另外一个名字。"你……其实可以等人过来，我说了，我很安全……"

陆早秋垂下眼睫，看着钟关白轻声道："可是，我怕你出事。"

钟关白用鼻音"嗯"了一声，继续为陆早秋擦手，擦到那些细小的血痕时突然十分懊恼，觉得自己没能独自把事解决好。

可是毕竟陆怀川和温月安不是同一种人。从前陆早秋在温月安院前拉一曲《沉思》，温月安知晓后，便将陆早秋当自家晚辈对待；而钟关白今天就是弹死在钢琴前，陆怀川也不知会不会有所触动。

这一点陆早秋明白，钟关白即便懊恼，倒也是明白的。

两人都没有说什么自责的话，即便钟关白知道陆早秋因为自己才如此狼狈，陆早秋也知道钟关白是为了自己才被父亲如此对待。

大概是因为这一年过得艰难，有些东西在不知不觉中已经有了改变，他们有了一种比从前更深的默契，钟关白觉得那应该是一种绝对的信任，那种信任使他们不再为对方的付出而心怀愧疚。

愧疚不是什么好东西，他们应该心怀一点别的。

因为要从通风管道进来，两人的外套都被陆早秋留在了外面，四周温度很低，有再多话都可以到暖和的地方再说。陆早秋的耳朵微微动了一下，握住钟关白发凉的双手，说："跟我出去。"

钟关白看着天花板上那个洞，犹豫着是不是要多搬几把椅子："……怎么出去？"

"你听，有人。"陆早秋看向大门，"我进来之前打了电话叫人来开锁，应该到了。"

钟关白："那你还自己——"

陆早秋拉着钟关白往门口走："我要先确认你的安全。"

第63章

《柏树（无作品号，B.152：<我经常漫步在那座房子旁>，稍快的行板）》
（两小提琴、中提琴和大提琴）——安东宁·莱奥波德·德沃夏克

当大门打开的时候，站在外面的并不是陆早秋叫来开锁的人，而是陆怀川身边的一位助理，助理身后还有几个保镖。

助理见到陆早秋也在里面的时候暗惊了一下，心道自家老板所料不错。他来之前，陆怀川只是看了一眼墙边的立钟，便说："早秋该回来了，你去把人接回来。"

片刻后，助理掩藏了心思，有礼地招呼道："小陆先生。"

陆早秋并未应答，拿起放在一边的外套递给钟关白披上，自己的外套拿在手里都没穿，就说："走吧。"

"钟先生。"助理察言观色，赶紧又跟钟关白招呼了一声，才解释道，"陆先生一得知这里出了事就让我过来了，现在外面的情况有些复杂，出入都不方便，我送两位回去吧，车就在楼下。"

陆早秋看了助理一眼："回去？"

助理道："是，您也有好多年没有回家了，陆先生吩咐我接您回去。"

陆早秋淡淡道："我刚从家里过来。"

助理一滞，陆早秋扫了一眼助理身后的保镖，这些保镖来意明显，可此时谁也没敢有什么动作。

"阿白。"陆早秋准备走。

助理说："您要是不回去，我们没法跟陆先生交代。"在他和这些保镖看来，陆早秋的脾气和陆怀川几乎不相上下，他们不敢对陆早秋做什么，却也不敢让陆早秋就这么走了。

"早秋，"钟关白喊，同时看着后者的眼睛，低声说，"如果我说，我想和你一起去你以前的家看一看，你愿意吗？"

陆早秋没说话，钟关白又走近一步，说："当然，你要是不想，我们就不去。"

如果他们今天不去，钟关白也会自己去见陆怀川，可能仍然会碰壁，但是他肯定还是会一遍一遍地去碰，直到把那座墙壁碰出一点缝隙来。

毫无疑问。

陆早秋沉默地看了一会儿钟关白，眼睫垂下来："好，去。"

助理没想到这么多年陆早秋第一次回家竟然是被钟关白说服的，不由对钟关白另眼相看。毕竟所有人都知道陆早秋不好说服，而且要是寻常人之前受了陆怀川那般对待，恐怕也做不出这么一番事来。

一行人分上了两辆车，车驶离的时候钟关白回头看了一眼那座建筑，说："你家，是不是跟这里差不多？"

陆早秋闭了闭眼："不是。"

钟关白听出那声音里的疲惫。

陆早秋一路都闭着眼睛，像是睡着了。

车开出市区，远处隐隐有波光，再开一段，便能看清楚那是一小片湖泊，湖边停了小舟，还有两只交颈的天鹅。经过最外围的门口，一个站岗的保镖向车内行礼致意，随后车一路环湖而行，驶及数栋有一半都嵌在湖水中的房子时，车速减慢了。

这些房子里住的，都是陆家人。

车行至最里的一栋房子前，停了下来。

助理下车为陆早秋开车门，钟关白比了个嘘声的手势，想让陆早秋多睡一会儿，后者却已经睁开了眼睛。

"不用送，我认得路。"陆早秋对助理道。

助理等人便站在车边等候，想来是要看着陆早秋进去才放心。

大门是指纹锁，陆早秋开了门，里面一片漆黑。

"太晚了，应该都睡了吧。"钟关白小声说。

陆早秋点点头，说："跟我来。"

钟关白："去你卧室吗？"

"嗯。"陆早秋领着钟关白往里面走，地面有细碎的灯光随着脚步亮起，钟关白这才发现他们像是直接踩在湖面上，偶见几尾游鱼。

这装潢有年头了，按理来说应显得过时，可是被保养得太好，所以只是让人感觉像置身过去而已。

忽然，不远处一间房间的灯亮了。

陆怀川穿着一件白色浴袍，眼尾有微微笑意，正准备从卧室里走出来。钟关白惊讶地发现，此时的陆怀川与之前在宴会厅时判若两人，而正是此时的陆怀川才更像他在资料中看到的那位陆先生的大多数时候，尤其是年轻的时候——

不仅有挥戈返日之能，亦有明月入怀之气度。

"陆——"

陆怀川与陆早秋都没有说话，出于礼貌，钟关白准备先主动打招呼，可是招呼还没有出口，便听见一声闷哼。

陆早秋看着穿着浴袍的陆怀川，极力忍耐了一阵，却没有忍住，站在原地剧烈地呕吐起来。

他胃里没有什么东西，除了一些液体根本没什么可吐，但是又控制不住这样的生理反应。钟关白吓了一跳，赶紧扶着陆早秋，一边轻轻拍他的背，一边连声问怎么回事。

陆怀川正准备叫保姆和医生，却像突然想起什么似的停止了动作，他盯了一阵呕吐的陆早秋，低下头看了一眼自己的浴袍。

他的衣服一向有固定的人做，自过了爱好新鲜的年纪后，各类穿戴便几乎十余年也不变一次样子。

陆怀川看向陆早秋，这时候陆早秋也抬起了头。

这一刻，两父子眼神交会，都看见了十多年前的同一个晚上。

那是个雨夜，湖面不平静。

雨水打在车窗上，开车的保镖梁德从后视镜里看了一眼陆早秋，后者正看着窗外。

梁德放慢了车速，犹豫道："这样大的雨，还开窗吗？"

往常梁德开车进出陆家，总要开一阵窗，因为陆早秋要看他养的那对天鹅，尤其是天鹅窝中有了蛋之后，每逢天气好的时候他都要下车去喂天鹅。

陆早秋隔着模糊的车窗看到了两块白影，点点头，说："要。"

湖上的一对天鹅并不惧雨水，正在互相为对方梳理羽毛。

有雨水飘进车窗，沾湿了陆早秋的头发，他却笑着，显得比平常看天鹅时更高兴些。

梁德接送陆早秋好几年，几乎没见过这样的笑容，加上前不久好像陆早秋刚得了一个什么小提琴大赛的冠军，于是忍不住多问了一句，是不是又新得了什么奖项。

陆早秋低头看了一眼手边的小提琴盒，说："没有。"

他一向寡言少语，梁德听到"没有"二字也没打算再问。可是陆早秋看了一会儿天鹅，又主动开口道："最近交到了朋友。"

梁德诧异地看向后视镜，在他的记忆里，陆早秋还没有提过"朋友"二字。

他大概能猜到，陆早秋不提，是因为好几年前的一件事，没那件事，他也接不了当初那位张姓司机的差事。

陆早秋从小就不爱说话，一个人练琴，一个人看书，不太懂得主动去交朋友。

后来陆早秋在小学的学校里好不容易交到了一个朋友，便要张司机每天晚十五分钟来接他，好让他下课后能跟朋友一起走一段路。

这事本不合规矩，但张司机是看着陆早秋长大的，一直负责接送陆早秋去上所有陆怀川要求的课程，知道陆早秋没有像同龄小孩那样的娱乐时间，心一软就答应了。

张司机虽然答应了，但仍不太放心，所以总会准时到，远远跟着，看着两个小男孩肩并肩地走一段路。那些天,陆早秋总会把对方送到车站,再自己走回校门口。

校门口停着许多车,因为那所学校的学生几乎都有私家车接送。第一天张司机还问过,为什么另一位小朋友没有人接。

陆早秋想了想,说:"不知道。"

当时陆早秋还不懂这些,但是张司机是懂的。他多问了几句,便知道那个孩子是拿学校资助的特优生。通常私立名校都会有少量的名额给那些成绩极优异但家庭条件不好的贫困生。

张司机本想跟陆怀川汇报,但想到陆怀川近两年的喜怒无常,便将陆早秋交了朋友的事与晚些接人的事一同隐瞒了下来。

又过了几天,陆早秋说想跟朋友多待一会儿,便要张司机再推迟十五分钟来,总共比往常晚半个小时。

张司机又远远跟着看了几天,发现陆早秋出校门后并没有跑到什么别的地方去玩,只是在车站听朋友讲话,一直等到公交车来,朋友上了车再走。

渐渐地,张司机放下心来,有一天便晚到了。

只是一天而已,只是晚了半小时而已,那天他就没等到陆早秋出现。

张司机沿着校门口到公交站的路来回开了好几遍,学校里、方圆几公里的路都找过了,没有人。他受过训练,本该第一时间就报告陆怀川或者报警,可是因为擅自晚到了半小时,所以根本不敢把陆早秋不见了的事告诉别人,他担不起这个责任,一心只想在所有人都不知道的情况下把陆早秋找回来。

天慢慢黑了下来,张司机不知道多少次把车停在车站边,此时他全身的冷汗已经出了又干、干了又出好几遍,想给自己点根烟,却发现手抖得连打火机的火都凑不到烟上去。

忽然,他听见口袋里的手机响了。

摸了半天摸出来,发现是陆怀川的电话,当即又出了一身冷汗。

这电话不能不接,甚至都不敢接晚了,可是接了他也不知道该怎么解释。哪知道陆怀川根本不用他说话,直接叫他回去配合安保团队与警察,因为陆怀川已经接到了绑匪的电话——

就在一分钟前。

张司机一路超速闯红灯回了陆家,刚跟警察交代完所有他知道的事就被解雇了,从此再也没在陆家出现过。

…………

梁德看见后视镜里的陆早秋拿起了座位旁的一册琴谱,翻开一页,低头看起来,于是问:"是拉小提琴的朋友?"

陆早秋点点头:"嗯。"

梁德笑说:"真好啊。"

车开到了门前不远处，梁德准备下车为陆早秋撑伞。

陆早秋说："不用了。"

梁德也不勉强，就在车上看着陆早秋进门。

这时正好来了电话，梁德一看是以前安保团队里的哥们儿，便接了起来。

"嘿，你现在下班了吧？找个地方喝两杯？"对方笑说。

梁德也笑："可不，没下班怎么接你电话？哪儿喝去啊？"

"以前老地方，你可别跟我说你忘了啊。你说你，走之后也不多跟我们聚聚，真是——"

"我哪敢忘啊？"梁德突然想到什么似的，顺口问了一句，"哎，我走之前的那事，那天我不是休假嘛，到底怎么回事？"

对方一愣，没反应过来："老兄，你在说哪个事啊？"

事情已经过去，现在只是在电话里闲聊旧事，梁德也不过想验证一下自己的猜测，所以问得挺轻松："就是绑架案嘛，当时不是有两个人吗？是不是在绑匪面前，那贫困生一下就把陆家的公子哥儿卖了？"

梁德看着陆早秋一只手打着伞，一只手拎着小提琴盒，孤身一人走向门口。

男孩子嘛，最怕被兄弟背叛，梁德心想，否则怎么会这么多年不再提"朋友"二字。

"没有，绑匪确实顺道绑了俩，但那穷小子又不是正主，带着嫌麻烦，放了又怕他多嘴，上车没多久就给宰了。"对方也答得轻松，只不过一说完就沉默了，过了好半天才笑了笑，说，"你看，还是有个有钱的爹好吧。"

"喂？喂？你怎么不说话了？"电话那边传来声音，"还是信号不好？"

"……噢，我刚才也在想，有个有钱的爹就是好。"梁德扯了下嘴角，看着陆早秋收伞开门，走进一片黑暗的房子里。

♪
第64章

《柏树（无作品号，B.152：<死亡统治着许多人的胸膛>，不太快的快板）》（两小提琴、中提琴和大提琴）——安东宁·莱奥波德·德沃夏克

耳边还残留着屋外的雨水声，更显室内的寂静。

陆应如已经在读大学，不常回来。家里一片漆黑，陆怀川要么不在家，要么已经睡了。陆早秋放轻了脚步朝自己的卧室走去。

一步一步，脚下也一点一点亮起。

忽然，陆早秋听到一丝动静。

极轻的一声，隔着陆怀川的卧室门，像是下床的声音。

陆早秋担心是自己把父亲吵醒了，便停下了脚步。

卧室的门缝下泄出一小片光来。

门开了，陆怀川穿着白色的浴袍，眼睛半抬，俯视着站在卧室前的陆早秋。

"父亲。"陆早秋下意识地用身体挡住了手中的琴盒。

轻微的衣料摩擦声。

卧室里似乎还有人。

嗒。

嗒。

光脚踩在地板上的声音。

嗒。

一双纤长的手搭在了陆怀川的手臂上。

垂到胸前的浓密长发挡住了一部分身体，可是过短的透明吊带裙还是掩盖不住少女身上的痕迹。

"……早秋？"

少女的声音和第一次喊他的时候一样，带着不确定。

陆早秋站在原地，就在他自己都没有反应过来的时候，胃里的东西不受控制地喷溅了一地。

他一只手捂着胃，一只手紧紧抓着小提琴盒的把手，转身就走。

外面的雨还是很大。

陆早秋一路走到湖边,那里有一些被雨水打湿的大石头,他坐下来,脱下外套,盖在琴盒上,抱着琴盒看天鹅。

两只天鹅正在觅食,颈项弯进湖中,露出一片白色的后背和上翘的可爱尾羽。

雨一夜没有停,淋得陆早秋全身湿透。

天渐渐亮了,一把伞出现在他头顶。

是梁德。

"到去上课的时间了吗?"陆早秋问。

梁德应道:"是。"

陆早秋站起来,梁德拉开车门,说:"先回去换身衣服吧。"

等陆早秋再次走进家门的时候,陆怀川已经吃完了早餐,正在看报纸。

"你这是什么样子?"陆怀川抬起眼,"一晚上都在干什么?"

陆早秋低着头,他身上的雨水打湿了地板,确实不成样子。

"明汀……"陆早秋顿了许久,才说,"是我的同学。"

"我知道,她是我资助的艺术生。"陆怀川把报纸放到一边,"但是,你这是什么样子?"

陆早秋没有说话。

陆怀川站起来,系上西装的扣子,向门口走去。

走了几步,停下来,没有回头地说:"收起你软弱的样子。"

这句话跟绑架案后陆怀川说的话一模一样——

收起你软弱的样子。

说完之后陆怀川便要求年幼的陆早秋修反绑架课程,学习在各类紧急情况下的逃生技能,之后便是模拟、测验,直到陆怀川满意。

当初尚且如此,现在的情况便更加不值一提。

陆早秋换了衣服,梁德正在门外等他。

仍是像往常一样去学校。天放晴了,路过湖边的时候梁德特意开了窗,陆早秋远远望着两只天鹅,却没有露出一丝笑容。

梁德不知道是怎么回事,看陆早秋的样子也不敢多问。

陆早秋一路没说话,到了学校便开门下车。

梁德远远看着陆早秋进学校,发现有个提着小提琴盒的长发女生也站在校门口,像是在等陆早秋的样子。看到这一幕,梁德心想,陆早秋见了朋友总会高兴起来,便松了口气,开车走了。

陆早秋径自向里走,没有多看校门边的人一眼。

明汀落后半步，跟着陆早秋走进校门。

两人一前一后走了一阵，明汀突然喊："早秋。"

陆早秋脚步一顿。

"……你喜欢我吗？"明汀看着陆早秋的背影，问。

等了一阵没有等到回答，明汀走到陆早秋面前，说："我知道，你不喜欢我，我们只是朋友。"

陆早秋没说话，明汀直视着陆早秋的双眼："我不会跟你道歉的，因为我没有错，我只是在谈恋爱，这是我的自由。"

"和我父亲。"陆早秋说。

"他是单身。"明汀顿了几秒，"我也是。"

不知怎么的，陆早秋突然想起明汀对他说过的话："你妈妈也会拉小提琴吗？她以前喜欢拉什么曲子，你告诉我，我学来拉给你听好不好？"

曾经，他确实被这句话打动过。

陆早秋沉默了一阵，说："我知道了。"

说完便快步向前走去，一整天都没有再说话。

陆早秋傍晚从学校出来，梁德接他回去。

车快开到湖边时，陆早秋说："到前面停一下，我想喂天鹅。"

梁德应了声好，到了湖边陆早秋便拿着常备在车上的饲料下了车。

正是晚霞动人的时候，空气清新，植被随着风轻轻摆动，湖面映着霞光，与天连作一片。

可是没有天鹅。

陆早秋拿着饲料绕着湖走了一圈，没有看见两只天鹅，他又特意去看了天鹅的窝，发现连从前那六个天鹅蛋都不见了。

陆早秋转过身，说："没有了。"

梁德连忙安慰道："肯定是暂时飞到别的地方去了，蛋可能也孵化了嘛，刚出生的天鹅那么小，说不定躲在湖旁边哪片草丛里呢。"

陆早秋在湖边站了很久，想等天鹅回来。梁德说："明天再来看吧，陆先生吩咐过了，今天在家里吃晚饭，您还是不要让他等太久比较好。"

"嗯。"陆早秋应了一声，又坐回车里。

梁德将他送到门口的时候，大门正开着，像是在等他回来。

餐厅里，厨师正推着餐车准备上菜。

陆怀川坐在餐桌的一头，说："等早秋好了，就上菜。"

陆早秋去换了衣服洗了手，坐到餐桌的另一头。

餐车与以往有些不同，上面只有四个盘子，都盖着盖子。厨师把两个盘子放到陆怀川面前，再将两个盘子放在陆早秋面前。

厨师放完，便默默推着餐车出去了。

陆怀川揭开盖子，陆早秋看见了他父亲盘子里的东西，睫毛颤了一下，没有揭自己面前的盖子。

陆怀川淡淡道："吃饭。"

过了好半天，陆早秋才抬起手，去碰那两个盖子。

盖子揭开，面前两个盘子里的东西和陆怀川正在吃的一样。

三个鹅蛋，一只烧鹅。

第65章

《F小调羽管键琴协奏曲（BWV 1056：Ⅱ．广板）》——约翰·塞巴斯蒂安·巴赫

四个盘子，就是陆怀川对当年那个雨夜的所有反应。

十多年后，陆怀川看着呕吐的陆早秋，已经想不起来他资助过的那个女生的名字，只记得那女孩为他拉过叶虞最喜欢的曲子。

无论怎么回忆，最后不过两个字——叶虞。

钟关白扶着陆早秋，看向陆怀川的瞬间发现他又变回了之前的样子，眼尾的笑意不见了，眼睛半抬着，看不出情绪。

钟关白突然觉得这样反复无常的陆怀川简直像个怪物。

"离开陆家之后，你没有一点长进。"陆怀川看着捂着胃脸色苍白的陆早秋说。

钟关白虽不知道到底怎么回事，听了这话当即也忍不住要发火，可马上他便意识到要是今晚真闹得不可开交，那不能休息的就不只他和陆怀川，还有他旁边的陆早秋。

"今天太晚了，早秋也不舒服，您有什么话，不如明天再说吧。"钟关白说。

陆怀川看了钟关白一眼，并不像要等到明天再说的样子，可这时，他卧室的电话却响了起来。那是内线，能拨入的人没有几个，又是这个时间点，紧急程度可想而知。

趁陆怀川去接电话，钟关白扶着陆早秋去浴室，脱下被弄脏的衣物。

洗完澡，陆早秋带着钟关白去卧室。

卧室吊顶极高，满壁的书，多是大部头，从地面延伸到房顶，宛如以书为砖的彩色堡垒；一个巨大的、像欧洲图书馆里收藏的那种古老木制地球仪，地球仪上绘制着欧洲的部分被转到最上方；一个黑色的琴谱架。整个房间过分空旷且一尘不染，几乎连一件多余的小摆设都没有，显得毫无人气。

陆早秋径直向前走着，对这些东西没有眷恋，一瞥也没有给。

再往里走的一个房间才有床。那房间还连着一个下沉的露天阳台，要从楼梯一级一级下去才能走到，阳台的延伸处仿佛一个小型码头，可以直接下到湖里去。

当陆早秋坐在房里看了四十分钟书之后，叶虞会来叫他吃早餐。

叶虞总是穿着白色的棉质长裙，如百合花瓣的领口收束到脖颈，垂下的长发带着自然

的弧度。她不是一个寻常的美人，没有令人第一眼便惊艳的眉目。

她是一个关于温柔的定义。

她会轻轻敲门，喊"早秋"，等到陆早秋应了才推开门。她总是知道陆早秋正在读的是什么书，会浅笑着问陆早秋的想法，两人聊几句，便关上门，去餐厅等陆早秋。

她会在早餐后给陆应如和陆早秋念诗和故事，用不同的语言，或者拉小提琴，再讲讲那些曲子的来历。

陆怀川会为那样的早晨推迟重要的会议，听叶虞在树叶开始渐渐飘落湖面的时候拉维瓦尔第《四季》中的《秋》，听她说："这个时候真美。"

她曾说，美，应如早秋。

没有人想到她会在那么美的一天走，没有行李，只提着一个小提琴盒。

那个早晨，当门被推开的时候，陆早秋还在睡觉。叶虞走到床边，摸了摸陆早秋的头，在她转过身的那一刻，陆早秋睁开了眼睛，看着她的背影变小。

当叶虞回过身准备轻轻带上房门时，她和陆早秋四目相对。

没人知道那目光里有什么。

叶虞看了一会儿陆早秋，轻声说："还早。"

然后便带上了门。

还早，天还没亮。

陆早秋闭上眼，等到闹钟响了，他起来，走到书桌前，坐在高背椅上，晃了晃腿，脚还够不到地面。

此后便是不断地找寻，从明显地找寻到背着父亲暗自地找寻，从不停地询问身边的人原委到把所有疑惑与情绪都放到心里，包括忍受随之而来的一切变化。

钟关白听陆早秋讲母亲的背影、儿时的朋友、姐姐的保护、呕吐的原因……

在那长达十余年的黑夜里的生活。

陆早秋只会讲发生了什么，讲某些在他眼前出现过的画面，而不会讲自己的感觉，但那已经足够让钟关白感觉到震动与某种郁结的难受。

从陆早秋说到那顿和陆怀川一起吃的晚餐开始，钟关白就想到两只天鹅死后便应该是陆应如所说的抑郁。那时，陆早秋大量服用抗抑郁药物，病到没有办法出国念书，后来他遇见钟关白时发现的病，也被诊断出是某种抗抑郁药留下的副作用。

钟关白又想到在南法时Galois女士念出的句子——

"他拉着这组曲子，院子里的花忽然全开了。

"曲子结束了，一只蓝翎白腹的鸟停在他拿琴弓的那只手上，看着他。

"我询问他，为什么两次的帕格尼尼，有这样大的区别。

"他一边小心翼翼地蹲下来，笨拙地将那只鸟放到地上，好像不知道鸟会飞，一边对我说，因为遇到一个人。"

还有那银色面具，破碎的立方体，被割裂的手指，那些细绷带，那首在学校音乐厅奏响的曲子，那一手拿小提琴一手拿琴弓的背影……

所有的事，一点一点联结了起来，像是由不同颜色与材质的线结成的一块布，别人告诉钟关白的，钟关白自己找寻的，最后终于等到陆早秋愿意开口，说出那些别人从他处无从知晓的。

最终那块布上显出了陆早秋的面容与身躯。

应该说，那不是一块，而是无数层的，从过去排列到现在厚厚的一叠布。但是绝大多数人都只能看到离自己最近的那块。可是，一个人不是他某时某刻的样子，一个人是他所有的时光。

钟关白正准备说话，陆早秋的手机响了起来，是一个来自法国的陌生号码。

陆早秋接起来，用法语说了一声"是"，然后听到什么，便看向钟关白。看着看着，嘴角渐渐上扬，过了一会儿又应了一声"我明白了"。

"等一下。"陆早秋将手机稍稍拿远，问钟关白是否介意。

原来是Galois打电话来征求当年的买主同意。

"你知道的。"钟关白故意大声用法语说，"如果可以的话，我想告诉所有人。"

不消陆早秋再说，已经有了答案。Galois听见钟关白的声音，在电话那头笑了起来。

陆早秋挂了电话，问钟关白："你去法国做什么了？"

钟关白敏锐地从"你去法国做什么了"里听出了"你去法国背着我做什么了"的意思，便转移话题道："我写了曲子，我弹给你听吧。现在，我们现在就去。"

陆早秋看了一阵钟关白，眼里带笑："好。"

"如果我们现在出去，外面会有人拦着吗？"钟关白问。

"也许会。"陆早秋说。

钟关白将窗帘全部拉开，眺望着远方。

晴日湖光。

"早秋。"钟关白喊。

"嗯？"

"你会划船吗？"钟关白问。

晴日湖光好泛舟呀。

陆早秋知晓他的意思，低笑一下："会。"

钟关白作邀请状，仿佛要与身后之人一同奔赴星辰大海："我们走。"

陆早秋领着他下到阳台外停泊的小舟上。

两人划至湖心,钟关白心里一动,遥遥一指,说:"去那边。"

陆早秋问:"做什么?"

远处是钟关白来时见到的天鹅,据说是陆应如后来为陆早秋重新买的,钟关白担心陆怀川哪天一个不高兴又命厨子下手。

"将那两只鹅子一并带走。"钟关白说,"今后我们来养。"

第66章

《艾拉的华尔兹》——奥拉佛·阿纳尔德斯

陆早秋先前已经给平徽远去过电说平安无事，一切都好，温月安还是打了个电话来询问。那时候钟关白正在思考回了B市怎么养天鹅，温月安的院子养几只螃蟹尚可，养天鹅是不够的。他甚至在想两只天鹅会不会因为冬天太冷就一个招呼不打自行飞回南方过冬了。

他这么想着，便在电话里问："老师那边还暖和吗？"听得"暖和"二字又问温月安住处附近有没有湖，湖边草木是否丰盛，问了半天便期期艾艾地表示想去住两天，至于还要带天鹅去过冬的事，没敢开口。这就跟带私生子回家似的，怕提前说了招人骂，等真见了面，谁会不喜欢徒孙（鹅子）呢？

温月安听了，知道不是住两天的事，却只说："来就是。"

钟关白问贺先生的意思，温月安抬头看了身边正在看书的贺玉楼一眼，说："这里不是他做主。"

钟关白仗温月安之势，喜滋滋地说了去的日子，又嘱咐了两句注意身体，说到挂电话时连想吃的想喝的也一并说了。

陆早秋还有工作，要回B市，钟关白送了人去机场，之后便打电话给陆应如。他知道和陆怀川的事没这么容易解决，不是他和陆早秋一走了之就可以眼不见心不烦的。陆应如在电话里听了几句来龙去脉，又问了两人情况，才说："我知道，那晚的电话是我打的。钟关白，你不了解他，我了解，我说过，事情不会像你想的那么简单。你太急了。"

有些事须经年累月，而陆家人都足够耐心。

"因为我一天也受不了。"钟关白说，"他就像个定时炸弹。"

"你必须受得了。"陆应如的声音清晰而冰冷，带着某种硬度与分量，"就算是个炸弹，也得一根线一根线地拆。"

"我觉得，我找到了关键的那根线。"钟关白沉默了一下，才说，"应如姐，我们走的时候，我问过早秋为什么长大以后，有了能力，却没有再去找母亲。"

当时他们在湖上，陆早秋划着船，眉目间似乎有一瞬难得的迷惘，只是片刻，神色又淡下来，如往常一般平静："我不知道。"

又过了好久，小舟靠岸，陆早秋用手托着钟关白上岸，就在那短短的、钟关白看不见他神色的几秒钟，他才低声说了一句："她不需要我了。"

她有自己的生活。

那一刻，钟关白觉得他早应该想到的，陆早秋就是那样的人，宁愿年复一年地忍受陆怀川，也不愿意去打扰叶虞的生活。陆早秋心里应该是没有恨的，甚至说，十多年后，陆早秋仍然愿意默默保护模糊记忆里那个离去的母亲，尽管他连她离开的原因都不知道。

叶虞离开的时候陆早秋还太小，可是陆应如已经可以独自观察成年人之间的某些暗潮汹涌，并且对他们下一些判断——

谁是好人，谁是坏人。

或者，既没有好人，也没有坏人。

她听了钟关白的转述，并未接话。

钟关白问："应如姐，那，你也没有找过吗？如果她肯出面……也许——"

"钟关白，你似乎对这个世界抱着一种天真的认知。"陆应如从椅子上站起来，走到露台上。她俯身看着宛如甲虫或者蚂蚁的车流，想起了从前的那些找寻。

如果算是的话。

比如在勃兰登堡门前拥挤的人潮中摆脱陆怀川的手下，独自穿过犹太人纪念碑、波茨坦广场去柏林爱乐厅听一场有叶虞的音乐会。

再比如，在美景宫的礼炮鸣响中一路向北奔跑，最后躲进维也纳音乐协会的勃拉姆斯厅，坐在离舞台最近的那一排，仰视着身穿黑色长裙的叶虞。她记得离她最近的那位小提琴手的金色长发被一只五彩斑斓的蝴蝶发夹束着，下半场时因为演奏得过于投入，导致那只发夹被甩了出来，跌落舞台，刚好落在她的脚边。

陆应如将那只发夹捡起，在整曲结束时递还到那位小提琴手手上。

因为这只蝴蝶发夹，她得到了叶虞的一瞥。

那一瞥就像她现在注视着高楼下的车流一般，遥远，陌生，对下方那些奔涌着的一切一无所知，并且自认为这样的一无所知没有不合情理之处。

"你大概认为，我和早秋找到叶虞，就会有一场感人的重逢认亲，我们的父母会有一场——"陆应如笑了一下，这个笑与陆早秋有点像，仿佛有人在故意展示一种拙劣的幽默，而其他人并不觉得好笑，"世纪大和解。陆怀川解开心结，从此就变成一位慈父。"

钟关白虽没敢想象陆怀川能变成什么慈父，但是他的思路确实和陆应如说的差不多。

陆应如见钟关白没说话，自知猜对了。"世界上遭受痛苦的人非常多，可并不是每一个人，都会变成一个……"她轻轻吐出那个词，"疯子。"

钟关白不知道该说什么，陆应如又问："钟关白，你知道我最不喜欢你什么吗？"

钟关白自嘲道："我只知道你哪儿都不喜欢，竟不知道还有最不喜欢的。"

"我最不喜欢你把你的音乐和感情看得比什么都重要，还一副理所当然的姿态。"陆应如淡淡道，"你不知道责任是什么，和叶虞一样，她为了所的谓音乐和爱情，连子女都可以……献祭。"

钟关白以为陆应如会说"放弃"或者"不要"，可是没想到她竟然会用"献祭"这个词。

这个词太重，也太极端。

钟关白对陆应如并不怎么了解，可是此刻也能感觉出她有些反常，陆应如是不该这么说话的。

献祭。

钟关白忽然感觉后背一阵寒意。

"应如姐，"钟关白有些突兀地问，"为什么叫Abe？"

连主语都没有的问句。

为什么历任第一秘书都叫Abe？陆应如平静道："早秋和我小时候在餐桌上听过不少故事，长大以后，早秋都不记得了，我还记得一个。"

钟关白故意笑了笑，却有点笑不出来："这个故事的主角不会就叫Abe吧？"

"当然不是。"陆应如顿了片刻，说，"故事的主角叫耶和华。"

钟关白真的笑不出来了。

耶和华和亚伯拉罕的故事，分明是同一个故事。

钟关白有些艰难地说道："每喊一次Abe这个名字，不都在加深一次……我可以说是仇恨吗？"

"哪有那么多爱恨。"陆应如收回目光，线条分明的下颚微微抬起，不再看那些离她不知有多远的车流与众生了，"Abe这个名字只是在提醒我，我还有一件事没有做成。"

"是……什么事？"钟关白问完，又觉得似乎已经猜到了答案。

陆应如对着电话说了几句话。

她的声音很低，像刀轻轻划破软肉，不留痕迹。

钟关白听了，半天说不出话来，他不太懂其中的方法，也提不出更具体的问题，只是直觉上感到某种隐隐的恐惧，却又说不出反对的理由。过了一阵，他才说："……早秋，应该不知道。"

"当然。你大概想问，那我为什么告诉你。"陆应如笑了笑，这次像是真心的，甚至带了一点平日不可能见到的温柔，"我知道你这个人，既不聪明，又急着想把事情做好，要是我不说个明白，你只怕天天都要去找我父亲理论，不知道还要弄出什么麻烦事来。"陆应如说完，话锋一转，口吻变回了最初的冷硬，"而且，我想让你知道，赞颂你的友情，感谢你的音乐，和你一样说着什么希望与理想的，自有远远的旁观者、后来者，而在你的近处，你抛弃过的人们，不会原谅你。"

陆应如说完，挂了电话。

她穿着薄薄的真丝衬衣，又在寒风中站了许久，才转过身。

转身的一刹那，她看见Abe拿着一件羊毛外套，正站在她身后不远处。

"你在那里多久了？"陆应如看着Abe的眼睛，问。

两人视线交错，Abe微微垂下眼："不太久。"

陆应如走回办公室，拒绝了Abe手上的外套："你下班了。"

Abe将外套收起来挂到衣柜里，却没有出去。他在原地站着，似乎在犹豫什么，过了一阵才朝陆应如走了两步，问："陆总，我可以加班吗？"

陆应如坐在办公桌前，没有抬眼，也没有说话。

Abe继续走了两步："陆总，几个月前您曾说过，幸福是一种小概率事件。"

陆应如仍旧没抬眼："有什么疑问？"

"没有疑问。"Abe说，"只是最近重新看概率论，发现了一个推论。"

陆应如终于转过头，看向了他。

Abe走到陆应如面前，直直地迎上她的目光："如果时间足够长，那么任何小概率事件都必然会发生。"

陆应如盯了一会儿Abe，然后闭上眼，过了半天才睁开眼，喝了一杯水。

Abe还站在桌前，一脸严肃，眼含期待，似乎在等着什么他自己也不知道的答复。

陆应如看着他笑了笑："Abe，你今天加班是吧？正好，开车去送一下钟关白，要不他还以为拎着两个装鹅的笼子就能上高铁。"

第67章

《F小调第四号叙事曲（Op.52）》 ——弗雷德里克·肖邦

钟关白拎着两个豪华鹅笼，走到院门前的时候大剌剌地就进去了，因为那院子和温月安在京郊的小院几乎一模一样，除了周边植物外再无其他不同。这模样的地方他走惯了，几乎要当成自己家，再加之一路上都在想与陆应如的那通电话，神思并不专注在脚下。

"钟老师到了。"走了两步，只见穿着白色外套的贺音徐从小楼里走出来，一头黑发已经过了腰际，唇红齿白，笑得眼睛微微弯起来。

"小贺同学，没上学呀？"钟关白也笑起来。

"嗯，放假回来一周，陪父亲。"贺音徐看见钟关白手里拿着两个罩着布的硕大笼子，便说，"我来拿吧。咦，这是给温先生带的礼物吗？"

"小贺同学，这可是你两位师侄，望你好生招待。"钟关白一边说，一边揭开笼子上的罩子。

贺音徐本还好奇地弯着腰去看，一下被近距离的两大团会发出叫声的白色物体吓了一跳，定了定神看清是两只天鹅，脸上便显出一点红晕，心下喜爱，想摸一摸又不敢。

钟关白一个劲儿地拿着笼子往贺音徐身上凑，坏还没有使成便听见一声"阿白"。他立马朝门口看去，此时贺玉楼正推着温月安从房内出来，温月安穿一身对襟青色薄棉服，手上捧着一个漆木小食盒，说："来吃点心。"

钟关白将鹅笼往贺音徐手里一塞，跑向温月安，其实也没几步路，他还要边跑边问："有什么好吃的？"

走到近处，抱了食盒，对温月安的厨艺一通夸奖，瞧见温月安和贺玉楼气色都不错，这才介绍起他和陆早秋的两只鹅子。介绍完又怕温月安觉得他玩物丧志，接着便一边吃点心一边夸大其词地将两只鹅子的心酸来历一通渲染，说这俩白团子是陆早秋的珍宝云云，要当儿子来养，奈何B市冬天太冷不能将鹅子养在身边，先养在南方，等开春暖和了再接回去。

温月安和贺玉楼知道钟关白的话大半要打折扣，只是纵着他，说想养便养在这里，会有人替他照看着。倒是贺音徐全篇都信了，还说："钟老师，那等一下我开车带你去湖边吧。以后只要我来，就去喂它们。"

钟关白听了，连忙停下往嘴里送点心的手，趁食盒里还剩下几个，冲贺音徐招手："小贺同学，一起来吃，一起来吃。"

贺音徐不过去，他放心不下天鹅，又去找了谷物和水，将鹅笼安置在安全的地方，这才去找其他人。

等他进屋的时候，贺玉楼与钟关白正在聊天。钟关白正在说着什么，语气中没有半点玩笑的意味，脸色也不轻松，瞥见他进来便收了话头。在钟关白眼里，贺音徐还是小朋友，许多话不适合在他面前说。

待吃过饭，贺音徐和钟关白带着鹅子一起去湖边。钟关白让贺音徐给他和两只鹅子合影，确认照片里的人与鹅看起来都很欢乐，便发给陆早秋，并附言：鹅子们在这里过寒假，我很快就回来。

贺音徐说："钟老师，你能不能也给我拍一张照？"

钟关白眼睛还盯在手机屏幕上等陆早秋的回复，嘴上接道："你是要发给谁看呀？"

贺音徐大大方方答道："我的女朋友。"

"什么？"钟关白大吃一惊，"小贺同学，你知道女朋友是什么意思吗？"

贺音徐点头："知道。"

钟关白斜眼，一副大尾巴狼的样子："可不是单纯一起弹琴的小伙伴哦。"

贺音徐："她不是学音乐的，她学数学。"

钟关白一下子好奇心达到极点："有没有照片，快给你钟老师看一看。"

贺音徐打开社交平台的一张主页。主页头像就是照片，一个十五六岁的小姑娘，一身滑雪装备，孤身站在白茫茫的一片雪山上，一头尚不及耳的短发，皮肤微黑，一双眼睛清澈透亮，极有神。不过最令人瞩目的不是这张照片，而是主页上的学历——这位小姑娘正在美国读数学博士。

钟关白马上不敢以看小朋友的眼光看贺音徐了："你们怎么认识的？"

"一个月之前，我们都去了Pollini（波利尼）的独奏会，听他弹肖邦。"贺音徐说，"刚好是邻座。"

钟关白"啧啧"两声："这就是女朋友了？"

这时贺音徐的耳尖才微微红起来："音乐会结束后，要离场了，她感叹了一句意犹未尽。我不想她听不够，便说……其实，肖邦……我也能弹。"

钟关白听到此处，差点要为贺音徐鼓掌。

正巧这时陆早秋回了消息：好，到时我来接你。

钟关白忙不迭地打字：等我回来咱们去听音乐会。

陆早秋：好。

钟关白高高兴兴地收了手机，拿贺音徐的手机给他拍照。长发的少年正蹲在湖边喂天鹅，长发垂到湖面，像一幅画。拍了许多张，贺音徐看了半天，最后只发了一张平平常常站在湖边笑的，说怕其他的不够有男子气概。

回去的路上，钟关白一个劲儿地问贺音徐为什么喜欢人家呀，喜欢人家什么呀之类的问题，很是烦人。

贺音徐红着脸老老实实回答，喜欢她大方、爽朗、可爱、聪明，喜欢听她讲古典乐和数学的关系。

钟关白听得心里直笑，嘴咧得都快合不上了还"啧啧"不停。下车的时候又坏笑着压低声音问："这事贺先生知道不知道？是不是要保密呀？"

"父亲知道。"贺音徐一下车便赶紧躲开钟关白，怕他还要问什么细节。

等钟关白进了院子，小贺同学已经不见踪影。他走进小楼时，只有贺玉楼在客厅里看书，见钟关白进来，便低声说了一句："月安在午睡。"示意他不要吵。

钟关白轻手轻脚走到书架边，拿了一本书，也看起来。可是他心里有事，书架上的书又以艰涩的居多，他挑的这本更是怎么都看不进去。勉强看了几行，字入了眼，也没有入脑，好像全不认识似的。钟关白重复尝试了几次都没把第一页看完，也不欲再装，便将书还回书架上。

贺玉楼看他一眼，也合上手中的书，低声道："出去走走。"

钟关白知道要继续之前没说完的话，便跟在贺玉楼身后。

他一路往外走，一路想陆应如在电话里的最后几句话。不知为什么，他总有一种担忧，陆应如将这件事告诉他，并不只她说的那两个原因。钟关白并不怕被陆应如说不聪明，也足够坚定，不再因为负了旁人而站不起来。他害怕的是，这些告知可能是某种告别。他怕陆应如会出什么意外，尽管，并没有任何征兆，至少没有明显的征兆。

但他确实有一种恐惧，在陆应如说出那几句话的时候。

"等月安醒来看见你这样，是要担心的。"走出院子好一段路，贺玉楼才说。

钟关白落在贺玉楼身后，应了一声，说："不会让老师担心的。"他能在贺音徐面前打起精神，也肯定能在温月安面前打起精神。

贺玉楼慢了一步，和钟关白并肩而行："说说，之前问精神病的事，是怎么回事？"

钟关白不知该怎么回答，他总不能复述陆应如的原话："总是发疯的人，就应该被送到精神病院去。"

说到底，他心里还是认为这是陆早秋的家事，哪怕再糟糕棘手，他也不能对别人说。别说贺玉楼不行，就是温月安身体好的时候他也不能对温月安说。陆早秋的家事，到他钟关白这里就该打住了，再往外一步，便不能了。

所以他只能就方法上问贺玉楼一句，送直系亲属进精神病院需要做些什么，难度有多大。因为陆怀川肯定是不会自己去看病的。或者说，陆怀川的状态，到底能不能算是精神疾病？钟关白不能确定，他细想起从前与陆怀川为数不多的相处，虽确实不好，但不能说就是精神有问题。可是再想起陆应如给他的资料上，陆早秋所说的陆怀川的某些行径，某些时候突然的、仿佛不受他自己控制的变化，又确实不像一个正常人。

也许钟关白的那一丝恐惧就来自这种不确定。

行至一个十字路口，钟关白停下了脚步。

"不想说便不说。"贺玉楼也停下来，"但也不要逞强。"

钟关白实在想不过来，便含糊问："贺先生，如果我有个亲戚，可能有精神病，自己又不愿意去看病，但是身边其他人想把他送进精神病院，怎么办？"问题一问出口，钟关白又觉得不对，那么具体的事情，简化成这样一个荒唐的问题，根本没法回答。

贺玉楼并未计较这着实问得差劲的问题，答道："精神疾病的鉴定没有那么容易，就算是直系家属提出来，也需要病人配合。仪器检测大脑是否病变，医生对病人进行问诊，这些没有病人的配合都非常难做到。"他当年找贺玉阁时贺玉阁失踪时精神状态已经不正常，所以寻找时特意留心过，此时便将些常识与钟关白说了。

贺玉楼说了一阵，钟关白又问了些问题，问来问去也不知道能不能问到点子上。终于，等钟关白提问了，贺玉楼看了眼表，大概快要到温月安起床的时间，便说："该回去了。"

两人原路返回。

回去的路似乎比来时更不平静，钟关白走了半天，忽然又问了个问题："那有没有什么办法，能让病人主动配合？"

贺玉楼说："亲属说服，或者咨询医生，让他们给出建议。"

钟关白问："亲属应该怎么说服？"

贺玉楼想了一下："如果让病人认识到，去接受诊断和治疗是对他有利的，那么情况也许会好一些。"

"对他有利……"那一瞬间仿佛鬼使神差，一个念头撞进钟关白脑子里，把他惊出了一身冷汗。

♪
第68章

《Hanaing D》——乔普·贝文

进院子之前，钟关白站在院门檐下给陆应如打了一个电话，没有人接。倒是唐小离打电话过来催他回去工作，钟关白说："过两天就回去。"

唐小离骂其言而无信，说最多再宽限两天，届时人还不到，便要去陆首席处揭发其不能为外人道的行径，绝无虚言。

钟关白一边听电话，一边走进院内，听到唐小离提起陆早秋，忽然想起那个也曾站在檐下的陆早秋，便回过头去看屋檐，檐上一片片瓦一层一层往高处叠，视线里最后一排瓦延伸到冬日里白茫茫的、冷清高阔的天空。

他不自觉地又往回走，站在檐下，摸了摸院门的门框。

抬起头，看见檐内结了一只燕子巢。

"会回去的。回去请你和秦昭吃饭赔罪。"钟关白没有跟唐小离开玩笑的心情，他在想陆早秋，想陆应如，想陆怀川，甚至想叶虞，也在想自己做过的无用功。这种想，并不是一种思考，只是纷至沓来的东西不断填塞进脑子里，无法排空。

屋内有琴声，飘飘袅袅，踏着一池溪水而来。钟关白挂了电话，进屋去看。

贺音徐在弹琴，温月安坐在旁边听，贺玉楼正拿起一个裹着白底青纹布套的小手炉放到温月安手里。

钟关白也跟着听了许久。等贺音徐弹完了，温月安便招一下手，道："阿白过来弹。"

钟关白坐到琴凳上，弹他最近新写的曲子，还有那首还未定稿的协奏曲。他不弹或许还能在温月安面前装得几分心安，一弹便露了破绽，琴声一开始就有几丝慌张不宁，接连弹下来全是无尽的忧虑。弹至协奏曲时，情绪更是像一场大雨劈头盖脸地倾泻下来，一点也收不住了。

弹完了，才像是大梦初醒似的转头喊了一声："……老师。"

温月安去给他泡了一壶安神的茶，等他情绪平复下来。

钟关白捧着小紫砂杯小口啜饮，喝了一会儿，才说："老师，我……得走了。"他本是打算住两天的，可是越想越安不下心，加之在这里也只会让温月安更担心，便打算走了。

　　温月安看出钟关白的心思，知道他不想说是什么事，也信他如今不必让人操心，所以既没说留人的话，也不多问，只说："喝完茶再走。"

　　那只紫砂壶不小，茶也烫，得喝上好一会儿才能喝完。

　　这便算是在留人了。

　　钟关白于是又在温月安面前坐了好一阵。

　　从前就属他话多，他在，温月安家便热闹，现在他不说话，家里就安静得不得了，连屋外燕子还巢的声音都能听得一清二楚。几个人就这般坐在一处，偶有几句家常。

　　等钟关白起身要走时，窗外已有些许暮色，贺玉楼推着温月安，目送他出门。

　　轮椅停在院门口，石灯亮起，映在贺温二人的白发上。

　　钟关白站在温月安面前，有些舍不得走，便问过年那阵要是得了空能不能过来，温月安点头道："带早秋一起。"

　　贺玉楼对贺音徐说："你去送他。"

　　路上，钟关白又给陆应如打了个电话，依旧没有打通。等他挂了电话，另有一个陌生号码打了进来，接起来，是Abe，说陆应如在开会。

　　钟关白问："什么会？"

　　静了两秒，Abe才说："是工作会议。"

　　一听就是具体情况不能告知，钟关白便问："那应如姐什么时候开完会？"

　　Abe看了一眼表，会议室的门紧闭有两个小时了，没有任何人进出，门内甚至连一点声响也没传出来。

　　"还不能确定。"Abe说，"等陆总出来我会转告她您来过电话。"

　　钟关白一只手拿着电话，另一只手摸到车内的空调出口，总觉得那里出来的风凉飕飕的。贺音徐看到，低声问："怎么了？"

　　钟关白说："车里有点冷。"

　　贺音徐忙调高了空调温度。车里有些燥热起来，钟关白却才开始觉得暖和了一点。他接着对Abe讲："如果应如姐开完会，麻烦让她给我回个电话。我现在往你们那边去，如果她一直没出来，我到时候就在外面等她。"

　　准备挂电话的时候，钟关白突然想起来似的，问："陆先生也在会议室吗？"

　　Abe知道这个"陆先生"是指"陆怀川"，答道："陆先生不在。"

　　钟关白这才稍微放心了几分。

　　原本上车之后贺音徐有点怕钟关白又要拿他开玩笑，没想到钟关白打完电话便一个人坐着，头往后倚，靠在座椅靠枕上，眼睛盯着车厢顶出神。直到车停在高铁站，贺音徐提醒他下车，钟关白才回过神去开车门。下车的时候他也没像平时一般说什么让人脸红害臊的话，反倒挺认真地嘱咐："好好练琴。下次见面弹给我听。"

贺音徐有点不好意思地说："好。"

说完又问钟关白方才最后弹的协奏曲叫什么名字。

这首曲子在钟关白脑海中停留了太久，一遍又一遍，不断增添、删减、修改、打磨……乐谱堆积如山，却直到现在还没有一个名字。

钟关白想了一阵，说："……应该叫《手指》。"

这几个字不像回答，更像一种思考斟酌时的自言自语，车来车往之间贺音徐没有听清："什么？"

钟关白摆了下手，说："以后告诉你。"

贺音徐点点头，给了钟关白一个拥抱，说："一路平安。"

钟关白拍拍他的肩："我哪儿能出事？"

等钟关白到陆应如办公室楼下时，已近午夜。Abe去楼下接他，见了面便道："陆总还在会议室，我带您去休息室。"

钟关白在休息室等到两点，终于撑不住在沙发上睡着了。

他后半夜惊醒了一次，跑出去问，会议室仍旧大门紧闭。

等天蒙蒙亮时，钟关白被极轻微的推门声弄醒，Abe面带歉意地对他说："陆总已经离开了。"

钟关白急道："怎么没喊我？"

Abe脸色也不算轻松，因为这场会开得太久，久得不正常，陆应如从会议室里出来后和平时也不太一样。"没来得及。"甚至他连说一句话的机会也没有，"陆总刚走，自己身边的人一个也没带。"

钟关白盯着Abe："她自己开车走的？"

Abe说："陆先生不知道什么时候也到了。陆总一从会议室出来就上了陆先生的车，陆先生带了保镖，应该是安全的。"

"安全？你就让她直接上了陆怀川的车？"钟关白的话冲口而出，说完才意识到无论是陆怀川要带人走还是陆应如自己要走，Abe都是拦不住的，况且在绝大多数人眼里，陆怀川与陆应如是父女，只怕谁也想不到会有什么意外，"抱歉。你知道车去了哪里吗？"

"陆总身上有定位装置，但是一般情况下不能查看。"Abe脸色凝重起来，"陆总有危险？"

"我不知道。"钟关白自己也一头乱麻，一切不过是他的猜测，"我还不知道，"他又重复了一遍，"所以我现在得知道。"

那个"得"字咬得很重。

可这还不足以说服对方，钟关白走近一步，盯着Abe的眼睛，绞尽脑汁威胁道："如果你们陆总没有事，她怪罪起来我担着。可要是陆总出了事，陆早秋就要回来继承家业，到时候他不会留你。"

钟关白的威胁太朴素，Abe久历职场，没有被威胁到，他冷静地回想开了一天的会，会议内容他不知道，只知道陆应如召集了所有股东。往常他不会不知道会议内容，这次陆应如没有让他知道，连人也不是他通知与会的，是在那些股东到齐后，他才知道来了哪些人。这一切的改变，不知道是不是因为那天他在露台上听了陆应如的电话，所以失去了她在执行这件事上的信任。

想到此处，他便逐字逐句地回忆起那些话，从他刚走近时的那句"Abe这个名字只是在提醒我，我还有一件事没有做成"到最后那句"而在你的近处，你抛弃过的人们，不会原谅你"，中间还有些低语，声音太轻，听不见。

当时他听的时候并不能直接判断出这些话和陆怀川有什么关系，可是现在联系到钟关白对陆怀川极度不放心的话语与态度，突然地，一些曾经的疑问似乎有了模糊的答案。

陆应如这些年在干什么？

像陆家这样的家族，掌控的企业拥有员工无数，制度分明、完备，大小企业早已自行运转，陆应如其实不用事必躬亲。只要她愿意，陆家迟早是她的，根本无须像个机器般高速工作，更无须做什么争权夺势之事。

除非，她不想等了。

陆应如曾说："年后休个假吧。"

Abe想，按陆应如的行事作风，那必定是因为她要在年关前把没做完的事做完。

很可能就是今天，是现在。

只是一个念头流转，Abe就果断地调出了监控陆应如位置的系统，输入三次不同的密码，进入了一幅地图。

地图上有一个蓝色的点，Abe放大了蓝点所在的区域，发现此时蓝点已经出了城，正在缓缓朝某个方向移动。

移动的箭头指向了一大片呈口袋状的绿地，旁边再没有其他稍具规模的岔路可走，蓝点必将进入那个口袋里。

钟关白沉着脸指向屏幕上那块绿地，问："那是什么地方？"

Abe也没有去过那块地方，但是他知道那块地方是干什么用的。

"那是，"Abe顿了一下，盯着逐渐远去的蓝点，说，"陆家的射击庄园。"

♪

第69章

《狍子和田野里的母鹿》——约翰·约翰逊

高耸笔直的水杉层层叠叠，有如屏障，包围了一片宽阔而略有起伏的草地。天空浓云密布，朝阳仅仅在那灰白沉郁中拉开一道斜口，将棕褐色树干中的一截照得像它橙红的叶子一般，显出一种染了金的明亮。

渐渐地，穿过树干与枝叶间的光浸润上每一寸浅草、沙石、土壤，干枯的落叶，延伸到远远近近的、高低不同的人形靶上。

忽然，一声枪响，一颗子弹破空而来，穿透靶纸，在人形心脏正中的圆形标记一寸外留下一个弹孔。

"有两年没来了。"陆应如放下枪，护目镜下的眼睛望着远方。

她话音未落，另一颗子弹自她旁边飞过，打在同一块人形靶上，正中心脏，分毫不差。

"陆早秋这十年都没进来过。"陆怀川摘下护目镜，走向站了一排保镖的休息区，"你弟弟还记得他姓陆吗？"

"当然。"陆应如走到陆怀川旁边，不紧不慢地坐下，摘眼镜，动作和陆怀川一模一样，待将眼镜放在桌上，才唇齿轻启，"不姓陆，难不成还姓叶吗？"

姓叶，叶虞。

这么多年，第一次有人再度在陆怀川面前提起叶虞。

从前是没人提的，因为提起她，便有如在陆怀川的十指上剥倒刺，从指甲边把皮揭起来，撕向手背、前臂、肩膀，最后那根倒刺一直沿着整个臂膀到达胸膛，连着胸口的皮肤一同被扯掉。

陆应如这句话像是一颗子弹。之前靶上的那些都不能算，这才是她在陆怀川面前堂堂正正开的第一枪。

方才用的枪就在陆怀川手边不远处，跟随多年的保镖几乎以为这一瞬间陆怀川会做出什么失控的举动来，没想到他竟连脸色也未变一下。

"陆应如，"陆怀川拿起一根烟，身边的保镖为他点上，他半闭着眼抽了一口，唇边泛起不真实的、若有若无的笑意，"开了一夜的会跟股东们解释我的'病情'，就是为了在这里等我发作？"他夹烟的手指抬了抬，几乎要烫到陆应如的侧颊，那姿态半是教导半是遗憾，"现在是不是晚了一点？这句话，最晚也该在刚才拿枪的时候说，现在说——"

"怎么让我失手伤人呢？"陆怀川语气平淡，手上的烟头却已经按到了陆应如耳朵下方的皮肤上，"这样吗？"

陆应如一动不动，生生挨了那一下，当烟头从她耳下离开的时候，皮肤上落下了一圈带着细小血泡的烫痕。

在香烟触及皮肤，再到它离开，那短暂而漫长的几秒，陆应如直视着陆怀川半抬的眼睛，望到他的眼底。她在那里面看到他病态的疯狂，就像他表面的平静一样令人感到不适。

他早已变成了一个怪物，拙劣地披着人皮。

"您想错了。"陆应如笑了一下，她下颚紧致而分明，即便脸上带着烫痕看起来也还是很优雅，"我们陆家人什么时候这样做事？"

同样想错的还有钟关白。

此时他正坐在Abe的副驾驶上，看着车内屏幕上那个绿地深处的蓝点胡思乱想，一路上脑子里都是陆应如中枪倒在血泊里的样子。车速已经很快，钟关白还是嫌慢，一边催Abe开快点，一边忍不住描述起自己脑内的画面。

"不会的。"Abe说。

"你怎么知道不会？"钟关白反问。

Abe依然直视前方，稳稳开着车："陆总不会让自己有事。"

钟关白侧头看Abe一眼，看见他紧抿的嘴唇："你要是真这么想，那你干吗不直接回家睡觉？"

Abe不说话了。钟关白感觉到座椅后背的推力，道路两旁的树木向后飞驰得更快了。

树木的尽头，陆怀川熄灭了手中的烟。

他永远半抬着的眼终于全部睁开了，在他听到陆应如的下一句话之后。

"父亲，我想请教一个问题，当初，您怎么会放叶虞走呢？"陆应如说完，拿起被陆怀川熄灭的那支烟，盯着发黑的那一端，意有所指，"凭她自己，走得了吗？"

朝阳越升越高，撕破了所有云雾。

广袤的草地，一望无际的赤金水杉林。

林风疾来，发出呼啸声，将陆应如指间的黑色烟灰吹散，其中一些飘到陆怀川穿惯的白衣上，就那么粘在上面了。

指尖轻轻一松，烟头掉在桌面上，陆应如站起身，向远处走去。

"这里，真漂亮。"陆应如望着眼前的一切，没有回头，但她知道陆怀川在听，"这些漂亮的东西，姓陆，至少直到今天，还姓陆。"

陆怀川缓缓站起来，跟在陆应如身后，有保镖想跟上来，被他抬手示意不必。

父女二人久久地走在这片草场上，就像在散步。

两人都未说话，连走路的姿势都很像。

当走到一块人形靶边时，陆怀川的手搭到那人形的肩膀上，像是拍了拍一个人的肩膀，然后与陆应如一起继续向前走。

"漂亮？"陆怀川眺望着耀眼的太阳，"你只看到了漂亮？"

"这不是漂亮。"陆怀川看向那片润泽的浅草，"也不是草地。"

还有那些错落的射击靶。

"不是靶子。"

还有远方连绵不绝的水杉。

"不是树林。"

还有那看不见的无数家产，与供养的人们。

已带皱纹的手从地上捡起一块石头，连带的沙土从他的指缝漏下，落回地面。

"这是我一生的心血，与陆家的荣光。"

陆应如伸出手，十分轻巧地将那块石头从陆怀川掌心弹到地上："那么，为了陆家最后的体面，请您自己去医院吧。"

那是一块看起来像石头的硬土，摔到地面，土崩瓦解，不可能被再次捡起了。

陆怀川凝视着自己的女儿，这一刻她非常像叶虞。

当年叶虞要走的时候也是这样。

她全身如往常一般裹在白色长裙里，长袖与裙摆掩盖了皮肤上大范围的瘀青，收束到下颚的花瓣领口也遮起了脖颈上的掐痕。

"陆家最赚钱的生物医药，每年都在制造大量的死亡和残疾……有多少人知道，那些死亡和残疾本来可以避免……"叶虞的声音和平时一样温柔，"我不太懂，但是怀川，你应该清楚吧。"

陆怀川当然清楚那个漏洞。

高层为了利益半是忽视半是纵容那个漏洞，那个漏洞的秘密成了叶虞的一张通行证，让陆怀川眼睁睁地看着她离开陆家。陆怀川想，如今陆应如也想要凭借那张通行证，把他送进精神病院。

"陆应如，"陆怀川掸掉粘在白衣上的烟灰，转身往回走，似乎对这次散步失去了兴致，"叶虞走了多少年了，现在还用那一套，是不是晚了些？"

当年陆家高层遗留的产业已经被陆怀川逐步割除掉，那些老旧的新闻也早已被掩盖起来，钉上钉子，像那份产业制造出来的棺材一样埋进了土地里，轻易翻不到了。即便有人翻出来，如今的陆家也足够对付那些陈年旧事，毕竟过去了太多年，翻不起大浪，也撼动不了什么。

"还不晚。没有人告诉您吗？"陆应如跟在陆怀川身后，看着她父亲高大挺直的背影，声音格外冷静，甚至有点平淡，"陆家捡起了当年的生物医药……

"不仅重新捡起来。

"这几年，我还把它，养大了。"

她把曾经被陆怀川割除的产业再次养大了，就像当年那些高层一样。

陆应如花了这么多年，终于了解了叶虞的离开，同时也真正了解了陆怀川。她知道对陆怀川来说什么是最重要的。当然不是她，也不是陆早秋，甚至不是叶虞。陆怀川最在乎的，是那座大卫像——

永远站在大理石底座上，供千万人瞻仰。

他一生的心血，陆家人的荣光。

他养着陆家人，让他们过着最上等的生活，同时，陆家的每一个人也必须按照他要求的方式活着，站在大理石底座上，永远不能下来。

"养大了……"陆怀川重复着那三个字，转过身，看向陆应如，眼中已是遮掩不住的暴怒，"别忘了，你也是陆家人。叶虞走得了，你走不了。"

"我没想过走。"陆应如继续不紧不慢地向前走，林风拂过她冷色的嘴唇，"父亲，我在提议您走，去看病。"

否则，底座要是塌了，大家全摔个粉碎。

她像往常安陆怀川的心一般，说出那句她最常说的话："父亲，这里有我，还不够吗？"

陆怀川的手仿佛失去了控制，手指极重地掐上她耳下的烫痕，细小的血泡破了，血丝沾上他的指尖："你不是陆家人，你姓叶。"

鲜血让他变得更加疯狂，有如魔障。

此时的陆应如已经与当年的叶虞重叠，她们是一样的女人。

不远处就是枪架了。

只一眨眼工夫，陆怀川已经抽出了一把手枪，开了保险，枪口指向陆应如。他的食指已经放在扳机上，并且不受控制地微微抖动，随时有走火的可能。

"叶虞……"陆怀川的嘴唇动着，喊着眼前的人。

钟关白和Abe到的时候正好看到了这一幕。

陆怀川与陆应如只隔了几步远，不说以陆怀川的枪法，任何人站在那样的距离都不会击不中。训练有素的保镖见情况不对，迅速跑上前去，虽然他们是陆怀川的保镖，但也必须阻止老板朝自己的女儿开枪。

可保镖离两人终究有一段距离，眼见情势危急，钟关白想都没有想就跟着保镖一同冲过去，同时喊了一声："应如姐！"

陆怀川似乎被那一声叫醒了，他面前的人不是叶虞，而是陆应如。

枪口垂下了，朝向地面。

这像是一种投降，陆怀川投降了。陆应如是对的，他还是要那个大理石底座。

所有人都松了一口气。

保镖放慢了速度，钟关白的脚步也停了下来。

钟关白在不远处冲陆应如招了招手，脸上泛出一个放下心的笑。

"父——"

只有离得最近的陆应如发现了陆怀川的意图，可是已经来不及了。

在所有人都没有想到的一瞬间，陆怀川朝钟关白和Abe的方向举起了枪，子弹进出的瞬间，陆应如几乎能听到陆怀川的声音，凉薄、古怪、病态，带着恨意，那于他而言，这是打了折扣的复仇。

但是好歹也算是复仇。

"我是精神病不要紧，陆家还有你。"

第70章

《受伤》——2Cellos

"照顾一个长期昏迷的病人，需要为他翻身，避免生褥疮。还需要帮他运动，对，就是让他的肌肉被动地进行运动，让肌肉被使用，以免萎缩得太严重……"

陆早秋照着护士的话，抬起钟关白的手臂。

病床上的人，皮肤因为长期不受日晒而褪回了不太健康的苍白色，修长的手指显得虚弱柔软，甚至变得纤细，不像从前弹琴的时候那样有力。

唐小离捧着花束来看钟关白。

这已经不知道是第几次来了。陆早秋不说话，他每次也不说话，就坐在旁边看着钟关白，坐一阵，说好下次什么时候来就走。

这次他还像往常一样坐在一边，看陆早秋忙碌。坐了很久，时间越来越晚，不走不行了，他才不得不喊了下陆早秋，不是滋味地说："陆首席，不能等了。"

他不想直接对陆早秋说这番话，只是他不说，事情也不能继续往下拖了。电影不是他的，也不是秦昭一个人的，全剧组等不起一个不知道什么时候能醒的配乐。

"钟关白，白哥，白大爷——"唐小离恨不得去揪钟关白的耳朵，被面无表情的陆早秋制止了，只能骂道，"你再不醒，配乐就只能找别人了。以后你醒了，去电影院看电影，肯定会指着大荧幕骂人的，你能满意吗？我还想象不出你那副听了别人配乐不满意的大爷样吗？所以你快点给我滚起来啊。"

钟关白没有滚起来，自从那天他肺部中枪昏迷过去后就失掉了反应的能力，十几天来都像一个安静听话的大人偶一样躺在病床上。

Abe没有躺在病床上，他被击中了心脏，失去了住院的机会。

十几天，一些事在悄无声息中发生了剧变，令人猝不及防。

钟关白被送到B市后，陆应如只来看过一次，她忙着处理陆家的事。工作的时候她一开始还是会习惯性地喊Abe，换其他秘书有些不知所措的神情。

当她反应过来自己喊了Abe这个名字的时候，再也不会想到叶虞曾经对他们讲的耶和华的故事，代替的是Abe中枪后的样子。

当时他躺在草地上，血一直往外喷涌，弄了陆应如满手。

"Abe，救护车就快到了，保持呼吸，保持清醒。"那个时候，她试图让自己的声音听起来冷静可信。

"……方予扬。"血液不断地从Abe口中涌出来，声如游丝。

"什么？"陆应如尝试着为他止住血，"别说话。"

"……我名字。"

每次喊Abe，陆应如都会想起他最后说的这句话。只是喊了几次，她就不再喊错，因为很快她就取消了所有的秘书的英文名，记住并开始喊他们本来的名字。

陆应如每天都会打一次电话给钟关白的医生，问钟关白的情况，也问陆早秋的情况，因为陆早秋不接电话。应该说，他几乎不讲话。照顾钟关白不需要讲话。

他照常去学院上课，去完成预定的音乐会演奏，只是把家搬到了病房里，除了工作以外的时间都在钟关白身边。这有时会给人一种错觉，钟关白只是在睡懒觉，陆早秋没有喊他，只在一边干自己的事。

某一天，陆早秋在报纸上读到关于他父亲和钟关白的新闻。带着油墨味的字变了样，把故事渲染成一个不同的剧本，剧情跌宕起伏，引人入胜。那天早上，陆早秋被记者堵在音乐学院门口，各类问题扑面而来，最后是学校的保安和路过的学生拦住了记者。等陆早秋上课的时候，有学生告诉他，他才发现大衣前襟上掉了两粒扣子。

但是这似乎无关紧要，这些记者会被挡在学院和医院的外面，中间这一段路上发生的事陆早秋仿佛可以视而不见。

新闻报道后，想来看钟关白的朋友多了起来，且不知真假与用意，陆早秋又当了一次坏人，把钟关白的绝大多数"朋友"都挡在了门外，只给贺玉楼去了一次电话，说温先生心脏不好，先不要让他知道了，贺先生也不必过来，免得温先生多想，平添担忧。

唐小离再一次来的时候是一天晚上，带着秦昭一起来的。

他敲门进来的时候陆早秋正在看一些潦草的手稿。

剧组基本已经确定要换配乐，因为即便现在钟关白醒来也需要时间休养，不能立即投入工作。秦昭把决定说得郑重，甚至隐隐带了一丝他不需要有的歉意。其实他已经等得够久，从资金损失、档期统筹上讲都足够道义，如今已经不能再等，再等下去剧组就要解散了。

陆早秋放下那叠手稿，问："换了谁？"

唐小离讲了两个名字，说："档期都是有的，都还在和对方的工作室谈，还没定下来是哪一个。"

陆早秋听了人选，视线从唐小离的眼睛淡淡移动到秦昭的眼睛，只说了两个字："不行。"

"我知道他们不如钟关白，但这也是没有办法的事。"秦昭顿了一下，"我不喜欢'没有办法'这四个字，因为我不相信真的没办法。人一旦习惯说这四个字，这辈子就开始做不成事了。但是现在，"他看了一眼躺在床上的钟关白，"就是为了把事做成，我得换掉他。"

陆早秋站起来，在桌子的一角拿起一本白皮书，递给秦昭。

秦昭接了，才发现那是电影的剧本，打开一看，里面做满了笔记。极细的墨蓝色钢笔字工整地分布在剧本的周围，全是围绕场景配乐展开的构想与设计。

"陆首席，我知道钟关白为了这次配乐付出了很多努力，但是他现在——"

秦昭还没说完，唐小离就从他手里拿过剧本，打断道："钟关白什么时候能把字写成这样？他要是老老实实写字，是不难看，但他要是有了什么构思，那叫一个运笔如飞，写出来的玩意儿也就他自己能看得懂。这铁定不是他写的，是不是，陆首席？"

唐小离说完最后一个字，询问的眼神落到陆早秋身上，忽然明白了过来。

字迹很美，墨痕尚新，尤其是写到一些术语时用的是意大利语，字母的写法与古典时期的乐谱手稿如出一辙。

钟关白不这么写字，这么写字的只能是陆早秋。

秦昭再看剧本，也明白了。

"做成不够。"陆早秋拿起方才他在看的那叠手稿，一页一页按顺序平铺在桌子上。偌大的书桌被手稿铺满了。手稿还没有铺完，陆早秋手上还剩了一叠。

秦昭和唐小离站到桌子面前去看那些手稿，那才是钟关白写的，涂改多，字潦草，秦昭和唐小离也不是专业做音乐的，更是不好辨认。这些都不是成稿，关于那部协奏曲与电影的配乐，钟关白还没有拿出过一份敲定的成稿来，连录音都是片段。桌上的这些，是陆早秋从家里的琴房、书房、客厅、卧室甚至阳台整理来的，所有的稿纸全收在一处，读每一页纸，每一行谱，每一个音符，细细推敲，再编写好页码与修改版本，记录存疑的地方，最终成了唐小离与秦昭眼前这满满一桌。

"这是阿白想做的事，要做好。"陆早秋说完，拿出一张CD，请他们回去听。

陆早秋的小提琴录音不算多，早年灌制过独奏唱片，后来的录音大多是音乐会的现场。近年来专门为了录音而进行的演奏只有一种，那就是跟钟关白合作录下的。那CD是一张钟关白的配乐作品集，封面上没有印陆早秋的名字，但是里面的每一首交响都是陆早秋带领乐团配合钟关白的指挥录的。一般的电影不会分给配乐太高的预算成本，所以其实请不起这般阵容，也只有钟关白做起音乐来才肯不计成本。

唐小离在CD封底摸到奇怪的刻字，一看就是钟关白自己刻的，"陆早秋"三个字被他刻在"钟关白"三个字旁边。

不用多做解释，唐小离与秦昭就已经知道那代表着什么。

三人在医院病房坐到深夜，配乐人员就在这不算明亮的灯下，在那一页页手稿中，在陆早秋对音乐描述的低沉声音里确定下来。

陆早秋会在电影开机前给出拍摄时就需要用到的背景音乐，而在电影的演职人员表里，在日后的宣传海报中，都只会留下钟关白的名字，就像那张CD。

第71章

《恋如雨止》①——吉俣良

放在病房的书桌被掉转了方向,现在正朝着钟关白的病床。陆早秋坐在那张书桌前写总谱,写到深夜累的时候就抬头看一会儿钟关白。

他像考证从前那些大音乐家如何创作、如何演奏一般研究钟关白的手稿,听为数不多的协奏曲录音片段,重复听钟关白从前的作品,回忆钟关白创作的偏好与习惯。即便许多东西陆早秋早已了然于胸,但还是重新都过了一遍,恐有一丝疏漏。

耗费心神,但自己浑然不觉,身心都在其中,感觉不到累。

陆早秋本就偏瘦,身体的消耗瞒不住人,他自己还没注意到就先被学生心疼了一把,之后又被以季文台为首的学院年长的老师责怪不珍惜身体。季文台把他叫到办公室,训斥道:"你这是想干什么?想和钟关白躺到一起去是不是?还没等他醒,你就先病倒了,怎么办?"

季文台那架势恨不得把陆早秋拎回家养起来,非让他吃撑睡饱不可。陆早秋无法,只好说最近有些忙,要把钟关白那部协奏曲的总谱成稿写出来,录音待用,等不得。

季文台一听,怒道:"哪有这样的,写完了总谱是不是还要写分谱?协奏曲完了是不是还有其他配乐?这样下去有完没完了?"说着又忍不住数落陆早秋一个前途大好的学院教授,居然去替钟关白那不成器的小崽子打"黑工",于是大手一挥又叫人抓了几个陆早秋的学生到办公室,叫他们帮陆早秋整理分谱。

陆早秋平时没什么教学以外的活儿给学生做,猛不丁有个任务,大家还觉得很兴奋,陆早秋前脚出了院长办公室,后脚就被学生跟上要乐谱了。

已经写好的部分总谱在医院,学生们说不劳陆老师送谱,他们一起去取一趟,就当出学校放风了。

时至今日,学生将这事视为一桩美谈,议论不少,可是一切都仅存在于陆早秋的背后,从没学生拿到陆早秋面前来讲过。

---

①作品原名《アフターザレイン~メインテーマ~》。

陆早秋面色倒是没有变化，只让几个学生坐他的车一起走，方便些。

一路寂静，陆早秋不说话，也没人敢讲话。

到了医院，陆早秋去停车，几个学生在附近买了些水果，拎去病房。陆早秋交代过，几个人很快被准入了。等到了病房，一个学生敲敲门，只有一个护士出来，轻声说："陆先生说有些东西要复印，请大家等一下。"

几人不自觉放轻了脚步。他们隔着门看见了钟关白，大多数情况下只能在电视或网上见到的钟关白。他看起来和屏幕上不可一世、睥睨众生的样子不一样，和曾经出没在校园里，在不苟言笑的陆教授身边笑嘻嘻或赔小心的样子也不一样。

他微卷的发有点长，在苍白的脸颊边显得细软，整个人陷在白色床单中显出一种温柔的模样。也许过于温柔了，像是随时都会变成一片柔软的羽毛，融进同样颜色的被子里，从此消失不见。

几个学生没有进病房，站在外面等。

陆早秋很快就回来了，把复印好的总谱给学生，每人一份，原谱他自己留着。

一个学生把水果递给陆早秋，说："买给……"他也不知道该怎么称呼，最后支支吾吾变成一句谁也听不清楚的话："买给……吃。早日康复。"

他们不知道钟关白的具体情况，以为他只是睡着了，便不敢进去打扰。

陆早秋没有接："他不能吃。"

旁边另一个学生小声抱怨："刚才叫你买花吧。"

递水果的学生更小声地反驳："我怎么敢给……送花？"

并没有人说既然钟关白不能吃水果，那就请陆早秋吃。此时此刻，大家莫名有一种奇怪的共同认知：陆老师不像是会吃东西的人。

最后几个学生听陆早秋说完注意事项，还是把水果留在了病房门边。

之后的一段时间，几个学生得知不会吵到钟关白，便时常来请教些问题。果然陆早秋从没有动过那些水果，反倒是他们几个学生你一个苹果我一根香蕉的，每次来都有水果吃。

总谱与各音部的分谱一一完成，由陆早秋检查完，装订成册以供演奏，这时才有学生指着空白的乐谱封面说："陆老师，这首协奏曲还没有题目。"

是的，钟关白没有写下过曲名，在任何一张手稿中也找不到标题。

陆早秋对学生点一下头，表示知道："我想一想。"

那晚他躺在钟关白旁边的那张床上，隔着几十厘米的距离，在黑暗中无声地问："阿白，你会叫它什么？"

没有回应。

离乐团录音日期只有两天了。

陆早秋抽空回了一趟从前温月安的京郊小院，那里现在是钟关白的了。他坐在院子里，重读了温月安的回忆录，重读了电影的剧本，重读了整首协奏曲的总谱。不知怎么的，想起温月安叫他收好的钟关白小时候的东西来，便一样一样拿出来看，最后拿起钟关白小时候练字的笔在协奏曲总谱上写下两行字："手指·双钢琴与小提琴协奏曲　作曲：钟关白。"

字体用的是魏楷。

那支毛笔被陆早秋带回了病房，又带到学院。所有分谱也都有了标题，只是比总谱多了几个字，诸如独奏小提琴、第一钢琴、第二钢琴、第一小提琴、第二小提琴、长笛、定音鼓……

每一册也都有了钟关白的名字。

录音那一天，唐小离说好要去看，提早到了录音棚外。秦昭不得空，唐小离说他如果来也会比较晚。

高水平的乐团录音通常没有彩排一说，分谱发下去，指挥和录音师讲好要注意的地方，各音部首席确定没有疑问，便开始照谱演奏。

这是第一次，陆早秋不在乐团演奏中做首席小提琴手。

第一小提琴音部首席有个职责，但是事实上鲜有人用：在指挥不在时代替指挥，接过指挥的权责与所有工作。

从前陆早秋没有遇上过指挥缺席的时候，今天，他终于遇到了。

在录音前，他没有讲太多话，分谱上的标记已经足够细致，情感、速度、强弱……所有基于原谱需要二次诠释的地方全部都已经被陆早秋诠释完毕，演奏者几乎没有任何根据乐谱再发挥的空间，因此也没有任何错误的可能。

陆早秋讲了录音的用途、故事的梗概，其他注意事项，以及本次录音一些稍不寻常的地方：乐谱标题写的是双钢琴与小提琴协奏曲，总谱上有两架钢琴的部分，录音棚里也有两架钢琴，钢琴谱架上确实也分别摆着不同的两份钢琴部分分谱，但是这次录音只会用到一架钢琴，即第二钢琴，这架钢琴的演奏与独奏小提琴的演奏以及指挥全是同一个人，贯穿全曲的第一钢琴空缺，除这几处略微特殊外，一切照谱演奏。

唐小离看着面色沉静的陆早秋，突然感觉到了一丝难过，不同于他刚知道钟关白中枪时的感受，现在不是焦急，也不是忧心，只是一丝很闷的、说不清道不明的难过从心底泄露出来，在身体里慢悠悠地打转。

这可能也是唐小离第一次这么认真地看一场演奏，没有座位，只是站在录音棚外面。

他看着陆早秋站在乐团的最前方，手上一把小提琴，一把琴弓，和好几年前他第一次见的时候没有半点分别。

这些年，他变过，钟关白变过，所有人都变过，只有陆早秋没有变。

陆早秋似乎永远站在那里。

其实也有了一点不同。

唐小离想起前几天去看钟关白的时候，陆早秋的学生也在，他们中极少有人敢在陆早秋面前说稍稍不那么得体的俏皮话，他看见陆早秋极浅地笑了一下，虽然不明显，但毫无疑问，那是一个笑容。

录音棚里带着光华的小提琴手是从当年音乐学院黑暗音乐厅里的小提琴手蜕变来的，只是有什么照亮了他，暗沉的身影被一笔一画添上了光的七彩颜色。

录音完毕的时候，陆早秋全身的光芒便渐渐散开去。他与乐团成员一个一个握手，说感谢，送他们离开。但是他自己没有从录音棚里出来，也没有收各个谱架上的分谱。

向录音师比了一个手势后，陆早秋坐到那架没有人动过的第一钢琴前。

这架钢琴的前侧挡板与第二钢琴一样被拆卸掉，露出整个击弦机，双话筒立在击弦机前，准备收音。

所有人都走了，录音棚里一排一排空荡荡的座位与谱架后，只剩下一个弹着钢琴的背影。

"钟关白他好了？"

唐小离忽然听到秦昭的声音，回过头惊喜地问出一连串的话："钟关白怎么了？醒了？你刚才去医院了？"

"那是……"秦昭走到唐小离身边，看了一阵钢琴前的人，觉得方才这背影突然映入眼帘时的错觉有些不可思议。钟关白和陆早秋是完全不同的两个人，从没有人把他们弄混过，可是，不知道为什么，秦昭说："我刚才认错了。"

唐小离愣了一下，没说话，继续看了好一会儿，才说："全曲刚才已经录完了，陆首席大概是不想请别的钢琴手弹第一钢琴，他把这部分钢琴拆开来，第一遍没录，现在应该是在亲自录第二遍，只录第一钢琴。"

秦昭想了想，说："可能还不止，他在做两手准备。钟关白醒不过来，他代钟关白弹；钟关白醒来了，这首协奏曲的第一钢琴部分还留了一个空缺，不管钟关白什么时候醒来，只要还弹琴，永远都有把钢琴部分补进去的一天。这是钟关白的曲子，也是钟关白的钢琴。"

第72章

《第一号交响曲"我的祖国"第一乐章:前奏曲"咏雪"》——陈培勋

那天陆早秋不只录完了第一钢琴,也把电影剧本里出现过的各个角色要弹的钢琴曲一并录了,走的时候已经很晚。唐小离喊他一同去吃个饭,他摇头说不去,要回医院,最后临告别时还说:"希望这些弹得不好的钢琴曲最后都不必用在电影里。"

室外飘着大雪,地面已经积了不薄的一层白。

陆早秋一个人走进了雪夜。

走了几步,他的前方出现了一盏顶着雪的红灯笼。再走两步,原来红灯笼已经挂满了前面的整条街。数不清的灯笼,每一盏都很红,很亮,很大。

空气中还留存着淡淡的食物味道,糖炒栗子,可能还有烤红薯。

陆早秋回到医院,听见值班护士的交谈才知道,快过年了。

原来要过年了。

钟关白还是没有醒,同时因为不可避免的肌肉萎缩而继续消瘦下去。

第二天陆早秋收到录音师发来的没有剪辑过的协奏曲原录音文件,点击下载,保存,播放,调好音量,暂停。四只蓝牙耳机,两只小心地放在钟关白耳朵边,两只塞到自己耳朵里,重新播放。

播放器里只有两个文件:缺失了第一钢琴的协奏曲,单独的第一钢琴。

就这两个文件,一遍一遍,循环播放。

音乐里有故事,浸满了整个病房,天花板上像是模模糊糊出现了一本书的印记,纸张一页一页翻过去,翻了几十年,每一页上面都差一行字;又出现了另一本,也是几十年,每一页上都只有一行字。两本书交替变换,老旧的建筑,白砖黑瓦,各色人群,枯花茂草……像是梦境里的光影。

虚山幻海在一声手机振动声中消失了。

陆早秋拿起手机,看见是陆应如的号码。她已经很久没有来过电话,这一次,陆早秋把电话接了起来。

"律师告诉我，货车司机违规停车盲道的案子胜诉了。那个姓——"陆应如看了一眼报告，"姓钟的女孩获得了赔偿。"

陆早秋没有说话。

"据律师说，当时钟关白提过想拍一个关于盲道的宣传片，我让秘书去谈这个事了。"

陆早秋仍旧只是听着。

"钟关白以前没做成的慈善基金，明年就可以成立。"

陆应如说完这句，电话两边都一片寂静，好像通话已经中断了。

"早秋，"陆应如拿起另一份报告，过了许久才说，"父亲，他……"

呼吸声。

只有呼吸声。

"确实有精神问题。"

陆早秋垂下眼，看着对于外界无所知觉的钟关白。

他是一个傻瓜。

傻瓜不知道世界本来的样子，以为全世界都和他一样好。

"但是，杀人和伤人的时候是不是无意识，警方还需要进一步查明。"陆应如等不到陆早秋的回应，只能说，"……早秋，我先挂了。"

原本，如果一切按照计划，她可以对陆早秋说："今年，他终于不在了，你要不要回家过年？"

可是现在不行了，她问不出这句话。

通话结束以后不久，病房内的另一部手机也响了。那是钟关白的手机，有号码的人基本都知道他出了事，所以那部手机已经很久没有响起过。现在响起，来电者不难推断。

果然，是温月安。

不敢接，也不敢不接。

陆早秋还是把电话接了起来："温先生。"

"是早秋啊。"温月安问，"阿白在不在？"

陆早秋低声答道："……在。"

平日里陆早秋接了温月安的电话，应了"在"就要把电话递给钟关白，这回偏没有钟关白的声音，温月安问："阿白怎么不来听电话？他上次来说过年要亲手挖院子里的梅子酒喝，我便没让师哥喝，还给他留着。"

陆早秋这样的人，没有说过谎，温月安不问起他不提，可温月安问起，他也不会编造。如今即便无礼，也只得闭口不答。

温月安又喊了一声："早秋？"

贺玉楼无法，只得说明原委："月安，钟关白受了伤，不能接你的电话。"

"师哥，"温月安说，"若我不打这个电话，你们还要瞒我到什么时候？"

温月安心细，前些日子钟关白还动不动就打电话过去，叽里呱啦说一通，不打电话才是难事，什么时候会这么长时间没个消息？

现在瞒不住，温月安知道是出了事，又要细问。贺玉楼从温月安手里拿过电话，不准他再问，只说："年后。钟关白年后就来。"

重逢后贺玉楼还没有过这般颜色，温月安看着他不说话，贺玉楼又放软了口气，道："院子里埋的梅子酒，秋天收了晒干的桂花，开春还有新茶，钟关白最好吃喝，哪里舍得不过来？现在还有两只天鹅，他总要来看一看。"

那通忽然没了尾声的电话挂掉后好久，贺玉楼才一个人出了院子给陆早秋重新回了电话，说前几日做了检查，温月安的心脏越来越不好，若知道了详情，只怕情况会更坏。

陆早秋听了，不知该如何作答。久在医院，祝福与希冀听得太多，可是眼睛见到的真实更多，最终说不出好听的话，只能变得更沉默。

小年那天，李意纯带着阿霁还有特殊教育学校几个大一点的孩子到医院来。李意纯提着一个纸袋子，里面装满了小朋友们剪的窗花，一片红色，有鸟有鱼，福寿俱全。

阿霁说这些都是大家送给阿白哥哥的，另有一个男孩觉得陆早秋一个也没有，有点可怜，便自作主张补充说明："陆老师也能从中分得两个。"

还有一个女孩大着胆子问陆早秋会不会剪窗花，要不要她教，他们还带了没有剪裁过的红纸。

陆早秋不会剪窗花。

和钟关白熟识前，他对于年节习俗知道的都不太多。钟关白喜欢过节，什么节都要过，要贴春联，要吃粽子，要吃月饼，要买花，要准备礼物，要找一切机会出去玩。

陆早秋看着那女孩从袋子里拿出来的红纸，点头道："请你教我。"

下午几个人便坐在一起剪窗花。陆早秋剪了一张花和一张福便掌握了诀窍，第三张开始就可以剪"钟"字。

教陆早秋剪窗花的女孩看见，便对阿霁说："陆老师刚刚剪了你的姓！"又说，"陆老师，这一张是不是要送给阿霁？"

阿霁看不见那窗花什么样，好奇道："送我的吗？"

李意纯摸摸阿霁的头，说："是剪给阿白哥哥的。"

陆早秋收起那张"钟"，另给阿霁剪了一张，又给所有孩子剪了一张，每张都是钢琴，三角的、立式的、正面的、侧面的……整个琴身，或者一排琴键。

一个下午很快就过去了，时近傍晚，冬季天黑得早，李意纯要带孩子们回学校。

走之前，每个孩子都去钟关白床前握了握他的手，阿霁去握的时候默默提前说了她的新年愿望："当新年的钟声一敲响，阿白哥哥就醒来。"

除夕到来前连着有三天晚上陆早秋都有新春音乐会演出，每天傍晚至国家大剧院，十点多再踏夜而归。

到了除夕那一夜，没有任何事，陆早秋在钟关白病床前坐了很久。

窗外下着大雪，陆早秋走过去，打开窗户，伸出手，雪花落在他手心，融化的雪水顺着指缝上的疤痕流下。

他收回手，走回病床边，像干坏事的孩子那样，轻轻用手冰了一下钟关白，只是一下就拿开了。

一连几个小时陆早秋什么也没有干，只是坐着，垂眸看着钟关白。

有什么地方隐约传来倒数声。

"十，九，八，七——"

也许真的是所有人都在倒数，所以连隔音效果非常好的病房都依稀能听见。新年到来了，不管你想不想知道，都得知道。它到了。

"六，五，四——

"三——

"二——

"一——"

非常非常远的夜空里出现了模糊的烟花，被纷飞的大雪阻隔着，那是城外的烟花。

钟关白依然在沉睡。

陆早秋缓缓站起身，出门，去外面的雪地里堆了一个雪人。

回来，走到钟关白身边，这次没舍得去冰他。

这夜应该守岁。

陆早秋不知道寻常人家是怎么守岁的，他这一年守岁一直在堆雪人。出门，堆雪人，再把雪人小心翼翼地捧到病房里，放到外面的窗台上。

等到天亮的时候，窗台上站着好多好多小雪人，还有两只雪鹅。

陆早秋在旁边睡着了，等他醒来的时候，外面的阳光已经开始变得耀眼，把窗台上还未来得及融化的雪人照得晶莹可爱。

陆早秋的视线一一经过那些小雪人，到某一个雪人时，他的目光顿住了。

那个小雪人的手上被缠上了一点白色细绷带。

再旁边，另一个矮一点的小雪人头上多了一朵浅蓝色的五瓣花。

第73章

《圣母颂》——弗朗茨·舒伯特

陆早秋猛地转身去看钟关白，后者仍闭着眼睛躺在旁边，虚弱得不像能起来的样子。

"陆先生？"原来有个护士在房里。

陆早秋坐起来，迟疑地问："窗台上的雪人，有谁动过？"

护士笑着说："是我。"

陆早秋直直地看着她，他很少这样看别人，因为这样显得不太有界限感，现在这样看，分明是因为不相信。

护士继续道："两个小时前钟先生醒了，刘医生来看过。钟先生一开始话都说不了，后来看见窗台上的雪人，一直盯着，过了好久才勉强开口，像小孩子一样央求刘医生去打扮雪人。刘医生哪里有时间为他干这个？当时我和小李姐都在旁边，小李姐第一个受不了了，冒雪去给他买花，我去找的绷带。"

陆早秋看着与之前没有区别的钟关白，几乎能想象出钟关白不停磨人的样子，于是把声音放得更轻："那他现在？"

"钟先生昏迷了很久，太虚弱了。"护士解释道，"所以醒了一小会儿又睡着了。"

陆早秋点点头，说："谢谢。"

说完去洗漱整理好，又出去和其他医生护士一一讲谢谢，讲了好多遍，回来之后便像前一晚一般坐在钟关白病床边，看着他。

时钟转了小半个圈，窗外照进来的阳光偏转了一个角，天又黑了。雪后晴日的夜晚，天空深静，几颗稀疏星子在动。时间过得很快。

陆早秋就这么看着钟关白，一直到他醒来。

"陆……早秋。"

钟关白手指动了动，前臂移了一点。

陆早秋看着他，睫毛洒下一块温柔的阴影。

"陆早秋……

"你怎么不说话……

"陆早秋……

"说话……"

陆早秋没有说话。

从那一天开始，从钟关白醒来，陆早秋就没有对他说过话，一句也没有。

过了几天，钟关白可以喝水了，陆早秋把吸管放在杯子里，小心地托着钟关白的头喂他喝。钟关白喝完，眼巴巴地看着陆早秋，说："陆首席，你跟我说说话嘛。"

陆早秋收起杯子，钟关白怕他就这么走了，连忙拽着他衣角说："……没喝够。"

陆早秋又去倒了杯水，喂他喝。

钟关白喝水都喝饱了，陆早秋还是没跟他说半句话。

慢慢地，钟关白可以进流食了，陆早秋调起一点病床，坐在旁边喂钟关白吃。

后来，可以稍微吃一点固体的食物了，再后来，钟关白已经可以自己拿着餐盘吃饭，甚至还可以拿着小贺同学寄来的游戏机打游戏了，陆早秋仍旧没有说过话。陆早秋会询问医生和护士每个时期的情况，会对来看望钟关白的人说谢谢，也会到病房外去接电话，但是从来没有跟钟关白说过话。

钟关白拿着手机打字，跟唐小离诉说自己的遭遇：陆首席不理我了。

唐小离回：什么叫不理你了？我不信，你这人真不知好歹。

钟关白不明白唐小离怎么突然变了：真的！他不肯跟我说话！

唐小离：你醒过来以后是不是还没刷过牙？

钟关白：……

钟关白：真的刷牙了。

在陆早秋去学院上课的某个日子，唐小离来了，一进门二话不说就打开病房的电视屏幕，连上自己的手机蓝牙，播放视频。视频画面和声音是后期合成在一起的。画面是录音棚监控画面的剪辑，声音是协奏曲的录音，第一钢琴的旋律已经被叠加进去。

视频没开始播放前钟关白还在跟唐小离开玩笑，突然地，当定音鼓与低音提琴奏响的一刹那，笑容与话语全部凝结了。

钟关白看着视频一帧一帧地变化，看着陆早秋的身影拿起小提琴扬起琴弓，又放下，看着陆早秋坐到一架钢琴前，看着陆早秋指挥，再看着陆早秋一个人孤零零地坐在另一架钢琴前，四周空无一人，只余那些黑色的椅子与琴谱架。

琴谱架上的分谱封面上显出协奏曲的名字，钟关白隐约回忆起，似乎在好久之前他也曾想过用这个标题。

名字是他想要的名字，音乐也是他想要的音乐。

独奏小提琴与第二钢琴都那么克制，情感从克制间不经意地流露出来，听的人甚至不知道是哪一个音符击中了他的心。可是第一钢琴又是那样不被束缚，每一处都是情感的倾泻。唐小离后来重听录音的时候才想明白为什么秦昭会认错弹琴的人,因为那不是陆早秋的弹法,不像陆早秋的表达方式,那确实是钟关白。

与一个人相知相交太多年,就会变成那个人。

这是朴实的事实,不容辩驳。

一切重归寂静后,钟关白坐在床上,脸上一直没有表情,也说不出话,好久之后才问一句:"这是什么时候的事?"

唐小离给了钟关白一张照片。现在已经不太有人像过去那样把照片洗出来了,唐小离还是特意去洗了那一张。拍摄得并不太好,是隔着车窗用手机拍的,窗内有淡淡的雾气,窗外有漫天的大雪,远处有一个穿黑色大衣的身影,头上肩上都落了几片依稀可见的雪,再远处有成片成片的红灯笼与万家灯火,与夜雪融在了一起。

"年前。"唐小离说,"我猜他还没告诉你。他说你要安心休养,要我们不要和你谈工作上的事。电影在拍,需要的配乐他都完成了。"

钟关白捏着那张照片,看着中间的背影。

"他一个人过的年。"钟关白说。

唐小离坐到椅子上,跷起二郎腿:"你还怪人家不理你。"

"我没怪他。"钟关白说,"我就是想不明白,我……怕他不高兴。"

"他肯定高兴极了,高兴得话都说不出来。"唐小离压低了声音,似乎怕被那个根本不在病房的陆早秋发现似的,"你知道吗?说出来估计你都不信,我们都不信。你醒那天是大年初一,陆首席给所有朋友发了红包。你能信吗?陆早秋给所有人,发红包!"唐小离又重重地、带着一种极度的不可思议与隐约的嫌弃重复了一遍,"发那种很土的红包,恭喜发财,大吉大利。"

他话音未落,病房门开了,陆早秋站在门口,看着他说完最后那声"大吉大利"。

唐小离不自觉地把二郎腿一收,端正坐好,清咳一声,站起来,说:"陆首席,我还有点事,今天好像是有秦昭的戏,好像是,嗯,没错,我去探个班,先走了,拜拜。"

陆早秋把门让开,唐小离给钟关白使了一个眼色,出去了。

电视屏幕上还停着视频画面,一直等唐小离带着他的手机走出好远蓝牙才自动断了。

钟关白看着陆早秋关了电视,咬了半天嘴唇,好久之后才招招手,说:"陆早秋,你过来。"

陆早秋过去,坐在旁边,看着他,没有说话。

"等我能下床了,咱们一起去看老师吧。老师做了桂花糕,听说还有小汤圆,红豆馅儿的,贺先生说我再不去,小贺同学就要一个人全吃光了。"钟关白提议。

陆早秋没有说话。

钟关白只感觉到有规律的淡淡的呼吸声,过了一会儿又说:"再把鹅子领回来,天气回暖了。我怕好久不去，鹅子都不认我了，叫别人爸爸。

"我们还去看看应如姐，好不好？"

"等电影拍完，所有配乐都确定不会再改了，咱们就去法国待一阵子吧，带鹅子一起去，那边有湖，还有花田……要不再把之前的房子租下来？可以看海，你背我去海边，我给你念诗。"

"还有还有，得请秦昭他们吃饭，我之前说好了的，吃什么呢？阳澄湖的大闸蟹，洞庭湖的玉簪鱼……现在好像不是吃鱼蟹的季节，那蟹粉小笼包总还是有的。早秋，医生说我现在能吃蟹粉小笼包了吗？"

陆早秋低低笑了一下，出去买蟹粉小笼包了。

钟关白躺在床上，望着天花板，有点想哭。

他摸到床头的手机，找到陆应如的号码，看了半天，又喝了一杯水，才把电话拨过去，问："应如姐，你现在怎么样？"

陆应如的声音一如既往，冷清简洁，所有的忙碌、常人无法忍受的压力与情绪全部埋在两个字下面："还好。"

这些天，钟关白在过去的新闻里看到了事情的全貌，或者说，大家认为的全貌，一个相对的真相。至于结果和尾声，不知道是还没有到来，还是被什么人压了下去，总之他找不到。就像许多大事件，爆发的时候轰轰隆隆，仿佛整个世界都只剩下那一件新闻，至于后续，就像烟花礼炮过后的烟尘，不知道飘散到哪里去了。

也许整块大地的每一个角落都散布着那些烟尘，只是它们太细微，淹没在日新月异的风景里，成为盛世的一块砖瓦。

"那，陆先生呢？"钟关白想了想，用了那个生疏有礼的称呼。

"判决没有那么快。"陆应如说，"大概率是精神病院。"

"你去看过他吗？"钟关白问。

"没有。"陆应如说。

钟关白无话，陆应如问："你身体恢复得怎么样？"医生其实汇报过情况，她如此一问，只是想听听钟关白自己的感受。

"好得挺快的。"钟关白不知怎么地摸到了唐小离给他的那张照片，突然又改口道，"其实也不怎么快。让大家等了很久。"

"嗯。"陆应如应了一声，声音里有了隐约的笑意，"我还有事，先挂了。"

"等一下——"钟关白不停地摸那张照片，好像想把那人影头上、肩上的雪一一拂去，"应如姐，你知不知道，早秋不讲话……不跟我讲话，你知不知道为什么……他以前有没有过这种时候……"

陆应如耐心听钟关白嗫嚅许久，才说："是有。"

钟关白还在养伤，她本不想告诉他，现在想了一阵，还是说了出来："早秋前段时间的状态有点像他从前抑郁症的时候，他怕复发，最近一直在看医生。"

第74章

《小提琴手之舞》——LINGO MUSIC

钟关白可以下床了，要挂拐杖。

他去秦昭那里探班，继续讨论创作，被唐小离嘲笑腿虚脚软。唐小离嘲笑完还是给他找了把舒服的折叠椅，让他坐着当大爷。

钟关白去了几次，脚软归脚软，吵架照常要吵。

秦昭坚持配乐是为电影服务的，钟关白不是不认可这一点，但是某些时候当他发现音乐被放在电影下面，就受不了了。比如因为一些镜头的时长不得不分割或重组他写的曲子，重点不是分割重组，而是在他觉得不能分的地方分，不能组的地方组。除此之外，两人还有很多理念不一样，某处配乐是不是过于煽情，某种乐器在此处是不是合适……现场与剧本讨论有太多不同。

钟关白坐在椅子上，秦昭站着，两人每每说到意见不一致处秦昭都比较冷静，钟关白就不行，没说两句就开始仰着头骂人，称秦昭的行径为"肢解"，说他什么都不懂，骂到最后太累了，毫无气势地捂着胸口说肺疼。

陆早秋把人扶起来，领走了。

第二天再来吵。

后来秦昭接受采访时，有个记者拿着钟关白指着鼻子骂人的照片问秦昭是否与钟关白不和。秦昭说："不是第一次合作了，我知道他工作起来是什么样子。等电影上映后请大家去听音乐效果。"

钟关白根本不接受采访，某一次硬生生被记者拦住了，也被问是不是与秦昭不合，钟关白看了那记者一眼，斯斯文文地回应："他是一个大傻子。"

当晚又被拍到和"大傻子"一起吃火锅。

回归工作以后杂事又多了起来，配乐不是作曲，也不是演奏，它是个团队活儿，与音乐有关的工作只占一小部分，剩下的免不了要与人上上下下打交道，就算没有应酬，也免不了烦心。秦昭把喻柏派回钟关白那里，做临时助理。

钟关白坐在椅子上喝奶茶，上下打量了一下喻柏，笑说："跟着秦老板吃得不坏呀。"

喻柏想起当时不愉快的散伙也觉得有点好笑，他把事情看得太严重，实际上谁都没到真正完蛋的时候。没有一个员工失去了工作，大家都只是换了一个地方而已。天常常要变，却不是要塌。他于是也笑着说："那可不是，秦老板比钟老板大方一点。"

　　钟关白举起奶茶，就要往喻柏身上砸。

　　喻柏双手投降道："就大方一点而已，一点。"

　　工作了几十天以后，喻柏半开玩笑半认真地问："白哥，你想没想过重新把工作室建起来？以后再跟别人合作，可没有秦导这里这么方便，人都让你随便使唤。"

　　钟关白挑着眼睛看他："跟着钟老板可吃不上好的。"

　　"也不用吃多好。"喻柏摸了摸头，诚恳道，"怕以后你需要的时候我帮不上忙。"

　　钟关白站起来，拍拍喻柏的肩："跟着秦昭好好干，他这个人，错不了。我嘛——"

　　"做完这一部电影，以后就不做配乐了，分神，没时间练琴。本来也不打算再做影视配乐了，只是这部电影不太一样。"钟关白准备走了，一边收拾东西一边说，"小喻子啊，我老年人话比较多，你也就随便听听，别当真理。人呢，理想不能有太多，太多那就是做白日梦了，毕竟没有那么多达·芬奇。我是个普通人，普通人年轻的时候会想做很多事，什么都要试试。试试可以，试错嘛，但是试完了就是完了，错了就是错了，要想，要改，最后还是得想好这一辈子要做什么。我老师说人这一辈子只能做一件事，我贪心点，做两件吧。两个理想也很多了。"

　　钟关白收拾完，要出门，喻柏在他身后说："白哥，其实我挺羡慕你的。那么多东西，你说不要就能不要了，其实没几个人真能做到的。"喻柏藏在肚子里没说的是：白哥，其实不是所有人都像你那样，他们其实没有什么选择的余地，不曾得到过，所以其实连舍弃都没东西可舍弃。你别看不起那些什么都想要的人，他们生来匮乏。

　　钟关白却听出了喻柏未说尽的话，他背对着喻柏，知道对方正在看着他。

　　羡慕钟关白的人很多，随处可以搜到他的新闻，他钢琴比赛所得的奖项，他的大量作品，与顶级乐团、音乐人、名导的合作，甚至可以从各类新闻中看到他的收入、不动产、捐款……包括他那位永远的知己。

　　风光意气。偶尔被提到坎坷失败也不过是为了给故事添些佐料，让成功来得更加动人。

　　很少有人注意到他是从孤儿院里走出来的，什么也没有，连他躺着的那张上下铺钢架床也不属于他。

　　"因为我没觉得那些是我的。"钟关白挥了挥手，没有回头，"明天见。"

　　他的知己正在等他。

　　陆早秋抱着一束花，接钟关白去学院，两人一早就约好今天一起去练琴。

　　钟关白身体刚痊愈，迫不及待就要当司机。开了一会儿车，然后看着前方，一边开车一边若无其事地说："早秋，你的医生好贵啊，我就和他聊聊天而已，居然收费那么高。"

　　陆早秋微微一愣。

"咳。"钟关白偷偷瞥了一眼副驾驶,"那个,我听说啊,有些人在治某种副作用的后遗症。"

陆早秋不说话,也没有表情,被钟关白瞧了一会儿以后,头还微微偏向了车窗外,露出一小块耳垂。

"据说治疗得还不错?"又一个红绿灯,钟关白问道。

终于在不知道第几个红绿灯时,陆早秋沉声道:"……停车。"

这是钟关白醒来后陆早秋第一次对他说话。

两个字,停车。

钟关白再不敢造次,忙不迭把车靠边停了,双手都老老实实放在方向盘上,以示清白。

去学院的后半程,陆早秋开车,钟关白被安排坐在后排,只能从反光镜里偷偷瞧人家的脸色。

自从他能自己走路以后,便开始见陆早秋的医生,保持联系,隔几日就要见一次。医生一开始拒绝透露任何信息,后来还是钟关白请陆应如出面,这才开始有了固定的约谈时间。钟关白开始抱着教材和资料,学诸多心理学的名词,开始真正了解陆早秋得过的病,吃过的药,做过的治疗,了解他现在的状态。

钟关白一开始非常担心,怕陆早秋旧病复发。

医生说暂时不用担心:"他重新开始看病,不是因为真的复发了,而是因为他现在非常谨慎,知道爱惜自己了。不像以前,对待难受和痛苦都不知道拒绝,一个人就那么受着,得了病自己也不知道要治,姐姐送过来才知道已经得很严重。现在知道爱惜自己了,开始怕生病,是件好事。"

钟关白这才放下心来,又跟医生说陆早秋不肯说话的事。

"说不好是什么原因,也可能有很多原因。"医生说,"有些人会许愿,用一些东西换另一些东西。当然,这只是我的一个猜测。"

钟关白不太明白,医生用了几个例子解释,比如有人堕胎以后会长期陷入抑郁和自责,然后选择花很多钱放生动物来消解自责;也有人为了求得亲人重病的康复,决心再也不吃肉,再也不杀生。这些事件间没有联系,但是人会不自觉地许愿,自动付出代价。

"早秋他不是这样迷信的人。"钟关白想了想,"应该不是这个原因。"

医生笑起来:"我说了,只是一个猜测。"

最近几次谈话的时候,医生提到,关于从前陆早秋服用的抗抑郁药的副作用,以及对应的治疗方法,有了新的研究成果。

"不过,治疗结果没有办法保证,愿不愿意治疗,也需要他自己决定。"

钟关白乍一听到的时候猛然觉得惊喜,可是那种激动的感觉很快又消散了,他对医生说:"别劝他,也别跟他提我,我没什么想法,他要是想,就治,不想就算了。"

直到上一次谈话，医生才告诉钟关白，陆早秋已经开始接受治疗了，进展顺利。

钟关白忍了好几天，忍不住，就在车上问起来了。

结果没想到一路在后排坐到学院门口，下了车也只能跟在陆早秋后面。

照旧是季大院长的琴房，钟关白来练《手指》协奏曲里的第一钢琴还有其他电影中要用的钢琴曲，他养伤期间没有练琴，担心手生，到时候录音效果不好。而且电影有一些钢琴演奏镜头，这个演员是完成不了的，要留待钟关白和其他几个不同的钢琴手来拍。

一进琴房，钟关白就小声说："我再不油嘴滑舌了，你跟我说说话嘛。"

陆早秋低下头看钟关白，眼神柔和。

春日的风从窗外吹来，轻柔和缓，风中夹着一声低低的叹息。

"……阿白。"

那个傍晚，像七年前的某个黄昏。

陆早秋站在钢琴一侧，手里拿着小提琴和琴弓。钟关白坐在钢琴凳上。

一遍遍合奏，小提琴声伴着钢琴声，跃动着，旋转着，如河流，如泉水，如繁花，如星月，如一切人世间的美好。

弹了许久，钟关白说："早秋，来四手联弹。"

陆早秋坐到钟关白身侧。

长长的黑白键上，两双手慢慢分开，又慢慢靠近。

"现在是遇见陆早秋的第七年了。"

第75章

《两首音乐会练习曲（S.145，No.1：森林的细语）》 —— 弗朗茨·李斯特

他们一起练了很久后，钟关白开始单独练习，电影中出现了几首难度极高的钢琴曲片段，钟关白要负责弹。因为确实有段日子没有练琴了，刚开始练这些曲子的时候略微有些不合他自己的要求，不过每首两遍下来也就没有任何问题了。

砰——

钟关白正练着最后一首，外面蓦然传来一声摔门声。

"我说了，我不弹了。"一个隐约有点耳熟的声音紧接着摔门声响起，带着怒火。

"喂，上次不是好了吗？怎么又说不弹了啊……回去练嘛……"另一个声音也有点熟悉，"你怎么知道人家是故意跟你比，琴房隔音没那么好，弹得响一点琴声难免就传过来了，回去练啦……"

"那你又怎么知道人家不是故意的？我不弹了。"

"不弹就不弹了，今天也练了那么久了，回去休息一天，咱们明天再来嘛。"

"……以后都不弹了。"带着怒意的声音慢慢消沉下来，声音变得更小，"其实我也没怪人家，是我自己弹得烂。我弹了这么久还弹这么烂，上个学期那次就是，这次也是，随便来个谁都比我弹得好，我这么弹下去，一辈子都没出路，还弹什么。我就是没天赋，怎么练都没用，我认了。"

钟关白想起这个声音了，这不是去年弹《超技》那小子吗？

"可是你还是有进步啊。"另一个声音劝道，"有进步就有希望，总会弹好的。"

"什么希望，难道我要弹到三十岁，发现自己还是弹成这个样，才说这回确实没希望了？不如早点退学。"

钟关白听到这里，从琴凳上站起来，大步走去把门打开。

走廊不远处站着两个男生，年龄看起来都还很小，两人看见站在门口冷着脸的钟关白都吓了一跳。那是音乐学院钢琴系学生聊起天来就绕不过去的钟关白，谁能想到他能在这么一个普普通通的晚上坐在院长琴房里练琴？

"那你别弹了。"钟关白沉声道，"不用等到你三十岁，就到明年，你连这样都弹

不出。"

陆早秋走到钟关白身后，低声道："阿白，不要这样和学生讲话。"

钟关白脸还冷着，回过头，声音软下来，用只有两人可以听到的音量："你心疼啦……他们又不是你学生。"

陆早秋眼睫垂下来，也不说话，就那么看着钟关白。

"好好好，我不说……"钟关白再转过头时便像个正经老师般，严肃道，"过来，我看着你弹。我就不信进了我们院的学生，真有弹不好的。"

那男生被叫住，不敢走，但是也不肯进琴房。

"去嘛去嘛，机会难得……"旁边的男生从后面半推半送把人弄到琴房里，经过钟关白和陆早秋身边还打招呼，喊，"陆老师好。"至于钟关白，不知怎么称呼合适，于是报之以一个灿烂的傻笑。

那位声称要退学的男生被推到琴凳上，半天也不肯抬手。

钟关白站在他身后，说："您叫什么名儿啊？牌真大，还要人请？"

站在一边的男生笑着介绍："他叫祁禹修，我叫米纬嘉。"

"小祁同学，您高抬贵手弹一个呗？"钟关白说。

祁禹修后颈上被那凉凉的问句激起一阵寒意，硬邦邦地说："不知道弹什么。"

"练什么弹什么。"钟关白说。

米纬嘉溜出去，从他们原本那个琴房里拿来琴谱，摆在谱架上。琴谱被翻到 *Waldesrauschen* 那一页，原来还是在练李斯特。

祁禹修弹了一遍，一开始因为过于紧张而绊了两次，后来就顺了。确实也没有弹得多不好，只是没有钟关白好。差距摆在那里，因为实在差得比较远而根本不能用风格不同来解释。能弹下这首曲子的人非常多，多如牛毛，能考上音乐学院的学生都能弹。但是弹好不是那么容易的，尤其是一个心不静、只急着要弹好的人，更弹不出曲子里的意境。

钟关白从头听到尾，没打断，听完也没说话。

祁禹修鼓起勇气转过身，想看钟关白的反应。

钟关白站在那里，什么反应也没有，只说了句："再来。"

祁禹修只好硬着头皮转回去继续弹，弹完一遍只听见一声淡淡的"再来"。如此几次之后，他也不转身去看钟关白的反应了，就一直弹。弹着弹着便忘了身后有人在盯着他，也忘了是弹给钟关白听的，弹了太多遍，连自己弹得不好这件事都没有再去想，整个人似乎融入了李斯特营造的氛围里。被风吹动的树叶，沙沙的树林，笼罩森林的雾气与云海，再到宛如暴风雨来临时所有树木的倾倒，不容抵挡的气势与气魄，最终又回归了一片静谧，耳畔还是细语般的树叶轻摇。

落下最后一键时，祁禹修听到钟关白说："起来。"

这一声把他叫醒了，刚才竟然有点像是做了一个梦，漫步在森林里，现在终于走出来了。祁禹修这才想起身后还有人，于是赶紧站起来，让到一边。

钟关白坐到琴凳上，手指从琴谱上的标题下滑过。

"Waldesrauschen，中文译作《森林的细语》，这是他在罗萨里奥圣母修道院写的，写给他的弟子Dionys Pruckner。那时李斯特已经五十多岁了，有大半生的阅历，加之年轻时对琴技的苦练，所以当他站在修道院坐落的山冈上，对着那片山林，可以写出这样有哲思的曲子。"钟关白说完，抬起手，也弹下了这首《森林的细语》。

也从林梢耳语开始，同样发展到无人可挡的惊雷暴风，群木涌动，只是更温柔，更深沉，更磅礴，最后天地俱寂时余味更幽远。

祁禹修和米纬嘉都站在原地说不出话来，米纬嘉一早准备好要鼓掌的手停在半空中，呆呆地没有动作。

钟关白站起来，看见祁禹修从拜服到羡慕再到愈加沮丧的脸，气得敲了一下后者的头。

"你刚才听没听我说话？"钟关白看见陆早秋不赞同的眼神，又赶忙把敲人脑袋的手背到身后，嘴上教训道，"你练了多久？我又练了多久？你现在在想什么？在想每天再多练三个小时，刻苦努力超过我？小祁同学，不是这样的，琴不是坐在琴房练十个小时就能弹好。当然，你不练肯定也弹不好。你讲天赋，是，是有这个东西，但是这个东西就在那里，不多不少，你做什么它都不会变的，你成天想着也没有用。那你肯定要问我了，怎么才有用。说实话，我也不能告诉你怎么才有用，没人能手把手把你教成一代大师，你明白吗？"

"我在你这个年纪的时候，还在……"钟关白望向窗子外面，不大自然地说，"咳，在图书馆里翻旧书，在稿纸上乱画，到处跑，想看山看海，想去满世界的博物馆看所有作曲家的手稿，看不同时代的钢琴，看不同文化中的乐器，对着地图幻想在内蒙古的草原唱歌、跳舞、骑马，在爱琴海的星空下讲诗歌和遗迹……

"而不是坐在琴房里一边痛苦地弹琴，一边怀疑弹下去有没有结果。

"琴不是这么弹成的。你看过的，走过的，思考过的，经历过的，最后都成了你。有一天，可能你弹成了，那时候你会发现，你就是结果；也有可能，你这辈子都没成，那时候你还是会发现，你就是结果。"

钟关白说了半天，觉得口渴，不仅口渴，他还饿了，看了眼手表，九点多，于是一脸和善地对两个学生提议道："食堂还开着门，带了饭卡吧？不如请我和你们陆老师去吃个夜宵？"

陆早秋无奈，对钟关白说："我有卡。"

一行四人去了食堂，祁禹修和米纬嘉二人走在前面，因为知道陆早秋和钟关白在身后看着而步伐不大自然，仿佛刚学齐步走的军训新生。

钟关白才没有兴致看他们。

真到了食堂门口，钟关白看见里面亮着的灯和吃饭的人，喊住两个学生，说自己不进去了，拿着陆早秋的卡要祁禹修帮忙买两瓶水出来。终究还是担心食堂人多，灯火通明，在陆早秋工作的地方，能低调还是低调些。

祁禹修出来，把水和卡递给钟关白，钟关白接了要走，他别开眼睛小声说："谢谢。"

钟关白笑起来："谢我干吗呀，你帮我买水，我还没说谢。"

"唉，他挺好一个人，就是这种话老说不出口。"看祁禹修不好意思，米纬嘉替他说，"他肯定是想谢谢您听他弹琴，谢谢您跟他说那些话呗。"

"别谢，我本来就话多。"钟关白说，"走了。"走了两步又绕回来，对还没进食堂的祁禹修说，"那什么，小祁同学，我跟你道个歉哈。"

祁禹修不明所以地问："什么歉？"

"那个，嗯，也不是什么大事。"钟关白摸了摸脖子，抬头看了看夜空，又摸了摸自己的脸，再眺望了一下远方，终于道，"其实吧，也不是随便来个人就比你弹得好，有点信心，毕竟，嗯，那什么，从你们上个学期开始，院长专用的琴房就一直是我在用。"

祁禹修睁大了眼睛，不敢置信。

米纬嘉呆了两秒，"噗"的一声笑了出来："也不是随便来个人啦，禹修今天说的是气话，其实，之前我们一直以为是季院长。"

钟关白想了想，严肃道："也不是没有可能，他那里确实还有一把备用钥匙。"

第76章

《蓝鸟》——亚历克西斯·弗伦奇、萨凡娜·弗伦奇

当钟关白完成全部的配乐工作时已是夏天。

京郊小院的院墙上爬山虎深绿，交织着各色藤本月季，香槟色的、粉白色的、深玫色的、浅紫的，还有木头颜色的。院门边是钟关白亲手种的几株大向日葵，最高的那一株已经长得比人还高。走进院中，溪水里的几朵莲花开得正好。

竹木小几上方不远处挂着珍珠吊兰，一颗一颗的绿色小球大大小小，饱满可爱，一串串有长有短，从花盆里垂下来，其中最长的一缕正垂到了钟关白的脑袋上。

那脑袋上的头发被晒得颜色变浅变亮，而且因为被剪短了些，看起来很是清爽。

陆早秋坐在对面，正在研究怎么把一个小瓷盆里已经长大的蓝色多肉植物换到另一个大花盆里去。

钟关白指挥道："连小花盆里的土一起移过去，铲子轻一点，不要伤到它的根。对，对，就是这样，哎，早秋你手指好灵活。"

陆早秋睫毛微微扇了一下，眼睛抬起来，瞳仁里映着钟关白的笑。

"怎么啦，不能说你呀？"钟关白悄悄伸出脚，在小几底下踢了一下对面。

陆早秋耐心地默默将多肉植物移植好，才站起来，走进房里洗净手上的土。等再出来的时候，钟关白有点发怵："你不许动手……"

陆早秋走过去，说："下午还有演出。"

钟关白："这才吃过早饭啊。"

陆早秋给他看手表："阿白，你不是早上起来的。"

钟关白看见表盘上时针指到了十二点，只好说："……好吧。"

等陆早秋走了，钟关白在院子里发了一会儿呆，然后进屋练了练琴，快到下午三点的时候他才从屋子里出来，一只手里拿着一把修剪花枝用的大剪刀，另一只手里提着一个竹编丙烯手绘篮子。

他在院子里走了一圈，剪了一枝桔梗，四五枝粉白月季，两枝茉莉，两枝夹竹桃，配了几片万年青的叶子，枝枝叶叶一起装满了一小篮。剪完花，又去找了两根绳子，一张报

纸。把花扎成一捆，用报纸包起来，再用绳子扎一圈，打个结。

三点了，钟关白抱着花出门，将那束花放在副驾驶上。

鲜花上的水分将报纸微微浸湿了，连带沾到了座位上，等钟关白下车拿花的时候才发现，于是抽了一张纸巾将座椅擦干，连同纸巾一起带离了车厢。

车停在地下车库，里面与夏天下午的室外相比显得有点阴冷。

钟关白拿着花，走进电梯。

"我预约了三点半的探视时间。"他说。

护士小姐看见钟关白的脸，压下眼中的讶色，确认道："钟先生，是吗？"

钟关白点点头，说："是。"

护士小姐又说："看陆怀川先生？"

钟关白："是。"

护士小姐拿过一张写着注意事项的纸和一本登记册："请在这里和这里签一下字。"

待钟关白签了，她才带着钟关白去病房。

"这里，"钟关白说，"很安静。"

安静得不像他想象中的精神病院，更像是度假的地方。

"陆先生在特别病房，他毕竟，嗯……"护士小姐偏了一下头，没有说完，只给了钟关白一个"你明白的"的微笑。

护士小姐将钟关白领到一扇巨大的金属门边，再由一名男护工带着进去。

到的时候钟关白在病房门口看见一个背影。那背影正坐在阳台上，阳台外是修剪整齐的绿色灌木和一座喷泉，喷泉中央立着一块象牙白的雕塑，水流从四周的大理石壁上汩汩流下，澄澈明亮。

那座雕塑没有头，可是脖子以下仍非常精致，稳稳站在大理石底座上，纹丝不动。

钟关白在门框上敲了三下，走进去。

陆怀川没有转身，钟关白走过去才发现他在看书。

那是一本很厚的画册，铜版纸，印着列奥波多博物馆的馆藏画作，旁边有英文版的介绍与分析。桌子上还放着另外几本画册，分别是美景宫馆藏、维也纳艺术史博物馆馆藏、分离派作品等，一眼望去，都是与维也纳有关的。

钟关白将被报纸包着的鲜花放到那几册书旁边。陆怀川余光看见一抹夹竹桃花瓣与一截报纸边缘，抬起头，说："坐。"

阳台上只有一把椅子。钟关白去房里搬了一把出来，坐在陆怀川对面。

"挡到我的光了。"陆怀川说。

钟关白挪了挪椅子，让阳光洒到陆怀川的画册上，*Romako*（罗马科）画的窗边少女在阳光下熠熠生辉。少女有着一头长长的微卷的发，一直到腰际，白色的衣领围绕在脖颈边。她人站在屋内，手中停着好几只从天空中飞来的灰色鸽子，视线朝向窗外的远方。

"我和早秋以前巡演时,看过这幅画的真迹。"钟关白说。

陆怀川把那一页撕下来,随手扔到垃圾桶里:"那陆早秋有没有告诉你,在他长大之前,这幅画的真迹一直在陆家?"

钟关白看着那团被揉皱的纸,没有答话。

陆怀川也不再问,只随手翻着他面前那本画册,翻完又拿起另外一本,继续慢慢翻看。

整整一个小时过去后,钟关白站起来,问:"有什么需要我带过来的吗?"

"你觉得我在这里,会缺什么吗?"陆怀川半抬着眼睛,淡淡反问。

钟关白想了想,说:"自由吧。"

陆怀川笑了:"你能带来吗?"

钟关白说:"那我走了。"

等他走到门边,才听见陆怀川说:"没想到是你第一个来。"

"早秋和应如姐,应该不会来。"钟关白说,"我下个月再来。"

"来干什么?跟我讨论什么是艺术?说服我音乐总会走在前面,我一辈子也追不上?"陆怀川把画册全部扔进了垃圾桶,"我在欧洲游学的时候你还没出生。"

钟关白走回去,从垃圾桶里捡起那些画册,包括那张被揉皱的少女像,打开,仔细展平,夹进画册缺失的那页中。

"没有,我不想讨论了,也不想说服了。"钟关白抱着画册,垂下眼,"我只是……"后面的话声音太低,陆怀川已经听不见了,"迷信而已。"

只是迷信而已。

只是因为某天夜晚一个荒唐的梦,怕有什么神灵怪陆早秋不孝。

陆怀川是个杀人犯,是个精神病,是个怪物,但是他还是陆早秋的父亲,他把陆早秋养大了,虽然是以一种怪物的方式养大的。钟关白不希望陆早秋再跟陆怀川有什么联系,但是他还是怕,怕有什么苛刻的奇怪法则将会在某一天审判陆早秋。他怕这个其实根本不存在的东西。

他成了最渺小的人,什么都怕。

所以要代陆早秋做一个儿子该做的事,哪怕只是坐在陆怀川旁边,等着一个小时过去。那也要去,定期,风雨无阻,直到陆怀川老去,离开。

钟关白回家前先去了一趟特殊教育学校,把那几本画册交给李意纯。

李意纯问:"你买的?"

"没有,捡的。"钟关白说,"李老师,您那有透明胶吗?"

"哪里有这么好的书捡?"李意纯从抽屉里拿了一卷出来,笑说,"我也叫人去捡几本来。"

钟关白一边低着头粘画册,一边说:"再好,也总有不要的人呗。"

"行,粘好了。"钟关白把画册合上,"不仔细看也看不出来。"

"有就很好了。"李意纯把几本画册整理好,叫一个学生送到图书室去。

钟关白怕那学生不知道该放在哪排架子上,跟着去放了书才回家。

院子里的小几上还摆着原来装花的小篮子,剪刀被随手扔在一边。陆早秋还没有回来。钟关白躺在院子里的草地上,听见蝉鸣,还有窸窸窣窣的草声,转头看见一只蚂蚱。

他把蚂蚱捉起来,放到一片叶子上,再把叶子放到小溪里,意图观察。蚂蚱后腿一蹬,离开叶子表面,从水上跳走了。

钟关白躺回草地上,揪下一根狗尾巴草,在手上绕来绕去,编出一个环。

最终章

《手指·双钢琴与小提琴协奏曲》——钟关白、陆早秋

业内人士都知道，钟关白最近在筹办一场慈善音乐会，可是既不公开地点，也不公开时间，连在哪里售票都没人知道。大家互相打听谁作为演奏嘉宾被邀请出席了，问来问去最后问到陆早秋那里，陆早秋据实以告："我被邀请了。"

再问："那其他还有谁？"

陆早秋说："钟关白。"

原来这场音乐会只有两个演奏者，一把小提琴，一架钢琴。

立秋前的两周，几十张门票被放入白色的信封，从B市寄出，飞往世界各地。每一个信封上的姓名与地址都是钟关白亲手写的，随门票附在信封中的还有一封请柬，说明邀请原因。

信最早到了同一块大陆的东岸。

秘书收了信，连同厚厚一摞文件放到了陆应如办公桌上，出去了。

陆应如转头去拿文件的时候瞥到桌上的两个相框，一个铜制的看起来已有些年月，里面的照片是一家四口人，站着的男人和坐着的女人都被撕去了脸，只看得出一个白衣、一个白裙，站在男人身边的小女孩与被女人抱着的小男孩都在笑；另一个白色的木制相框看起来还很新，是在某次国际高峰论坛被拍下的，不太正式，镜头聚焦下的陆应如穿着衬衣，西装外套披在肩上，跟一个穿着西装的德国人握手，她身后还跟着一个穿正装的身影，镜头没有对准他，所以侧脸不甚清晰，只看得出是一个年轻男人，视线向前，像是落在陆应如身上。

只多看了那两张照片一眼，陆应如就把目光移开了，拿起最上面的文件，开始看。

浏览，审批，签下名字。

下一份文件。

浏览，审批，签下名字。

下一份文件。

再拿下一叠的时候，手指的触感有些不一样，陆应如抬眼一看，是一封信。信封被花形的蓝色印泥封上，一角印着两只手，一只被白色细绷带缠绕，手腕苍白，另一只修形有力，泛出柔和的浅蜜色，指甲椭圆饱满。

陆应如笑着把信放到一边，继续签完剩下的文件。

等秘书再进来拿文件的时候，陆应如指了一下桌面上的信封，说："这样的东西以后和文件分开放。"

那天夜里，陆应如一个人坐在办公室，先给钟关白打了个电话，说立秋那天有事，不去看他们的演奏了。挂了电话，她从里间一个从来没有被使用过的柜子里拿出一把小提琴来，想要拉一下，没想到那琴因为经年累月未加保养地放置和老化，在刚将弦按下指板的一刹那，琴弦就断了，弹起来，差一点割伤了她的手。

陆应如把小提琴放回柜子里，坐回办公桌前，摸了摸相框里小男孩的脸。

陆家到底还是有一个人成了他想成为的人。

陆应如靠在椅子上闭了闭眼，像是休息够了才打开抽屉，那里面躺着关于一家著名生物医药企业的报告。而报告底下，压着另一叠打印的数据库法条和案例资料。

天明时，办公室已经没人了。

办公桌上的铜制相框里，照片上小女孩的脸也不在了。

三天后，Lance也在门外的铁皮邮箱里发现了同样的信封。

他靠在车上读请柬，读得哈哈大笑。给他的那张是用法语写的，说海伦要为墨涅拉奥斯送上礼物了，希望帕里斯在他的王国也能幸福。请柬的最后几行字，改用了花体字：

每个人心里都有一把造不出的小提琴。

和一个等不到的人。

带着心中那把琴，和那个人，继续向前走，不要停下，直到繁花盛开。

Lance走回屋中，把请柬与门票塞回信封，放在门边的桌子上。桌面上还有一个已经收拾好的背包和一个打开的空小提琴盒。

Lance在他的工作间里缓缓走了一圈，看了看已经干掉的油漆桶，只剩下废木料的制作间，看了看地窖里那些风干了的乌木、云杉、枫木，工艺品间里的不同小物件……当他走到那个铜制雕花盘状的容器旁边时，揭开了上面的透明防尘罩，拿起飘浮着小提琴与琴弓的透明立方体，包起来，放入了门边的背包中。

最后，他走到一扇上了锁的门前，从一串钥匙中找出许久没有用过的一把，打开门，里面空荡荡的，什么也没有，除了一把还没完全制成的小提琴。

Lance轻轻拂去小提琴上的灰尘，琴身上重新显出刻着的花体"N. Chaumont"，字迹与

Lance的名片上如出一辙。

他拿起那把小提琴，以软布细细擦拭每一处，然后把小提琴放入了门边的空小提琴盒里。

背上背包，拎起琴盒，拿起信封，锁上所有房间。

Lance翡翠色的双眼望向东方，走过人高的金色向日葵地。

大西洋以西的同一天，贺音徐也收到了信，那时候他刚旁听完一节介绍数论基础的数学课，准备回家练琴。

他打开信封，先发现了里面的门票，两张。

门票底色是一张模糊的舞台照片，依稀可以看清楚小提琴手的完美侧脸和坐在三角钢琴后的一个剪影，似乎还可以看到小提琴手的温柔眼神，和钢琴手仰起头时唇角的弧度。

门票上不仅有时间、地点与演奏者，音乐会的曲目也一同印在下方。贺音徐听过的曲子已经不算少，但是那七首曲子，他一首也没听过。

贺音徐还不知道，那些都是钟关白为陆早秋作的，未经出版，独一无二，不可能有他人演奏过。

七首曲子，一年选一首，每一首都是小提琴独奏，钢琴只作伴奏。

陆早秋对曲目有过疑问，他第一次看到那些曲子的时候说："慈善音乐会用这些，不太合适，演奏是没有问题，但是这些曲目，好像私人了些，都是你没有出版的作品。"

钟关白躺在藤椅上，哼哼两声，假装在午睡。

当天晚上陆早秋又提了一次曲目的问题，钟关白枕着枕头蹭了蹭，假装犯困了。

邮递的车马一直向南。

温月安正在院子里读钟关白写的信。这一封最是特殊，由毛笔写就，不是请柬，更像是从前在外的游子有了大事，告知父母的家信。

郑重其事。

前些日子钟关白带着陆早秋回来过，因为工作太忙还没来得及领走鹅子，就喂了几天，现在还由贺玉楼和温月安照看着。这次信中说等秋天再回来，便带两只天鹅去法国住一阵，又说等秦昭的电影剪出来，带着原片回来，到时就在院子里架起露天电影，陪老师和贺先生看。

温月安看过，要回信。贺玉楼替他拿了笔墨，站在一旁看他写。

也没有什么要嘱咐，只图个吉祥。

写罢，贺玉楼问："月安，要不要拆包裹？"

那是钟关白连同信一起寄来的，和院门一样高，邮递员费了些力气才放进院子里，此时立在院墙旁边。

温月安点点头："阿白在信里说，是他收来的一样旧物。"

贺玉楼替温月安打开厚纸板包装，揭开防磕碰的泡沫与绒布，一个旧木头的角先露了出来，有损坏的痕迹，接着，又显现出几个字，墨迹有些模糊了。

温月安坐在几步远，看着贺玉楼将绒布全部揭开。

那是一张有些残缺的旧床板。

温月安推着轮椅，要过去，贺玉楼忙走到他身后，将他推到床板面前。玉白的手指轻轻抚摸那床板："欲买桂花同载酒。"

贺玉楼微微俯下身，"去练琴。"

"好。"

不久，房里就传来钢琴声，绕着夏末的院子久久不散，似要带来秋风。

院子里竹木小几上，一方镇纸压着温月安的回信，纸上的墨迹一点一点被晾干。

一封封信就这样寄出，将人们带到立秋那天，带到钟关白租下的一家不知名的小剧院里。

立秋在八月，城里还很热，到太阳落了山，晚风吹起的时候才凉快下来。

钟关白和陆早秋都穿着黑色燕尾服，在后台互相为对方整理领结。

陆早秋的手上缠绕着从前的白色细绷带，钟关白的胸口佩戴着一朵浅蓝色五瓣花。手指绷带下有手术留下的疤，胸口的花朵下有枪伤留下的疤。

到了演出快开场时，钟关白拉开门，微微躬身，笑着说："我的小提琴手，请——"

番外一

露天电影

白月一点一点向西落,天要亮了。

温月安一向醒得早,加之他知道钟关白要来,就比往日醒得更早些。不过他没有动,只是等着贺玉楼,等人醒来。

贺玉楼也比平日醒得早,醒了便笑问:"今天穿哪一身衣服?"他替温月安拿惯了,平时不问,今日知道钟关白要来,特意问一句。

"都好。"温月安说罢,忽想起些什么,神色微动,又改口道,"要穿收在最下面的那一件。"

"这件好像没穿过。"贺玉楼拿出来,认出是定做的款式,且不像新的,"什么时候做的?"

温月安淡淡笑起来:"二十来岁的时候。"

贺玉楼将衣服拿过来,扶温月安穿上:"二十来岁什么样?有没有照片?"

温月安低头将扣子一粒一粒系上,系到最后一粒时,抬眼望着站在自己身前的贺玉楼说:"你不是正看着吗。"

贺玉楼眼里盈满了笑意,转身去拿梳子,替温月安梳头。

"师哥,你方才瞧没瞧见,底下还有一件样式差不多的?"温月安将头偏向身后,问。

"有。"贺玉楼问,"要换那一件?"

温月安说:"你穿那一件。"

贺玉楼拿出那件衣服,看起来和温月安身上穿的很像,他试了试,竟然合身,便问:"这是按谁的尺寸做的?"

"站远些,给我看看。"温月安仔仔细细看了好一阵,才答道,"不知道是谁。那时我就跟裁缝说了一句话:'照着您见过的最仪表堂堂的小伙子做。'"

他说着,眼中还有一点儿小小的得意。

贺玉楼笑着摇头:"幸好我是穿上了。"

"若是穿不上……"温月安目光流转在贺玉楼身上,"那便是当年那裁缝见过的小伙子都不够仪表堂堂。来，师哥，我也替你梳头。"

同每个不下雨的早晨一样，早饭以后贺玉楼总要推温月安出去走走。天有些冷，贺玉楼拿了一条雪白的连帽大围巾披在温月安肩上。出了院门，风吹在帽子边沿的绒毛上，格外好看。

街上人不多，钟关白老远瞧见那圈绒毛，把头伸出车窗外喊道："老师！"

待陆早秋将车开到温月安身边停下，钟关白推门下车，又喜滋滋地招呼："老师，贺先生，我把东西带过来了，等下午咱们就架个露天电影，在院子里，晚上看！"

贺玉楼说："好像没听说电影上映的消息。"

钟关白："离上映远着呢，估计还得再剪掉三四十分钟。秦昭不乐意剪，他说再剪都不是那么回事了，宁愿不上映。看吧。"

待到傍晚吃过饭，钟关白搜罗了许多点心，要陆早秋帮他装碟，又央求温月安泡茶，等吃的喝的都准备好，他便端出来，一一放到院中已摆好的桌子上。电影屏和放映设备早就架好了，钟关白自己根本没动手，此时却去温月安那里邀功，问："老师，感觉怎么样？像不像你们以前小时候看电影的时候啊？"

温月安说："我小时候也不太出门去看电影，不方便。"

钟关白这才自觉粗心大意，温月安又说："师哥去得倒是多，让他来说。"

"多吗？那些，我都记不清了。"这时候，即便是扔下温月安独自出门看电影的事都历历在目，贺玉楼也不敢细说，何况确实是记不那么真切了，"只有一次，倒是记得清清楚楚。"

钟关白好奇："哪一次？"

温月安也看着贺玉楼，不说话。

贺玉楼瞧温月安那疏淡的眼神，像是在问：那次是同谁去的？

贺玉楼看着温月安笑，又回钟关白道："有一年三四月的样子去的，正是油菜花开的季节。"

温月安听见"油菜花开"四个字，似是想起了什么："原来是那一次。"

钟关白以眼神追问，贺玉楼说："那次是我第一次带月安去看电影，也只去了那么一次，之后再没去过。"

"老师的回忆录里，好像没有写过看电影。"钟关白想了想，说。

贺玉楼说："再详尽的回忆录，也不可能事事全记下。"

温月安缓缓道："这几十年，原以为早把从前重过了千百遍，没想到……竟还是有没想起的事。"

贺玉楼对温月安道："你年纪小些，有些事记不得，正常。"

"是吗？"温月安说，"我倒觉得我记得的事多些。"

贺玉楼笑："从前到底是谁记性好？"

温月安淡淡道："论读书，你是记性不错。论其他的，你没心没肺，什么也记不住。"

钟关白本来见自己插不上嘴，便乖乖坐在一边吃绿茶酥，这下立即笑喷出来，可又不敢真去笑贺玉楼，只能捂着嘴，忍得辛苦。但他究竟不是个忍耐的好手，没多久就忍不住了，一个劲儿地笑。

他笑声还没停，便听见温月安说："这一点，阿白倒是跟你很像。"

钟关白不敢笑了，补充道："没有，我虽然没心没肺记不住事，但是书上的东西，我也记不住呀。我连琴谱都记不住。"

陆早秋让钟关白擦掉嘴边的点心屑，说："也只有一次而已。"

贺玉楼笑看着温月安，嘴上却问："早秋，那你忘过几次？"

陆早秋只好诚实答道："……没有过。"

贺玉楼还没问其他人，钟关白便投降式地抢答道："我知道，在场的四个人里，只有我忘过谱，我是全场记性最差的。"

贺玉楼大笑，温月安看他一眼，他不笑了，坐到温月安旁边喝茶，又变回平时的样子，只是嘴上低声说了句："月安的宝贝，果然是不能得罪，说不得。"

钟关白做个鬼脸，同陆早秋一起去准备放电影。

温月安看着两人的背影，喝口茶，说："要是阿白真做错了事，师哥你说便是。"

贺玉楼："当真让我说？"

温月安："你想说便说。我倒不怕有人说他，我只怕……早秋这么惯着他，我只怕以后没有说他的人了。"

贺玉楼转过头，看着温月安："不许再想了。"

说罢他便站起来，大步走到钟关白那边，以温月安听不到的声音说："不要放了。"

"怎么了？"钟关白一愣，"老师累了，要休息了吗？"

贺玉楼低声解释："这电影是讲什么的，你我都清楚。同题材的作品我也看过。不管这电影好不好，历史总放在那里，月安不会没有触动。大喜大悲，他心脏都已经不能再承受。我之前竟然没有注意，还好现在想到了。"

陆早秋点点头，说："是我们没考虑周全。"

因为钟关白一拿到片子就兴冲冲地要回来和温月安他们一起看，一心想着的是一同看电影这事，反倒把电影内容的事忘了。他们之前都没有看过这部电影，万一里面有什么画面刺激到温月安，出了事，后悔都来不及。

钟关白便把设备全关了，跑到温月安身边，说："老师，我们不看电影了。刚才正聊得高兴，我们今晚干脆聊天吧。"

温月安心思微动，便明白过来，说："师哥管着我，你也听他的？"

钟关白嘿嘿笑："贺先生说得对嘛。"说着又给温月安和贺玉楼添茶，"不如贺先生说说刚才说到的看电影的事？"

贺玉楼思忖片刻，说："我记得，我们那时候有个说法，油菜花开的季节，也是疯狗最多的时候。那一阵，总有疯狗伤人的事，不过我们当时也只是听说，没亲眼见过，听的时候怕一阵，也就过了，不放在心上。哪知道，看电影那天，竟遇上了。"

钟关白没想到是这样一件事："看电影的时候，狗跑进来了？怎么进来的？检票的不拦着？"

贺玉楼听得好笑："不是。是看完电影之后。"

陆早秋也觉得好笑，便端了碟杏仁放在钟关白面前，示意：多吃，少言。

温月安说："那天是师哥推我去看的电影，看完的时候天色已经晚了，师哥带着我，走得慢，便落到了众人后头，再走一阵，四周便只剩我们两人了。"

贺玉楼点头："那时候去看电影，要走很远。不过路还算好走，总不是在深山老林里，加之少年人总是胆子大，也不怕走夜路。也不知怎么那么巧，那一天走到一条小路时，忽然从远处蹿出来一条狗，那狗眼睛古怪，舌头歪斜，张嘴露牙，淌着口水，尾巴垂着，就像是从前听说的疯狗模样。我与月安进退不得。"

钟关白一听，便觉得凶险，温月安腿脚不便，又只有贺玉楼一人在身边，何况两人都没有多大年纪，平日养在家中，想必没遇过这种事。

"然后呢？"钟关白问，"有没有带雨伞之类的东西挡一挡？"

贺玉楼摇头："正是晴日才去看露天电影。"

"手上确实什么也没有。"温月安说。

钟关白惊讶地睁大了眼，问贺玉楼："贺先生这便赤手空拳与恶犬相搏了？"

温月安想了想，说："小路两侧有人家，师哥喊人帮忙，那些家中亮着灯，可见人影，却无人开门。"

钟关白"啊"了一声，追问："后来呢？"

贺玉楼笑起来："月安便叫我快跑。"

温月安淡淡道："有什么好笑？"

"不是好笑。"贺玉楼说，"是想到你护着我，觉得高兴。"

温月安说："到底还是你护了我。"

贺玉楼便接着对钟关白说："虽然没人开门，却有人从窗户里丢出来一根扁担。要不，真就赤手空拳上阵了。"

钟关白这下放下心来："想来肯定是那狗一败涂地，贺先生大获全胜。"

贺玉楼越听那话越觉得不是味儿："没有全胜，也不过打个平手吧。"

钟关白："啊？什么叫平手？"

温月安笑起来："就是……狗回家了，我和师哥也回家了。"

贺玉楼对温月安道:"原来你学生这说话方式也是从你那儿学来的。"

温月安:"总要有一点像我。"

钟关白心道:这是说好的没学,光拣坏的学了。

聊得晚了,天更凉,贺玉楼便推温月安回屋去了。

钟关白这才想起他还带了灯笼来,想再放一次给温月安看。陆早秋便同他一起将灯扎好,再去向贺玉楼讨笔墨来写。

"上次写了'平安'与'康健',这次写什么?"陆早秋一边替钟关白磨墨,一边问。

钟关白拿起笔,蘸了墨,却苦恼道:"真想把人世间最好的词都给写上去。"

陆早秋笑道:"要是今年都写完了,那明年写什么?"

钟关白一想也是:"那不如每年写两个好词,也就够了。"

他说罢,提笔在一盏灯上写"人长在",另一盏上写"月长圆"。刚落完笔,就要去挂起来,一边还说着:"早秋,你去请老师看灯。哎,这样,别让他出来受凉,让他从窗户那儿看看就行。"

"等等。"陆早秋拿起一盏灯,说,"阿白,你看,灯有四面,两盏灯就有八面可写,不如问问温先生还有贺先生有没有什么想写的。"

钟关白觉得这主意很妙,说:"走走走。"

于是二人便一人拿灯一人拿笔墨进屋去了。

温月安见了灯上的"人长在"与"月长圆",六个字一看就是钟关白写的,便说:"早秋也写两个。"

陆早秋想了想,顺着那六个字写了"琴长伴"与"曲长随"。

这六字正好写在钟关白那六字的对面,两盏灯都还剩下相对的两面。温月安便说:"我同师哥一起。"

于是两人相对而坐,各执一笔。

温月安久久不落笔,贺玉楼问:"月安,你想写什么?"

温月安道:"我要写的,阿白、早秋都写完了。"

人在琴随,确实不知还有什么可愿。

贺玉楼说:"那是我先写,还是等你想好?"

案边的灯映着贺玉楼的眉目,温月安看了一会儿,说:"不必等,我想好了。"

钟关白站在贺玉楼那一侧,看见贺玉楼提笔,铁画银钩,写下一个"天长清",一个"世长明"。

温月安也同时落了笔,贺玉楼将自己那一面转过去给温月安看,温月安看着那字,缓缓道:"师哥一如当年。"

而温月安写完的那一面恰好也转到了贺玉楼面前。那是一模一样的六个字：天长清，世长明。

待墨迹干透，钟关白和陆早秋出去放挂灯。
贺玉楼推着温月安到窗边，两人看着两盏灯。
幽幽夜空，点点灯火。

番外二

鹅子的观察记——关于他们的那两只鹅

介绍一下本鹅。

本鹅系出名门，关于祖上有两个说法。

说是一只欧洲某大公宅邸里的一只鹅。

另一只说是日本某大名宅邸里的一只鹅。

本鹅花了十年时间思考，"路德维希"和"信长"这两个名字哪个更符合本鹅的身份。

没想到，有一天，一个屁股很翘的男性人类给本鹅取了个跌份儿至极的名字：鹅子。

故事就是从这里开始的。

1

在男人出现之前，本鹅的观察领域里主要有四个人类：小秋天、小秋天的姐姐、小秋天的司机、大魔王。

为了节省本鹅的鹅毛笔（那可是从本鹅的同胞身上拔下来的），下文中小秋天的姐姐简称姐姐，小秋天的司机简称司机，大魔王简称变态。

在这四个人里，本鹅最先见到的是姐姐。

姐姐是本鹅出生以来见过的最美的女性人类。

她说的第一句话是："我要一对天鹅。"

本鹅一听，立即伸了下脖子，以显仪态高贵：呵，女人，买我。

在姐姐冰冷的眼神中，本鹅发现了一个可悲的事实：在同一时间，所有鹅都伸了一下脖子。

本鹅绝不屈服于命运，以飞鹅扑火的姿态扑腾起来：女人，买我！你终将成为本鹅的女人！

就在本鹅要被押下去时，姐姐开口了，她看向我："就这只吧。再另外选一只，要一对。"

从此以后本鹅就有了一片湖，那是本鹅的宅邸。

2

本鹅生命中的第二大不幸也是从那一天开始的。

因为和本鹅共享宅邸的，也是一只公鹅。

这也预示了十年以后本鹅生命中的最大不幸——那个男人成天抓着本鹅问：为什么你还不下蛋？

蠢货，两只公鹅在一起怎么下蛋？

再……再说了，就算要下蛋，凭……凭什么是本鹅下？

3

姐姐不常来湖边。

很多天以后本鹅才知道，本鹅和另外那只公鹅是姐姐买给小秋天的。

小秋天是一个长睫毛的人类男孩子，姐姐说过，大家都必须爱护小秋天。

小秋天从来不在湖边停留，最多远远坐在车里看一眼本鹅。

据司机说，小秋天是担心本鹅被拔光了鹅毛，变成一只烧鹅。

烧鹅是什么？

4

除了姐姐、小秋天和司机，还有一个人类经常暗中观察本鹅。

那个人类当然就是变态了。

他的目光总让本鹅有种被拔光鹅毛的感觉。

本鹅看不透他。

5

男人的出现是小秋天长成大秋天以后很久的事了。

小秋天叫他：阿白。

后来本鹅才知道，"阿白"是那个男人的名字。

6

有两个人叫男人"阿白"。

一个是小秋天，还有一个人，小秋天叫他：温先生。

温先生是本鹅见过最美的男性人类。

就是年纪略有一点大。

还有一个人和温先生住在一起，小秋天叫他：贺先生。

贺先生是第二个本鹅看不透的人类。

7

本鹅前段时间搬家之后，经常见到的人类主要就是温先生和贺先生。

过了好几个月，小秋天来了，阿白也来了。

本鹅借机好好比较了一番，发现果然温先生最美，其次是小秋天，贺先生第三。

小秋天和阿白在温先生和贺先生的宅子里住了很久之后，说要带本鹅去法国。

上飞机前，阿白拿着一张图片威胁本鹅："鹅子，你听话一点，不听话的话，就会变成烧鹅哟。"

天哪，"烧鹅"原来是"尸体"的同义词！

8

一个新发现：本鹅有护照了。

第二个新发现：本鹅晕机。

第三个新发现：本鹅一尘不染的洁白羽毛被另外那只该死的公鹅吐脏了。

9

阿白说要给本鹅洗澡，小秋天正在查：如何给一只天鹅洗澡。

本鹅累得奄奄一息，歪倒在一边等待。

阿白伸出手抱本鹅的时候，本鹅突然发现他的脖子上多了一条项链，首饰上有一把很小很小的小提琴。

小秋天的身上也多了一条项链，首饰上有一个很小很小的钢琴键盘。

10

今天小秋天出门了！

和阿白单独相处让本鹅略微不安，本鹅心中老是出现烧鹅的图片。

但是他似乎没有时间理本鹅，小秋天出门前他还在假装弹琴，小秋天刚走他就不弹了，拿着手机走来走去。

阿白叹了一口气："应如姐的事我该怎么跟早秋说？"

应如姐？

哦，阿白说的是姐姐。

姐姐？！

谁来告诉本鹅姐姐发生什么了？

本鹅已经很久没有见过姐姐了，很是想念。

阿白不说话了。

本鹅用十年发现，人类有一个毛病，说话不说清楚，喜欢让鹅猜。

11

小秋天回来的时候带了很多食物，还有一束圆圆的绣球。

阿白夸奖了那束绣球花，夸奖了食物，夸奖了小秋天，对于这些一连串的夸奖，他自称为：念诗。

本鹅人生的前十年见过不知多少艺术，所以有资格宣布：其诗水平低下。

全世界应该只有小秋天一个人愿意听。

12

本鹅以为那一天和平时一样，念完诗，他们就进屋了。

可是那天没有。

那天阿白和小秋天说了很多话。

多到本鹅记不住。

本鹅只记住了几个词：自首、医药、轻判。

而小秋天一直没有说话。

13

小秋天好多天没有笑过了。

阿白也没有笑。

14

有一天，阿白和小秋天一起回国了。

阿白雇了一个人类来照顾本鹅，该人类简称保姆。

阿白和小秋天走后，另外那只没心没肺的公鹅还是每天欢快地在湖里游来游去，还在母鹅群中拈花惹草。

可是本鹅做不到，本鹅心里有一种难过的感觉，以至于本鹅的保姆发现了不对劲，带本鹅去看了医生。

医生说本鹅没有毛病。

本鹅也觉得自己没有毛病，可能是因为天气变冷了，季节性抑郁吧。

以前的宅邸里没有母鹅，本鹅总觉得白费了本鹅的英姿，可是现在身边有了成群的母鹅，本鹅却没有了社交的兴致。

如果本鹅积极社交起来，还有另外那只公鹅什么事？

15

冬天很长。

那个冬天，本鹅脑子里总是莫名响起以前阿白弹过的曲子。

那曲子叫《百鸟朝凤》。

凤，本鹅也有所耳闻。

据说凤是最美的鸟类，本鹅没有见过，只能想象：也许凤就是天鹅里的姐姐吧。

16

没有小秋天的冬天不值得记录。

17

很久很久之后，阿白回来了，一个人。

他跟保姆说，小秋天在工作，他要把本鹅带回国。

以前本鹅看阿白，总觉得不如小秋天好看，也不如姐姐和温先生好看，还很暴力，可是现在本鹅几乎是冲入了他的怀抱。

他抓着本鹅，眼神期待。

果然，他也想念本鹅。于是本鹅也回了他一个幸福的眼神。

没想到，他却保持着那般期待的眼神问保姆："我离开的这些日子，我的天鹅下蛋了吗？"

当然没有！

18

阿白从保姆那里知道了本鹅的性别之后，本来想为本鹅和另外那只公鹅各找一只母鹅。用他的话说，就是："你们两个在一起，我和早秋哪天能抱'孙子'？"

本鹅觉得这话充满了"封建"的味道，不值得提倡。

其实阿白只是嘴上说说，他终究没有找来别的天鹅。

上飞机前，他说，也许当初姐姐不是买错了，姐姐就是特意买了两只不能下蛋的天鹅，免得再发生什么，连蛋也保不住。

19

一个对旧发现的新验证：本鹅确实晕机。

一个对旧的糟糕发现的新改善措施：那只公鹅虽然吐了，却因为距离较远没能吐到本鹅身上。

20

在去温先生那里之前，本鹅见了小秋天一面。

他变瘦了，也不太笑。

阿白会对他笑，这时候他才跟着笑一笑。

21
又见到温先生了！
他真好看。
本鹅喜欢被他撸头毛。
他有一次撸着本鹅的头毛，说许多事都需要时间。
时间到底是个什么东西？

22
——空白

23
——空白

24
——空白

25
时间是姐姐。

26
——空白

27
时间是小秋天变回来的笑。

番外三

钟关白和他背后之人

贺音徐小朋友最近回国了。

当他到机场时，司机还没到，于是他便逛了逛机场的书店。店门口最显眼处摆着的一本《古典乐界风云人物周刊》吸引了他的注意力。当然，吸引他的不是刊名，而是本期的封面人物——"妖娆"的钟关白，以及可怕的副标题"钟关白和他背后之人"。

这应该只是噱头吧……

小贺同学立即买了两本，一本看，一本用于收藏。他抱着说不清道不明的心情，翻到了目录，第一条便是："特约采访：钟关白和他背后之人　第01页。"

真的有此一文！

背后之人……贺音徐小朋友不禁想到了陆老师冷淡的脸，然后怀着忐忑而惊悚的心情翻到了那一页："钟关白和他背后之人　钟关白、宋励则（整理）。"

九月，本刊对前不久成功举行了个人作品音乐会的钟关白进行了采访。这是目前为止钟关白在今年参加的唯一一次采访。本文由采访录音整理而成。

钟关白，中国著名钢琴演奏家、作曲家，代表作《手指·双钢琴与小提琴协奏曲》《一颗星的声音》等。

宋励则：是不是所有钢琴家都有一个艰苦训练的童年？

钟关白：如果这个问题只能答是或否，那我肯定也只能说，是。关键是怎么理解这个"艰苦"吧。

很多钢琴家自我要求严格，有的甚至一天弹十个小时，今天如果没弹够，只弹了七个小时，明天就弹十三个小时补上。也有人每天只练三五个小时，这三五个小时都当音乐会来练，他们觉得关键不是练手指，而是练脑子，练感觉。这两类人可能都不觉得艰苦。

"艰苦"这个词有点刻意励志的意思，有一定成果了以后返回去说当初，就喜欢加上这个词。其实现在弹成什么样就是什么样，往不往以前练琴的时候加"艰苦"两个字，都没有区别。

如果我说艰苦，好像就是要现在练琴的小孩都来学我。其实我的童年不太值得学习。

我那个时候跟很多其他练琴的小孩不一样，练琴不是生活里苦的那一部分，练琴是生活里比较好的一部分。我小时候住在孤儿院，那个时候资源比较匮乏，吃的、书、笔、玩具，几乎所有东西，都得跟别的小孩抢，也抢不过年纪大的。但是遇见老师以后，我就不用抢了，每次说是去练琴，其实可能有一半时间都在老师家里吃东西，在院子里玩。练琴的那部分生活是和吃和玩糅在一起的。

应该说，在教琴之前，老师先给了我一个幸福的童年。

宋励则：老师是温月安先生？

钟关白：没错。现在的小朋友可能知道他的不多了，他身体不太好，很多年没有公开演出过了。

宋励则：温月安先生是怎么教琴的？据说他只有你一个学生，他对你严格吗？在你小时候，他有没有让你成为一个像他那样著名钢琴家的愿望？

钟关白：没有。真正弹琴的人可能反而没有想那么多，老师也不会说那样的话。我小时候练琴的时候想得很简单，就是弹好。

老师这个人，不喜欢管人，但他确实是严格的，虽然很多时候他不说。他这个人，就是，你看他一眼，就知道他那样是对的，你得像他那样。弹琴，做人，都是。

当然，他身上有很多我学不来的东西，我不是一个心很定的人。老师他是真的可以一辈子只弹琴。他们那一代人，好像身上有一些更硬更沉的东西。

宋励则：温月安先生对你来说，应该是亦师亦父。

钟关白：我不知道父亲应该是什么样的。我确实有很多地方受老师影响，虽然很多人说我跟老师并不像，但是我觉得有一些内里的东西还是很像的。不是性格表现上的东西，应该说是对于音乐的审美和趣味吧，这些部分很像。

练琴，做音乐，看起来像是手和耳朵的本事，实际上是脑子，是感知。老师的很多影响是在这个方面的。

宋励则：如果受温月安先生的影响这样大，按理来说你会做一个像他那样的钢琴演奏家，也就是你说的"一辈子只弹琴"，为什么后来又转向了作曲这个方面？

钟关白：我也不知道该怎么回答这个问题。我知道，现在绝大多数钢琴演奏家和作曲家不会像过去的古典时代那样，身兼二者。只能说这是我自己的一种需要，我没有办法不去作曲。

最开始作曲的时候其实并没有系统学习过，莫名其妙地就开始了。现在看来，在老师家院子里的那些时光，肯定有潜移默化的作用。本来我的生活是没有一些声音的，后来我在老师家听琴，听各种音乐，才有一种'原来世界是可以听到的'的感觉，才知道原来还可以这样。作曲也是这样，从没有到有，身边本没有，心里不知怎么地慢慢有了，比身边的没有更好一点，亮一点，美妙一点，就写出来了。

后来，早秋整理我以前的手写谱，发现里面几乎没有改动。不需要改动，因为音乐都是现成的，曲子像是自动出现在耳朵里一样，我只需要把它们弹下来，或者记在谱子上。

宋励则：陆早秋？

钟关白（笑）：嗯。

宋励则：我们终于谈到他了。个人生活可以谈吗？

钟关白（笑）：看谈到什么程度。

宋励则：有人将陆早秋称为你背后的那个人。

钟关白（大笑）：谁说的？

宋励则：大家都这么说。

钟关白：大家是谁？反正我没听说。

宋励则：陆早秋会介意这个称呼吗？

钟关白：不会。他不在意这一类的问题。应该说，他不在意大多数问题。他在意的东西挺少的。

宋励则：能谈谈他是个怎么样的人吗？大家都很好奇。

钟关白（笑）：又是大家，大家到底是谁？早秋是个和现在这个社会格格不入的人。他自然而然地和这个社会保持一定距离。艺术来源于生活这句话，可能放在文学上是准的，但是放在音乐上是不准的，可能放在绘画上也是不准的。八岁可以作曲的莫扎特，没有所谓艺术需要的生活和阅历可言。早秋有一种格格不入的纯净，这种纯净让他的音乐有音乐本身的纯粹，没有太多其他东西。他更像古典时代的人，我们看到那个时候的音乐很多都没有主题，标题只是什么大调第几奏鸣曲、协奏曲、钢琴曲等。

早秋早年的演奏已经技巧卓越，但仍然受到过"过于循规蹈矩"这一类的批评。不过我觉得，这跟他对音乐的理解也有关。他不像我一样，把个人表达看得那么重，他更纯净一点，偏向音乐本身。其实他的表情能力很强，但是他并不滥用这种能力。

宋励则：谈到他，你其实还是在说音乐。

钟关白：他和音乐是一起的。

宋励则：他和音乐哪个重要？

钟关白（笑）：要我说，回头看看以前，要是没遇到早秋，可能我的音乐生涯已经完了。没有音乐，我也不会遇见早秋。我说了，他们是一起的。音乐和早秋都不会掉到水里，应该是我掉到水里，音乐和早秋救了我。

宋励则："音乐生涯可能完了"的那段经历应该算是你比较明显的一个低谷期，一个坎。那个时期的最低点应该就是那场没有完成的音乐会。之后你就在公众眼中消失了很长一段时间。很多人认为那段消失期是你音乐的一个重要转型期，那个时期以后的作品和以前的作品区别还是蛮大的。能说说那段消失期吗？

钟关白：音乐风格的转变应该不是直接由那个阶段带来的，直接带来转变的是之后的《秋风颂》。那段没出现在公众面前的时间我基本都在练琴，也作曲，但主要还是练琴。因为那场演出"车祸"，哈，你可能说得比较委婉，"没有完成的音乐会"，但实际上那就是最严重的"车祸"，那场演出"车祸"首先让我意识到演奏的问题。

那段时间我跟外界，尤其是国内，几乎没有联系，就是练琴。剩下的时候去有花有海的地方放个风，找找灵感。但是之前确实很久没有认真练琴了，要找回原来巅峰的状态，不是一件很容易的事。因为之前摔了一跤，之后又不能很快找回状态，当然人会焦虑会怕，怕最好的状态永远都找不回来了。一直到演奏《秋风颂》上台前，在后台，我都没有完全脱离这种恐惧。

宋励则：但是看你上台时的表现，显得非常自信。

钟关白：好像是上台习惯。上台要有上台的样子，上了台反而好一些。而且上台的时候我带了谱，这次不怕忘了，哈哈。

宋励则：这是你第一次带谱演奏，怎么决定的？

钟关白（笑）：早秋提议的。

宋励则：还有什么是他提议的？或者说，因为他，有了改变的？

钟关白：太多了。

宋励则：不说说吗？

钟关白（笑）：你们真的是《古典乐界风云人物周刊》吗？怎么听起来像《演艺圈风

云人物周刊》？

  宋励则：说到这里，其实我们和《演艺圈风云人物周刊》是姐妹刊物。你上次拒绝了他们的采访之后，《演艺圈风云人物周刊》的小编还给了我们一份快问快答来让你回答。今天我还带了这份快问快答来。
  钟关白（措手不及）：我可以拒绝回答吗？

  宋励则：大家都很想知道。
  钟关白：所以大家到底是谁？

  宋励则：这份快问快答是从你的粉丝提问中最高票问题合集里选出来的。我想大家应该就是你的乐迷。快问快答的备注中有这样几行字："钟先生，你已经长时间消失在社交媒体中了，真的不回答一下想念你的粉丝的问题吗？其实你可以离他们的生活再近一点。
  钟关白（笑）：……好吧，问吧。

  宋励则：六十秒快问快答，现在开始——请问贺音徐跟你的关系是？
  钟关白：同行。

  宋励则：请问你怎么看他？
  钟关白：我不看他。好了好了，六十秒到了。

  这篇采访稿还看得贺音徐频频点头，还没等他继续看杂志，司机就打电话过来，说到了。
  上了车，司机问是不是还按原定计划去钟先生家，贺音徐犹豫着摇摇头："……还是不去了吧。先回家。"
  过了一会儿，钟关白一个电话打过来："小贺同学，你怎么还没到？飞机晚点了吗？你陆老师和我正在院子里准备烧烤，我开免提了哈，正好一边刷调料……说起来，我和你陆老师特意给你挑了粉色的围裙，嘻嘻。"
  电话那边又传来陆早秋的一声："什么围裙？"
  贺音徐更加感觉到了害怕："钟老师，我觉得，我还是不来了吧。"
  钟关白："嗯？为什么？难道要我去接你，你才肯来？"
  贺音徐："……不是。嗯……我有一个问题。"
  钟关白："嗨呀，支支吾吾什么，问呗。"
  贺音徐："我买了最新一期的《古典乐界风云人物周刊》。"

钟关白："……啊？"

贺音徐："就是你上了封面的那一期。"

钟关白："……哦。"

贺音徐："你看过了吗？"

钟关白："……嗯，他们给我寄了几本。"

钟关白："……那个，我先把免提关了哈。你这个孩子，不要乱问问题你知道吗？问之前也不打个招呼……"

陆早秋："就这样开着。"

钟关白："不不不，还是关了吧。"

贺音徐："……"

陆早秋："开着。"

钟关白："……我这里突然有点事。"

贺音徐还没来得及反应，电话就已经挂断了。

院子里。

陆早秋放下手里的调料，看着钟关白，说："《古典乐界风云人物周刊》？"

目光相撞，钟关白低下头，若无其事地说："啊，就，前几天你不是帮我拿了一个快递吗……其实就是几本杂志，我随手扔书房里了。"

"哦？"陆早秋走到钟关白身边，"拿来看看。"

钟关白装作手忙脚乱的样子："现……现在吗？我们现在不是正在刷调料吗？我好饿，一会儿还要生火烤，好一会儿工夫呢……"

"来。"陆早秋从钟关白手里拿过肉和调料刷，"我来刷，你去拿杂志。"

"不……不了吧……"钟关白磨磨蹭蹭地说，"这么好的天，看什么杂志……"

陆早秋温柔道："阿白，不要让我去拿，自己去。"

钟关白从那句"不要让我去拿"里感觉到了某种威严和不容拒绝，立刻怂了，委委屈屈地又在陆早秋旁边磨蹭了半天，还是不见转机，只好老老实实地去拿杂志。

拿来之后，陆早秋看着封面，慢悠悠地念道："钟关白……和他背后之人？"

"我什么都不知道。"钟关白立即道。

陆早秋翻了翻文章内容，扫了钟关白一眼，念道："'陆早秋会介意这个称呼吗？''不会。他不在意这一类的问题。'"

钟关白一脸无辜，好像陆早秋念的内容和他完全无关。

陆早秋一行一行看下去，看到钟关白讲到自己，便问："我有这么好？"

"当然。"钟关白认真道，"比这更好。"

又看了一会儿，陆早秋还没说话，钟关白抢道："我答得不错吧？"

陆早秋看了一阵，脸上也没什么表情，钟关白小心翼翼道："你说过不在意这些的……我这也是锅从天上来啊……早秋，你不会生气了吧？"

陆早秋的声音微微上扬："我有这么小肚鸡肠？"

"不不不，当然不是……"钟关白从善如流，正准备想个好说辞讨饶，忽然在陆早秋的眼睛里看到一丝笑意，顿时悟了，"好啊，你又逗我！假装生气这么好玩？"

陆早秋忍笑点头："嗯。"

钟关白装凶："哪里好玩了？我生气了！"

陆早秋笑："好。"

钟关白幼稚地重复："我是真的生气了！"

陆早秋笑着看钟关白："我知道了。"

"钟三岁"又叉腰："我是真的真的生气了！"

钟关白走到阳光下，暖和极了，伸个懒腰，又感叹道："哎呀，有时候我有种感觉，院中一日，世上千年。早秋，要是一直在这里过上些足不出户的日子，只怕真不知岁月，哪一天头发都白了，才知道老。"

说着，他转过头去看跟在他身后的陆早秋。

陆早秋穿着一件白色上衣，外面披了一件天蓝与水色混织的长开衫，脖颈、手腕露出的肌肤在阳光下生出光辉。院中苔绿、薄青、浅蓝、胡粉、灰樱、白茶、玉子、生壁……种种颜色交映，浓浓淡淡的花树摇影就那么落在他身上和周边，宛如一幅画。他头发还半湿着，睫毛垂下，忽然抬起时，眼中漾起笑意，仿若流光。

这一眼看过去，便当真不知岁月了。

陆早秋几步走近，拂了一下钟关白的发顶，说："生了一根白头发。"

钟关白呆呆地看着陆早秋，说："啊？"

陆早秋忍着笑，又指了一下钟关白的眼角，认真道："这里还多了一条皱纹。"

钟关白一阵恍然，仿佛真的身陷桃源，转瞬魏晋，便问："我们在这里站了多久了？"

陆早秋笑起来："差不多……两分钟吧。"

钟关白恶狠狠道："好啊，骗我。"

陆早秋笑问："真的信了？"

钟关白看了陆早秋半晌，点点头："信啊，为什么不信？"

是真信。

乐而忘忧，百年不过一瞬。

番外四

缺憾

生命总有缺憾，世事不能完满。

所以，只要不缺你就好。

某天晚上，没有演出，学校的音乐厅不对外开放。

我穿着燕尾服，打着领结坐在舞台上的钢琴前，只开了舞台上几盏灯，观众席一片黑暗——

反正也没有观众。

《愿与你相爱》，虽然琴谱被我丢进了垃圾桶，但是每一个音符，我全记在心头。

弹到一半，我突然听见观众席传来小提琴声。

那小提琴声与我的钢琴声相和，竟非常和谐。

我在键盘上的手指舍不得停下弹奏。

可我确信没有给第二个人看过琴谱，不禁好奇地向观众席上琴声来源的方向眺望探寻。

然而观众席一片漆黑，加之我还有点夜盲，什么都看不见。

我一曲弹完，小提琴竟然相和到最后。

不多不少，恰到好处，却让这首曲子与我原本的风格大相径庭。

我从没有设想过这首曲子也能写成小提琴与钢琴合奏的版本。可是黑暗中的这个人，即兴一和——

弦声入肉。

每一声都像是在琴房的漫长岁月中，我渴望写出的，我不能写出的，我苦苦以待的，最好的音符。

这首曲子原本写尽了我精神的孤独，灵魂的惶惑，企盼能够遇见一个人的疯狂，却没有想到，有一天，它也可以与另一个声音相和，变得完满安宁。

我觉得我的前半生都在等待这把小提琴。

"你是谁？"我听见自己急切的声音。

没有人回答。

音乐厅一片寂静，我只听得见自己急促的呼吸声。

我恨不得立即拿笔记下刚才在黑暗中流淌的每一个音符，我站起身想跑去观众席找那个人。

站起身的一瞬我又听到了琴声。

这回是我听过的旋律——*Michael Meets Mozart*。

这本是一首小提琴在钢琴之后进的曲子。

我定在原地听了五秒之后，指尖不自觉触碰到黑白键，跟上了小提琴。

温柔的小提琴声仿佛包裹着钢琴的每一个琴键，轻轻流泻。

行至中段，猛地一转——

小提琴的短促跳弓忽然带起极为激昂热血的旋律。

琴声激得我心头巨震，指尖钢琴的重低音和弦立马跟上那段跳弓。

小提琴与钢琴声中满涨的情绪让我的心跳几乎成为这场合奏的第三重和声。

小提琴的声音又渐渐柔和下来，如流水，淌过我心里。

不，这把小提琴绝不会就这么流过——

我的指尖落下最后一个音符，快速站起身，意图向观众席跑去。

起身奔跑的一刹那，因为惶急，我的大腿撞上了三角钢琴的一角。

不。

不去观众席。

疼痛撞醒了我。

我飞奔至舞台一侧，手胡乱地拍在一排灯光调控按钮上。

我根本来不及分辨，哪个按钮是控制哪个区域的，我只知道，点亮这片黑暗，我就能找到那把小提琴。

观众席的灯一排一排亮起，霎时间音乐厅灯火通明。

我看到一个穿着白色衬衣与黑色西裤的背影，宽肩窄腰，有几分清瘦，没有像我这种一周去四五次健身房的人这样饱满的肌肉线条。

突然亮起的灯光让那个已经走到音乐厅门边的身影脚步一顿。

"别走——"我的声音从未如此急切。

大约我知道，出了音乐厅，黑夜中便是茫茫人海，再找不到他。

我没有见过那张脸。

我甚至连他拉小提琴的样子也不曾见过。

我一边沿着观众席的阶梯往上跑，一边喊：”你就站在那儿，你别走——"

我仿佛感觉到那个人的脚步一动。

我大喊:"你再走一步,我就按墙上的火警按钮了。"

他没动了。

我终于跑到他所在的那一级阶梯。

"你,你能不能——"

我站在他身后,本想说,你能不能转过身。

可是我低头看到他手上拎着的小提琴和琴弓,还有他纤长手指上的白色绷带。

我突然顿住。

太唐突。

我们不是这样的。

一个钢琴手与一个小提琴手,不该是这样的。

我往下退了三个阶梯,仰望着他的背影。

我声音几乎有点发颤:"你,你能不能再拉一遍最开始那首?"

"我不看你,我就站在你背后听。"

"好。"

我听见他的回答。

我似乎觉得我在哪里听过这个声音。

我就站在他身后三个台阶之下,看着他举起了小提琴和琴弓。

《愿与你相爱》里是我的孤独与渴求。

我曾无比希望,我可以跨过那扇门。

或者说,我希望别人也能向我的世界多走几步。

几步也好。

小提琴声响起,居然是从头开始的。

同样是《愿与你相爱》,可是琴声中没有疯狂与孤独,我只听出了沉静的温柔。

他一定拥有最完满的人生。

残缺的、苟且的、求而不得的、陷于欲望而自我厌恶的,精神荒芜不被理解而几乎发狂的——

只有我而已。

一曲终了。

那个背影轻轻放下小提琴与琴弓,却一直站在原地没有动。

"你为什么会知道这首曲子,即兴?可是这一遍,你是从头开始的。"我追问。

"我——"那个声音清澈低柔,再一次的,我觉得格外熟悉,可是却想不起来究竟在哪听过,"在琴房听过这首曲子。"

"啊,"我恍然,"是,我经常练。"

他说:"你作的曲吧,有名字吗?"

"嗯……"我有些犹豫地回答，"《愿与你相爱》。"

"我该走了。"他说。

"等一下。"我两步追上他，他竟然比我还高一点。

我不敢绕到他身前去，只敢在他身后说："下周六晚能不能一起练琴？"

他沉默了一会儿。

"在哪儿？"他说。

我呼出一口闷在胸口的气："三号楼的001琴房。"

他"嗯"了一声，出了音乐厅。

我没有跟上去，而是返回舞台，坐在钢琴凳上，把他改编的小提琴版《愿与你相爱》弹了三十遍，并拿出空白五线谱记下了每一个音符。

四周是全然的黑暗，但是我在这黑暗中，看清了自己。

一周之后的周六，傍晚五点，音乐学院三号楼。

001琴房在三号楼的一楼第一间，琴房钥匙在我手上。我们约定的是晚上，我特意早到，想提前开门进去等。

走进三号楼的一刹那，我看见一个身影站在001琴房门前，斜靠着门，我可以看见他的侧脸，垂在他身侧的是提着小提琴琴盒的手，手指上有白色绷带。

那晚的背影与现在我面前的侧影重叠起来。

那晚我竟然没有发现，他是我认识的人，我们曾经一起演奏过。

音乐学院交响乐团，曾经的小提琴首席——

陆早秋。

我突然胆怯得不敢上前，毕竟，那是高山仰止的小提琴首席。

我从前与他交谈不多，寥寥数语也全是关于乐团演奏的。

只是大约在一年前听说他因伤休学，退出了交响乐团。

过去他一向以如教科书般精湛的演奏技艺闻名，而像那晚一般放任琴声袒露情绪，我从未见过。无怪乎我没认出来。

我定在原地，他转过头来看我，一向在乐团面无表情的脸，竟然浮现出我从未见过的清浅笑意。

"我迟到了。"我赶忙走上前去开门。

他让开门，在我身后说："是我到早了。"

进去之后我有点不知把手脚往哪里放。"你，"我给他搬了把椅子，"你坐。"

他没坐，打开琴盒，说："开始吧。"

"噢噢。"我赶忙应了，翻开琴盖，"练什么？"

"《愿与你相爱》。"他说。

我们合奏了一遍，他拿出笔，在小提琴谱上改了几处，指给我看："是不是这样比较好？"

我看了一下："会不会太……"我想了一下怎么说，"失之沉静温柔，就跟我本来作的曲那样，太疯，太过头。"

他试着拉了一遍，比刚才情绪起伏更大，精湛的技巧下，我大为震颤，几乎想要跪倒在他面前。

我忍不住说："这不是教科书陆早秋。"

他笑着看了我一眼，然后转眼看向琴弦，又拉了一首德彪西的《牧神的午后》。

我听完，觉得风格大异，又忍不住击节赞叹，我说："这不是《牧神的午后》。"

他说："这是，《钟关白的傍晚》。"

我的视线与他的视线相撞。

他笑着说："要不要听我弹钢琴？"

我惊讶万分："弹什么？"

他开始拆手上的绷带："你想听什么？"

"不过，"他一边拆绷带一边笑着说，"不许欺负我。"

白色细绷带被拆下，纤长的双手几乎可称得上完美无瑕，除了——

十指指缝间有手术缝合的疤。

他见我盯着他的手指看，解释道："我不是从小练钢琴，所以——"他把手放在钢琴上方，"你看，虽然我比你高一点，但是手指不如你长。"

"所以你为了追求更大的手指跨度，去做了那个手术。"我低声说。

将十指指缝剪开，再缝合，就为了更大的手指跨度，去弹更难的曲子，简直是痴人。

可你是一个小提琴手，你不必如此。

他坐到琴凳上，坐在我身边。

"海顿《老师与学生》。"他说。

我知道他指的是四手联弹。

我游刃有余。

弹的时候还忍不住去看他的侧脸，我甚至可以看见他纤长的睫毛轻轻扇动。

他那么美，美得纯净。

他看了我一会儿，也站起身："这样的曲子，对你来说可能太简单。"说罢，他擦完面板和琴弦，松了琴弓，将自己的小提琴与琴弓收回琴盒，又收好琴谱。

"我不耽误你练琴了。"他一圈一圈地缠好绷带，扶上琴房的门把手。

"别走。"我在他身后说，"我想弹那首曲子。"

他打开门："不了。"

我追上去，却不敢拉他："陆早秋——

"我知道你想学钢琴,我教你。"

他回过头,笑了一下:"我不是想学钢琴。我只是,想感受一下,你的世界。"

"……那为什么要做手术?"

"你在琴房练的一些曲子,我弹不了。"

我语塞。

他转过头,拎着琴盒,朝三号楼外走去。

我绕到他面前:"别走。"

他十分平静:"我今天不想练了。"

"不练。"我说,"去我家吧。"

陆早秋微微蹙起眉。

陆早秋面上表情没有什么变化:"不去。"

"那我们去喝咖啡?要不去吃晚饭吧,我突然好饿——"

陆早秋看了我一会儿,我想他真是好涵养。

"那去吃饭吧。"他说。

吃饭的时候我居然忍不住跑去给陆早秋拉椅子。

我,钟关白,去给人拉椅子。

我觉得很新奇。

陆早秋不太适应,说:"不用。"

我强行把他塞到高背椅子里,帮他打开方巾铺在他面前。

上沙拉的时候,我帮他调好酱汁,放在他手边。

上牛排的时候,我帮他全部切好,递给他。

上蝴蝶面的时候,我帮他准备好叉子。

上餐后甜点的时候,我帮他切好,旁边摆上甜点专用的勺子。

其他时候,我就眼都不眨地看着他,对他笑。

陆早秋终于也笑起来。

他说:"我不知道你是这样的。"

我说:"我想给你念诗。"

他笑:"你念。"

我说:"你是黑暗中的一株兰花,彻夜流香。"

他第一次笑出声:"好诗。"

我说:"咳,我还没念完。"

他笑:"洗耳恭听。"

我说:"你是黑暗中的一弯白月,彻夜流光。"

陆早秋继续笑看我,还微微摇了摇头,似乎很无奈。

我说:"你是黑暗中的一只飞鸟,彻夜——"

我想不到还能接什么了。

他挑眉。

"彻夜停落。"我忐忑地看向他。

他不笑了。

陆早秋的眉宇间泛起清浅的愁意。

我突然发现他的表情永远都是清浅的。

"钟关白。"他认真看着我的眼睛。

我说道:"我愿意听你拉琴,或者跟你合奏,跟你四手联弹,什么都好。"

陆早秋深深看着我,我似乎从他的眼睛里看到了光。

他拿出钱包去结账了。

我抢到他前面,不想让他付,结果他拿出卡刷完了。然后他回过头,跟我说:"抱歉。"

只留给我一个提着琴盒的背影。

又只留给我一个背影!

我大概要疯了,追上去拉住他,用蛮力把他扳成面对我。

"你不愿意跟我做朋友没关系。"我狠狠地抓着他的手臂。

他一脸平静地看着我。

"我每天都去找你,我会去你琴房蹲你,跟你吃晚饭,陪你练琴,再送你回家。"

他还是一脸平静,似乎只是在等待我废话完毕,似乎只要我一松开他的手臂,他就会转身离开。

"陆早秋。陆首席。"

"我会打动你的——"我狠狠地盯着他。

说完我松手了。

他也真的走了。

陆早秋的琴房在哪里,实在是一件极容易打听到的事。

他退出江湖一年,江湖却没有别人的传说。

我一大早拎着两份早餐站在他琴房门口等他,陆首席这么精湛的琴技,绝不只天赋而已。

果不其然,他八点没到就来了。

我做小伏低地在门边等他开门,他开完门,对门边的我说:"进来吧。"

唉,陆首席就是好脾气。

我举起两份早餐:"一份玉米鲔鱼三明治,一份火腿煎蛋三明治,不知道你是不是乳糖不耐,两份都是美式。"

他看了我一会儿，接过了玉米鲔鱼三明治的那份。

我揶揄："陆首席这么大早来练琴，居然没吃早饭呀？"

他"嗯"了一声。

我又说："是知道我会来送早饭啊？"

他看了我一眼，一边给琴弓抹松香，一边说："嗯。"

我大为惊奇，故意走到他面前："这个，陆首席真是教科书般的姿态。我非常欣慰，觉得胜利就在眼前。"

陆早秋没理我，他开始练琴了。

我看着他拉琴的样子，沉醉地听着他的琴声。

这一看一听，就不知道过了多久。

他练完一阵，坐到我这边来吃早饭。

他衣袖挽起，可以看见白皙手臂上的血管。

我说："你是不是不健身？"

他说："嗯。"

我说："要不这样，我带你去健身吧。"

他说："什么时候？"

我说："随时都可以，有一家二十四小时的。"

我下午就带陆早秋去健身了，还提前带他买了运动衣，紧身款。我告诉他，这是训练需要。

我买了同款。两件打折。

健身完，陆早秋直接把我拉了出去，拉出健身房塞进出租车里。他力气之大，让我突然觉得，之前我之所以能用蛮力留下陆早秋跟他说话，完全可能是因为，其实他也没那么想走。

他说："你带了琴房钥匙吗？"

我说："带了。"

他说："好。"然后就不说话了，我也不敢说话。

回到学校，走到三号楼的001琴房。

陆早秋说："弹琴。"

我莫名其妙地坐上琴凳，翻开琴盖，问他："弹什么？"

他说："什么都行。"

我想了一下，手指在黑白琴键上动了起来。

我的脑子里一片空白，一片寂静。

我不知道我在弹什么。

忽然这片空白里有了色彩，出现了一个音乐厅，一架三角钢琴，一个模糊的清瘦背影，一把小提琴，一把琴弓，一双缠着白色细绷带的手。

忽然这片寂静中有了声音，出现了钢琴声、小提琴声、心跳声、低沉柔和的嗓音，甚至笑声。

我不知道我在弹什么。

双手只是随着脑子里的画面与声音而动，所有的画面、声音、情绪、心思，全部化成了音符落在指尖。

好像过了很久，又或者只是一瞬。

我的指尖落下最后一个音符，仿佛虚脱一般瘫坐在琴凳上。

转头只见陆早秋拿过笔和空白的五线谱，飞速记录。

我看着他缠着绷带的手不停地动，他纤长的睫毛轻轻煽动，如两只比翼黑蝶。

他记完了。

他抱着那叠纸，说："名字。"

我看着他，半晌说："给我笔。"

我在那叠五线谱的预留标题处写上："遇见陆早秋。"

他看了我一会儿，说："这首曲子算你最后送我的。"

陆早秋扬了扬手里的琴谱，嘴角勉强扯起一个清浅的笑容。

"我会练好。"他这么说。

我看着他的笑容，心里骂了一句。

我说道："这不是最后一首。还会有《和陆早秋的第一年》《和陆早秋的第二年》《和陆早秋的第三年》……"

这个自然数，我可以数到无穷尽，只要陆早秋愿意听。

我不动了。

陆首席是正经人，我得跟他说正经话。

我说："我说一句俗套话吧。陆首席，这个世界上新鲜美好的人太多了，多得就像超市货架上的汽水，罐装的、瓶装的、大号的、小号的，颜色、款式各有不同。但是归根结底也就是汽水，内里不过是糖水打进去二氧化碳，没有营养，千篇一律，没有任何本质区别。

"我带你去健身，不是想把你变成健身房里诸多肌肉猛男中的一个，我是觉得，我可以跟你一起，培养一些更加健康的生活习惯，也多一些相处的时间。

"陆早秋，你不需要与他们比较。只有汽水和汽水才会被放在一起比较。没有人会拿着一瓶拉菲，指责它不会喷气泡。"

皮囊最易得到，真心实意也算可贵。

而灵魂挚友，万中无一。

"我活了二十多年才等到你。"

"陆首席。"我陈词总结，"你可以因为任何原因拒绝我——

"反正也没用。

"我说过，我还是会每天都去找你，我会去你琴房蹲你，跟你吃晚饭，陪你练琴，再送你回家。"

陆早秋沉默不语。

我说："那我开始念诗了？"

陆早秋："好。"

后记
关于《音乐家们的手指》是怎么来的

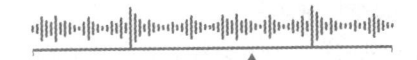

这篇文章不聊《音乐家们的手指》（下文简称《手指》）一文的构思，也不反思什么，就聊聊灵感的背后，到底是什么东西让故事变成现在这样，而不是另一个样子。

上个月我读了《读库》的1803期。在第一篇《毕飞宇和他的王家庄》中，毕飞宇说到了童年和少年对一个创作者的影响，由此我开始思考，那些我以为是"灵感让我写出来"的东西，是否从根本上是来自童年与少年，准确地说，是过去的记忆的一角？那些我以为"我选择写了它们"的东西，真的是我选择写的，还是其实我根本没得选？

比如，钟关白小时候偷跑去独奏会，第一次遇见温月安的场景，我在写完全文后发现了这个场景与我童年的联系。

小学时我学钢琴，母亲带我去一家剧院听钢琴独奏会。当时观众席里有很多同样学钢琴的儿童，这些儿童以及他们的家长应该占到全部观众的七成以上。我已记不清当时的演奏曲目，但忘不了现场的吵闹。能记得这样清楚，是因为真的太吵，那位外国钢琴家弹到一半，就一言不发地愤而离场。今天在国内听音乐会应该已经见不到这样的场景。大约三年前我在国家大剧院听勃兰登堡交响乐团演奏德沃夏克时，现场已是另一幅画面。

我现在回顾那个台下坐满了小朋友，钟关白一个人跑上台去的场景，发现它确实来源于我的童年，所以它不是别的样子，它就会有找了托的司仪，有兴奋发表自己看法的小朋友，它就是现在文中的样子。

当然这个场景里还有一个温柔耐心的温月安。他是至少三个人的集合。其中一个人我没有见过，仅仅在我少年时期一位朋友的口中出现过，这个人是我朋友的钢琴老师，小时候因为一场事故截肢。我朋友这样描述她的钢琴老师：他温和，博学，风格很高，是她见过的最绅士的长辈。在我的少年时期，绅士还没有其他意味，只为表达崇敬与仰慕。

关于温月安的外貌和气质，来源于另一个人。五六年前，我在长沙的桃花岭看见了一位坐轮椅的老人，由一个年轻人推着。那时候正是春天，岭中水流清澈，满山的花都开了。那位老人穿一件像厚长袍的对襟布衣，头发全白了，但梳得整整齐齐，举止之优雅，面容之淡然，令人折服。我从没见过眼神那样澄澈的老人，当时就想，真像民国旧照里的美人，今日出门，想必也是来赏花，可惜不如我运气好，花外还赏了人。

第三个人，是我的一位老师，自我写文以来，一直指引我，鼓励我，让我看到不一样的世界。付诸笔端的师生情，多半源于这位老师，在此不多提。

人物也不是全有原型。有读者朋友说，感觉到我，即作者本人是一个钟关白和陆应如的结合体。还有两个朋友，一个明示，一个暗示，双双表示文中对音乐的追求，其实是作者对自身写作追求（或者说，一切创作）的一个隐喻。应该说，我没有钟关白的天赋，也没有陆应如的能力，钟关白的笨拙还是有一点。

一个作者在写一个东西的时候，常常不是为了写它，这很普遍。将音乐作为载体，很大一部分原因是因为确实喜欢，写这一篇文给了我花时间去听音乐会、逛音乐家博物馆、看古典乐相关书籍以及练琴的借口，因为喜欢好像不是正当理由，写作当然是正当理由啦。

不能否认的是，音乐和文学非常像（此处没有认为我写出来的东西能算得上文学的意思）。曾有乐评人也用过这样的比喻："音乐是一个过程性的东西，欣赏一首古典乐曲，与欣赏一幅画不同，它更像阅读一本书，那不是一瞬间的感觉，它需要时间的积累。"

在写《手指》时，我常常反复听同一首曲子的不同版本，这关乎不同的演奏者或改编者如何诠释同一个主题，比如同样是《梁祝》，吕思清老师的小提琴协奏曲版本，巫漪丽老师的钢琴版本，只保留主旋律的简化版本，还有其他种种不同的版本，它们都是在哪一处击中了我？它们和我喜欢的一些文学作品一样，都不是猛然来的冲击，而是在不知不觉中渗透了我，有时候我能发现是这一处击中了我，这一声小提琴，这一弓，这一句话，但是在这一处前的那些没有击中我的东西，我也知道不是白费，不是不好的，不是没有必要的安排，不是因为不够简洁而可以被割除掉的冗余。它们是一种积累，将我引到让我被击中的那一处。所以从《手指》开始，有了闲笔，有了一些我认为美的东西，它慢下来，耐心了一点，不为勾着人不停地翻页，也不为尽快地讲完一个故事的前因后果。《手指》的叙事就是从音乐里来的，它的节奏，它的布局，都受到了音乐的启发，它不像我之前的任何一篇文。

说到创作和理想，《手指》也确实有一些自我反思，但它们就在文里，在此也不赘言。

写这篇文时，我想，要是我站在十年后，因为想了解十年前的自己是怎样想的而去读这篇文，我不希望看到自己只说些套话。十年后，我应该还是想看到当年的自己没有鲁迅所说的"冷气"，哪怕各个方面的环境其实都没有那么好。

在《手指》一文完结后，我和几个读者朋友聊了聊，有个朋友问我，陆家是否有我家庭的影子。我非常果断地说：没有。当然不可能完全没有，一个创作者总是很难摆脱其经验，那是土壤，也是囚笼。不过我更想说，与其说陆家，不如说是贺家。那么久远的贺家，成了我童年到少年常听到只言片语的一角，从我的祖父祖母到家族里每一个长辈，在他们年节说起的鸡毛蒜皮的旧事中，我看到了历史的一页。我没得选，我是从那里长出来的。

《手指》中的插叙比较悲伤，更悲伤的是，我没有写任何比真实更悲伤的东西。我的父辈向我描述他们的长辈做过的研究，他们童年时的院子与房屋，那些回廊与天井，家中有趣的小物件，听得我心驰神往，不过已无缘得见。我还能见到的旧物不多，比如一口黑漆漆的大水缸，据说上面曾全是佛像，后来表面的佛像全部被凿去，家里只留下一口可用的普通水缸。

我常和我的姐姐聊天。她告诉我许多她小时候听来的旧事，我跟她说我的幻想：如果我们还能捧着那些旧书与手记坐在一起看该多好。这样的幻想，有如傻瓜行为，毫无作用。其实就像我的文，它其实也没有作用，它是我个人的片面，是我拿起笔就没得选的东西。创作是件主观的事，没有"私货"就不是创作。说了许多回忆，但这些回忆不是我的"私货"，面对回忆的态度才是。我知道，在所有的文明里，都有类似的事发生。我们还是在向前走，这是我的态度；重蹈覆辙也不是不可能，这也是我的态度。

写完这一篇文后，我应该较长的时间不会再写相关的题材，我曾在评论中看到一位读者说"谢谢作者折腾自己写出这么一篇文"，这确实是我写作状态的真实写照了。内容痛苦，写得也痛苦，因为对文字的要求和写作能力间差了一个银河。一个作者，最是清楚自己的缺点和真实水平，我很想用"我是业余写手不能花太多时间""'三次元'很忙没时间和精力"来解释为什么我的文写成现在这样，毕竟如果非常努力都写得不好，岂不是会被嘲笑？不过我决定还是直面嘲笑，做个认真而热忱的人很重要，比看起来毫不费力和酷重要（虽然公子优在断更这一点上难以取信于人，但是我写文真的挺认真的）。得直面天赋、能力、阅历三者都不具备的事实，这样还有点进步的希望。

接下来说些美好的场景吧，说不定有的读者也曾见过一模一样的风景。欧洲有很多天鹅，有湖的地方就常有天鹅。我在一年前常坐火车去不太远的一座城市看天鹅，那座城市还有一个建在城堡里的玫瑰园，园内有十几座白色雕像，还有不同颜色的玫瑰。

如果有读者走到南法的一座热带植物园，也许真的可以见到那块写着"头在天堂，根在土壤"的牌子（法语外的英文翻译还是错的）；走进南法的一家店里，也许真的可以见到飘浮着钢琴与小提琴的透明立方体；也许真的有一家花店，里面卖蓝色的五瓣花。

其实从《论如何追求一个志同道合的变态》到《狗生》再到现在的《音乐家们的手指》，故宫的清晨，坐火车去罗滕堡时窗外的林海雪原，青海湖的日出，白雪皑皑的高山，山城康提中的佛牙寺，那朵供奉的蓝莲花，维也纳的音乐厅，人高的金色向日葵地，爱琴海的星空，爬满藤蔓与花的院墙……美好的画面从眼睛里进到心里，拿起笔的时候便又从心里流泻出来，自然而然，不用刻意筛选，也不用刻意美化，它们就在那里。

这些场景从记忆里找寻起来都不是难事，难的是从另一些更隐秘的场景里发现久远的童年与少年的影响。我总觉得它们更动人。比如练毛笔字，比如在钢琴谱里藏闲书，比如被冰在井水里的西瓜，音乐教室里的老旧钢琴，躺在床板下看书的自由时间……这些更像是梦了，早就在岁月里不知不觉戴上了滤镜，连提起来都是不同的语气，似乎要换一套说话方式才能回到过去。没有办法。

在《手指》一文前言中，说起了这篇文有几段不同的感情，我自身不太理解感情。我理解小心翼翼，怕对方生气，怕对方难过；理解觉得对方太好，怕自己不够好；理解怕对方生病，怕对方出事，怕对方不快乐，怕对方知道自己不好会担心。比起这些，我更理解害怕，或者说，在意。我不太理解爱情，不知道该怎么说，实在要说，也只能说它的表现。

我更喜欢另一种关系：指引者与被指引者。陆早秋和钟关白互为这样的关系；贺玉楼和温月安也有这样的关系；温月安和钟关白、陆早秋、小贺都有这样的关系；钟关白、陆早秋与小贺以及其他学生也有这样的关系。付出与在意的感觉很动人，可是我总觉得似乎启发以及精神世界受到影响才是更动人的关系。"热望"也是由这样的关系得来的，而不是由爱情激发出来的。因此这篇文的感情线也就是现在这样了，不是别的样子。

最后好像应该讲讲为什么是"手指"，"手指"到底是什么。但是每个人都有自己的手指，要去创造自己想创造的东西，保护自己想保护的东西，在伸出手的那一刻，就都明白了吧。

二〇一八年九月

【全文完】